AMOR
corrompido

Twisted Love

ANA HUANG

AMOR
corrompido

Twisted Love

ELE TEM UM CORAÇÃO DE GELO...
MAS, POR ELA, INCENDIARIA O MUNDO

Tradução
Débora Isidoro

Copyright © TWISTED LOVE by Ana Huang, 2021
Copyright © Editora Planeta do Brasil, 2023
Todos os direitos reservados.
Título original: *Twisted Love*

Preparação: Angélica Andrade
Revisão: Andréa Bruno e Renato Ritto
Projeto gráfico e diagramação: Márcia Matos
Capa: E. James Designs/ Sourcebooks
Imagens de capa: tomert/ depositphotos
Adaptação de capa: Camila Senaque

Dados Internacionais de Catalogação na Publicação (CIP)
Angélica Ilacqua CRB-8/7057

Huang, Ana
  Amor corrompido / Ana Huang; tradução de Débora Isidoro. – São Paulo: Planeta do Brasil, 2023.
  320 p.

ISBN 978-85-422-2139-8
Título original: Twisted Love

1. Ficção norte-americana I. Título II. Isidoro, Débora

23-0675   CDD 813

Índice para catálogo sistemático:
1. Ficção norte-americana

 Ao escolher este livro, você está apoiando o manejo responsável das florestas do mundo

2025
Todos os direitos desta edição reservados à
EDITORA PLANETA DO BRASIL LTDA.
Rua Bela Cintra, 986 – 4º andar
01415-002 – Consolação
São Paulo-SP
www.planetadelivros.com.br
faleconosco@editoraplaneta.com.br

Para minha mãe, por todo o apoio e incentivo
ao longo dos anos.

Mãe, se estiver lendo isto, pare agora mesmo.
Neste livro há cenas que vão te traumatizar
para sempre.

AVISO DE CONTEÚDO IMPRÓPRIO

Este livro contém cenas de sexo explícito, palavrões, um anti-herói bastante possessivo e moralmente dúbio e tópicos aos quais alguns leitores podem ser sensíveis.

Para mais informações, acesse o QR code abaixo.

PLAYLIST

"Twisted" – MISSIO
"Ice Box" – Omarion
"Feel Again" – OneRepublic
"Dusk 'till Down" – ZAYN e Sia
"Set Fire to the Rain" – Adele
"Burn" – Ellie Goulding
"My Kind of Love" – Emeli Sandé
"Writing's on the Wall" – Sam Smith
"Ghost" – Ella Henderson
"Stronger (What Doesn't Kill You)" – Kelly Clarkson
"Wide Wake" – Katy Perry
"You Sang to Me" – Marc Anthony

CAPÍTULO 1

Ava

Havia coisas piores do que ficar plantada no meio do nada durante um temporal. Por exemplo, eu poderia estar fugindo de um urso raivoso pronto para me atacar. Ou amarrada a uma cadeira em um porão escuro, sendo forçada a ouvir "Barbie Girl", do Aqua, sem parar, até preferir comer meu braço a ouvir mais uma vez a frase que dá nome à canção.

Mas o fato de haver coisas piores não queria dizer que aquela não era ruim. *Para. Pensa positivo.*

"Um carro vai aparecer... *agora*."

Olhei para a tela e engoli a frustração quando vi que o app continuava procurando um motorista próximo, como havia feito durante a última meia hora.

Em uma situação normal, eu estaria menos estressada, afinal, pelo menos o celular estava funcionando e o toldo do ponto de ônibus protegia meu corpo quase inteiro da chuva torrencial. Mas a festa de despedida de Josh começaria em uma hora, eu ainda precisava buscar o bolo surpresa na confeitaria e já estava escurecendo. Posso até ser uma garota do tipo copo meio cheio, mas não era idiota. Ninguém, especialmente não uma universitária sem nenhum talento marcial, gosta de ficar sozinho no meio do nada à noite.

Devia ter feito aquelas aulas de defesa pessoal com a Jules, como ela queria.

Ponderei sobre minhas opções limitadas. O ônibus que parava naquele ponto não circulava aos fins de semana, e a maioria dos meus amigos não tinha carro. Bridget tinha o do trabalho, mas estava em um evento da embaixada até às sete horas da noite. O aplicativo que eu costumava usar não funcionava e não tinha visto um mísero carro passar desde que começara a chover. Não que eu fosse pegar carona, óbvio... Já vi muito filme de terror nessa vida, muito obrigada.

Só me restava uma alternativa – uma a qual eu *realmente* não queria recorrer, mas nem sempre a gente pode escolher.

Abri a lista de contatos do telefone, fiz uma prece silenciosa e liguei.

Um toque. Dois toques. Três toques.

Vai, atende. Ou não.

Não sabia o que seria pior: ser assassinada ou lidar com meu irmão. É óbvio que sempre havia a chance de esse mesmo irmão me matar por eu ter me enfiado nessa situação, mas esse era um problema para depois.

— O que aconteceu?

Torci o nariz ao ouvir o cumprimento.

— Oi pra você também, querido irmão. Por que tá achando que aconteceu alguma coisa?

Josh bufou.

— Você me ligou. E você nunca liga a menos que tenha um problema.

Verdade. A gente preferia mensagens de texto. Além disso, éramos vizinhos – só para constar: não foi ideia minha –, então isso raramente era necessário.

— Eu não diria que tenho um problema. É mais uma... dificuldade. Estou em um lugar sem transporte público e não consigo um carro pelo aplicativo.

— Caramba, Ava. Onde você tá?

Respondi.

— O que você tá fazendo aí, cacete? Esse lugar é a uma hora do campus!

— Para de drama. Vim fotografar, e é só meia hora de carro. Trinta e cinco minutos, com trânsito.

Um trovão balançou os galhos das árvores próximas. Eu me encolhi e recuei mais para o fundo do abrigo, não que fizesse alguma diferença. O vento soprava a chuva, e os pingos que me atingiam eram tão pesados que doíam.

Ouvi um farfalhar do outro lado da linha e um gemido baixo de Josh.

Parei, certa de que estava ouvindo mal, mas não, o barulho se repetiu. Outro gemido.

Arregalei os olhos, aterrorizada.

— Você tá *transando*? — sussurrei alto demais, embora não houvesse ninguém por perto.

O sanduíche que engoli antes de sair para fotografar ameaçou voltar. Não tinha nada – repito, nada – mais nojento que ouvir um parente no meio do coito. Só de pensar senti ânsia.

— Tecnicamente, não — respondeu Josh, sem se abalar.

A palavra "tecnicamente" não melhorou a situação.

Não precisava ser um gênio para decifrar a resposta vaga de Josh. Talvez ele não estivesse no meio do ato, mas alguma coisa estava acontecendo, e eu não tinha a menor vontade de saber que "coisa" era essa.

— Josh Chen.

— Ei, foi você quem ligou.

Ele devia ter coberto o fone, porque as palavras seguintes soaram abafadas. Ouvi uma risada feminina baixa seguida por um gritinho, e quis lavar com cloro minhas orelhas, meus olhos, minha *cabeça*.

— Um dos caras foi comprar mais gelo com meu carro. — A voz de Josh voltou a soar alta. — Mas não se preocupa, vou te resgatar. Manda sua localização e fica com o celular perto. Ainda tem o spray de pimenta que comprei pra você no seu último aniversário?

— Tenho. Obrigada, aliás.

Na época, eu queria uma bolsa nova para a câmera, mas Josh me deu uma embalagem com oito unidades de spray de pimenta. Nunca usei nenhuma, o que significava que ainda guardava as oito embalagens no fundo do closet, menos uma, que ficava na minha bolsa.

Meu irmão não percebeu o sarcasmo. Para um estudante de medicina que só tirava notas máximas, às vezes ele era bastante burro.

— Por nada. Fica aí, ele chega daqui a pouco. Mais tarde a gente conversa sobre sua completa falta de autopreservação.

— Estou autopreservada — protestei. *Essa era a palavra certa?* — Não é minha culpa se não tem... espera, como assim "ele"? Josh!

Tarde demais. Meu irmão já havia desligado.

Fazia sentido que, na única vez que eu pedia explicações, ele me deixaria de lado e preferiria quem estava na sua cama. Fiquei surpresa por ele não ter surtado, considerando que foi Josh que inventou o "super" de "superprotetor". Desde O Incidente, ele se encarregou de cuidar de mim como se fosse meu irmão e meu guarda-costas, tudo no mesmo pacote. Não o culpava – nossa infância havia sido caótica, ou era o que tinham me dito – e eu o amava muito, mas a preocupação constante que ele demonstrava às vezes era um pouquinho exagerada.

Eu me sentei no banco e abracei a mochila de um lado, deixando o couro rachado aquecer minha pele enquanto esperava o misterioso "ele" aparecer. Podia ser qualquer um. O estoque de amigos de Josh era enorme. Ele sempre fora o Sr. Popular – no ensino médio: jogador de basquete, presidente do grêmio estudantil e rei do baile de volta às aulas no ensino médio; na universidade: membro da fraternidade Sigma e "o cara" do campus.

Eu era o oposto. Não que fosse *im*popular, apenas evitava os holofotes e preferia um pequeno grupo de amigos a um grande grupo de colegas. Se Josh era a alma da festa, eu era a que ficava sentada no canto e sonhava acordada com todos os lugares que queria visitar, mas que provavelmente nunca conheceria. Não que minha fobia tivesse alguma coisa a ver com isso.

A *merda* da fobia. Eu sabia que era tudo emocional, mas parecia físico. A náusea, o coração disparado, o medo paralisante que transformava os membros em coisas inúteis, congeladas...

O ponto positivo era que, pelo menos, não tinha medo de chuva. Oceanos, lagos e piscinas eu podia evitar, mas chuva... é, eu estaria ferrada.

Não sabia há quanto tempo estava encolhida sob o toldo do ponto de ônibus, amaldiçoando minha falta de previdência por ter recusado a oferta dos Grayson para me levar de volta à cidade depois da sessão de fotos. Não quis ser inconveniente e esperava pedir um carro e estar de volta ao campus da Thayer em meia hora, mas o céu desabou assim que o casal foi embora e, bom, eu ainda estava esperando.

Estava escurecendo. Tons de cinza se misturavam aos azuis frios do crepúsculo, e eu começava a ter medo de que o misterioso "ele" não aparecesse, mas Josh nunca me deixara na mão. Se um dos amigos dele não quisesse vir me buscar, estaria com as pernas quebradas no dia seguinte. Josh era estudante de medicina, mas não tinha nenhum escrúpulo quanto a usar violência quando a situação exigia – especialmente quando essa situação tinha a ver comigo.

Luz de faróis fatiou a cortina de chuva. Semicerrei os olhos para tentar enxergar, com o coração dividido entre a esperança de ser minha carona e o medo de ser um possível psicopata. Aquela parte de Maryland era bastante segura, mas vai saber.

Quando meus olhos se ajustaram à luz, respirei, aliviada, mas dois segundos depois a tensão voltou.

A boa notícia? Reconheci o Aston Martin preto vindo na minha direção. Era de um dos amigos de Josh, o que significava que eu não seria mencionada nos jornais daquela noite.

A má notícia? A pessoa que dirigia era a última que eu queria, ou esperava, que fosse me buscar. Não era o tipo de cara que faz o favor de ir buscar a irmãzinha do amigo. Era do tipo capaz de destruir uma pessoa e tudo que ela mais valorizava por causa de um olhar torto, e se mantinha tão calmo e lindo que ela nem notava que o mundo estava pegando fogo até ter virado cinzas aos pés calçados com um Tom Ford.

Passei a língua pelos lábios secos enquanto o carro parava na minha frente e a janela do lado do passageiro descia.

— Entra.

Ele não ergueu a voz – como sempre –, mas ouvi em alto e bom som, apesar da chuva.

Alex Volkov era uma força da natureza, e imaginei que até o clima lhe obedecia.

— Espero que não esteja esperando eu abrir a porta — disse ele quando não me mexi. Parecia tão feliz quanto eu com a situação.

Que cavalheiro.

Comprimi os lábios e engoli uma resposta sarcástica, depois me levantei e entrei no carro. O interior tinha um aroma agradável e caro, como uma boa colônia e couro italiano. Não havia toalha para forrar o banco, então só me restava torcer para não estragar o estofamento caro.

— Obrigada por vir. De verdade — falei, tentando quebrar o silêncio gelado.

Falhei. Miseravelmente.

Alex não respondeu, nem sequer olhou para mim enquanto voltava ao campus pelas curvas da pista escorregadia. Dirigia como andava, falava e respirava – firme e controlado, com um subtom de perigo que alertava sobre uma possível sentença de morte a quem se atrevesse a desafiá-lo.

Era o oposto de Josh, e ainda me espantava o fato de eles serem melhores amigos. Pessoalmente, achava Alex um babaca. Não duvidava de que ele tivesse suas razões, algum tipo de trauma psicológico que o havia transformado em um robô insensível. Com base nos fragmentos de informação que coletei de Josh, a infância de Alex fora pior do que a nossa, mas nunca consegui arrancar os detalhes. Só sabia que os pais dele tinham morrido quando Alex era pequeno e deixado uma montanha de dinheiro, que o garoto quadriplicou ao tomar posse da herança, aos dezoito anos. Não que precisasse disso, afinal ele havia inventado um software de modelo financeiro quando estava no ensino médio e ficado multimilionário antes de ter idade o suficiente para votar.

Com um QI de cento e sessenta, Alex Volkov era um gênio, ou quase. Era a única pessoa na história da Thayer a concluir o programa duplo de graduação e MBA de cinco anos em três, e aos vinte e seis anos se tornara o COO, diretor de operações, de uma das companhias de desenvolvimento imobiliário mais bem-sucedidas do país. Alex era uma lenda e sabia disso.

Enquanto ele conquistava tudo isso, eu achava que estava indo bem quando me lembrava de comer enquanto conciliava as aulas, os cursos extracurriculares e os dois trabalhos, um de recepcionista na McCann Gallery e outro de fotógrafa, serviço que prestava a quem quisesse me contratar. Formaturas, noivados, festa de aniversário do cachorro, eu fazia tudo.

— Vai na festa do Josh? — perguntei, tentando puxar conversa de novo.

O silêncio estava acabando comigo.

Alex e Josh eram melhores amigos desde que dividiram um quarto na Thayer oito anos antes. Desde então, Alex participava das comemorações do Dia de Ação de Graças e outras datas com nossa família todo ano, mas eu ainda não o conhecia *de verdade*. Alex e eu não conversávamos, a menos que fosse sobre Josh ou para pedir para passar as batatas à mesa do jantar, coisas desse tipo.

— Vou.

Beleza. Conversa encerrada, pelo jeito.

Comecei a pensar nas milhões de coisas que tinha para fazer no fim de semana. Editar as fotos da sessão com os Grayson, trabalhar na proposta que mandaria para a bolsa do World Youth Fellowship, ajudar Josh a terminar de fazer as malas depois de...

Droga! Esqueci completamente do bolo de Josh.

Tinha feito a encomenda duas semanas antes da festa, o prazo mínimo para pedir qualquer coisa na Crumble & Bake. Era a sobremesa favorita de

Josh, um bolo de três camadas de chocolate amargo com fudge e recheio de creme de chocolate. Ele só comia aquilo no aniversário, mas, como passaria um ano fora do país, imaginei que tudo bem quebrar a regra.

— Então... — Coloquei meu maior e mais radiante sorriso no rosto. — Não me mata, mas a gente tem que passar na Crumble & Bake.

— Não. Já estamos atrasados.

Alex parou em um semáforo fechado. Estávamos de volta à civilização, e já dava para ver os contornos de um Starbucks e um Panera através do vidro molhado de chuva.

Meu sorriso se manteve.

— É só um *desviozinho*. Vou levar quinze minutos, no máximo. Só preciso pegar o bolo do Josh. Sabe o Morte de Chocolate, aquele que ele adora? Meu irmão vai passar um ano na América Central, e lá não tem C&B, ele viaja daqui a dois dias, e...

— Para.

Alex apertou o volante, e minha cabeça louca e cheia de hormônios notou como seus dedos eram bonitos. Sei que é meio maluco, afinal quem tem *dedos* bonitos? Mas os de Alex eram. No que dizia respeito ao físico, *tudo* nele era bonito. Os olhos verdes brilhantes como lascas de uma geleira embaixo de sobrancelhas escuras; o queixo pronunciado e elegante; as maçãs do rosto esculpidas; o porte esguio e robusto; o cabelo castanho-claro que era, ao mesmo tempo, bagunçado e perfeitamente alinhado. Alex era como uma estátua de um museu italiano que ganhara vida.

O impulso de bagunçar o cabelo dele como faria com uma criança se apoderou de mim, só para ele deixar de ser tão perfeito – o que era irritante para nós, meros mortais –, mas não queria morrer, então mantive as mãos firmes sobre as pernas.

— Se eu te levar à Crumble & Bake, você vai parar de falar?

Não havia dúvida, ele estava arrependido de ter ido me buscar.

Meu sorriso se alargou.

— Se você quiser...

Seus lábios ficaram mais finos.

— Certo.

Isso!

Ava Chen: um.

Alex Volkov: zero.

Quando chegamos à confeitaria, soltei o cinto de segurança e me virei para abrir a porta, mas Alex segurou meu braço e me puxou de volta. Ao contrário do que eu esperava, seu toque não era frio. Era escaldante e queimou minha pele e meus músculos, atravessando todas as camadas do meu corpo, até chegar ao fundo do estômago.

Engoli em seco. *Hormônios idiotas.*

— Que foi? A gente já tá atrasado, e eles vão fechar daqui a pouco.

— Você não pode sair assim.

Uma notinha sutil de desaprovação se fazia presente nos cantos da boca.

— "Assim" como? — perguntei, confusa.

Vestia jeans e camiseta, nada escandaloso.

Alex inclinou a cabeça para meu peito. Olhei para baixo e soltei um gritinho horrorizado. Minha. Camiseta. Branca. Molhada. Transparente. Não *um pouco* transparente, como se desse para ver o contorno do sutiã com um olhar mais atento. Transparente de verdade. Sutiã de renda vermelha, mamilos salientes – valeu, ar-condicionado –, o pacote completo.

Cruzei os braços sobre o peito e senti o rosto ficar vermelho da cor do sutiã.

— Estava assim o tempo todo?

— Estava.

— Podia ter me avisado.

— Eu avisei. Agora.

Às vezes, sentia vontade de estrangulá-lo. De verdade. E eu nem era uma pessoa violenta. Continuava a mesma garota que passara anos sem comer biscoitos de gengibre em forma de bonequinhos porque tinha assistido a *Shrek* e ficava com a sensação de estar comendo membros da família do Homem-Biscoito ou, pior ainda, o próprio Homem-Biscoito, mas algo em Alex despertava meu lado sombrio.

Soltei um suspiro cortante e abaixei os braços por instinto, sem nem me lembrar da camiseta transparente, até perceber Alex olhando para meu peito de novo.

A cara vermelha voltou, mas eu estava farta de ficar ali sentada discutindo com ele. A Crumble & Bake fecharia em dez minutos, e o tempo estava passando.

Talvez por causa do homem, do clima ou da hora e meia que passara presa sob o toldo de um ponto de ônibus, mas minha frustração transbordou antes que eu pudesse evitar.

— Em vez de ser um cuzão e ficar encarando meus peitos, por que não me empresta sua jaqueta? Porque eu quero muito pegar esse bolo e dar ao meu irmão, seu melhor amigo, uma despedida decente antes de ele sair do país.

Cobri a boca com a mão, horrorizada, mas minhas palavras ficaram pairando no ar. Eu tinha acabado de pronunciar a palavra "peitos" em voz alta para Alex Volkov e acusá-lo de estar olhando para os meus? E o chamei de "cuzão"?

Meu Deus, se o Senhor mandar um raio sobre minha cabeça agora, não vou ficar brava. Prometo.

Alex semicerrou ainda mais os olhos. Esse gesto estava entre as cinco reações mais emocionais que consegui provocar nele em oito anos, então já era alguma coisa.

— Pode acreditar, eu não estava olhando para os seus peitos — respondeu ele em um tom frio o suficiente para transformar as gotinhas de chuva espalhadas por minha pele em partículas de gelo. — Você não faz meu tipo, mesmo que não fosse irmã do Josh.

Ui. Eu também não estava interessada em Alex, mas nenhuma garota gosta de ser dispensada com tanta facilidade.

— Beleza. Não precisa ser grosso — resmunguei. — Olha só, a C&B fecha em dois minutos. Empresta sua jaqueta, e vamos sair daqui.

Tinha feito o pagamento on-line, então só precisava pegar o bolo.

Um músculo se contraiu na sua mandíbula.

— Eu pego. Você não vai sair do carro vestida desse jeito, nem com a minha jaqueta.

Alex tirou um guarda-chuva de baixo do banco e saiu do carro com um movimento ágil. Ele se movia como uma pantera, uma mistura de graça contida e intensidade precisa. Se quisesse, poderia ganhar muito dinheiro como modelo de passarela, mas duvido que faria algo tão "tosco".

Voltou menos de cinco minutos depois com a caixa rosa e verde que era a marca registrada da Crumble & Bake embaixo do braço. Jogou-a no meu colo, fechou o guarda-chuva e saiu de ré da vaga em que havia estacionado em um piscar de olhos.

— Você nunca sorri? — perguntei, espiando o interior da caixa para ter certeza de que não haviam errado a encomenda. Não erraram. Um Morte de Chocolate na mão. — Podia ajudar com seu problema.

— Que problema? — rebateu ele em um tom entediado.

— Paunocuzite.

Já chamei o homem de cuzão, um insulto a mais não faria diferença.

Talvez tenha imaginado, mas acho que vi sua boca tremer, antes de ele responder na lata.

— Não. O quadro é crônico.

Minhas mãos paralisaram, meu queixo caiu.

— Você... acabou de fazer uma piada?

— O que estava fazendo na rua, afinal?

Alex mudou de assunto tão depressa que fiquei atordoada.

Ele tinha feito uma piada. Eu não acreditaria se não tivesse ouvido em primeira mão.

— Fui fotografar uns clientes. Tem um lago bonito em...

— Não precisa contar os detalhes. Não me interessa.

Um grunhido baixo escapou do meu peito.

— O que *você* tá fazendo aqui? Não faz o gênero chofer.

— Estava por perto, e você é irmã do Josh. Se morresse, eu teria que aturar o cara destruído.

Alex parou em frente à minha casa. Na casa vizinha, a de Josh, as luzes estavam acesas, e pela janela dava para ver pessoas dançando e rindo.

— Josh tem um péssimo gosto pra amizades — comentei, azeda. — Não sei o que ele vê em você. Espero que um pau no seu cu perfure um órgão vital. — Depois, como meus pais me criaram muito bem, acrescentei: — Obrigada pela carona.

Saí do carro. A chuva havia se transformado em uma garoa, e senti cheiro de terra molhada e hortênsias no vaso ao lado da porta. Tomei banho, troquei de roupa e peguei a segunda metade da festa de Josh. Torci para ele não me atormentar por ter ficado sem transporte na rua ou me atrasado, porque não estava com saco para discutir.

Nunca ficava brava por muito tempo, mas naquele momento meu sangue fervia, e minha vontade era socar a cara de Alex Volkov.

Ele era muito frio, arrogante e... e... *ele*. Era de enfurecer.

Pelos menos não precisava lidar com o cara com muita frequência. Josh normalmente o encontrava na cidade, e Alex não visitava a Thayer, embora fosse ex-aluno.

Graças a Deus. Se eu tivesse que ver Alex mais que umas dez vezes por ano, ficaria maluca.

CAPÍTULO 2

Alex

— A GENTE DEVIA IR PRA UM LUGAR MAIS... RESERVADO. — A LOIRA deslizou os dedos por meu braço e passou a língua pelo lábio inferior, um convite cintilava nos olhos cor de avelã. — Ou não. O que você curtir.

Meus lábios se curvaram, não o suficiente para sorrir, mas o bastante para transmitir meus pensamentos. *Você não aguenta o que eu curto.*

Apesar do vestido curto e justo e das palavras sugestivas, ela parecia ser do tipo que esperava bobagens doces e romance na cama.

Eu não curtia bobagens doces nem romance.

Transava de um jeito específico, e só um tipo específico de mulher encarava essa merda. Não chegava a ser BDSM *hardcore*, mas não tinha ternura. Nada de beijo, nenhum contato cara a cara. As mulheres concordavam, depois tentavam mudar o esquema no meio do jogo, e era aí que eu parava e apontava a porta para elas. Não tenho saco para quem não é capaz de cumprir um acordo simples.

Por isso me limitava a uma lista de nomes conhecidos entre os quais fazia um revezamento quando precisava de alívio; os dois lados sabiam o que esperar.

A loira não entraria nesse grupo.

— Hoje não. — Girei o gelo no copo. — É a festa de despedida do meu amigo.

Ela olhou para Josh, que recebia sua dose de atenção feminina. Deitado no sofá, única peça da mobília que havia restado, depois de ter encaixotado tudo durante as preparações para o ano que passaria fora, sorria para as três mulheres que o paparicavam. Josh sempre fora o sedutor. Enquanto eu deixava as pessoas nervosas, ele as deixava à vontade, e sua abordagem em relação ao sexo frágil era oposta à minha. De acordo com Josh, quanto mais, melhor. Àquela altura, já devia ter transado com metade da população da área metropolitana de Washington DC.

— Ele pode participar. — A loira se aproximou até roçar os peitos no meu braço. — Não ligo.

— Nem eu — disse a amiga dela, uma morena delicada que tinha se mantido em silêncio até então, mas me olhava como se eu fosse um filé suculento desde que eu cruzara a porta. — Lyss e eu fazemos *tudo* juntas.

A insinuação não seria mais clara nem se ela a tivesse tatuado no colo exposto.

A maioria dos homens agarraria a oportunidade, mas eu já estava entediado com a conversa. Nada me brochava mais do que desespero, e o delas era mais evidente que o perfume forte que usavam.

Não me dei ao trabalho de responder. Em vez disso, olhei em volta procurando algo mais interessante. Se a festa fosse para qualquer outra pessoa, eu nem teria vindo. O cargo de COO do Archer Group e meu projeto paralelo me ocupavam o suficiente para eu não perder tempo com eventos sociais inúteis. Mas Josh era meu melhor amigo, uma das poucas pessoas cuja companhia eu conseguia suportar por mais de uma hora seguida, e ele partiria na segunda-feira para passar um ano fora, na América Central, onde seria médico voluntário. E aqui estava eu, fingindo que realmente queria estar ali.

Uma risada suave e melodiosa flutuou no ar, atraindo minha atenção.

Ava. Óbvio.

A irmã mais nova de Josh era tão doce e solar que eu meio que esperava ver flores brotando do chão onde ela pisava e um cortejo de animais silvestres seguindo-a pelos campos ou fosse lá o que garotas como ela faziam.

Ela estava em um canto com os amigos, o rosto radiante e animado, rindo do que um deles tinha dito. Tentei adivinhar se era uma risada autêntica ou forçada. A maioria das risadas – na real, a maioria das pessoas – era falsa. Acordavam toda manhã e punham a máscara, dependendo do que queriam naquele dia e do que desejavam que o mundo visse. Sorriam para pessoas que odiavam, riam de piadas sem graça e puxavam o saco de gente que, em segredo, esperavam derrubar.

Não julgava. Como todo mundo, eu também tinha minhas máscaras, e suas camadas eram profundas, mas, diferentemente do restante, estava tão propenso a puxar saco e jogar conversa fora quanto a injetar cloro nas veias.

Conhecendo Ava, a risada era sincera.

Coitada. O mundo a devoraria viva assim que ela deixasse a bolha da Thayer.

Não é problema meu.

— Ei. — Josh surgiu ao meu lado todo descabelado e sorridente. As garotas tinham sumido... espera, não. Na verdade estavam dançando ao som de Beyoncé como se participassem de uma audição para trabalhar na Strip Angel, enquanto um grupo de marmanjos as observava e babava. *Homens.* Meu gênero precisava aumentar um pouquinho os padrões e pensar menos com a cabeça menor. — Obrigado por ter vindo, cara. Desculpa não ter dado um oi antes. Estava... ocupado.

— Eu vi. — Arqueei uma sobrancelha enquanto olhava de soslaio o batom no canto de sua boca. — Tem umas manchas na sua cara.

O sorriso se tornou mais largo.

— Distintivo de honra. Falando nisso, não estou atrapalhando, né?

Olhei para a loira e a morena, que tinham escolhido outro alvo, depois do fracasso em despertar meu interesse.

— Não. — Balancei a cabeça. — Aposto cem dólares que você não aguenta um ano nesse fim de mundo para onde vai. Sem mulher, sem festa. Vai voltar antes do Halloween.

— Ah, homem de pouca fé. Vai ter mulher, sim, e a festa é onde eu estou. — Josh pegou uma cerveja do cooler mais próximo e a abriu. — Aliás, queria falar com você sobre isso. Sobre minha ausência.

— Não me diga que vai ficar todo emocionado comigo. Se tá pensando em comprar pulseiras da amizade pra gente, estou fora.

— Vai se foder, palhaço. — Ele riu. — Não compro uma joia pra você nem se você *me* pagar. Não, quero falar sobre Ava.

Meu copo parou a um centímetro da boca, depois concluiu o trajeto, e senti o uísque descer pela garganta. Odeio cerveja. Tem gosto de mijo, mas como era a bebida preferida em todas as festas de Josh, eu sempre levava um cantil de Macallan quando aparecia.

— O que tem ela?

Josh e a irmã eram próximos, embora discutissem tanto que, às vezes, eu queria fechar a boca dos dois com fita adesiva. Era a natureza dos irmãos – algo que nunca experimentei por completo.

O uísque azedou na boca, e eu larguei o copo com uma careta.

— Estou preocupado. — Josh massageou o queixo, sério. — Sei que Ava é adulta e capaz de cuidar de si mesma... a menos que fique presa no meio do nada. Aliás, obrigado por ter ido buscá-la. Mas nunca ficou sozinha por tanto tempo, e às vezes é um pouco... crédula demais.

Entendi aonde Josh queria chegar e não gostei nada. Nada mesmo.

— Ela não vai estar sozinha. Tem as amigas. — Apontei com a cabeça para elas. Uma das meninas, ruiva e cheia de curvas usando uma saia dourada que a fazia parecer um globo de boate, escolheu exatamente esse momento para subir na mesa e balançar o traseiro ao som do rap que berrava dos alto-falantes.

Josh bufou.

— Jules? Ela não é socorro, é risco. Stella é tão confiante quanto Ava, e Bridget... ela tem segurança, mas nem sempre tá por perto.

— Não precisa se preocupar. Thayer é segura, e a criminalidade por aqui é quase zero.

— É, mas eu me sentiria melhor se tivesse alguém em quem confio para cuidar dela, sabe?

Porra. O trem corria para o precipício, e não havia nada que eu pudesse fazer para freá-lo.

— Eu não pediria... sei que você tem muito com que se preocupar, mas Ava terminou com o namorado há duas semanas, e ele anda a assediando. Sempre soube que o cara era um merdinha, mas ela não me ouviu. Enfim, se puder ficar de olho nela, só pra ter certeza de que não vai ser assassinada, sequestrada, nada disso... fico te devendo essa.

— Você já me deve várias por todas as vezes que livrei sua cara — respondi, irônico.

— Você se divertiu no processo. Às vezes você é tenso demais. — Josh sorriu. — E aí, isso é um sim?

Olhei para Ava de novo. Examinei-a. Uma garota de vinte e dois anos, quatro a menos que Josh e eu, e conseguia parecer mais nova e mais velha ao mesmo tempo. Era o jeito como se comportava, como se já tivesse visto tudo – o bom, o mau, as profundezas mais terríveis – e ainda acreditasse na bondade.

Era tão idiota quanto admirável.

Ava deve ter sentido meu olhar, porque parou de conversar e olhou direto para mim. Seu rosto ficou rosado ao perceber meu olhar fixo. O jeans e a camiseta tinham sido trocados por um vestido roxo que esvoaçava em torno dos joelhos.

Que droga. O vestido era bonito, mas minha mente voltou à viagem de carro, quando a camiseta úmida colava como uma segunda pele no seu corpo e os mamilos se projetavam contra a renda vermelha do sutiã. Falei sério quando disse que ela não era meu tipo, mas gostei do que vi. Dava para me imaginar levantando aquela camiseta, afastando o sutiã com os dentes e abocanhando um daqueles mamilos duros...

Arranquei aquela fantasia assustadora da cabeça. O que estava acontecendo comigo, cacete? Ela era *irmã* de Josh. Inocente, de olhar ingênuo, e tão doce que me dava enjoo. O oposto das mulheres sofisticadas e experientes que eu preferia na cama e fora dela. Não precisava me preocupar com sentimentos depois do sexo porque as garotas sabiam que, comigo, era melhor que eles nem entrassem na equação. Ava era puro sentimento, com uma pitada de atrevimento.

Um esboço de sorriso moveu minha boca quando me lembrei do que ela dissera mais cedo ao se despedir. *Espero que o pau no seu cu perfure um órgão vital.*

Não era a pior coisa que alguém já tinha falado para mim, nem de longe, mas era mais agressivo do que eu esperava dela. Nunca a tinha ouvido dizer nada de mau para ou sobre alguém antes. Sentia um prazer perverso por ser capaz de incomodá-la tanto.

— Alex — chamou John.

— Não sei, cara. — Desviei o olhar de Ava e seu vestido roxo. — Não sou grande coisa como babá.

— Que bom que ela não é um bebê — retrucou ele. — Escuta, sei que estou pedindo muito, mas você é a única pessoa em quem confio e sei que não vai...

— Foder sua irmã?

— Caramba, velho. — Josh parecia ter engolido um limão. — Não usa essa palavra em relação à minha irmã. É nojento. Mas... sim. É porque nós dois sabemos que ela não é seu tipo e, mesmo que fosse, você nunca faria isso.

Uma onda de culpa me percorreu quando me lembrei da fantasia errante de alguns momentos antes. Se eu estava fantasiando com Ava Chen, era hora de ligar para alguém da minha lista.

— Mas é mais que isso. Você é a única pessoa em quem confio fora da família, ponto-final. E sabe como me preocupo com Ava, principalmente agora, com essa coisa toda do ex. — Sua expressão se tornou sombria. — Juro, se algum dia eu encontrar aquele otário...

Suspirei.

— Eu cuido dela. Não se preocupe.

Eu me arrependeria. Sabia disso, mas estava ali, desistindo da minha vida, pelo menos por um ano. Não era de fazer muitas promessas, mas, quando fazia, eu as cumpria. Assumia um compromisso. O que significava que, se havia prometido a Josh que cuidaria de Ava, pode apostar que eu cuidaria mesmo, e não estou falando de uma mensagem de texto a cada duas semanas.

Ela estava sob minha proteção agora.

Um conhecido e sinistro sentimento de desgraça iminente envolveu meu pescoço e apertou, cada vez mais forte, até me faltar oxigênio e pontinhos luminosos dançarem diante de meus olhos.

Sangue. Por toda parte.

Nas minhas mãos. Nas roupas. Respingado no tapete cor de creme de que ela gostava tanto... o que havia trazido da Europa na sua última viagem.

Uma urgência insana de esfregar o tapete e arrancar uma a uma as partículas de sangue das fibras macias se apoderou de mim, mas eu não conseguia me mexer.

Tudo que conseguia era encarar a cena grotesca na minha sala de estar – uma sala que, menos de meia hora antes, explodia de afeto, riso e amor. Agora era fria e sem vida, como os três corpos a meus pés.

Pisquei forte e tudo desapareceu – as luzes, as lembranças, a corda ao redor do meu pescoço.

Mas voltariam. Sempre voltavam.

— Você é demais — dizia Josh, sorrindo outra vez, depois de eu ter aceitado um papel que não devia. Eu não era um protetor; era um destruidor. Partia corações e esmagava concorrentes sem me importar com as consequências. Se alguém era tão estúpido a ponto de se apaixonar por mim ou me desafiar, duas coisas que eu avisava às pessoas que nunca fizessem, sabia o que teria que enfrentar. — Quando eu voltar, trago pra você um... porra, sei lá. Café. Chocolate. Quilos do que tiver de bom por lá. E fico te devendo um favorzão no futuro.

Forcei um sorriso. Antes que pudesse responder, meu telefone tocou e levantei um dedo.

— Já volto. Preciso atender.

— Fique à vontade, cara.

Josh já estava distraído com a loira e a morena que pouco antes se jogavam em cima de mim, mas que haviam encontrado uma plateia mais acessível no meu melhor amigo. Quando cheguei ao quintal e atendi a ligação, elas tinham enfiado as mãos embaixo da camisa dele.

— *Djadko* — falei, usando a palavra ucraniana para tio.

— Alex. — A voz do meu tio do outro lado da linha era rouca, áspera depois de décadas de cigarros e da passagem da vida. — Espero não estar atrapalhando.

— Não.

Olhei através da porta de vidro para a festa. Josh morava na mesma casa de dois andares próxima ao campus da Thayer desde a graduação. Fomos companheiros de quarto até eu me formar e mudar para mais perto do escritório – e me afastar do bando de universitários bêbados e barulhentos que desfilavam pelo campus e pela região toda noite.

Todo mundo tinha aparecido para a festa de despedida de Josh, e "todo mundo", nesse caso, queria dizer metade da população de Hazelburg, Maryland, onde ficava Thayer. Ele era um queridinho da cidade, e eu imaginava que as pessoas sentiriam falta de suas festas tanto quanto do próprio Josh.

Para alguém que sempre dizia estar se afogando em trabalhos acadêmicos, ele encontrava bastante tempo para bebida e sexo. Não que isso prejudicasse sua performance acadêmica. O filho da mãe tinha uma média geral quase perfeita.

— Resolveu o problema? — perguntou meu tio.

Ouvi uma gaveta abrir e fechar, depois o estalo baixo de um isqueiro. Sempre tentava convencê-lo a parar de fumar, mas ele nunca me ouvia. Velhos hábitos são difíceis de superar; velhos hábitos ruins são mais difíceis ainda, e Ivan Volkov tinha atingido aquela idade em que não se importava mais.

— Ainda não. — A lua brilhava baixa no céu, projetando faixas de luz que cortavam o quintal escuro. Luz e sombra. Dois lados da mesma moeda. — Mas vou. Estamos perto.

De justiça. Vingança. Salvação.

Durante dezesseis anos, a busca por essas três coisas me consumiu. Eram só no que eu pensava a cada segundo que passava acordado, eram meus sonhos e pesadelos. Minha razão para viver. Até em situações em que me distraía – com o jogo de xadrez da política corporativa, com o prazer fugaz de penetrar o calor apertado de um corpo disponível –, elas permaneciam no plano de fundo da consciência, me tornando muito mais ambicioso e implacável.

Dezesseis anos podiam parecer muito tempo, mas sou especialista em jogo longo. Não importa quantos anos tenha que esperar, desde que, no fim, valha a pena.

O fim do homem que destruiu minha família? Vai ser glorioso.

— Que bom.

Meu tio tossiu. Comprimi os lábios.

Um dia desses, eu o convenceria a parar de fumar. Fazia anos que a vida me havia tirado todo o sentimentalismo, mas Ivan era meu único parente vivo. Ele me acolheu, me criou como se eu fosse seu filho e ficou ao meu lado a cada curva espinhosa do meu caminho rumo à vingança, então é o mínimo que devo a ele.

— Logo sua família estará em paz — disse ele.

Talvez. Mas se eu também estarei... essa era uma questão para outro dia.

— Tem uma reunião do conselho na semana que vem — comentei, mudando de assunto. — Vou estar na cidade.

Meu tio era o CEO oficial do Archer Group, a empresa de desenvolvimento imobiliário que havia fundado uma década antes sob minha orientação. Mesmo adolescente, eu levava jeito para os negócios.

A sede do Archer Group ficava na Filadélfia, mas havia escritórios da empresa por todo o país. Como minha base era em Washington DC, era lá que estava localizado o verdadeiro centro de poder da companhia, embora as reuniões do conselho ainda acontecessem na sede.

Com o apoio do meu tio e pelas regras do acordo de quando fundamos a empresa, eu poderia ter assumido o cargo de CEO anos antes, mas a posição de COO me dava mais flexibilidade até eu terminar o que precisava fazer. Além do mais, no fim das contas, todo mundo sabia que eu era o poder por trás do trono. Ivan era um bom CEO, mas foram minhas estratégias que projetaram a companhia para a Fortune 500 depois de apenas uma década.

Meu tio e eu falamos sobre negócios por um bom tempo antes de eu desligar e voltar à festa. As engrenagens da minha cabeça começaram a girar enquanto eu avaliava todos os acontecimentos da noite – a promessa para Josh, o incentivo do meu tio diante do pequeno tropeço no meu plano de vingança. Eu teria que dar um jeito de conciliar as duas coisas no próximo ano.

Rearranjei mentalmente as peças da minha vida em padrões diferentes, analisando cada cenário até o fim, pesando prós e contras e examinando-os em busca de possíveis falhas, até chegar a uma decisão.

— Tudo bem? — perguntou Josh do sofá, onde a loira beijava seu pescoço e a mão da morena se familiarizava de um jeito bem íntimo com a região abaixo de seu cinto.

— Tudo. — Olhei de novo em direção à Ava, o que me irritou. Ela estava na cozinha, ajeitando o que restava do bolo da Crumble & Bake. A pele bronzeada brilhava com uma fina camada de suor depois de dançar, e o cabelo preto emoldurava o rosto como uma nuvem em movimento. — Sobre o pedido que você me fez... tenho uma ideia.

CAPÍTULO 3

Ava

— Espero que reconheça que sou uma boa amiga. — Jules bocejou enquanto atravessávamos o jardim em direção à casa de Josh. — Por acordar no raiar do dia pra ajudar seu irmão a limpar a casa e arrumar as malas, sendo que nem gosto do cara.

Dei risada e enganchei o braço no dela.

— Mais tarde eu pago seu mocha de caramelo do Morning Roast. Prometo.

— Sei, sei. — Ela fez uma pausa. — Grande, com porção extra de cobertura crocante?

— Você sabe que sim.

— Legal. — Jules bocejou de novo. — Vai valer a pena.

Jules e Josh não eram muito fãs um do outro. Sempre achei estranho, considerando que eram muito parecidos. Os dois eram extrovertidos, sedutores, inteligentes e verdadeiros destruidores de corações.

Jules era a versão humana da Jessica Rabbit, com o cabelo ruivo e brilhante, a pele sedosa e curvas que me faziam olhar para meu próprio corpo e soltar um suspiro. No geral, eu estava satisfeita com minha aparência, mas, como membra do Comitê dos Peitos Minúsculos, gostaria de usar sutiãs um ou dois números maiores sem ter que recorrer à cirurgia plástica. Ironicamente, Jules às vezes reclamava do excesso, dizendo que o peso maltratava suas costas. Devia existir um PixPeitos, um sistema pelo qual as mulheres poderiam mandar e receber excedentes ao apertar um botão.

Como eu disse, estava feliz com minha aparência na maior parte do tempo, mas ninguém, nem mesmo supermodelos ou estrelas de cinema, era imune a inseguranças.

Com exceção das queixas ocasionais sobre os seios, Jules era a pessoa mais confiante que já conheci – só perdia para meu irmão, cujo ego poderia abrigar toda a Costa Leste dos Estados Unidos e ainda sobraria espaço para o Texas. Acho que ele tem razões para isso, considerando que sempre foi o menino de ouro e, embora me incomode muito admitir por se tratar do meu irmão, Josh também não era de se jogar fora. Um metro e oitenta de altura, cabelo preto e estrutura óssea perfeita, coisa que *nunca* deixava ninguém esquecer. Eu tinha certeza de que, se tivesse a oportunidade, Josh encomendaria uma escultura de si próprio e a exibiria no jardim de casa.

Jules e Josh nunca revelaram o motivo para tamanha antipatia mútua, mas eu suspeitava de que tinha a ver com o fato de enxergaram muito de si próprios um no outro.

A porta estava aberta, então entramos sem bater.

Para minha surpresa, a casa estava limpa. Na semana anterior, Josh tinha mandado a maioria dos móveis para um depósito, e as únicas coisas que restavam era o sofá (que alguém viria buscar mais tarde), alguns utensílios de cozinha e o quadro esquisito de pintura abstrata na sala de estar.

— Josh? — Minha voz ecoou no espaço amplo e vazio. Jules se sentou no chão, abraçou os joelhos e fez uma cara contrariada. Não era uma pessoa matinal. — Cadê você?

— No quarto!

Ouvi um barulho alto no andar de cima, depois um palavrão abafado.

Um minuto depois, Josh desceu com uma grande caixa de papelão.

— Coisas pra doar — explicou, pondo a caixa sobre a bancada da cozinha.

Torci o nariz.

— Veste uma camisa. Por favor.

— E privar a JR do colírio matinal? — Josh riu. — Não sou tão cruel.

Eu não era a única que achava Jules parecida com Jessica Rabbit; Josh sempre a chamava pelas iniciais da personagem do desenho, o que a deixava muito irritada. Tudo que Josh fazia a deixava muito irritada.

Jules levantou a cabeça e fez uma cara feia.

— Fala sério. Já vi tanquinho melhor na academia do campus. Escuta a Ava e veste uma camisa antes que eu ponha pra fora o jantar de ontem à noite.

— Penso que a dama faz protestos em demasia — debochou Josh, escorregando a mão pelo abdome. — A única coisa que você vai pôr pra fora é...

— Chega. — Levantei os braços, interrompendo a conversa antes que seguisse por um caminho que me marcaria pela vida toda. — Basta de conversa mole. Vamos terminar suas malas antes que você perca o avião.

Felizmente, Josh e Jules se comportaram bem durante a hora e meia seguinte, enquanto a gente embalava o que faltava e levava tudo para a SUV que ele alugara para terminar a mudança.

Em pouco tempo, restava apenas o quadro para ser embalado.

— Diz que vai doar isso também. — Olhei para a tela enorme. — Não sei nem como vai caber no carro.

— Não, deixa aí. Ele gosta.

— Quem?

Até onde eu sabia, a casa ainda não havia sido alugada. Mas ainda era julho, e haveria muita gente interessada quando o começo do semestre se aproximasse.

— Você vai ver.

Não gostei do sorriso no seu rosto. Não mesmo.

O ronco baixo de um motor potente preencheu o ar.

O sorriso de Josh se alargou.

— Na verdade, vai ver agora.

Jules e eu nos olhamos, então corremos para abrir a porta da frente.

Um Aston Martin conhecido estava parado na entrada. A porta se abriu e Alex desceu do carro, mais lindo do que qualquer ser humano tinha o direito de ser, usando jeans, camisa preta abotoada com mangas dobradas e óculos modelo aviador.

Ele tirou os óculos e nos examinou com um olhar frio sem se abalar com a minifesta de boas-vindas na escada da frente.

E eu não me sentia especialmente acolhedora.

— Mas... é o Alex — gaguejei.

— E tá beeem gato, tenho que acrescentar — comentou Jules, depois me deu uma cotovelada de leve nas costelas, a que respondi fechando a cara.

Que diferença fazia se ele era gostoso? Era um canalha.

— E aí, cara? — Josh e Alex bateram as mãos. — Cadê suas coisas?

— A empresa de mudança vai trazer mais tarde.

Alex olhou de soslaio para Jules, que o estudava como se fosse um brinquedo novo e brilhante. Além de Josh, Alex era o único com quem o charme dela nunca fazia efeito, o que a intrigava ainda mais. Jules adorava um bom desafio, talvez porque a maioria dos rapazes caía a seus pés antes mesmo de ela abrir a boca.

— Espera. — Levantei a mão, sentindo o coração disparar de pânico. — Empresa de mud... você não vem morar *aqui*.

— Ele vem, sim. — Josh passou um braço sobre meus ombros, e seus olhos brilharam cheios de malícia. — Diga "oi" para seu novo vizinho, irmãzinha.

Meus olhos faziam um pingue-pongue entre ele e Alex, visivelmente entediado com a conversa.

— Não. — Só havia uma razão para Alex Volkov ter deixado sua luxuosa cobertura na capital e voltado para Hazelburg, e eu apostaria minha câmera nova que não tinha nada a ver com saudade dos tempos de faculdade. — Não, não, não, não, não.

— Sim, sim, sim, sim, sim.

Encarei meu irmão.

— Não preciso de babá. Tenho vinte e dois anos.

— Quem falou em babá? — Josh deu de ombros. — Ele vai cuidar da casa pra mim. Volto no ano que vem, então faz sentido.

— Para de graça. Você quer é que ele fique de olho em mim.

— Isso é um bônus. — O rosto de Josh suavizou. — Não faz mal nenhum ter alguém por perto com quem você possa contar quando eu não estiver aqui, especialmente com essa história toda com o Liam.

Eu me retraí ao ouvir o nome do meu ex. Liam não parava de mandar mensagens desde que descobri que ele estava me traindo, um mês e meio antes. Até apareceu umas vezes na galeria onde eu trabalhava implorando por outra chance. Não fiquei arrasada com o fim do relacionamento. O namoro durou poucos meses, e eu não estava apaixonada nem nada, mas a situação trouxe à tona todas minhas inseguranças. Josh se preocupava com a possibilidade de Liam passar dos limites, mas, falando sério, Liam era o típico herdeiro que vestia Brooks Brothers e jogava polo. Eu duvidava que o cara fosse fazer algo que pudesse prejudicar seu cabelo perfeitamente modelado com gel.

Sentia mais vergonha por ter namorado ele do que receio por minha segurança física.

— Sei me cuidar. — Empurrei o braço de Josh de cima do ombro. — Telefona pra companhia de mudança e cancela tudo — disse a Alex, que havia nos ignorado o tempo todo enquanto mexia no celular. — Você não precisa se mudar pra cá. Não tem... coisas pra fazer em DC?

— DC fica a vinte minutos de carro — respondeu ele sem levantar a cabeça.

— Só pra constar, sou totalmente a favor da sua mudança pra casa vizinha — interferiu Jules. *Traidora.* — Você costuma cortar a grama sem camisa? Se não tem esse hábito, recomendo que comece.

Alex e Josh franziram a testa ao mesmo tempo.

— Você. — Josh apontou para ela. — Não faça nenhuma gracinha enquanto eu estiver fora.

— É fofo como você acha que pode dar palpite na minha vida.

— Não dou a mínima pra o que faz com sua vida. O que me preocupa é quando arrasta Ava para os seus esquemas sem noção.

— Boletim informativo: você também não tem nada a ver com a vida da Ava. Ela é dona do próprio nariz.

— Ela é minha irmã...

— É minha melhor amiga...

— Lembra quando você quase fez Ava ser presa...

— Você precisa superar essa história. Faz quase três anos...

— Gente! — Pressionei os dedos nas têmporas. Lidar com Josh e Jules era como lidar com crianças. — Parem de discutir. Josh, para de tentar controlar minha vida. Jules, para de provocar.

Josh cruzou os braços.

— Como seu irmão mais velho, é meu dever proteger você e designar alguém pra me substituir quando eu não estiver aqui.

Havia crescido com ele; sabia que expressão era aquela. Josh não cederia.

— E imagino que Alex seja o substituto? — perguntei, resignada.

— Não sou substituto de nada — anunciou Alex em um tom frio. — É só você não fazer nenhuma besteira que todo mundo fica bem.

Gemi e cobri o rosto com as mãos.

O ano seria longo.

CAPÍTULO 4

Ava

Dois dias depois, Josh estava na América Central, e Alex havia se mudado. Eu tinha visto os funcionários da empresa de mudança carregarem uma TV de tela plana gigante e caixas de tamanhos variados para a casa vizinha, e o Aston Martin de Alex agora era uma visão diária.

Como ficar ruminando a situação não me ajudaria em nada, decidi usar os limões que a vida me presenteara para fazer uma limonada.

No verão, a galeria fechava às terças-feiras, e eu não tinha nenhuma sessão de fotos marcada, então passei a tarde preparando meus cookies red velvet, uma criação autoral.

Tinha terminado de arranjá-los em uma cestinha fofa quando ouvi o ronco inconfundível do carro de Alex na casa ao lado e depois uma porta batendo.

Merda. Ok, eu estava pronta. Sério.

Limpei as mãos suadas na lateral das coxas. Francamente, não deveria ficar nervosa com a ideia de levar cookies para aquele homem. Havia oito anos que Alex se sentava à nossa mesa para o jantar de Ação de Graças e, mesmo com todo o dinheiro e toda a beleza, ele era humano. Intimidador, mas mesmo assim um humano.

Além do mais, tinha se mudado para cuidar de mim e não cumpriria seu papel se arrancasse minha cabeça a dentadas, certo?

Mais tranquila depois dessa argumentação, peguei a cesta, as chaves e o telefone e me dirigi à casa. Felizmente, Jules estava no estágio de direito. Se tivesse que ouvi-la falar mais uma vez sobre quanto Alex era gostoso, acabaria gritando.

Uma parte de mim achava que ela fazia isso para me irritar, mas a outra parte temia que ela estivesse mesmo interessada no cara. Minha melhor amiga tendo um caso com o melhor amigo do meu irmão abriria uma caixa de Pandora com a qual eu preferia não ter que lidar.

Toquei a campainha, tentando acalmar meu coração acelerado enquanto esperava Alex abrir. Queria deixar a cesta na soleira e correr para casa, mas essa era a saída mais covarde, e eu não era covarde. Pelo menos não na maior parte do tempo.

Esperei um minuto.

Toquei a campainha de novo.

Por fim, ouvi passos distantes. O som se tornou cada vez mais alto até a porta se abrir e eu ficar frente a frente com Alex. Ele havia tirado o paletó, mas ainda vestia o restante do look de trabalho – camisa Thomas Pink branca, calça e sapatos Armani e uma gravata Brioni azul.

Os olhos passaram pelo meu cabelo (presos em um coque meio solto), pelo rosto (quente como areia aquecida pelo sol por nenhum motivo discernível) e pelas minhas roupas (regata e short preferidos), então encontraram a cesta. Sua expressão se manteve indecifrável o tempo todo.

— Pra você. — Empurrei a cesta em sua direção. — São cookies — acrescentei sem motivo, afinal, dã, dava para ver que eram cookies. — Presente de boas-vindas à vizinhança.

— Presente de boas-vindas à vizinhança — repetiu ele.

— É. Já que é... novo. Na vizinhança. — Que idiota. — Sei que você não queria estar aqui mais do que eu queria que você estivesse aqui... — *Droga, tudo errado.* — Mas, como somos vizinhos, é melhor a gente dar uma trégua.

Alex levantou uma sobrancelha.

— Não sabia que a gente precisava de uma trégua. Não estamos em guerra.

— Não, mas... — Suspirei, frustrada. Ele precisava *mesmo* complicar a situação. — Estou tentando ser legal, ok? Vamos ter que nos aturar durante um ano, só quero facilitar nossa vida. Pega os benditos cookies. Pode comer, jogar fora, dar pra sua cobra Nagini, tanto faz.

Sua boca estremeceu.

— Você acabou de me comparar ao Voldemort?

— Quê? Não! — *Talvez.* — Usei a cobra como um exemplo. Você não parece ser do tipo que tem um bichinho de estimação peludo.

— Aí você tem razão. Mas também não tenho uma cobra. — Ele pegou a cesta das minhas mãos. — Obrigado.

Paralisei. Sério. Alex Volkov acabou de *agradecer*? A mim? Estava esperando que pegasse os cookies e fechasse a porta na minha cara. Ele nunca havia me agradecido por nada na vida.

Exceto, talvez, uma vez quando passei o purê de batatas à mesa do jantar, mas eu estava bêbada, então a lembrança era turva.

Ainda estava paralisada pelo choque quando ele acrescentou:

— Quer entrar?

Era um sonho. Só podia ser. Porque Alex me convidar para entrar na casa dele na vida real era menos provável do que eu resolver de cabeça uma equação quadrática.

Eu me belisquei. *Ai*. Tá, não era um sonho. Só um encontro bastante surreal.

Imaginei se alienígenas teriam abduzido o verdadeiro Alex enquanto ele voltava para casa e deixado no lugar um impostor mais gentil, mais cortês.

— É claro — respondi, por fim.

Caramba, eu estava curiosa. Nunca havia visitado a casa de Alex e queria ver o que ele tinha feito com a casa de Josh.

A mudança tinha chegado dois dias antes, e eu esperava ver caixas espalhadas, mas tudo estava tão limpo e arrumado que parecia que Alex morava ali havia anos. Um sofá liso cinza e uma TV de tela plana de oitenta polegadas dominavam a sala de estar, acentuados por uma mesa de centro branca laqueada, luminárias em estilo industrial luxuosas e a tela abstrata de Josh. Vi uma máquina de café expresso na cozinha e uma mesa de tampo de vidro com cadeiras de assento branco na sala de jantar, mas, além disso, não havia tantos móveis. O conjunto formava um contraste drástico em relação à coleção bagunçada, mas aconchegante, de Josh, composta de livros aleatórios, equipamentos esportivos e objetos que ele havia trazido de suas viagens.

— Então você é minimalista, é?

Examinei uma estranha escultura de metal que parecia um cérebro explodindo, mas devia custar mais que um mês de aluguel.

— Não vejo propósito em colecionar objetos que não uso e não aprecio. — Alex deixou os cookies sobre a mesinha de centro e se dirigiu ao bar montado em um carrinho no canto. — Quer uma bebida?

— Não, obrigada.

Eu me sentei no sofá, sem saber o que fazer nem dizer. Ele serviu uma dose de uísque e se sentou na minha frente, mas não longe o bastante. Senti o cheiro de sua colônia – uma fragrância amadeirada e cara, com uma nota picante. Era tão delicioso que eu queria enterrar o rosto no seu pescoço, mas achava que ele não reagiria muito bem.

— Relaxa — falou Alex em um tom seco. — Eu não mordo.

— Estou relaxada.

— Seus dedos estão brancos.

Olhei para baixo e vi que estava segurando a beirada do sofá com tanta força que meus dedos realmente haviam perdido a cor.

— Gostei do que fez com a casa. — *Droga. Que clichê.* — Mas não tem fotos.

Na verdade, não havia nenhum objeto pessoal no meu campo de visão, nada que confirmasse que eu estava em uma casa de verdade, e não em um showroom.

— Por que precisaria de fotos?

Não sabia se ele estava brincando ou não. Achei que não. Alex não brincava, exceto por uma piadinha no carro alguns dias antes.

— Pelas lembranças — respondi, como se explicasse um conceito simples a uma criança pequena. — Pra se lembrar de pessoas e acontecimentos?

— Não preciso de fotos pra isso. As lembranças estão aqui.

Alex tocou um lado da cabeça.

— As memórias de todo mundo desbotam. As fotos não.

Pelo menos, não as digitais.

— Não as minhas. — Ele deixou o copo vazio na mesinha. — Tenho uma memória superior.

Não consegui conter uma risadinha.

— Alguém tem uma opinião muito elevada sobre si mesmo.

O comentário me rendeu um esboço de sorriso.

— Não estou me gabando. Eu tenho hipertimesia. Memória autobiográfica altamente superior. Dá uma pesquisada.

Fiz uma pausa. Por essa eu não esperava.

— Você tem memória fotográfica?

— Não, é diferente. Pessoas com memória fotográfica lembram detalhes de uma cena que viram por pouco tempo. Pessoas com hipertimesia se lembram de quase tudo da própria vida. Todas as conversas, todos os detalhes, todas as emoções. — Os olhos verdes de Alex se transformaram em esmeraldas, escuros e atormentados. — Querendo ou não.

— Josh nunca me contou.

Não mencionara nem uma vez, não dera nem uma dica, e eles eram amigos próximos havia mais de uma década.

— Josh não conta tudo pra você.

Nunca tinha ouvido falar sobre hipertimesia. Soava como algo fantástico, como algo tirado de um filme de ficção científica, mas havia verdade na voz de Alex. Como seria se lembrar de *tudo*?

Meu coração acelerou.

Seria maravilhoso. E terrível. Porque, embora existissem lembranças que eu gostaria de guardar, havia outras que preferia deixar que caíssem no esquecimento. Não conseguia imaginar que acontecimentos horríveis em algum momento não desbotariam até serem apenas sussurros vagos do passado. Por outro lado, minha memória era tão retorcida que eu não me lembrava de nada antes dos nove anos de idade, período em que as coisas mais horríveis da minha vida aconteceram.

— Como é? — sussurrei.

Nós dois ali juntos era uma cena irônica: eu, a mulher que não se lembrava de quase nada, e Alex, o homem que se lembrava de tudo.

Ele se inclinou em minha direção, e tive que me esforçar para não recuar. Era muita proximidade, muita pressão, era *demais*.

— É tipo ver um filme da sua vida. Às vezes é drama. Às vezes é terror — explicou ele em voz baixa.

A tensão pulsava no ar. Eu suava tanto que a camiseta grudava à pele.

— Nada de comédia nem romance?

Uma tentativa de piada, mas minha voz estava tão ofegante que soou mais como uma indireta.

Os olhos de Alex brilharam. Em algum lugar ao longe, um carro buzinou. Uma gota de suor escorreu entre meus seios, e vi que ele a acompanhou por um instante até que um sorriso sem humor surgiu nos seus lábios.

— Vai pra casa, Ava. Vê se não se mete em nenhuma confusão.

Precisei de um minuto para me recuperar e levantar do sofá. Quando aconteceu, quase corri, com o coração disparado e os joelhos tremendo. Todo encontro com Alex, mesmo que breve, me deixava abalada.

Eu estava nervosa, sim, e um pouco aterrorizada.

Mas nunca havia me sentido tão viva.

CAPÍTULO 5

Alex

DEI UM SOCO NA CARA DO MANEQUIM. FIQUEI ALIVIADO COM A EX-plosão de dor que vibrou no meu braço por causa do impacto. Os músculos queimavam e o suor escorria da testa para dentro dos olhos, turvando a visão, mas não parei. Tinha repetido o movimento tantas vezes que não precisava enxergar para acertar os socos.

O cheiro de suor e violência maculava o ar. Aquele era o único lugar onde eu me permitia extravasar a raiva que mantinha sob cuidadoso controle em todas as outras áreas da minha vida. Havia começado o treinamento de krav magá uma década antes com foco na defesa pessoal, mas o treino se tornou minha catarse, meu santuário.

Quando terminei de socar o manequim, meu corpo era um turbilhão de dores e suor. Enxuguei o rosto em uma toalha e bebi um pouco de água. O trabalho tinha sido terrível, e eu precisava desse alívio para descarregar a tensão.

— Espero que tenha posto pra fora a frustração — disse Ralph, dono do centro de treinamento e meu instrutor desde que me mudara para DC. Baixinho e forte, ele tinha o físico robusto de um lutador e uma cara de mau perpétua, mas, no fundo, era um ursinho de pelúcia. Ele me nocautearia se algum dia eu dissesse isso para qualquer pessoa. — Tive a impressão de que o caso aqui era pessoal, uma vingança contra Harper.

Ralph dava a todos os bonecos de treinamento nomes de personagens da TV ou de pessoas de quem ele não gostava.

— Semana de merda. — Estávamos sozinhos no estúdio privado, então eu falava com mais liberdade. Além de Josh, Ralph era a única pessoa que eu considerava um amigo de verdade. — Eu adoraria encarar uma luta de verdade agora mesmo.

Bonecos eram bons para treinar, mas havia uma razão para o krav magá ser um método de combate direto. Tinha a ver com a interação entre você e seu oponente e com respostas rápidas. Não dava para atingir esses objetivos se o oponente era um objeto inanimado.

— Vamos lá, então. Só que tem que acabar às sete em ponto, sem atraso. Uma turma nova vai chegar.

Levantei as sobrancelhas.

— Turma?

A Academia KM atendia praticantes de nível intermediário a avançado e era especializada em sessões de duplas e pequenos grupos. Não havia aulas para grandes turmas, como acontecia em outros centros.

Ralph deu de ombros.

— É. Estamos abrindo o centro para iniciantes. Só uma turma, por enquanto, vamos ver como vai ser. Missy me atormentou até eu concordar, disse que as pessoas gostariam de aprender a arte para fins de defesa pessoal, e a gente tinha os melhores instrutores da cidade. — Ele gargalhou. — Trinta anos de casamento. Ela sabe como afagar esse ego velho. Então aqui estamos nós.

— Sem mencionar que é uma boa decisão comercial.

A Academia KM tinha pouca concorrência na região, e provavelmente haveria uma demanda crescente pelas aulas, sem falar dos empresários emergentes que pagariam o preço do serviço.

Os olhos de Ralph brilharam.

— É, isso também.

Bebi mais um pouco de água enquanto minha cabeça processava as informações. *Aulas para principiantes...*

Talvez fosse uma boa ideia para Ava. Para qualquer pessoa, na verdade, homem ou mulher. Defesa pessoal é uma habilidade que ninguém quer usar, mas que pode ser a diferença entre a vida e a morte em situações em que é necessária. Spray de pimenta só ajuda até certo ponto.

Mandei uma mensagem rápida para ela antes de começar o treino com Ralph.

Ainda não estava feliz com o papel de babá, mas Ava e eu tínhamos estabelecido uma "trégua" cuidadosa – palavra dela, não minha – desde que ela levantara a bandeira branca na semana anterior. Além disso, quando me comprometo com algo, é um compromisso absoluto. Nada de meio-termo ou fingir que estava comprometido.

Havia prometido a Josh que cuidaria da irmã dele, e era o que faria. Matrícula nas aulas de defesa pessoal, upgrade do sistema de alarme da casa – ela ficou furiosa quando a empresa a acordou às sete da manhã para instalar o sistema novo, mas superou –, o que fosse. Quanto mais longe ela ficasse de confusão, menos eu teria que me preocupar e mais poderia me concentrar nos negócios e no plano de vingança.

Mas não reclamaria se ela mandasse mais cookies red velvet. Eram bons.

Não reclamaria, especialmente, se fosse levá-los com o mesmo short e a mesma regata que usara da última vez. Uma visão inconveniente de uma gota de suor deslizando pela pele bronzeada para dentro do decote passou como um raio por minha cabeça.

Grunhi quando Ralph acertou um soco na minha barriga. *Cacete*. Isso era o que eu merecia por me distrair.

Levantei o queixo e me concentrei no treino, expulsando todos os pensamentos sobre Ava e seus seios.

Uma hora mais tarde, meus membros pareciam geleia, e eu tinha vários hematomas desabrochando pelo corpo.

Fiz uma careta enquanto alongava braços e pernas e o som baixo de vozes atravessava a porta fechada do estúdio.

— Tenho que ir. — Ralph bateu no meu ombro. — Foi um bom treino. Um dia você vai conseguir até me acertar... se tiver sorte.

Abri um sorrisinho.

— Vai se foder. Já consigo te acertar quando eu quero.

Tinha chegado perto uma vez, mas uma parte de mim gostava de não ser o melhor... ainda. A ideia me dava um objetivo pelo qual me esforçar. Mas eu chegaria lá. Sempre chegava.

A gargalhada de Ralph ecoou pelo espaço úmido de suor como um trovão.

— Continua repetindo isso pra você mesmo, garoto. Até terça.

Depois que ele saiu da sala, dei uma olhada no celular para ver se tinha novas mensagens.

Nada.

Uma pequena ruga marcou minha testa. Fazia quase uma hora que mandara a mensagem para Ava, e ela sempre respondia depressa, menos quando estava fotografando. Hoje não era dia de sessão. Eu sabia porque a fizera prometer que me avisaria sempre que tivesse uma sessão de fotos e me mandaria a localização, nome dos clientes e contatos. Eu sempre os investigava antecipadamente. Tinha muita gente maluca por aí.

Mandei outra mensagem. Esperei.

Nada.

Telefonei. Ela não atendeu.

Ou tinha desligado o telefone, o que eu disse para não fazer nunca, ou podia estar com algum problema.

Sangue. Por toda parte.

Nas minhas mãos. Nas roupas.

Senti o coração acelerar. A corda familiar no meu pescoço ficou mais apertada.

Fechei os olhos com força, foquei em um dia diferente, em uma lembrança diferente – minha primeira aula de krav magá, aos dezesseis anos –, até as manchas vermelhas do meu passado desaparecerem.

Quando abri os olhos, a raiva e a preocupação se compactavam como um bloco no meu estômago, e não parei nem para trocar de roupa antes de sair do centro e voar para a casa de Ava.

— É bom que você esteja lá — resmunguei.

Dei uma fechada e mostrei o dedo do meio para o motorista de uma Mercedes que tentou me cortar no bairro Dupont Circle. O sujeito tinha cara de advogado arrumado demais e me encarou com uma cara ameaçadora, mas eu não estava nem aí.

Se não sabe dirigir, sai da rua.

Quando cheguei à casa de Ava, ainda não tinha recebido uma resposta, e um músculo pulsava perigosamente na minha têmpora.

Se ela estivesse me ignorando, não iria gostar das consequências.

E, se estava machucada, eu enterraria o responsável a sete palmos do chão. Em pedaços.

— Cadê ela?

Dispensei os cumprimentos habituais quando Jules abriu a porta.

— Quem? — perguntou ela com ar inocente.

Não me deixei enganar. Jules Ambrose era uma das mulheres mais perigosas que já conheci, e quem pensava diferente, enganado pela sua aparência e pelo jeito de flertar, era um idiota.

— Ava — grunhi. — Ela não tá atendendo o telefone.

— Talvez esteja ocupada.

— Não brinca comigo, Jules. Ela pode estar com problemas e conheço seu chefe. Uma palavra minha e pode dar adeus ao seu estágio.

Eu tinha pesquisado todos os amigos mais próximos de Ava. Jules estudava direito, e o estágio era crucial para a graduação e para a transferência para uma faculdade bem-conceituada.

Todo o ar debochado e sedutor desapareceu. Jules semicerrou os olhos.

— Não me ameace.

— Não faça gracinhas.

A gente se encarou por um minuto, segundos preciosos que perdi até que ela cedeu.

— Ela não tá com nenhum problema. Foi encontrar um amigo. Como eu disse, deve estar ocupada. Não vive grudada no celular.

— Endereço.

— Você é gato, mas sabe ser um babaca prepotente.

— *Endereço*.

Jules suspirou.

— Só falo se puder ir junto. Pra ter certeza de que não vai fazer nenhuma idiotice.

Eu já estava na metade do caminho para o carro.

Cinco minutos mais tarde, voltávamos para DC em alta velocidade. Eu cobraria de Josh todas as despesas com combustível quando ele voltasse, só de raiva.

— Por que você tá tão preocupado? Ava tem vida própria e não é um cachorro. Não tem que pular cada vez que você diz "pega".

Quando paramos em um farol fechado, Jules abaixou o espelho e retocou o batom.

— Pra alguém que diz ser a melhor amiga dela, você não é muito preocupada. — A irritação era como uma mola no meu estômago. — Quando você já viu Ava deixar de responder em no máximo cinco minutos depois de receber uma mensagem ou uma ligação?

— Ah, hum, quando ela tá no banheiro. Na aula. Trabalhando. Dormindo. Tomando banho. Em uma sessão de f...

— Faz quase uma hora — interrompi.

Jules deu de ombros.

— Talvez ela esteja transando.

Um músculo se contraiu na minha mandíbula. Eu não sabia que versão de Jules era pior, a que sempre tentava me convencer a cortar a grama sem camisa ou a que se divertia ao me irritar.

Por que Ava não tinha ido morar com outra amiga? Stella era mais razoável e, considerando seu histórico, Bridget nunca diria a merda que Jules havia acabado de dizer.

Mas não, eu tinha que aturar a ameaça ruiva.

Não era à toa que Josh sempre reclamava da garota.

— Você disse que ela estava com um amigo.

Estacionei o carro em frente à casa do tal amigo.

— É, um *homem*. — Ela soltou o cinto de segurança com um sorriso santificado. — Obrigada pela carona e pela conversa. Foi... esclarecedor.

Não perdi tempo perguntando o que ela queria dizer. Ela só enrolaria, inventaria uma bobagem qualquer.

Enquanto Jules não tinha pressa nenhuma, saí do carro e esmurrei a porta da casa, impaciente.

Um minuto depois, alguém abriu, um homem magro e de óculos, que não escondeu a confusão ao me ver com Jules na soleira.

— Pois não?

— Cadê a Ava?

— Lá em cima, mas quem...

Empurrei o sujeito com um ombro e entrei, o que não foi difícil, uma vez que ele pesava uns cinquenta quilos, no máximo.

— Ei, não pode subir! Vai interromper! — gritou ele.

Foda-se. Se Ava estivesse transando – o pensamento deu início a um ritmo perigoso pulsando na minha têmpora –, seria um ótimo motivo para interromper. Universitários cheios de tesão estavam entre as criaturas mais perigosas que existiam.

Talvez ela tivesse reatado com o ex. Josh comentou que o otário a traíra, e ela não tinha jeito de quem voltava rastejando para alguém que a maltratara, mas nada me surpreenderia quando se tratava da Srta. Raios de Sol e Rosas. Um dia ela ainda acabaria muito encrencada por causa daquele coração generoso.

Quando cheguei ao segundo andar, não precisei procurar o quarto certo, porque ouvi ruídos do outro lado da porta entreaberta no fim do corredor. Atrás de mim, Jules e o sujeito de óculos subiam a escada. Ele ainda gaguejava sobre eu não poder subir, apesar de já ter subido.

Eu não sabia como os humanos haviam sobrevivido por tanto tempo. A maioria era muito idiota.

Abri a porta de uma vez e paralisei.

Não era sexo. Era *pior*.

Ava estava no meio do quarto, vestida com um traje de renda preta que deixava pouco para a imaginação. Estava bem perto de um cara de cabelo loiro e espetado que segurava uma câmera. Eles sussurravam e riam olhando para a tela, tão entretidos que nem perceberam que tinham companhia.

Minha têmpora pulsou mais forte.

— O que... — Minha voz cortou o ar como um chicote. — Está acontecendo aqui.

Não era uma pergunta. Eu sabia o que estava acontecendo. O cenário, a cama desfeita, a roupa de Ava... estavam no meio de uma sessão de fotos. Ela era a modelo. E o figurino era perfeitamente adequado para uma capa da *Playboy*.

A peça de renda mal cobria as partes necessárias. Estava presa ao pescoço, com os ombros descobertos, e o decote descia até o umbigo. Era tão curta que deixava as pernas e parte da bunda à mostra. Com exceção das áreas dos seios e entre as pernas, a renda preta e transparente mais revelava do que escondia.

Nunca a tinha visto daquele jeito. Não era só o figurino; era tudo. O cabelo preto, em geral liso, descia sobre as costas em ondas exuberantes, o rosto maquiado tinha olhos esfumados e lábios vermelhos e brilhantes, e faixas de pele dourada e curvas ficaram gravadas para sempre no meu cérebro.

Fiquei dividido entre a luxúria perturbadora – ela era irmã do meu melhor amigo, porra – e a fúria inexplicável por outros homens a verem daquele jeito.

Ava arregalou os olhos ao me ver.

— Alex? O que você tá fazendo aqui?

— Tentei impedir — disse o sujeito de óculos, ofegante.

Prova viva de que magreza não é garantia de saúde.

— Ele veio te procurar, meu bem. — Jules se encostou ao batente da porta, e os olhos cor de âmbar cintilaram de humor. — Aliás, você tá supergostosa. Estou ansiosa pra ver as fotos.

— Você não vai ver as fotos — grunhi. — Ninguém vai ver as fotos. — Arranquei o cobertor da cama e o joguei sobre os ombros de Ava para cobri-la. — Vamos embora. Agora. E o loirinho aqui vai apagar cada foto que tirou de você.

Ela estava perplexa.

— Não, eu não vou, e não, ele não vai. Você não pode me dar ordens. — Ela jogou o cobertor no chão e ergueu o queixo, desafiadora. — Você não é meu pai nem meu irmão e, mesmo que fosse, ainda não teria o direito de opinar sobre o que faço no meu tempo livre.

— Ele está fotografando você seminua — disse, irritado. — Sabe quanto isso pode te ferrar se vazar? Se um futuro empregador vir tudo?

— Eu me voluntariei pra ser fotografada. É um ensaio boudoir. Artístico. As pessoas fazem isso o tempo todo. Não é como se eu estivesse mostrando tudo pra um site pornô. E como você descobriu que eu estava aqui?

— Ops — soltou Jules, atrás dele.

Ela não parecia nada arrependida.

— Mas é como se estivesse. — Meu sangue havia chegado ao ponto de ebulição. — Vista-se.

— Nananinanão.

Ava me olhava com um ar ainda mais beligerante.

— Ei, cara, eu não sou um cafajeste. — O loiro deu uma risadinha nervosa. — Como ela disse, é arte. Vou editar pra deixar o rosto de Ava na sombra, e ninguém vai conseguir identificar quem é. Só preciso das fotos pro meu portf... o que você tá fazendo? — perguntou ele, assustado, quando arranquei a câmera de sua mão e comecei a deletar as fotos, mas ficou em silêncio quando lancei um olhar mortal.

— Para! Isso é ridículo. — Ava tentou recuperar a câmera, sem sucesso. — Sabe quanto tempo a gente ficou fotografando? Para! Você é... — Ela puxou meu braço. Nem me mexi. — Isso é... — Mais um puxão, com o mesmo resultado. — Irracional!

— Estou te protegendo, já que, obviamente, você não consegue fazer isso sozinha.

Meu humor piorou mais ainda quando vi as fotos de Ava deitada na cama, olhando para a câmera de um jeito sedutor. Quanto tempo ela e o loiro haviam passado sozinhos fotografando? Não era preciso ser um gênio para deduzir no que o cara ficara pensando o tempo todo. O mesmo que teria passado pela cabeça de qualquer homem de carne e osso. Sexo.

Eu torcia para que ele tivesse aproveitado bastante seu par de olhos enquanto ainda os tinha.

Ava recuou por um minuto, depois avançou para a câmera em uma tentativa mal disfarçada de me pegar de surpresa. Eu esperava o gesto, mas ainda grunhi com o impacto quando ela me escalou como um macaco-aranha. Os seios roçavam meu braço, e o cabelo fazia cócegas na minha pele.

Senti o sangue esquentar.

Ela estava tão perto que dava para ouvir sua respiração suave e ofegante. Tentei não notar o peito se movendo nem a sensação da pele macia colada à minha. Eram pensamentos perigosos, distorcidos, que não deviam existir. Nem agora, nem nunca.

— Devolve isso — ordenou ela.

Chegava a ser fofo como Ava achava que podia me dar ordens.

— Não.

Ela semicerrou os olhos.

— Se não devolver a câmera, juro que vou sair pela rua vestida desse jeito.

Outro raio de fúria me atravessou.

— Não teria coragem.

— Experimenta.

Meu rosto estava a centímetros do dela, e falávamos tão baixo que ninguém mais nos ouvia.

Mesmo assim, abaixei a cabeça para sussurrar no seu ouvido.

— Se der um passo pra fora deste quarto com essa roupa, não só apago todas as fotos da câmera como destruo a carreira do seu "amigo" até ele ter que apelar e divulgar na internet retratos três por quatro a cinco dólares. — Um sorriso gelado dançou nos meus lábios. — Não quer que isso aconteça, quer?

Havia duas maneiras de ameaçar pessoas: atacá-las diretamente ou atacar gente com quem se importavam. Eu não via problema em usar nenhuma das duas táticas.

A boca de Ava estremeceu. Acreditava em mim, e devia mesmo, porque eu estava falando sério. Não era senador nem lobista, mas um patrimônio líquido obsceno, pastas recheadas de material de chantagem e anos de networking tinham me garantido uma influência considerável na capital.

— Você é um babaca.

— É, eu sou, e é bom você não se esquecer disso. — Endireitei as costas. — Vista-se.

Ava não discutiu, mas se recusou a olhar para mim enquanto desaparecia no banheiro do outro lado do corredor.

O Loiro e o Magrelo de Óculos me encaravam, boquiabertos, como se o diabo em pessoa tivesse aparecido do nada na casa deles. No meio-tempo, Jules sorria como se assistisse ao filme mais incrível do ano.

Terminei de apagar as fotos e pus a câmera nas mãos do Loiro.

— Nunca mais peça pra Ava fazer esse tipo de coisa. — Eu o encarei bem de perto, me deleitando com o tremor sutil de seus ombros e o esforço para não parecer um covarde. — Se tentar, eu vou saber. E você não vai gostar do que vai acontecer.

— Tá — respondeu ele, depressa.

A porta do banheiro se abriu. Ava passou por mim e cochichou algo para o Loiro. Ele assentiu. Ela tocou seu braço, e minha mandíbula se contraiu.

— Vamos — falei, e a palavra soou mais incisiva do que eu pretendia.

Ava finalmente olhou para mim, e havia um brilho ameaçador nos seus olhos.

— A gente vai quando eu estiver pronta.

Eu não sabia como Josh tinha lidado com a irmã ao longo de tantos anos. Duas semanas, e eu já sentia vontade de estrangular a garota.

Ela murmurou mais alguma coisa para o Loiro, depois passou por mim em silêncio. Jules a seguiu, ainda sorrindo.

Antes de partir, lancei um último olhar ameaçador para o Loiro.

O silêncio dominou o carro no caminho de volta para Thayer. Jules estava no banco de trás, digitando no celular, enquanto Ava olhava pela janela do lado do passageiro com uma expressão severa e os ombros tensos.

Eu não ligava para o silêncio. Poucas coisas me irritavam mais do que conversa inútil, incessante. O clima, o último sucesso do cinema, quem terminou com quem... Quem ligava para isso?

Mesmo assim, na metade do caminho, algo me impeliu a ligar o rádio, apesar de deixar o volume tão baixo que quase não dava para ouvir a música.

— Foi pro seu bem — falei em meio às batidas baixinhas do rap de sucesso mais recente.

Ava virou o corpo ainda mais para o outro lado e não respondeu.

Tudo bem. Ela podia ficar brava o quanto quisesse. Meu único arrependimento era não ter destruído a câmera do Loiro.

Não me importava com o gelo. Nem um pouco.

CAPÍTULO 6

Ava

— Aí ele falou "Nunca mais peça para Ava fazer esse tipo de coisa, ou eu mato você e toda sua família", concluiu Jules de um jeito dramático, então bebeu um gole do mocha caramelo.

— Cala a boca. — Stella se inclinou para a frente e arregalou os olhos. — Ele não disse isso.

— É, não disse. — Disparei um olhar de desaprovação para Jules. — Para de exagerar.

— Como você sabe? Estava no banheiro — retrucou. Quando franzi a testa ainda mais, ela suspirou. — Tudo bem. Ele não disse exatamente essas palavras, não as últimas, pelo menos, mas a ideia geral era essa. Ele avisou Owen pra ficar longe de você.

Jules arrancou um pedaço do bolinho de cranberry e enfiou na boca.

— Coitado do Owen. — A culpa me atormentava enquanto eu traçava distraída as estampas da mesa. Jules, Stella, Bridget e eu estávamos no Morning Roast para o encontro semanal da quarta-feira, quando tomávamos café juntas, e Jules divertia as garotas com um relato exagerado do que tinha acontecido na casa de Owen no sábado anterior. — Queria que ele não tivesse sido envolvido nisso. Tantas horas fotografando pra nada.

Eu trabalhava com Owen na McCann Gallery, onde era assistente de galeria havia um ano e meio. Meu pai nunca havia dito abertamente que não aprovava minha intenção de seguir carreira na fotografia, mas avisou que não financiaria o equipamento. Pagava as mensalidades e outras despesas relacionadas aos estudos, mas, se eu quisesse lentes novas, câmera, ou até mesmo um tripé, aí era por minha conta.

Tentei não ficar emburrada com essa desaprovação tácita. Tinha muita sorte por conseguir me formar sem nenhuma dívida estudantil, e trabalhar duro não me assustava. O fato de usar meu dinheiro para comprar todo o equipamento que tinha só me fazia valorizá-lo ainda mais, e eu gostava de trabalhar na McCann. Era uma das galerias de fotografia mais prestigiadas do nordeste do país, e eu adorava meus colegas, embora não soubesse se Owen ainda ia querer falar comigo depois do que Alex havia feito.

Ainda sentia a raiva ferver ao me lembrar de sua atitude autoritária.

Não dava para acreditar que tinha aparecido do nada e me subjugado daquele jeito. Ameaçar meu amigo. Agir como se eu fosse uma... uma criada ou sua funcionária. Nem Josh fora tão longe.

Enfiei a colher no iogurte com a força da raiva.

— Parece que perdi uma cena interessante. — Bridget suspirou. — Toda a diversão acontece quando estou longe.

Bridget tinha ido a um evento no consulado de Eldorra, em Nova York, como se esperava da princesa.

Isso mesmo. Ela era uma princesa de verdade, a segunda na linha de sucessão ao trono de um pequeno mas rico país europeu. E combinava com o título. O cabelo dourado, os olhos azuis e o porte elegante davam a ela o ar de uma jovem Grace Kelly.

Eu não conhecia Bridget quando ela, Jules, Stella e eu fomos designadas para o mesmo quarto no primeiro ano de faculdade. Além do mais, era de se esperar que uma princesa tivesse um só para ela.

Mas esta era a melhor parte sobre Bridget. Apesar da criação maluca, ela era uma das pessoas mais simples que eu já tinha conhecido. Nunca abusava de sua posição e insistia em levar a vida como uma universitária normal sempre que era possível. Nesse sentido, Thayer era a melhor opção para ela. Graças à proximidade de DC e seu fabuloso programa de política internacional, o campus era repleto de filhos de políticos e membros da realeza internacional. Outro dia ouvi o filho do Presidente da Câmara e o príncipe coroado de um controverso reino do petróleo conversando sobre videogame.

Não dá para inventar uma história dessas.

— Pode acreditar, não teve nada de divertido — resmunguei. — Foi humilhante. E devo um jantar ao Owen, no mínimo.

Meu telefone vibrou com a notificação de uma nova mensagem. *Liam*. De novo.

Deslizei o dedo na tela e removi a notificação antes que uma das minhas amigas a visse. Não estava com disposição para lidar com ele nem com suas desculpas, não naquele momento.

— *Au contraire*, eu achei hilário. — Jules terminou de comer o bolinho. — Deviam ter visto a cara do Alex. Ele ficou furioso.

— Que graça tem isso? — perguntou Stella depois de tirar uma foto da arte no seu latte e se juntar à conversa.

Stella era uma blogueira famosa de moda e estilo com mais de quatrocentos mil seguidores no Instagram, e a gente estava acostumada com ela fotografando tudo para seus posts. Ironicamente, para alguém com uma presença social tão forte, ela era a mais tímida do grupo, mas dizia que o "anonimato" da internet a ajudava a ser quem era on-line.

— Você ouviu? Ele ficou *furioso*.

Jules enfatizou a última palavra como se tivesse algum significado especial.

Bridget, Stella e eu a encaramos sem entender.

Ela suspirou, irritada com nossa lentidão.

— Quando foi a última vez que alguém aqui viu Alex Volkov furioso? Ou feliz? Ou triste? O homem não demonstra emoção. É como se Deus tivesse dado porções extras de charme e nenhuma dose de sentimento humano pro cara.

— Acho que ele é psicopata — comentou Stella, corando. — Nenhuma pessoa normal é controlada daquele jeito o tempo todo.

Eu ainda estava chateada com Alex, mas uma estranha parte de mim sentiu que tinha a obrigação de defendê-lo.

— Você esteve com ele poucas vezes. Ele não é tão mau quando não tá...

— Sendo mau? — concluiu Bridget.

— Só estou dizendo que ele é o melhor amigo de Josh, e confio no julgamento do meu irmão.

Jules riu baixinho.

— Esse é o mesmo irmão que usou aquela fantasia horrível de rato no Halloween do ano passado?

Torci o nariz enquanto Bridget e Stella gargalhavam.

— Eu falei em julgamento, não em bom gosto.

— Desculpa, não quis te chatear.

Stella inclinou a cabeça, e seus cachos brilhantes e escuros cobriram um ombro. A gente sempre brincava sobre ela ser a ONU dos humanos por causa de suas origens multiculturais – alemãs e japonesas por parte de mãe e afrodescendentes e porto-riquenhas por parte de pai. O resultado era quase um metro e oitenta de membros delgados, pele morena e olhos verdes como os de um gato. Coisa de supermodelo, se ela quisesse ser uma, mas não queria.

— Foi só um comentário, mas você tá certa. Não o conheço o suficiente pra julgar. Retiro o que disse — disse ela.

— Não estou chateada, só...

Parei. O que estava acontecendo comigo? Alex não precisava que eu o defendesse. Nem estava presente ouvindo a conversa. E, mesmo que estivesse, não se incomodaria.

Se havia uma pessoa no mundo que não dava a mínima para o que os outros pensavam dele, era Alex Volkov.

— Gente, vocês estão saindo do assunto. — Jules levantou uma das mãos. — A questão é que Alex demonstrou emoção. Por Ava. A gente podia se divertir com isso.

Ah, não. O conceito de "diversão" de Jules normalmente envolvia muitos problemas e uma possível dose de constrangimento para mim.

— Que tipo de diversão? — perguntou Bridget, parecendo curiosa.

— Bridge! — Eu a chutei por baixo da mesa. — Não dá trela!

— Desculpa. — A loira fez uma careta. — Mas ultimamente tudo que tenho feito é... — Ela olhou em volta para ter certeza de que ninguém a ouvia, exceto Booth, seu guarda-costas que estava sentado à mesa atrás de nós e fingia ler o jornal, enquanto, na verdade, mantinha-se atento a tudo ao redor. — Eventos diplomáticos e deveres cerimoniais. É muito chato. Além disso, meu avô tá doente, meu irmão tem se comportado de um jeito esquisito, e preciso me distrair de tudo isso.

O avô e o irmão dela, ou o rei Edvard e o príncipe Nikolai de Eldorra. Eu precisava me lembrar de que eram seres humanos como todo mundo, mas, mesmo depois de anos de amizade com Bridget, não estava acostumada a ouvi-la falar de um jeito tão casual sobre a família. Como se não fossem da realeza, literalmente.

— Eu tenho uma teoria.

Jules se inclinou para a frente, e todas nós, inclusive eu, fizemos o mesmo, interessadas no que ela tinha a dizer. Talvez fosse curiosidade mórbida, porque eu tinha certeza de que não ia gostar do que estava para sair daquela boca.

E estava certa.

— Ava afeta Alex de algum jeito. A gente devia testar até onde isso vai. *Quanto* sentimento ela é capaz de despertar.

Revirei os olhos.

— Essas horas todas que você anda dedicando ao estágio devem estar mexendo com sua cabeça porque você não tá falando coisa com coisa.

Ela me ignorou.

— Vamos chamar de... — Pausa dramática. — Operação Emoção.

Ela levantou a cabeça e desenhou um arco com a mão, como se as palavras fossem surgir no ar como em um passe de mágica.

— Criativo — provocou Stella.

— Escutem. Todo mundo aqui acha que Alex é um robô, certo? Então, e se *ela* — Jules apontou para mim — provar que não? Não me digam que não querem ver o cara agir como um ser humano normal pelo menos uma vez.

— Não. — Joguei o copo vazio na lata de lixo mais próxima e quase acertei um estudante que passava usando um moletom da Thayer. Eu me encolhi e pedi desculpas, depois voltei à proposta ridícula. — Essa é a ideia mais idiota que já ouvi.

— Não descarta antes de experimentar — recitou minha suposta melhor amiga.

— Pra quê? — Levantei as mãos. — Como a gente faria isso?

— Simples. — Jules tirou um caderno e uma caneta da bolsa e começou a escrever. — Vamos fazer uma lista de emoções, e você tenta despertar cada uma delas no Alex. Vai ser uma espécie de teste. Como submetê-lo a um checkup anual pra ter certeza de que tudo está funcionando bem.

— Às vezes fico assustada com o funcionamento da sua cabeça — comentou Bridget.

— Não. Não vai rolar — repeti.

— Acho que pode ser meio... cruel. — Stella batucou na mesa com as unhas pintadas de dourado. — Em que emoções você tá pensando?

— Stel!

— Que foi? — Ela olhou para mim com uma expressão culpada. — Estou curiosa.

— Assim, sem pensar muito? Já vimos o cara com raiva, então felicidade, tristeza, medo, repulsa... — Um sorriso maldoso transformou o rosto de Jules. — Ciúme.

Dei risada.

— Fala sério. Ele nunca vai sentir ciúme por minha causa.

Estávamos falando de um executivo multimilionário com QI de gênio; eu era uma universitária que se dividia entre dois trabalhos e comia cereal no jantar.

Sem chance.

— Não é ciúme por sua causa. É ciúme *de* você.

Bridget se animou.

— Acha que ele gosta da Ava?

— Não. — Eu estava cansada de repetir essa palavra. — Alex é o melhor amigo do meu irmão, e eu não faço o tipo dele. Ele mesmo me disse.

— Aff. — Jules acenou para descartar meu protesto como se fosse um mosquito. — Os homens não sabem o que querem. Além do mais, não quer dar o troco pelo que ele fez com o Owen?

— Não — respondi, resoluta. — E não vou participar dessa ideia maluca.

Quarenta e cinco minutos depois, a gente tinha decidido que a primeira fase da Operação Emoção começaria em três dias.

Eu me odiava por ter cedido.

Jules sempre dava um jeito de me convencer a fazer coisas que contrariavam meus instintos, como a vez em que fizemos uma viagem de carro de quatro horas até o Brooklyn para assistir ao show de uma banda porque ela achava o vocalista gostoso e acabamos plantadas no meio da estrada porque o carro alugado quebrou. Ou quando ela me convenceu a escrever um poema de amor para o cara bonitinho da minha turma de literatura inglesa, e a namorada dele – que eu não sabia que existia – encontrou e foi me caçar no dormitório.

Jules era a pessoa mais persuasiva que eu já tinha conhecido. Uma boa qualidade para quem pretendia ser advogada, mas nem tanto para uma amiga inocente, ou seja, eu, que queria ficar longe de confusão.

Naquela noite, fui para a cama e fechei os olhos. Tentava organizar os pensamentos acelerados. A Operação Emoção pretendia ser um experimento divertido, leve, mas me deixava nervosa, e não só por ter um toque de maldade. Tudo em Alex me deixava nervosa.

Senti um arrepio ao pensar na retaliação que viria se ele descobrisse o que a gente planejava, e imagens do meu corpo sendo esfolado vivo me consumiram até eu cair em um sono leve e agitado.

"Socorro! Mamãe, socorro!"

Eu tentava gritar, mas não conseguia. Não deveria. Porque estava embaixo d'água e, se abrisse a boca, minha boca seria inundada e eu nunca mais veria mamãe, papai e Josh. Foi o que eles me disseram.

Também me disseram para não chegar perto do lago sozinha, mas eu queria fazer ondinhas. Gostava delas, gostava de ver como uma pedrinha arremessada provocava uma reverberação tão grande.

Mas agora aquelas ondinhas me sufocavam. Milhares e milhares, me puxando para cada vez mais longe da luz acima da minha cabeça.

Lágrimas escorriam de meus olhos, mas o lago as engolia e abafava o pânico, até que fiquei sozinha com minhas súplicas silenciosas.

Nunca mais vou sair, nunca mais vou sair, nunca mais vou sair.

"Mamãe, socorro!"

Não consegui mais impedir. Gritei, gritei tão alto quanto meus pulmões pequeninos permitiam. Gritei até sentir a garganta doer e ter a sensação de que desmaiaria, ou talvez fosse a água entrando, enchendo meu peito.

Muita água. Por toda parte. E nenhum ar. Não havia ar suficiente.

Sacudi braços e pernas na esperança de que ajudasse, mas não ajudou. O movimento me fez afundar mais depressa.

Gritei com mais força – não fisicamente, porque não conseguia mais discernir a diferença entre gritar e existir, mas dentro de mim.

Onde estava a mamãe? Ela deveria estar aqui. As mães deviam estar sempre com as filhas.

E ela estava, no deque, comigo, me olhando... até não estar mais. Tinha voltado? E se estivesse afundando também?

A escuridão se aproximava. Eu via, sentia. Meu cérebro ficou confuso, meus olhos se fecharam.

Não tinha mais energia para gritar, então movi os lábios sem emitir nenhum som.

"Mamãe, por favor..."

Acordei assustada, com o coração disparado, enquanto meus gritos eram engolidos pelas paredes. As cobertas enrolavam minhas pernas, e eu as afastei, arrepiada por causa da sensação de estar presa, sem conseguir me libertar.

Os números vermelhos e luminosos do relógio informavam que eram 4h44. Um arrepio de medo desabrochou na base da minha nuca e desceu pelas costas. Na cultura chinesa, o número quatro é considerado um mau presságio, uma vez que a palavra para ele tinha o mesmo som da palavra para morte. *Sì*, quatro; *sì*, morte. A única diferença de pronúncia era uma inflexão no tom.

Nunca fui supersticiosa, mas ficava arrepiada sempre que acordava de um pesadelo entre quatro e cinco da manhã, o que acontecia quase sempre. Não conseguia me lembrar da última vez que tinha acordado em um horário diferente. Às vezes abria os olhos sem me lembrar de que tinha tido um pesadelo, mas essas ocasiões abençoadas eram poucas e espaçadas.

Ouvi passos suaves no corredor e forcei minhas feições a se livrarem da expressão de puro terror antes que Jules abrisse a porta e entrasse. Ela acendeu o abajur, e a culpa me dominou quando vi seu cabelo despenteado e o rosto exausto. Ela trabalhava muito e precisava dormir, mas sempre vinha ver como eu estava, mesmo depois de eu ter insistido para que ficasse na cama.

— Foi muito ruim? — perguntou ela em voz baixa.

A cama afundou sob seu peso ao meu lado, e ela me entregou uma xícara de chá de tomilho. Jules lera em uma página na internet que a erva ajudava com os pesadelos e começou a prepará-lo para mim alguns meses atrás. E ajudou mesmo – eu não havia tido nenhum pesadelo nas duas semanas anteriores, o que era um recorde, mas acho que minha sorte havia se esgotado.

— Nada fora do normal. — Minhas mãos tremiam tanto que o líquido escorreu pela lateral da xícara e caiu na minha camiseta do Pernalonga, uma das minhas favoritas dos tempos de ensino médio. — Vai voltar a dormir, J. Você tem uma apresentação hoje.

— Foda-se. — Jules passou a mão no cabelo vermelho e despenteado. — Já levantei. Além disso, são quase cinco horas. Aposto que tem um monte de viciados em atividade física com roupas apertadinhas correndo lá fora.

Consegui forçar um sorriso fraco.

— Desculpa. Sério, a gente pode pensar em isolar meu quarto, deixá-lo à prova de som.

Eu não sabia quanto custaria, mas daria um jeito. Não queria continuar acordando Jules.

— Não, de jeito nenhum. É totalmente desnecessário. Você é minha melhor amiga. — Jules me abraçou com força, e me deixei mergulhar na sensação reconfortante. É, às vezes ela me metia em situações duvidosas, mas nunca saíra do meu lado desde o primeiro ano, e eu não queria outra pessoa. — Todo mundo tem pesadelos.

— Não como eu.

Eu tinha esses pesadelos – horríveis e nítidos, que eu temia que, na verdade, fossem lembranças – desde que conseguia me recordar. No meu caso, desde os nove anos. Tudo que havia acontecido antes era uma névoa, uma tela salpicada de sombras pálidas da minha vida antes do Blecaute, termo que eu usava para definir a divisão entre minha infância esquecida e os anos posteriores.

— Para. Não é sua culpa, e eu não ligo. Sério. — Jules se afastou e sorriu.

— Você me conhece. Eu nunca diria que alguma coisa não me incomoda se me incomodasse.

Deixei escapar uma risada baixinha e pus a xícara vazia na mesa de cabeceira.

— É verdade. — Afaguei a mão dela. — Estou bem. Vai dormir de novo, correr, preparar um mocha caramelo, sei lá.

Ela torceu o nariz.

— Eu, correr? Acho que não. Cárdio e eu rompemos há muito tempo. E você sabe que não sei usar uma máquina de café. É por isso que gasto tudo que ganho no Morning Roast. — Ela me estudou com uma cara preocupada. — Se precisar de alguma coisa, é só gritar, tá bem? Estou do outro lado do corredor e só saio às sete pra trabalhar.

— Ok. Te amo.

— Também te amo, meu bem.

Jules me deu mais um abraço, então saiu e fechou a porta de modo suave.

Eu me deitei, puxei as cobertas até o queixo e tentei voltar a dormir, mesmo sabendo que seria inútil. Apesar de estar embaixo do edredom, em um quarto insulado e no meio do verão, o frio persistia – um espectro fantasmagórico me avisando que o passado nunca é passado, e que o futuro nunca acontece como queremos.

CAPÍTULO 7

Alex

— **NÃO FAZ ISSO.**

Servi o café em uma xícara, me apoiei no balcão e bebi um gole sem pressa, então respondi:

— Não sei por que você está me ligando, Andrew. Eu sou o COO. Você devia falar com o Ivan.

— Isso é palhaçada. — Andrew se irritou. — Você maneja as marionetes nos bastidores, todo mundo sabe.

— Então está todo mundo enganado e não seria a primeira vez. — Consultei meu relógio Patek Philippe. Edição limitada, hermeticamente lacrado e à prova d'água, uma peça de aço inoxidável que me custou uns vinte mil. Comprei depois de vender meu software de modelo financeiro por oito dígitos, um mês depois do meu aniversário de catorze anos. — Ah, está quase na hora da minha sessão noturna de meditação. — Eu não meditava, e nós dois sabíamos disso. — Tudo de bom pra você! Tenho certeza de que vai ter uma carreira secundária de muito sucesso como artista de rua. Você tocava na banda do colégio, né?

— Alex, por favor. — A voz de Andrew se tornou suplicante. — Tenho família. Filhos. Minha filha mais velha vai pra faculdade em breve. Seja o que for que tem contra mim, não os envolva nessa situação, nem meus empregados.

— Mas eu não tenho nada contra você, Andrew — respondi em um tom sereno, depois bebi mais um gole de café. Muita gente não bebia espresso tão tarde da noite por medo de não conseguir dormir, mas eu não tinha esse problema. Afinal, nunca conseguia dormir. — São negócios. Nada pessoal.

Era incrível que as pessoas ainda não entendessem. Não havia espaço para apelos pessoais no mundo corporativo. Era comer ou ser comido, e eu não tinha a menor pretensão de virar presa.

Apenas os mais fortes sobreviviam, e meu objetivo era permanecer no topo da cadeia alimentar.

— Alex...

Cansei de ouvir meu nome. Era sempre Alex isso, Alex aquilo. Pessoas pedindo tempo, dinheiro, atenção ou, pior de tudo, afeto. Era um fardo do cacete. De verdade.

— Boa noite.

Desliguei antes que ele pudesse implorar mais uma vez por misericórdia. Não havia nada mais triste do que ver – ou, nesse caso, ouvir – um CEO reduzido a pedinte.

A aquisição conturbada da Gruppmann Enterprises iria em frente, conforme o planejado. Eu nem teria me importado com a empresa, não fosse sua posição útil no cenário maior.

O Archer Group era uma empresa de desenvolvimento imobiliário, mas em cinco, dez, vinte anos, seria muito mais. Telecomunicações, e-commerce, finanças, energia... o mundo estava pronto para ser dominado por mim. Gruppmann era um peixe pequeno no ramo financeiro, mas um degrau para minhas ambições maiores. Eu queria aparar todas as arestas antes de enfrentar os tubarões.

Além do mais, Andrew era um cretino. Eu sabia que ele havia feito vários acordos discretos com antigas secretárias para se livrar de processos por assédio sexual.

Como medida preventiva, bloqueei o número de Andrew e decidi demitir minha assistente por permitir que meu contato pessoal fosse parar nas mãos de gente alheia à minha lista de contatos restrita. Ela já havia cometido vários outros deslizes – documentos com erros, compromissos marcados em horários errados, chamadas perdidas de pessoas muito importantes, o que fora a gota d'água. Só a mantive no cargo por tanto tempo como um favor ao seu pai, um congressista que queria que a filha tivesse "experiência de trabalho de verdade". Essa experiência, no entanto, chegaria ao fim amanhã, às oito em ponto.

Eu me entenderia com o pai mais tarde.

O silêncio vibrava no ar enquanto eu deixava a xícara na pia e me encaminhava para a sala de estar. Eu me sentei no sofá e fechei os olhos, permitindo que imagens selecionadas desfilassem em minha mente. Não meditava, mas essa era minha forma deturpada de terapia.

29 de outubro de 2006

Meu primeiro aniversário como órfão.

Soava deprimente quando eu colocava nesses termos, mas não era triste. Era só... o que era.

Não ligava para aniversários. Eram dias sem significado, datas do calendário que as pessoas comemoravam porque isso fazia com que se sentissem especiais, quando, na verdade, não eram nem um pouco. Como um aniversário poderia ser especial se todo mundo tinha um?

Eu pensava que eram especiais porque meus pais sempre faziam grandes comemorações. Um ano, levaram toda a família e seis dos meus amigos mais próximos ao Six Flags, em Nova Jersey, para comermos cachorro-quente e andarmos na montanha-russa até vomitar. Outro ano, compraram o último modelo do PlayStation, e a turma inteira da escola passou a sentir inveja de mim. Mas algumas coisas eram iguais todo ano. Eu ficava na cama e fingia dormir até meus pais entrarem "escondidos" no quarto, usando chapéus de papel e trazendo meu café da manhã favorito – panquecas de mirtilo encharcadas de calda doce com hash browns e bacon crocante. Meu pai segurava a bandeja e minha mãe pulava em cima de mim, gritando: "Feliz aniversário!". Eu ria e gritava enquanto ela me despertava por completo com cócegas. Esse era o único dia do ano em que me deixavam tomar café na cama. Depois que minha irmã aprendeu a andar, ela acompanhava os dois, pulava em mim e bagunçava meu cabelo enquanto eu reclamava dos piolhos de menina que infestariam meu quarto.

Agora eles se foram. Não havia mais viagens em família, nem panquecas de mirtilo com bacon. Não havia mais aniversários importantes.

Meu tio tentou. Comprou um grande bolo de chocolate e me levou a um fliperama famoso da cidade.

Eu me sentei à mesa na área do restaurante e fiquei olhando pela janela. Pensando. Lembrando. Analisando. Não toquei em nenhuma das máquinas.

— Alex, vai jogar. É seu aniversário — *disse meu tio.*

Estava sentado à minha frente, um homem de porte robusto, cabelos grisalhos e olhos castanho-claros quase idênticos aos do meu pai. Não era um homem bonito, mas era vaidoso, então mantinha o cabelo sempre perfeitamente penteado e usava roupas bem passadas. Naquele dia, vestia um terno azul que não combinava com as crianças suadas e os pais de camiseta e expressão cansada que circulavam pelo fliperama.

Antes "daquele dia", eu não via tio Ivan com muita frequência. Ele e meu pai haviam se desentendido quando eu tinha sete anos, e meu pai nunca mais falou com ele. Mesmo assim, tio Ivan me acolheu, em vez de me deixar ir parar no sistema de adoção, o que foi muito generoso da parte dele, acho.

— Não quero jogar.

Bati com os nós dos dedos na mesa. Toc. Toc. Toc. Um. Dois. Três. Três tiros. Três corpos no chão. Fechei os olhos com força e usei toda a minha força para expulsar as imagens da cabeça. Elas voltariam, como voltavam todo dia desde então. Mas não queria lidar com aquilo naquele momento, no meio de um fliperama fedorento e suburbano com um carpete azul barato e marcas de copo nas mesas.

Odiava meu "dom". Mas não podia fazer nada quanto a isso, a menos que arrancasse o cérebro da cabeça, então aprendi a conviver com ele. Um dia, eu o transformaria em arma.

— O que você quer? — perguntou tio Ivan.

Olhei para ele, que sustentou meu olhar por alguns segundos, até que encerrou o contato visual.

Antes, as pessoas nunca faziam isso. Mas, desde o assassinato da minha família, agiam diferente. Quando eu as encarava, desviavam o olhar – não por terem pena de mim, mas por medo, porque algum instinto básico de sobrevivência gritava para que corressem sem olhar para trás.

Era tolice adultos terem medo de um menino de onze, agora doze anos. Mas eu não as criticava. As pessoas tinham motivo para ter medo.

Porque um dia eu destruiria o mundo com minhas próprias mãos e o obrigaria a pagar caro pelo que havia tirado de mim.

— O que eu quero, tio — falei, com uma voz que registrava o agudo claro de um menino que ainda não havia atingido a puberdade —, é vingança.

Abri os olhos e soltei o ar lentamente, deixando a lembrança me inundar. Aquele havia sido o momento no qual encontrara meu propósito e o revivia todo dia havia catorze anos.

Depois da morte da minha família, tive que fazer terapia por alguns anos. Precisei passar por alguns profissionais, porque nenhum conseguia estabelecer uma conexão real comigo, então meu tio os substituía na esperança de que algum fizesse progressos. Nunca aconteceu.

Mas todos me disseram a mesma coisa – meu foco obsessivo no passado impediria o processo de cura, e eu precisava direcionar minha energia para interesses mais construtivos. Alguns sugeriram arte; outros, esporte.

Eu sugeria que enfiassem as sugestões no rabo.

Os terapeutas não entendiam. Eu não *queria* cura. Queria arder. Queria sangrar. Queria sentir cada lambida escaldante de dor.

E em breve a pessoa responsável por essa dor também sentiria. Uma dor mil vezes mais intensa.

CAPÍTULO 8

Ava

OPERAÇÃO EMOÇÃO: FASE TRISTEZA.

Cheguei armada para a batalha.

Caprichei na maquiagem, escovei o cabelo e escolhi meu vestido favorito de algodão branco com margaridas amarelas na bainha. Era bonito e confortável, com um decote insinuante o suficiente para intrigar. Liam adorava esse vestido. Sempre que eu o usava, acabávamos na casa dele, com a peça de roupa jogada no chão.

Pensei em doá-lo depois que a gente terminou porque ele o adorava, mas desisti. Não ia permitir que Liam arruinasse coisas boas para mim, fosse um vestido ou sorvete de menta com gotas de chocolate, que ele comprava sempre que eu estava de TPM.

Se a intenção era passar uma noite maratonando filmes com Alex do nada, estar bonita não faria mal a ninguém.

Não consegui ter boas ideias para deixá-lo triste sem ser perversa, então escolhi uma situação neutra: assistir a filmes tristes. Funcionava com todo mundo. Sim, até com homens.

Uma vez, vi Josh chorar com o final de *Titanic*, embora tenha alegado alergia e ameaçado jogar minha câmera do alto do Monumento a Washington se eu contasse para alguém.

É isso aí. Uma década depois, ele ainda não conseguia parar de falar sobre como havia sobrado espaço para Jack na porta. Eu concordava, o que não me impedia de debochar do meu irmão.

Como Alex era um "pouco" mais reservado que Josh, em vez de *Titanic*, apelei para venenos mortais: *Um amor para recordar* (mais triste que *Diário de uma paixão*) e *Marley & eu*.

Bati na porta da casa de Alex. Para minha surpresa, ele abriu em menos de dois segundos.

— Oi, eu...

Parei. Olhei.

Esperava vê-lo de terno, ainda com as roupas do escritório, ou em trajes casuais, embora nada que ele vestisse fosse *casual*. Até as camisetas custavam centenas de dólares. Mas ele usava uma camisa cinza, jeans escuro e blazer Hugo Boss.

Muito bem-vestido para uma quinta-feira à noite.

— Estava de saída?

Tentei espiar dentro da casa para ver se estava acompanhado, mas o corpo de Alex bloqueava a maior parte do vão.

— Quer que eu dê licença pra você enxergar melhor minha sala? — perguntou ele, sarcástico.

Meu rosto esquentou. *Flagrada.*

— Não sei do que você tá falando. Sua sala nem é tão interessante — improvisei. — Falta cor. Não tem toques pessoais.

Do que estou falando? Alguém me faz parar.

— A tela também é horrível.

Alguém me para agora.

— Precisa de um toque feminino.

Puta que pariu. Eu não disse isso.

Alex comprimiu os lábios. Se fosse qualquer outra pessoa, eu juraria que estava se esforçando para não rir.

— Sei. A tela é do Josh, você sabe.

— O que deveria ter sido o primeiro alerta.

Dessa vez, um sorrisinho minúsculo moveu seus lábios.

— Respondendo à pergunta, é, eu estava de saída. Tenho um encontro.

Surpreendente. Alex tinha um encontro. Não fazia sentido.

Porque, é claro, o cara tinha encontros. *Olha para ele.* Mas eu nunca tinha ouvido nem percebido evidências de vida amorosa, a menos que considerasse as mulheres que se jogavam em cima dele em todo lugar, então presumi que Alex fosse um desses malucos obcecados por trabalho que mantinham um relacionamento monogâmico com o emprego.

Afinal, éramos vizinhos havia um mês, e nunca o tinha visto levar uma mulher para casa, apesar de que, reconheço, não vigiava a casa vinte e quatro horas por dia, sete dias por semana, como uma maluca.

Pensar em Alex namorando era... estranho.

Essa era a única palavra possível para descrever a sensação persistente no meu estômago, aquela que fazia minha pele se arrepiar e o coração bater duas vezes mais rápido.

— Ah, não quero atrapalhar, então. — Dei um passo para trás e tropecei em nada, porque óbvio que eu tropeçaria em nada. Alex me segurou, e meu coração deu um pulo. Não um grande salto de campeonato de líderes de torcida. Um pulinho, na verdade. Mas o suficiente para me deixar ainda mais agitada. — Vejo você mais tarde.

— Já que veio, é melhor me dizer por quê. — Alex ainda segurava meu braço, e o calor do toque me queimou até os ossos. — Acho que isso significa que desistiu de me dar um gelo.

Eu o havia ignorado por vários dias desde que ele invadira a casa de Owen como um furacão autoritário de olhos verdes. Foi o máximo de tempo que me mantive apegada à raiva. Ficar aborrecida era exaustivo, e eu tinha mais o que fazer com meu tempo, mas quis passar uma mensagem: ele não podia invadir e tentar controlar minha vida sem sofrer as consequências.

— No geral, sim. — Semicerrei os olhos. — Não faça mais aquilo.

— Não desfile na frente de outros homens seminua, e não vou fazer.

— Não estava desfilando... — As palavras se encaixaram. — *Outros* homens? Alex soltou meu braço, e seus olhos ficaram ainda mais gelados.

— O que veio fazer aqui, Ava? Tem alguém te incomodando? — Seu olhar se tornou mais intenso. — Liam?

Uma tentativa óbvia de mudar de assunto, mas minha cabeça estava frenética demais para eu pensar em desmascará-lo.

— Não. Nada importante. Jules saiu, fiquei entediada e pensei em ver se você queria fazer alguma coisa.

Percebi que devia ter pensado em uma desculpa menos patética e mais convincente para ter aparecido na casa dele de surpresa em uma quinta-feira à noite, principalmente porque a gente não era amigo, mas era tarde demais.

Viu? Foi por isso que nunca pensei em ser espiã nem advogada. Jules ficaria decepcionada.

— Você mente muito mal. — Alex parecia não estar acreditando. — Fala logo, o que veio fazer aqui?

Droga. Tinha que pensar em *outra* desculpa? E não podia ser a Operação Emoção?

— Pensei que você talvez quisesse companhia, agora que Josh não está aqui. Não vi você sair com ninguém desde que ele viajou e achei que podia estar se sentindo sozinho. — A frase se transformou em uma pergunta quando percebi a idiotice da lógica, afinal, dã, a vida de Alex não girava em torno dessa casa. Ele não dava festas toda semana como Josh, mas devia sair para jantar com amigos e assistir a jogos, igual a todo mundo. — O que não é o caso, é óbvio, já que tem um encontro — acrescentei, depressa. — Sendo assim, vou voltar pra casa e pode esquecer que isso aconteceu. Bom encontro!

— Para.

Congelei, com o coração aos pulos, enquanto tentava entender como a interação tinha saído dos trilhos de modo tão drástico. O engraçado era que, na verdade, a interação nem tinha saído dos trilhos; eu só tinha essa sensação.

Alex abriu a porta por completo e deu um passo para o lado.

— Entra.

Quê?

— Mas e o encontro?

— Pode deixar que eu cuido disso. Não sei o que tá acontecendo com você, mas, como rompeu o tratamento de silêncio pra vir aqui "fazer alguma coisa", deve estar com algum problema.

A semente da culpa no meu estômago germinou e virou uma árvore. Era para ser uma experiência inofensiva. Não queria que Alex cancelasse seus planos por minha causa.

Mas, quando o segui até a sala, pensar que ele não ia mais jantar ou fazer qualquer outra coisa que tivesse planejado com uma mulher bonita e misteriosa me deixava mais feliz do que deveria.

Sufoquei o riso ao ver a cara de Alex quando mostrei os filmes que havia levado.

— Não gosta de Mandy Moore? — brinquei.

Introduzi o disco no DVD player, então me ajeitei no sofá enquanto os créditos de início eram exibidos. Ainda tinha DVDs, como ainda tinha livros de papel. Havia uma espécie de mágica em tocar seus objetos favoritos em vez de vê-los em uma tela.

— Não tenho nada contra Mandy Moore, mas não sou fã de sentimentalismo nem melodrama.

Alex tirou o blazer e o deixou sobre o encosto do sofá. A camisa era justa nos ombros largos e tinha dois primeiros botões abertos, revelando um pedaço do peito e das clavículas sensuais.

Nunca pensei que era possível clavículas serem sensuais, mas as de Alex eram a prova.

Engoli em seco.

— Não é sentimentalismo nem melodrama. É romance.

— Ela não morre no fim?

— Belo jeito de estragar tudo — resmunguei.

Ele olhou para mim, incrédulo.

— Você já assistiu.

— E você? Assistiu?

— Sei o que acontece.

— Sh. — Cutuquei sua perna com o pé. — Tá começando.

Ele suspirou.

Eu amava *Um amor para recordar*, mas passei o tempo todo espiando Alex discretamente, esperando por algum tipo de reação.

Nenhuma. Nada. Zero. Inclusive durante o casamento de Jamie e Landon.

— Como você pode não chorar? — perguntei, enxugando as lágrimas com o dorso da mão depois dos créditos. — Esse filme é muito triste.

— É ficção. — Alex fez uma careta. — Para de chorar.

— Não consigo parar quando sinto vontade de chorar. É uma reação biológica.

— Reações biológicas podem ser controladas.

Não resisti, me aproximei e empurrei seus ombros com força para a frente, então deslizei a palma da mão por suas costas.

Os músculos ficaram tensos ao contato.

— O que você tá fazendo? — perguntou ele em um tom severo, controlado.

— Procurando seu painel de controle. — Dei batidinhas, tentando, sem sucesso, não notar os contornos dos músculos esculpidos. Nunca vi Alex sem camisa, mas imaginava que fosse glorioso. — Você deve ser um robô.

A resposta foi um olhar de pedra. Viu? Um robô.

— Você precisa trocar as pilhas ou é recarregável? Devo te chamar de R2-D...

Soltei um gritinho quando ele segurou meu braço e me girou até eu estar montada sobre suas pernas. O sangue rugiu nos meus ouvidos enquanto ele apertava meu pulso com força – não para machucar, mas para avisar que, se quisesse, poderia me quebrar em um piscar de olhos.

Nós nos encaramos, e o rugido se tornou mais alto. Por trás daqueles poços de gelo cor de jade, notei uma centelha de algo que fez meu estômago esquentar.

— Não sou um brinquedo, Ava — falou Alex em um tom letalmente suave. — Não brinca comigo, a menos que queira se machucar.

Engoli o medo.

— Você não me machucaria.

A centelha misteriosa cristalizou-se em raiva.

— É por isso que Josh estava tão preocupado com você. É confiante demais.

Ele se inclinou para a frente, não mais que um centímetro, e foi difícil não recuar. A presença de Alex exalava uma energia contida, e eu tinha a sensação enervante de que, por trás de todo o gelo, havia um vulcão pronto para entrar em erupção, e sorte de quem não estivesse por perto quando isso acontecesse.

— Não tente me humanizar. Não sou um herói torturado de uma das suas fantasias românticas. Você *não tem ideia* do que sou capaz de fazer, e ter prometido a Josh que ia cuidar de você não significa que posso te proteger de si mesma e do seu coração mole.

O vermelho se espalhou pela pele do meu rosto e colo. Estava dividida entre medo e fúria – medo daquela expressão severa e irredutível, mas fúria pelo jeito como ele falava comigo, como se eu fosse uma criança ingênua que não era capaz de amarrar os sapatos sem tropeçar e se esborrachar.

— Essa reação foi meio exagerada pra uma piadinha de nada — respondi, de queixo erguido. — Peço desculpas por ter te tocado sem sua permissão, mas você podia só ter dito para eu parar, em vez de fazer todo esse discurso sobre como me considera uma idiota indefesa.

As narinas de Alex dilataram.

— Não acho que você é uma idiota indefesa.

A raiva superou o medo.

— Acha, sim. Você e Josh acham. Sempre dizem que querem me proteger, como se eu não fosse uma mulher adulta perfeitamente capaz de cuidar de si mesma. O fato de ver o bem nas pessoas não significa que sou uma idiota. Acho que otimismo é uma característica positiva e sinto pena de pessoas que vivem acreditando no pior em todo mundo.

— Porque elas viram o pior de todo mundo.

— As pessoas veem o que querem ver. Existe gente horrível no mundo? Existe. Coisas horríveis acontecem? Acontecem. Mas existem pessoas maravilhosas, e coisas maravilhosas acontecem também, e se você se concentra demais no negativo, perde tudo que existe de positivo.

Silêncio completo, e o pior era que eu ainda estava montada sobre as pernas dele.

Tinha certeza de que Alex gritaria comigo, mas me surpreendi quando seu rosto relaxou com uma sugestão de sorriso. Os dedos roçaram a parte inferior das minhas costas e eu quase dei um pulo.

— Esses óculos de lentes cor-de-rosa ficam bem em você, Raio de Sol.

Raio de Sol? Tinha certeza de que era deboche, mas senti um arrepio mesmo assim, o que amenizou minha raiva. *Traidores.*

— Obrigada. Pode pegar emprestado. Você tá precisando mais do que eu — falei, sem rodeios.

Uma risada baixa brotou da sua garganta, e quase caí, chocada. Era uma noite de acontecimentos inéditos.

A mão de Alex escorregou pelas minhas costas até descansar na base da nuca, deixando uma trilha de arrepios.

— Estou sentindo pingar em mim.

Ele não... quê? Um inferno consumiu meu corpo.

— Você é... você... não, eu não! — gaguejei, empurrando-o e saindo de cima da sua perna.

Sentia o centro do corpo pulsar. *Ai, meu Deus, e se for verdade?* Eu não tinha coragem de olhar. Tinha medo de ver a mancha reveladora no jeans de Alex.

Teria que me mudar para a Antártica. Construir uma caverna de gelo e aprender a língua dos pinguins, porque nunca mais poderia dar as caras em Hazelburg, DC, ou em qualquer cidade onde fosse possível voltar a encontrar Alex Volkov.

A risadinha rouca virou uma gargalhada. O efeito do sorriso autêntico era tão devastador, mesmo em meio à minha vergonha, que só consegui olhar para o rosto iluminado e para o brilho que levava a beleza dos olhos dele a uma intensidade de tirar o fôlego.

Cacete. Talvez eu devesse ser grata por Alex nunca sorrir, afinal, se aquele era o resultado... o gênero feminino não tinha a menor chance.

— Estou falando sobre seu coração mole. O que você achou que fosse?

— Eu... você...

Nada de Antártica. Eu teria que me mudar para Marte.

A risada de Alex perdeu força, mas o brilho nos olhos se manteve.

— Qual é o próximo?

— Oi?

Ele apontou com o queixo para o DVD sobre a mesa.

— Você trouxe dois filmes. Qual é o segundo?

A mudança de assunto repentina me desorientou, mas eu que não ia reclamar. Não queria falar sobre meu corpo vazando coisa nenhuma. Não com Alex. Nunca.

Minhas coxas se contraíram, e eu resmunguei:

— *Marley e eu.*

— Coloca.

Coloca...? Ah, o DVD.

Eu precisava parar de ter mente suja.

Enquanto os créditos de abertura eram exibidos, achei um lugar o mais longe possível de Alex e "casualmente" encaixei duas almofadas entre nossos corpos, por precaução. Ele não disse nada, mas vi seu sorrisinho pelo canto do olho.

Estava tão focada em não olhar para Alex que mal prestava atenção no filme, mas, uma hora mais tarde, quando meus olhos se fecharam e peguei no sono, eu ainda pensava no sorriso dele.

CAPÍTULO 9

Alex

Xinguei Josh em pensamento enquanto carregava Ava para cima. Aquele babaca sempre me punha em situações nas quais eu não queria estar.

No caso, dormir no mesmo quarto que a irmã dele.

Tenho certeza de que Josh ficaria menos feliz do que eu, mas o quarto de hóspedes ainda não estava pronto – nunca recebia hóspedes, se desse para evitar – e chovia forte do lado de fora, o que me impedia de levá-la para a casa sem que nós dois acabássemos encharcados. Podia tê-la deixado no sofá, mas a garota teria ficado muito mal acomodada.

Abri a porta do meu quarto com o pé e a pus na cama. Ela nem se mexeu.

Meus olhos permaneceram na sua silhueta, notando detalhes que eu não devia ter notado. O cabelo escuro espalhado como um manto de seda, longo o bastante para envolver meu punho, e a saia levantada revelando um centímetro de coxa além do que seria modesto. A pele aparentava ser mais suave que seda, e tive que cerrar os punhos para conter o impulso de tocá-la.

Minha mente voltou ao início da noite. Ava tinha ficado de um tom lindo de vermelho quando fiz o comentário sobre algo "pingando". Embora a brincadeira fosse sobre seu coração mole, parte de mim – uma parte muito grande – quis dobrá-la sobre meu joelho, levantar sua saia e descobrir o quanto ela estava molhada. Eu tinha visto a luxúria naqueles olhos grandes e castanhos – ela estava excitada. E se não tivesse se afastado naquele momento...

Desviei o olhar e contraí a mandíbula em reação aos pensamentos indesejados que invadiam minha cabeça.

Não deveria pensar na irmã do meu melhor amigo desse jeito, mas algo tinha mudado. Não sabia quando ou como, mas tinha começado a ver Ava menos como a irmã mais nova de Josh e mais como mulher. Uma mulher bonita, de coração puro, mas temperamental, que poderia ser minha ruína qualquer dia desses.

Não devia ter convidado Ava para entrar. Devia ter saído para o encontro, conforme planejado, mas a verdade era que não suportava a companhia de Madeline fora do quarto. Ela era bonita, rica e sofisticada, e entendia que não arrancaria nada além de um relacionamento físico de mim, mas insistia em jantares e vinho antes das sessões de sexo. Eu só concordava porque a mulher transava como uma estrela pornô.

Uma noite em casa com Ava, uma ideia tão ruim quanto havia se confirmado, parecera mais atraente que outra refeição cansativa em um restaurante elegante, onde Madeline se exibiria e fingiria que éramos um casal diante das pessoas mais poderosas e influentes de DC.

Ela não esperava nada do nosso arranjo, mas gostava de símbolos de status, e eu – um dos solteiros mais ricos e disputados da região metropolitana de Washington, de acordo com um artigo da última edição da *Mode de Vie* – era um símbolo de status.

Não achava ruim. Eu a usava e ela me usava. A vantagem eram os orgasmos. Tratava-se de um relacionamento mutualmente benéfico, mas o tempo do combinado com Madeline havia se esgotado. Sua reação contrariada quando liguei para cancelar o encontro confirmou minha decisão.

Madeline não tinha direitos sobre mim e, se achava que alguns jantares e boquetes me fariam mudar de ideia, estava terrivelmente enganada.

Levantei Ava para acomodá-la embaixo das cobertas. Esperava que ela dormisse com um sorriso igual ao que sempre exibia quando estava acordada. Mas o que vi foi uma testa franzida, uma boca contraída e uma respiração rápida.

Quase passei a mão na testa dela, mas me contive.

Troquei de roupa, vesti uma calça de moletom preta, apaguei a luz e me deitei do outro lado da cama. Um cavalheiro teria dormido no sofá ou no chão, mas, apesar de todos os insultos que havia ouvido das pessoas ao longo dos anos, nunca tinha sido chamado de "cavalheiro".

Entrelacei os dedos atrás da cabeça, tentando ignorar a suave presença feminina ao lado. Dormir não era fácil, como sempre, mas, em vez de abrir uma página aleatória do meu álbum de lembranças mental, deixei meus pensamentos vagarem por onde quisessem.

27 de novembro de 2013

— Pode acreditar, cara, meu pai vai ficar eufórico por ter alguém pra levar pro jogo de futebol. — Josh pulou do carro. — Sou mais NBA que NFL, e essa é a maior decepção dele.

Abri um sorrisinho e o segui pela calçada em direção à imponente casa da família no bairro residencial de Maryland. Não era tão grande quanto minha mansão no subúrbio da Filadélfia, onde eu morava com meu tio, mas devia ter custado pelo menos um ou dois milhões. Uma cerca viva delimitava a calçada de pedra que se estendia até a enorme porta de mogno, e uma guirlanda de flores de outono enfeitada por um laço de seda pendia sobre a argola de metal que servia de batedor.

— Coisa da minha irmã, provavelmente — disse Josh, notando para onde eu olhava. — Meu pai odeia essa merda toda, mas Ava adora.

Eu sabia pouco sobre a irmã de Josh, exceto que era alguns anos mais nova que a gente e gostava de fotografia. Ele tinha comprado uma câmera digital usada no eBay de presente de Natal para ela porque a garota estava sempre dando indiretas sobre esse desejo quando eles conversavam por telefone.

Conheci primeiro o pai de Josh. Ele estava sentado na sala, assistindo ao jogo dos Cowboys contra os Lions, como Josh previra. Michael era mais baixo que o filho, mas o rosto esculpido e os olhos atentos faziam-no parecer mais alto que seu um metro e setenta e cinco.

— É um prazer conhecê-lo, senhor.

Sustentei seu olhar sem nenhuma insegurança ao apertar a mão dele.

Michael grunhiu uma resposta.

Josh era sino-americano de segunda geração, o que significava que seu pai tinha nascido nos Estados Unidos. Michael tinha sido o filho exemplar, o melhor aluno das escolas mais concorridas e fundador de uma empresa bem-sucedida, apesar de os pais dele nunca terem terminado o ensino médio. Era como meu pai, com a diferença de que o meu tinha nascido na Ucrânia e imigrado para os Estados Unidos na adolescência.

Senti um aperto no peito. Quando descobriu que eu não tinha parentes com quem celebrar o Dia de Ação de Graças, exceto meu tio, que não dava a mínima para a data, Josh me convidou para comemorar com os Chen. Fiquei grato e um pouco irritado. Odiava que sentissem pena de mim.

— Josh, você...

A *voz feminina atrás de mim se calou.*

Eu me virei, e meus olhos recaíram sobre uma garota delicada de cabelos escuros. Para falar a verdade, ela não era baixinha, devia ter mais ou menos um metro e sessenta e cinco de altura, mas comparada aos meus um e noventa, era uma miniatura. Lábios de botão de rosa e um rosto delicado davam a ela uma aparência de boneca.

Ela sorriu, e me esforcei para não fazer uma careta. Não era normal um sorriso ser tão radiante.

— Oi! Sou a Ava, irmã de Josh. Você deve ser o Alex.

Ela estendeu a mão.

Olhei para a mão por tanto tempo que o sorriso de Ava desapareceu, dando lugar a uma expressão de desconforto, então Josh me deu uma cotovelada nas costelas.

— Cara — *resmungou ele pelo canto da boca.*

Finalmente apertei a mão de Ava. Era pequena e delicada, e não consegui deixar de pensar em como seria fácil esmagá-la.

Aquela garota e seu sorriso radiante não durariam um dia no mundo real, onde monstros estavam à espreita em cada esquina e as pessoas escondiam suas intenções sombrias por trás de máscaras. Eu tinha certeza.

Um grito me arrancou das minhas lembranças e me levou de volta à vida real, onde as sombras haviam se tornado mais longas, e o corpo ao meu lado se debatia.

— Para! — A voz de Ava transbordava terror. — Não! Socorro!

Cinco segundos depois, eu havia acendido o abajur e estava fora da cama, com a arma na mão. Sempre mantinha um revólver ao lado da cama, e havia instalado um novo sistema de segurança moderno ao me mudar para a antiga casa de Josh. Não sabia dizer como um invasor teria passado por todas as defesas sem disparar um alarme, mas escolhera a casa errada.

Mas, quando olhei em volta, não vi mais ninguém no quarto.

— Por favor, para! — Ava se contorcia na cama, e seu rosto estava pálido. Os olhos abertos não enxergavam nada. — Ele...

Ela sufocou como se não conseguisse levar ar suficiente aos pulmões.

É um pesadelo.

Meus ombros relaxaram, então voltaram a se contrair.

Na verdade, não era um pesadelo; era terror noturno. Um intenso, a julgar por sua reação.

Ava gritou de novo, e meu coração parou por um instante. Cheguei a desejar que o problema fosse mesmo um invasor, pois ao menos eu teria algo físico com que lutar.

Não podia acordá-la nem contê-la; eram as piores atitudes a se tomar em relação a alguém que sofria de terror noturno. Tudo que eu podia fazer era esperar o episódio passar.

Deixei o abajur aceso e me mantive atento, caso ela se machucasse enquanto se debatia. Odiava me sentir impotente, mas sabia bem que ninguém pode lutar nossas batalhas internas por nós.

Meia hora depois, os gritos de Ava tinham cessado, mas eu permanecia em vigília. Não conseguiria dormir mesmo se quisesse. A insônia não me permitia mais que duas ou três noites de sono por semana, embora eu sempre tirasse alguns cochilos no meio do dia, quando era possível.

Abri o laptop. Estava dando mais uma olhada em uns documentos relacionados ao trabalho quando o celular apitou com uma notificação.

Josh: E aí, tô entediado.

Pelo jeito, eu não era o único que não conseguia dormir.

Eu: Quer que eu faça o quê?
Josh: Me distraia.
Eu: Vai se foder. Não sou seu macaquinho de circo.
Josh: Acordei meu colega de quarto com uma gargalhada. Você devia se vestir de macaquinho de circo no Halloween.
Eu: Só se você se vestir de idiota. Ou não. De burro é melhor.
Eu: Idiota você já é.
Josh: Que comediante. Vê se não larga seu emprego pra tentar carreira.
Josh: P.S. Acha que não tenho coragem? Vou me vestir mesmo, só pra poder te chantagear com as fotos de macaquinho.
Eu: Ninguém avisa a pessoa que pretende fazer chantagem. Não antes de ter material pra isso, idiota.

Enquanto Josh e eu ríamos e falávamos mais bobagens, olhei para o lado e vi Ava dormindo com o rosto enterrado em um dos meus travesseiros. Uma centelha de sensação que talvez fosse culpa se acendeu, o que era ridículo. Não tínhamos feito nada.

Além disso, dividir a cama com a irmã do meu melhor amigo não era a pior coisa que já tinha feito... ou faria.

Nem perto disso.

CAPÍTULO 10

Ava

Senti um cheiro delicioso, uma mistura de especiarias e calor. Queria que o aroma me envolvesse como um cobertor.

Cheguei mais perto do cheiro, aproveitando o calor forte e sólido sob meu rosto. Não queria acordar, mas tinha prometido a Bridget que prestaria serviço voluntário com ela em um abrigo para animais abandonados naquela manhã antes do meu turno vespertino na galeria.

Desfrutei a sensação de conforto por mais um minuto enquanto me perguntava se minha cama sempre tinha sido assim, grande e macia, até que abri os olhos e bocejei.

Estranho. Meu quarto estava diferente. Nenhuma fotografia nas paredes, nenhum vaso de girassóis ao lado da cama. E será que minha cama tinha acabado de se mexer sozinha?

Meus olhos se cravaram na grande extensão de pele nua embaixo de mim, e meu coração deu um pulo. Meu olhar foi subindo de pouco em pouco... mais um pouco, até encontrar um par de olhos verdes familiar. Olhos que me encaravam sem nenhum resquício do humor da noite anterior.

Ele olhou para baixo. Segui seu olhar... e percebi, horrorizada, que estava tocando o pau de Alex Volkov. Sem querer. Ele usava uma calça de moletom, mas mesmo assim.

Eu. Estava. Tocando. O. Pau. De. Alex. Volkov.

E estava duro.

Fiquei mortificada. *Tira a mão daí. Tira agora!* Meu cérebro gritava, e eu queria mover a mão. De verdade. Mas fiquei paralisada, congelada pelo choque, pela humilhação e por mais alguma coisa que preferia nem identificar.

Uma visão rápida me passou pela mente, um vislumbre do que Alex devia ter dentro da calça. Tive a sensação – quer dizer, *outra* sensação – de que poderia concorrer com qualquer astro pornô.

— Por favor, tira a mão do meu pau, a menos que pretenda fazer alguma coisa com ele — avisou Alex em um tom frio.

Finalmente removi a mão e me afastei. Sentia o coração bater em um ritmo frenético enquanto tentava me recuperar.

— O que aconteceu? Por que estou aqui? A gente... você e eu...

Fiz um gesto apontando para ele, depois para mim, atormentada pelo que aquilo poderia significar.

Meu Deus. Josh ia me matar, e eu não poderia nem dizer que estava errado. Tinha dormido com o melhor amigo do meu irmão.

Merda!

— Relaxa. — Alex se levantou, ágil e gracioso como uma pantera. A luz do sol entrava pelas janelas e iluminava sua silhueta esculpida, banhando o peito entalhado e o abdome perfeito em uma luminosidade pálida. — Você dormiu no meio daquele filme de cachorro e estava chovendo forte, então eu te trouxe pra cá. Fim.

— Então a gente não...

— Transou? Não.

— Ai, graças a Deus. — Levei a mão à testa, sentindo o bálsamo do alívio aliviar o calor no meu rosto. — Teria sido péssimo.

— Vou tentar não me ofender com o comentário.

— Você entendeu. Josh teria matado nós dois, ressuscitado a gente pra limpar a sujeira e matado de novo. Não que eu queira dormir com você, só pra constar. — *Mentirosa*, cochichou uma voz inconveniente na minha cabeça. Eu a ignorei. — Você não faz meu tipo.

Alex estreitou os olhos.

— Não? Então me conta, qual é seu tipo?

Era cedo demais para isso.

— Hum... — Tentei pensar em alguém. — Ian Somerhalder?

Ele soltou um risinho debochado.

— Melhor que um vampiro cintilante. Mas é o seguinte, Raio de Sol. Você e Ian? Não vai rolar.

Revirei os olhos e me levantei da cama. Odiei a visão no espelho. Vestido amassado, cabelo desgrenhado, marcas de travesseiro na bochecha, e aquilo ao lado da boca era uma linha de baba seca? Eu não ganharia um concurso de beleza tão cedo.

— Obrigada pela informação relevante — disse, limpando discretamente a baba do rosto enquanto Alex vestia uma camiseta. O quarto era tão sóbrio quanto a sala, sem nada além da cama enorme, uma mesa de cabeceira com um abajur e um relógio, e uma cômoda. — E não precisa ficar todo irritado. Também não sou seu tipo, lembra? Ou talvez eu seja...

Levantei a sobrancelha ao notar o relevo evidente na sua calça.

Ele queria bancar o babaca? Eu também sabia fazer esse jogo.

— Não se anima demais com isso. É só uma ereção matinal. Todo homem tem. — Alex passou a mão no cabelo, que continuava perfeito depois de uma noite de sono. — E não estou irritado.

— Se você diz... ah, e para de me chamar de "Raio de Sol".

— Por quê?

— Porque não é meu nome.

— Eu sei. É um apelido.

Suspirei, impaciente.

— A gente não é próximo o suficiente pra usar apelidos.

— A gente se conhece faz oito anos.

— É, mas não temos esse tipo de relacionamento! Além disso, sei que você tá debochando de mim, mesmo com essa história de coração generoso.

Alex arqueou as sobrancelhas.

— Explica melhor, por favor. Que *tipo* de relacionamento a gente tem, então?

Estávamos entrando em território perigoso.

— Somos vizinhos. Conhecidos. — Tentei pensar em mais alguma coisa, afinal ainda não tinha conseguido transmitir a ideia. — Parceiros de cinema?

Ele eliminou a distância entre nós, e eu engoli em seco, mas continuei onde estava, apesar do impulso de sair correndo.

— Você sempre divide a cama com seus conhecidos? — perguntou ele em voz baixa.

— Eu não pedi pra dividir a cama com você.

Tentei não olhar para a região abaixo da sua cintura, mas era difícil ignorar. Meus mamilos enrijeceram e roçavam o sutiã. Minha pele se arrepiou.

O que estava acontecendo, cacete? Era o *Alex*, fala sério. O anticristo. O babaca. O robô.

Mas meu corpo não devia ter recebido o memorando, porque de repente eu estava fantasiando sobre jogá-lo na cama e terminar o que minha mão havia começado mais cedo sem querer.

Não. Se controla. Você não vai dormir com Alex Volkov. Nem agora nem nunca.

— Bom... tenho que ir. Voluntária. Animais — gaguejei sem fazer sentido. — Obrigadapormedeixarficartevejomaistardetchau!

Desci a escada com passos apressados e corri para casa.

Precisava de um banho frio com urgência.

Status da Fase Tristeza: Fracassada.

— Você *tocou* no pau de Alex Volkov? — Bridget arregalou os olhos. — Como foi?

— Shh! — Olhei em volta para ver se alguém prestava atenção, mas todo mundo estava ocupado demais com suas obrigações. Fazia tanto tempo que Bridget era voluntária no abrigo que a equipe nem lembrava que havia uma princesa entre eles. A pedido da família real, éramos sempre as únicas voluntárias no dia dela. — Não é adequado que uma princesa fale a palavra "pau".

Especialmente com aquela voz requintada e o leve sotaque que seriam mais apropriados para discutir festas elegantes e diamantes Harry Winston, *não* a genitália masculina.

— Já falei coisas piores que "pau".

Como amiga de Bridget havia mais de quatro anos, eu podia confirmar a informação. Mas ainda soava errado.

— E aí? Como foi? — insistiu ela.

— Não sei o que você quer que eu diga. Foi igual a tocar um pênis.

Um grande e duro... *não*. Nem começa de novo.

Nem agora. Nem nunca.

Bridget e eu estávamos limpando e desinfetando as jaulas do Caudas e Bigodes, um abrigo para animais resgatados próximo ao campus. Ela adorava animais e trabalhava como voluntária desde o segundo ano da faculdade. Eu a acompanhava quando tinha tempo, e Stella também. Jules era alérgica a gatos, então ficava longe do lugar. Mas o abrigo era o amor de Bridget. Ela comparecia duas vezes por semana sem falta, para aflição de Booth.

Contive um sorriso ao ver o guarda-costas ruivo e grandalhão estudando um papagaio com um olhar desconfiado. Apesar do nome, o Caudas e Bigodes acolhia todo tipo de animal, não só cães e gatos, e tinha uma pequena, mas robusta, seção de aves.

Booth não tinha medo de aves, mas não gostava delas; dizia que pareciam ratos voadores gigantes.

— Hm. — Bridget ficou desapontada à minha resposta pouco interessante. — E ele não ficou triste com os filmes? Nem um pouco?

— Não. — Tirei o jornal da gaiola e o joguei na lata de lixo. — Bom, eu dormi no meio de *Marley e eu*, mas duvido que ele tenha chorado ou algo assim. Parecia entediado o tempo todo.

— Mas continuou assistindo aos dois filmes. — Bridget levantou uma sobrancelha loira. — Interessante.

— Ele não tinha escolha. Eu já estava na casa dele.

— Fala sério. O cara é Alex Volkov. Colocaria pra fora qualquer pessoa se quisesse.

Verdade.

Franzi a testa e pensei na afirmação.

— Ele é mais legal comigo porque sou irmã do Josh.

— Sei. — Bridget riu baixinho. — Qual é a próxima fase mesmo?

Ai, aquela Operação Emoção idiota, ou OE, como tinha passado a chamá-la. O martírio da minha existência.

— Nojo.

Eu não tinha a menor ideia do que faria, mas essa fase parecia mais fácil. Tinha a impressão de que muitas coisas causavam nojo em Alex.

— Eu pagaria um bom dinheiro pra assistir. — Bridget olhou para Booth e riu. — Tudo bem aí, Booth?

— Sim, Alteza.

Ele fez uma careta quando o papagaio gritou:

— Ah, isso! Me bate, mestre!

— Não sou seu mestre — retrucou o homem. — Vai embora.

O papagaio elevou o corpo e sacudiu as penas, indignado.

Bridget e eu gargalhamos. Pelo jeito, o antigo dono do papagaio era bem ativo sexualmente... e meio pervertido. O que ele falou hoje foi tranquilo em comparação às tiradas anteriores.

— Vou sentir saudade de você. — Bridget suspirou. — Espero que meu próximo guarda-costas tenha senso de humor.

Parei de limpar a jaula.

— Espera aí, como é que é? Booth, você vai embora?

Ele coçou a nuca, meio acanhado.

— Minha esposa vai dar à luz em breve. Vou tirar a licença-paternidade.

— Parabéns. — Sorri, embora me sentisse triste. Ele era funcionário de Bridget, mas o havíamos adotado como membro honorário do grupo. Booth tinha nos salvado de situações complicadas no passado e era muito bom para dar conselhos sobre garotos. — Vamos sentir sua falta, mas estou feliz por você!

Ele ficou vermelho.

— Obrigado, srta. Ava.

Era impecavelmente educado e insistia em me chamar de "senhorita", apesar dos meus pedidos constantes para que usasse apenas meu primeiro nome.

— Vamos dar uma festa de despedida pra você quando chegar a hora — avisou Bridget. — Depois de tantos anos me aturando, você merece.

Booth ficou ainda mais vermelho.

— Não é necessário, Alteza. Foi... é um prazer servir a seu lado.

Os olhos de Bridget brilharam.

— Viu? Por isso você merece uma festa de despedida. Porque é o melhor.

Antes que o homem acabasse explodindo com a intensidade do rubor, acrescentei:

— Vai ser uma festa com tema de papagaio.

Bridget e eu gargalhamos, enquanto o guarda-costas balançava a cabeça com um sorriso meio resignado, meio constrangido.

Tudo isso quase foi suficiente para que eu tirasse Alex da cabeça.

CAPÍTULO 11

Ava

Operação Emoção: Fase Nojo.

— Você já trouxe cookies de boas-vindas.

Alex olhou para a cesta sobre a mesa de jantar.

— Não são cookies de boas-vindas. — Empurrei a cesta na direção dele. — São um experimento. Testei uma receita nova e queria ver o que você acha.

Ele soltou um ruído de impaciência.

— Não tenho tempo agora. Vou entrar em uma reunião on-line em meia hora.

— Você não vai levar meia hora pra comer um cookie.

Isso mesmo, eu tinha conseguido cavar um convite para entrar na casa de Alex de novo, dessa vez para a segunda fase da OE. Nenhum de nós dois mencionou *aquela* situação matinal de alguns dias antes. Eu não sabia o que ele pensava, mas preferia que esquecêssemos completamente o assunto.

— Tá. — Ele olhou desconfiado para os cookies. — É de quê?

Aspargos, passas e alho desidratado. Havia preparado a mistura de ingredientes mais repulsiva em que conseguira pensar, afinal estávamos na Fase Nojo. Parte de mim se sentia mal porque Alex tinha sido legal e cancelado seu encontro para assistir aos filmes comigo naquela noite; mas ainda estava um pouco aborrecida pela forma como ele havia tratado Owen, que agora tinha medo de falar comigo porque Alex podia aparecer do nada e acabar com ele.

Pigarreei.

— É, hm, surpresa.

Levei as mãos para a parte de trás das coxas e movi os pés enquanto Alex levava um cookie à boca. Quase pulei em cima dele e bati na sua mão, mas estava curiosa para ver a reação.

Ele ia cuspir? Teria ânsia? Jogaria o cookie em mim e me poria para fora?

Alex mastigou devagar, sem trair nenhuma emoção.

— E aí? O que achou? — Fingi entusiasmo. — É bom?

— Você fez isso.

Não era uma pergunta.

— Foi.

— Fez os cookies red velvet e fez... isso.

Meu lábio superior desapareceu atrás dos dentes.

— Aham.

Não conseguia encará-lo. Não só mentia muito mal como também era péssima no controle das expressões.

— São bons.

Virei a cabeça de modo brusco.

— Quê?

Os cookies não eram bons; eram *nojentos*. Experimentei um e quase vomitei. Aspargos e alho desidratado não tinham nada a ver.

Alex terminou de mastigar, engoliu e limpou as migalhas das mãos.

— São bons — repetiu. — Agora, se me der licença, preciso entrar na reunião.

Ele me deixou na sala de jantar, boquiaberta.

Peguei um cookie da cesta e mordi, só para o caso de...

Eca! Senti ânsia e corri à pia da cozinha para cuspir a abominação, depois enxaguei a boca com água da torneira para lavar o retrogosto persistente.

Alex devia ter algum problema nas papilas gustativas, porque uma pessoa normal não conseguiria engolir aqueles cookies sem fazer, no mínimo, uma careta.

Cheguei à única conclusão que fazia sentido.

— Ele é um robô, com toda certeza.

Status da Fase Nojo: Fracassada.

OPERAÇÃO EMOÇÃO: FASE FELICIDADE.

O que deixa os homens felizes?

A questão me atormentou durante toda a preparação da terceira fase da OE. A maioria das coisas que deixavam os homens felizes não se aplicava à situação de Alex nem à minha.

Dinheiro? Ele tinha muito.

Satisfação profissional? Não existia nada que eu pudesse fazer quanto a isso.

Passar um tempo com os amigos? Até onde eu sabia, Josh era o único amigo de Alex e eu tinha certeza de que ele nem gostava muito da companhia da maioria das pessoas.

Sexo? Hm, eu não transaria com ele por causa de um experimento. Nem por qualquer outro motivo, mesmo que tivesse uma *curiosidadezinha* sobre como seria.

Amor? Só rindo. Alex Volkov apaixonado. Aham, tá bom.

Jules tinha sugerido um boquete, o que se enquadrava na categoria sexo, então vetei.

Foram necessários dias de *brainstorming* até eu finalmente conseguir pensar em algo que poderia funcionar. Talvez não fizesse a alma de Alex feliz, mas o ajudaria a relaxar e rir um pouco.

Talvez.

— Não gosto de me sentar no chão. — Ele olhou para a grama como se fosse um poço de lama. — É incômodo e nada higiênico.

— Não é. Por que "nada higiênico"?

Estendi um cobertor e o ancorei com a cesta de piquenique para que não voasse. Tinha conseguido convencê-lo a fazer um piquenique no Meridian Hill Park. Quando dei a sugestão, Alex me olhou como se eu tivesse duas cabeças, mas concordou.

Se parasse de agir como um desmancha-prazeres, talvez a gente conseguisse aproveitar os últimos dias de verão.

— A grama deve estar encharcada de urina de cachorro — disse ele.

Fiz uma cara de nojo quando a imagem surgiu na minha cabeça.

— É pra isso que serve o cobertor. Senta.

Alex suspirou, irritado, e se sentou, mas parecia infeliz durante todo o processo.

Implacável, tirei os alimentos da cesta de piquenique: salada de macarrão (minha favorita), sanduíches de lagosta (os favoritos de Alex, de acordo com Josh), frutas variadas, queijo e bolachas salgadas, limonada com morango e, é claro, meus cookies red velvet, dos quais ele parecia gostar.

— É muito melhor do que ficar trancado em casa. — Levantei os braços, aproveitando o calor do sol. — Ar fresco, comida boa. Não se sente mais feliz?

— Não. Tem crianças gritando pra todo lado, e uma mosca acabou de pousar na sua salada.

Malditas moscas. Eu a espantei depressa.

— Por que estamos aqui, Ava?

Alex franziu a testa.

— Estou tentando te ajudar a relaxar, mas você tá complicando as coisas. — Levantei as mãos em um gesto exasperado. — Sabe aquela coisa mágica que fizemos na noite dos filmes chamada "risada"? Você conseguiu uma vez, pode conseguir de novo. Vamos lá — incentivei, enquanto ele me encarava como se eu estivesse maluca. — Deve ter algum sentimento bom e afetuoso escondido dentro de você, em algum lugar.

Foi nesse momento que o cachorro de um grupo sentado perto de nós se aproximou e fez xixi nos sapatos de Alex.

Status da Fase Felicidade: Fracassada.

Operação Emoção: Fase Medo.

Estávamos em um impasse.

Minhas amigas e eu não conseguíamos pensar em nada que pudesse provocar medo em Alex – pelo menos nada que não fosse ilegal nem insano.

Jules, que sempre ficara mais à vontade que nós com o "insano", brincou sobre encenarmos um assalto com faca – eu esperava que fosse brincadeira –, mas Stella lembrou que, provavelmente, ele reverteria a situação e me mataria antes de perceber que era uma encenação.

Concordei com ela.

Era jovem demais para morrer, então eliminamos todas as possibilidades que envolvessem um confronto físico.

Na ausência de ideias brilhantes, recorri à minha última esperança: Josh.

Toda semana a gente fazia uma chamada de vídeo para conversar sobre a vida e saber as novidades. Naquele momento, ele estava me contando sobre sua nova ficante.

Sério.

Josh arrumava mulher até em um povoado minúsculo no meio da América Central enquanto prestava atendimento médico voluntário.

— Como isso é possível? Tem menos de cem pessoas nesse povoado!

Eu sabia porque tinha pesquisado no Google depois que Josh anunciara seu destino.

— O que posso dizer? Sou encantado. As mulheres me seguem pra todo lugar.

— Acho que ela estava aí antes de você, tonto, e espero que não esteja negligenciando seu trabalho pra pegar essa nova "amiga".

— Quê? Você só pode estar brincando.

Balancei a mão no ar.

— Estou, estou. Não precisa surtar.

Por mais mulherengo que meu irmão fosse, levava o trabalho a sério. Enquanto eu tinha que me matar de estudar para tirar boas notas, ele era um daqueles alunos irritantes que não precisam se esforçar muito para ir bem. Mas adorava sua profissão e amava ajudar as pessoas. Até quando éramos crianças era Josh quem fazia curativos quando eu esfolava um joelho e quem tentava me ajudar com os pesadelos, enquanto nosso pai permanecia imerso no trabalho.

Era por isso que eu aceitava a superproteção de Josh. Ele era irritante, mas continuava sendo o melhor irmão do mundo.

Mas eu nunca havia dito isso a ele. Se surgisse mais uma única coisa para inflar seu ego, ele teria dificuldade para andar.

— Aliás — tentei soar casual enquanto mexia na manga da blusa —, o Halloween tá chegando, e estava pensando em entrar no clima. Alex tem medo de alguma coisa? Palhaço, aranha, altura...

Josh fez cara de desconfiado.

— Faltam mais de dois meses pro Halloween.

— É, mas o tempo passa depressa, e quero me preparar.

— Hm. — Josh batia com um dedo na coxa. — Hmmm...

— A qualquer momento antes de eu completar oitenta anos seria ótimo.

— Cala a boca. Tem ideia de quanto é difícil pensar em algo que deixe Alex assustado? Conheço o cara há oito anos e nunca o vi com medo de nada.

Desanimei. *Mas que merda.*

— Você pode tentar as coisas que todo mundo odeia, mas duvido que chegue a algum lugar. — Josh deu de ombros. — Uma vez, no meio de uma trilha, a gente deu de cara com um urso, e o Alex nem piscou. Só ficou parado com cara de tédio e impaciência até o bicho ir embora. Susto também não funciona. Pode acreditar, tentei várias vezes e nunca deu certo.

— Bom saber.

Talvez a Fase Medo fosse uma causa perdida. Se Josh, que conhecia Alex melhor que ninguém, não conseguira assustá-lo, nenhuma de nós conseguiria.

A suspeita voltou aos olhos dele.

— Essa ideia é sua ou de uma certa ruiva?

— É... minha?

— Mentira. — Josh franziu a testa. — Não me fala que ela continua a fim do Alex. Ele é uma tremenda roubada nessa história de relacionamentos. Nunca vai namorar ninguém e só transa com um determinado tipo de mulher.

Queria muito perguntar que "determinado tipo" de mulher era aquele, mas não podia, não sem parecer interessada em Alex. E eu não estava.

— Acho que Jules nunca esteve a fim dele. Só acha o Alex gostoso.

— Tanto faz. — Josh passou a mão no cabelo. — Ei, vou ter que acordar cedo amanhã, então vou dormir. Se conseguir assustar o Alex, me conta. Grava pra mim. Estou precisando dar risada.

— Pode deixar.

O desconforto de ouvir sobre o "determinado tipo" de mulher de Alex deu lugar à preocupação com meu irmão. Apesar das piadas e dos comentários engraçadinhos, percebi a exaustão dele. Havia sombras escuras sob seus olhos e linhas de tensão em torno da boca. Ele também tinha encerrado nossas chamadas anteriores para dormir cedo, sendo que, em geral, era capaz de passar a noite toda acordado falando de idiotices.

Uma vez, ficou fazendo rimas poéticas sobre um tênis novo até as três da manhã.

— Descansa. Se eu tiver que ir até a América Central pra dar um jeito na sua vida, vou ficar furiosa.

— Ah. — Josh deu risada. — Bem que você queria poder dar um jeito na minha vida.

— Tchau, Joshinho, boa noite.

— Não me chama de Joshinho — resmungou ele. — Boa noite.

Desligamos, então peguei meu caderno e risquei a fase três.

Status da Fase Três: Suspensa (indefinidamente).

CAPÍTULO 12

Ava

— **Esse experimento é um fracasso, mas pelo menos acabou.** — Bebi o que ainda restava da minha vodca com cranberry. Segurara o copo por tanto tempo que todo o gelo havia derretido e a bebida estava com gosto de água frutada. — Graças a Deus.

— Que pena. — Bridget soava decepcionada. — Queria muito ver Alex perder a pose.

— Pode acontecer. O experimento ainda não acabou.

Jules balançou o indicador no ar.

Senti o desconforto deslizando pela minha nuca.

— Acabou, sim. Decidimos que seriam quatro fases: tristeza, nojo, felicidade e medo.

— São *cinco* fases. — Os olhos cor de avelã de Jules brilhavam cheios de malícia. — A última é ciúme. Esqueceu?

— Eu nunca concordei com isso!

Estávamos no Crypt, o bar mais famoso de Thayer que ficava fora do campus. Era nossa última saída antes da volta às aulas na segunda-feira. Os alunos haviam começado a voltar, e o bar estava mais cheio que no início do verão.

— Mas é a melhor fase — argumentou Jules. — Não...

— Ava.

Enrijeci ao ouvir aquela voz dizendo meu nome. A voz que costumava cochichar no meu ouvido a noite toda e dizia que me amava. A voz que eu não ouvia havia dois meses, desde que ele aparecera na porta da galeria em um dia de julho e exigira que eu falasse com ele.

Inclinei a cabeça até encontrar os olhos cor de avelã.

Liam estava parado ao meu lado, bonito e mauricinho como sempre em uma camisa polo azul-marinho e calça cáqui. Tinha cortado o cabelo – a nuvem de cachos loiros que eu adorava acariciar havia sido substituída por um estilo bem mais curto.

De canto de olho, percebi a reação das minhas amigas à aparição inesperada: Stella estava nervosa, Bridget, aflita, e Jules, furiosa.

— O que você tá fazendo aqui?

Disse a mim mesma que não precisava ter medo. Estávamos em um lugar público, no meio de um bar lotado. Eu estava cercada de amigas e Booth olhava para Liam como se quisesse derrubá-lo com um chute.

Eu estava segura.

Mesmo assim, sentia uma pontada de desconforto. Pensava que Liam havia desistido de me reconquistar, mas ali estava ele, olhando para mim como se nada houvesse mudado. Como se eu não o tivesse encontrado com as calças nos tornozelos, comendo uma loira desconhecida na noite em que tinha dito estar com "febre". Passei no apartamento dele com a intenção de fazer uma surpresa e levar uma canja, mas a surpreendida fui eu.

— Podemos conversar?

— Estou ocupada.

Dava para sentir o álcool no seu hálito, e se eu não tinha interesse em conversar com Liam sóbrio, com o Liam bêbado eu tinha menos ainda.

— Ava, por favor.

— Ela já falou que tá ocupada, cuzão — interferiu Jules, irritada.

Liam a encarou, furioso. Eles nunca tinham se dado bem.

— Não me lembro de ter falado com você — sussurrou ele.

— Vai lembrar quando eu enfiar meu...

— Cinco minutos — cedi, com os ombros tensos.

— O quê...

— Ava...

— Tem certeza...

Minhas amigas falaram todas ao mesmo tempo.

Assenti.

— Tenho. Volto em cinco minutos. Se eu não voltar... — Olhei para Liam, com raiva. — Podem ir me procurar com tochas e ancinhos.

Ele passaria a noite toda me atormentando se eu não concordasse com essa conversa, e eu preferia encerrar o assunto de vez.

— Tenho mais que tochas e ancinhos — respondeu Booth em tom de ameaça.

Liam hesitou.

Eu o segui para fora do bar e cruzei os braços.

— Seja breve.

— Quero que você me dê outra chance.

— Já falei mais de mil vezes... não.

A frustração se estampou em seu rosto.

— Gata, faz *meses*. O que você quer que eu faça? Caia de joelhos e implore? Já não me castigou o suficiente?

— Não tem a ver com castigo. — Liam havia se formado com honras, mas era incapaz de compreender um conceito simples. — Tem a ver com traição. Você me *traiu*. Não me interessa quanto tempo faz ou o quanto você se arrependeu. Traição é inaceitável e não tem volta. Nunca.

Frustração se transformou em raiva.

— Por quê? Já descolou outro cara? Tem um pau novo e não precisa de mim, é isso? Nunca pensei que fosse tão piranha.

— Vai se foder. — Meu coração batia acelerado. Liam nunca havia dito coisas tão horríveis para mim. Nunca. — Seus cinco minutos acabaram. A conversa acabou.

Tentei voltar para o bar, mas ele segurou meu braço e me puxou de volta. Era a primeira vez que me tocava com raiva.

Meu coração acelerou ainda mais, mas me forcei a manter a calma.

— Tira a mão de mim — falei em voz baixa. — Ou vai se arrepender.

— Quem é ele? — Os olhos de Liam estavam transtornados, e percebi apavorada que ele não estava apenas bêbado; também estava chapado. Uma combinação perigosa. — Fala!

— Não tem outro cara e, mesmo que tivesse, não é da sua conta!

Queria estar com meu spray de pimenta. Como não estava, escolhi a segunda melhor opção: uma joelhada nas bolas. Com toda força.

Liam me soltou e se curvou para a frente.

— Sua vagabunda — gemeu. — Sua...

Não esperei para ouvir o resto. Voltei para a segurança do bar sentindo a pulsação rugir nos meus ouvidos.

Não acredito que isso aconteceu. Liam nunca havia agido de forma tão descontrolada. Tinha sido persistente e um pouco babaca, mas nunca me ameaçara fisicamente.

Quando contei às minhas amigas o que tinha acontecido e elas saíram correndo para pegar Liam apesar dos meus protestos, ele havia desaparecido. Mas continuei me sentindo perturbada.

Você acha que conhece alguém até que algo prova que não, que você nunca o conheceu de verdade.

CAPÍTULO 13

Alex

O BAILE DE GALA BENEFICENTE ANUAL DOS EX-ALUNOS DA UNIVERSI-
dade Thayer era o evento da temporada, mas, apesar de angariar fundos para a causa do momento, não tinha a ver com caridade. Tinha a ver com ego.

Eu comparecia todo ano.

Não por querer ser um filantropo nem recordar os tempos de faculdade, mas porque o evento era uma fonte de dados. Thayer tinha entre seus ex-alunos algumas das pessoas mais poderosas do mundo, e todas se reuniam no salão de baile do Z Hotel DC anualmente em agosto. Era a oportunidade perfeita para fazer networking e angariar informações.

— ... aprovar a lei, mas vai ser freada no Congresso...

Eu fingia ouvir enquanto Colton, um antigo colega de turma que trabalhava em assuntos do governo para uma empresa importante de software, recitava o mais recente pacote de legislação para tecnologia.

Ele raramente tinha algo interessante para dizer, mas seu pai era um figurão do FBI, então eu o mantinha no meu círculo caso precisasse dele no futuro.

Tudo tinha a ver com o jogo mais longo – jogado não em semanas ou meses, mas em anos. Décadas.

Até a menor semente pode germinar e virar o mais poderoso carvalho.

Esse era um conceito simples que a maioria das pessoas não entendia, uma vez que estavam ocupadas demais correndo atrás de gratificações a curto prazo. Esse era o motivo para o fracasso de tantos. Passavam a vida toda sentados em cima do próprio traseiro repetindo "Um dia..." quando a preparação deveria ter começado ontem. Quando o "um dia" chegava, era tarde demais.

— ... essa questão da propriedade intelectual com a China... — Colton parou de repente. *Até que enfim.* Se eu tivesse que passar mais um segundo ouvindo sua voz nasalada, teria ido ao bar e furado meus olhos com um garfo.

— Quem é aquela? — perguntou ele com um olhar faminto, encarando por cima do meu ombro. — Que *gata*. — Sua voz era tão voraz quanto sua expressão. — Nunca a vi antes. Você já?

Virei para trás por mera curiosidade. Levei um segundo para localizar a mulher que tinha chamado a atenção dele. Colton era quase tão mulherengo quanto Josh.

Quando finalmente encontrei o alvo do olhar devorador de Colton, meus músculos se contraíram e minha mão apertou com mais força a taça de champanhe, ameaçando quebrar o vidro delicado a qualquer momento.

Ela entrou no salão como se deslizasse, o corpo esguio envolto em um vestido que se movia em torno das suas curvas como líquido, dourado e cintilante. O cabelo preso expunha o pescoço delicado e os ombros macios. Olhos escuros. Pele bronzeada. Lábios vermelhos. Toda sorrisos e luz do sol, sem se dar conta de que tinha entrado em um ninho de víboras.

Uma deusa passando pelos portais do inferno, e ela nem se dava conta.

Uma veia pulsava na minha mandíbula.

O que Ava estava fazendo ali, ainda mais com aquele vestido, cacete? Ainda não era ex-aluna. Não devia estar presente. Não no meio daquela gente.

Queria arrancar os olhos de cada homem que a encarava como se estivesse faminto em frente a um filé suculento, o que valia para praticamente todos os homens presentes, inclusive Colton. Se ele não guardasse logo a língua na boca, eu a cortaria.

Eu o deixei salivando atrás de mim e, sem dizer nada, fui em direção a Ava a passos resolutos e raivosos. Tinha percorrido metade da distância quando alguém bloqueou meu caminho.

Reconheci o perfume antes de ver o rosto, e meus músculos se contraíram ainda mais.

— Alex — sussurrou Madeline. — Há quanto tempo.

O vestido vermelho combinava com o batom brilhante que cobria os lábios salientes. Cabelos loiros se derramavam sobre os ombros em ondas esculpidas, e eu estava perto o bastante para ver o contorno dos mamilos atrás do tecido acetinado.

Houve um tempo em que a visão teria me deixado excitado, mas, naquele momento, um saco de batatas me provocaria a mesma reação que o traje e o sorriso sedutor.

— Ando ocupado.

Dei um passo para o lado para continuar, mas ela imitou meu movimento e voltou a bloquear o caminho.

— Você não remarcou aquele encontro.

Ela deslizou os dedos pelo meu braço. Um toque leve, ensaiado, criado para deixar um rastro de quero mais.

Mas eu só queria que ela saísse da frente.

Procurei por Ava mais uma vez, e meus músculos já tensos se contraíram mais um pouco quando notei Colton ao seu lado. Como havia chegado tão depressa? Eu tinha jogado basquete com ele na faculdade; o cara era mais lento que uma tartaruga entupida de morfina.

— E nem vou. — Removi a mão de Madeline do meu braço. — Foi divertido, mas é hora de cada um seguir seu caminho.

O choque a deixou sem ação por um instante, até que seu rosto se recompôs em uma máscara de raiva perplexa.

— Você tá terminando comigo?

— Pra terminar, teria que existir alguma coisa entre nós. — Acenei com a cabeça para um homem que olhava para a bunda dela. — O congressista parece interessado. Por que não vai dar um oi?

Sua pele acetinada se tingiu de vermelho.

— Não sou uma prostituta — sussurrou Madeline. — Não pode me caftinar pra outro homem quando se cansa de mim. Isso *não* acaba aqui. Não acaba enquanto eu não disser que acabou. Meu nome é Madeline Hauss.

— Engano seu. Todos somos prostitutos, cada um à sua maneira. — Meu sorriso era gelado. — Vou deixar essa sua atitude de hoje passar em nome do que já vivemos. Mas não me procure mais, ou vai descobrir da pior maneira possível que fiz por merecer a reputação de cruel. Arruinar mulheres não está fora da minha cartilha.

A conversa acabou.

Deixei-a espumando de ódio e me afastei, irritado com a interrupção e furioso com o que vi na pista.

Ava e Colton dançavam ao som da banda que a universidade contratara para o baile de gala. A mão dele descansava no quadril dela, e notei que descia devagar, um pouco mais a cada segundo.

Cheguei perto assim que ela riu de algo que ele disse. O som tilintava no ar como sinos de prata, e a veia na minha mandíbula pulsou mais forte.

Colton não merecia a risada de Ava.

— Qual é a graça? — perguntei, encobrindo a ira com uma expressão de indiferença fria.

Quando Ava me viu, surpresa e desconfiança brilharam em seus olhos.

Ótimo.

Ela deveria mesmo ficar alerta. Deveria estar em casa, segura e protegida, não dançando com um mulherengo igual a Colton e deixando-o pôr as mãos no seu corpo.

— Eu estava contando uma piada. — Colton riu, mas me olhou como se dissesse "Por que você tá se metendo aqui, cara?". Tinha sorte por eu estar apenas me metendo. Minha vontade era quebrar cada osso da sua mão por ter se atrevido a tocar em Ava. — Pode nos dar licença? Estamos dançando.

— Na verdade, é minha vez. — Coloquei-me entre os dois e o empurrei para longe com mais força do que o necessário. Ele estranhou. — Você tem que ir embora cedo. Compromissos de trabalho.

Ele franziu a testa.

— Eu... — Seus olhos iam de mim para Ava, que fazia o mesmo movimento entre mim e Colton. De repente, seu rosto foi modificado pela compreensão. Acho que não era tão lento, afinal. — Ah. É verdade. Desculpa, cara. Eu esqueci.

— Vamos almoçar um dia desses — falei. Não queimava pontes, a menos que fosse um concorrente ou a situação exigisse. *Sementes. Carvalhos.* — No Valhalla.

O Valhalla era o clube particular mais exclusivo de DC. Os membros não passavam de cem, e cada um podia levar apenas um convidado para uma refeição a cada trimestre. Eu tinha acabado de acenar para Colton com o ingresso de uma vida inteira.

Seus olhos se arregalaram.

— Ah, si-sim — murmurou ele, sem conseguir esconder a admiração. — Seria um prazer.

— Boa noite.

Eu o dispensei e lancei um aviso ao mesmo tempo.

Colton se afastou, e voltei meu descontentamento para Ava. Estávamos próximos o bastante para que eu visse como as luzes dos lustres cintilavam nos seus olhos, pequenos raios de estrelas cortando uma noite interminável. Os lábios dela se entreabriram, cheios e molhados, e fui tomado por um desejo insano de descobrir se eram tão doces quanto pareciam ser.

— Você espantou meu parceiro de dança.

A voz dela estava mais rouca do que o normal, e meu pau reagiu ao som.

Rangi os dentes e a segurei com mais força, o que a fez soltar uma exclamação abafada.

— Colton não é um parceiro de dança. É um mulherengo, um verme, e é melhor você ficar bem, mas bem longe dele.

Seria bom para Ava ficar longe de mim também, e não deixei a ironia passar batida. *Se ela soubesse por que estou em DC...*

Mas dane-se, eu não tinha problemas com hipocrisia. Não era nada que estivesse sequer entre minhas dez piores características.

— Você não sabe o que é melhor pra mim. — As estrelas se transformaram em fogo, brilhando em desafio. — Você não me conhece nem um pouco.

— É mesmo?

Eu a guiei pela pista, sentindo a pele formigar com a energia estranha e elétrica no ar. Era como se um milhão de agulhas perfurassem minha carne à procura de um ponto fraco. Uma brecha. Uma porta, mesmo que pequena, por onde pudessem entrar e fazer meu coração, morto e frio havia tanto tempo, pegar no tranco.

— É. Não sei o que Josh conta a meu respeito, se é que diz alguma coisa, mas garanto que você não tem a menor ideia sobre o que quero ou o que é melhor pra mim.

Parei, o que a fez dar de cara com meu peito. Segurei seu queixo entre o polegar e o indicador e ergui seu rosto em direção ao meu.

— Vamos ver. Tenta.

Ava me encarou, e sua respiração ficou mais acelerada.

— Minha cor favorita.

— Amarelo.

— Meu sabor de sorvete preferido.

— Menta com gotas de chocolate.

Seu peito arfava.

— A estação de que mais gosto.

— Verão, por causa do calor, do sol e da vegetação. Mas, no fundo, o inverno te fascina. — Baixei a cabeça até meu hálito acariciar sua pele e seu perfume invadir minhas narinas. O odor me inebriou e deu um tom rouco e pecaminoso à minha voz. — O inverno fala às partes mais sombrias da sua alma. Às manifestações dos seus pesadelos. É tudo que você teme, e por isso você o ama. Porque o medo faz você se sentir viva.

A banda tocava, e as pessoas ao redor dançavam e giravam, mas, no mundo que havíamos criado para nós, tudo era silêncio, exceto pela nossa respiração acelerada.

Ava estremeceu sob meu toque.

— Como você sabe tudo isso?

— É meu trabalho saber coisas. Eu observo. Acompanho. Lembro.

Cedi ao menor dos desejos e tracei o contorno da sua boca com o polegar. Um tremor se passou entre nós, os corpos tão sincronizados que reagimos da mesma maneira no mesmo segundo. Deslizei o dedo para baixo e segurei seu queixo com mais força.

— Mas essas perguntas são superficiais, Raio de Sol. Faz uma pergunta de verdade.

Ela me encarou com os olhos cor de chocolate líquido sob as luzes.

— O que eu quero?

Uma pergunta perigosa, pesada.

Seres humanos querem um monte de coisas, mas em todo coração pulsa um desejo verdadeiro. Algo que dá forma a cada pensamento e atitude.

Meu desejo era vingança. Intensa, cruel, sangrenta. Havia desabrochado dos corpos ensanguentados da minha família e se esgueirado para dentro do meu corpo e da minha alma até meus pecados não serem mais meus, mas nossos. Meus e da vingança, duas sombras percorrendo o mesmo caminho perverso.

Ava era diferente. Eu soube qual era seu verdadeiro desejo quando a vi pela primeira vez, oito anos antes, com o rosto radiante e a boca distendida em um sorriso caloroso de boas-vindas.

— Amor. — A palavra pairou entre nós como um sopro suave. — Amor profundo, comprometido, incondicional. Quer tanto esse amor que está disposta a viver por ele.

A maioria das pessoas acreditava que o maior sacrifício que se podia fazer era morrer por alguma coisa. Estavam enganadas. O maior sacrifício que se podia fazer era *viver* por alguma coisa, deixar que isso o consumisse e transformasse em uma versão de si mesmo que nem você reconhecia. Morte era esquecimento; vida era realidade, a mais dura realidade possível.

— Você o quer tanto que diz sim pra qualquer coisa. Acredita em qualquer um. Mais um favor, mais um gesto gentil... e talvez, quem sabe, eles deem o amor que você quer. Quer com tanto desespero que se venderia por ele.

Meu tom se tornou cortante. A conversa fez uma curva brusca em direção ao ríspido e brutal.

Porque o que eu mais admirava em Ava também era o que eu mais odiava. A escuridão precisa da luz tanto quanto quer destruí-la, e, naquele salão de baile, com ela nos meus braços e meu pau forçando o zíper da calça, nunca tive tanta certeza.

Eu odiava a intensidade com que a queria e odiava que ela não fosse astuta o bastante para fugir de mim enquanto podia.

Mas, para ser honesto, já era tarde demais.

Ela era minha. Só não sabia ainda.

Eu mesmo não sabia, até vê-la nos braços de Colton e todos meus instintos me obrigarem a arrancá-la dali. A declarar que Ava era minha.

Esperava que ela ficasse furiosa com minhas palavras, chorasse ou fugisse. Mas Ava me encarou, impassível, e disse a coisa mais inacreditável que ouvi em muito, muito tempo.

— Está falando de mim ou de você?

Quase gargalhei do ridículo da afirmação.

— Deve ter me confundido com outra pessoa, Raio de Sol.

— Acho que não. — Ava ficou na ponta dos pés para cochichar no meu ouvido. — Você não me engana mais, Alex Volkov. Estive pensando em como você notou tudo isso em mim. Em como aceitou cuidar de mim, embora pudesse se recusar. Em como aceitou assistir àqueles filmes comigo porque pensou que eu estivesse chateada e me deixou ficar na sua cama depois que peguei no sono. Pensei em tudo e cheguei a uma conclusão. Quer que o mundo pense que você não tem coração, mas, na verdade, você só tem um de muitas camadas; um coração de ouro dentro de um coração de gelo. E sabe o que todos os corações de ouro têm em comum? São sedentos por amor.

Eu a segurei com mais força, dividido entre a fúria e a excitação provocadas por aquela bondade tola e teimosa.

— O que foi que eu disse sobre me romantizar?

Eu a queria, mas não era um desejo terno, doce.

Era um desejo sujo, feio, manchado pelo sangue nas minhas mãos e pela vontade de tirá-la da luz do sol e arrastá-la para minha noite.

— Se é verdade, não é romantização.

Um grunhido baixo escapou da minha garganta. Segurei-a por mais um momento, então a afastei.

— Vai pra casa, Ava. Este lugar não é pra você.

— Eu vou pra casa quando eu quiser ir pra casa.

— Para de ser difícil.

— Para de ser cretino.

— Pensei que eu tivesse um coração de ouro. Escolha um lado e seja fiel a ele, Raio de Sol.

— Até o ouro pode manchar por falta de cuidado. — Ava recuou, e eu contive o impulso ridículo de segui-la. — Paguei pelo meu ingresso e vou ficar até decidir ir embora. Obrigada pela dança.

Ela se afastou, me deixando em silêncio e furioso.

Fiz um esforço concentrado para ignorar Ava pelo resto da noite, embora ela permanecesse na minha visão periférica como uma centelha dourada que não se apagava. Para sorte de todos os homens no salão, ela não dançou com mais ninguém e passou a maior parte do tempo conversando e rindo com ex-alunos.

Usei o tempo para coletar dados – informações sobre congressistas dos quais precisaria se quisesse transformar o Archer em um conglomerado, sobre concorrentes, fatos interessantes sobre amigos e inimigos.

Tinha acabado de encerrar uma conversa esclarecedora com o chefe de uma empresa importante de consultoria quando a perdi de vista. Ava estava presente em um minuto e no outro tinha desaparecido. Continuou desaparecida vinte minutos depois – tempo demais para ir ao banheiro.

Estava ficando tarde; talvez tivesse ido embora. Não havíamos nos despedido da maneira mais amigável, mas eu verificaria se ela tinha chegado bem em casa. Só por precaução.

Já estava a caminho da saída quando ouvi um barulho na salinha ao lado do banheiro, que servia como uma espécie de chapelaria para as bolsas e os casacos dos convidados.

— Sai de cima de mim!

Parei e senti o sangue congelar. Abri a porta, e o gelo explodiu em chamas escaldantes.

Liam, o ex de Ava e futuro defunto, mantinha-a encurralada contra a parede e segurava seus punhos acima da cabeça. Estavam tão atentos um ao outro que não me viram entrar.

— Você me disse que não tinha outro homem — balbuciou Liam. — Mas eu vi você dançando e olhando pra *ele*. Você mentiu pra mim, Ava. Por que mentiu?

— Você é maluco. — Mesmo de longe, percebi o fogo nos olhos dela. — Tira as mãos de mim. Estou falando sério. Ou quer repetir a dose da semana passada?

Semana passada? O que tinha acontecido na semana passada, cacete?

— Mas eu te amo. — A voz dele se tornou suplicante. — Por que você não me ama também? Foi só um erro, baby. — Ele colou o corpo ao de Ava, impedindo-lhe o movimento das pernas. Minhas veias eram canais de fogo quando me aproximei, atravessando o carpete macio de modo silencioso. — Você ainda me ama. Eu sei disso.

— Vou te dar três segundos pra sair de perto de mim, ou não me responsabilizo pelos meus atos — ameaçou Ava. O orgulho me invadiu quando ouvi seu tom firme. *É isso aí, garota.* — Um... dois... três.

Eu começava a estender a mão quando ela acertou uma cabeçada no rosto de Liam. O cara soltou um uivo profundo, então recuou cambaleando e segurando o nariz, que jorrava sangue.

— Você quebrou meu nariz! Você pediu, vagabunda.

Ele avançou para cima de Ava, mas só percorreu metade da distância porque eu o segurei pela camisa e puxei de volta.

Foi quando ela notou minha presença.

— Alex. O que...

— Quero me divertir também. — Levantei Liam pelo colarinho e, sorrindo diante dos olhos lacrimejantes e do nariz sangrando, dei um soco na barriga dele. — Isso é por ter chamado Ava de vagabunda. — Um soco no queixo. — Isso é por ter segurado Ava contra vontade dela. — Um terceiro no nariz já castigado. — E isso é pela traição.

Continuei socando, deixando o fogo transbordar até Liam ficar inconsciente e Ava ter que me arrastar de cima do corpo dele.

— Alex, para! Você vai matar ele!

Ofegante, ajeitei as mangas da camisa.

— Isso é um impeditivo?

Eu poderia continuar a noite inteira sem parar até o filho da mãe ser apenas uma pilha de carne ensanguentada e ossos quebrados. Um véu vermelho dominava meu campo de visão, e meus dedos estavam esfolados pela força dos socos.

Vislumbrei Liam empurrando Ava contra a parede e a raiva explodiu novamente.

— Vamos embora. Ele aprendeu a lição, e se alguém nos pegar aqui você vai ter problemas. — O rosto de Ava estava branco como porcelana. — Por favor.

— Ele não se atreveria a dizer um "a".

Cedi mesmo assim. Ela estava tremendo muito. Apesar da severidade de antes, Ava estava abalada com o incidente. Além disso, estava certa; era muita sorte ninguém ter entrado até aquele momento. Eu não me importava, mas não precisava prolongar uma noite já tão desagradável.

— A gente devia chamar uma ambulância. — Ela olhou para o corpo inerte de Liam, tensa. — E se ele sofreu alguma lesão grave?

É óbvio que ela ainda se importava com o bem-estar do sujeito, mesmo depois de ele ter tentado atacá-la. Eu não sabia se ria ou se a sacudia.

— Ele não vai morrer. — Tinha me controlado para que os socos fossem punitivos, mas não mortais. — Vai acordar com o rosto arrebentado e umas costelas quebradas, mas vai sobreviver.

Infelizmente.

A preocupação persistia no rosto de Ava.

— Mesmo assim. A gente devia chamar uma ambulância.

Mas que porra.

— Eu telefono do carro.

Tinha um celular descartável no porta-luvas para o caso de precisar fazer uma ligação anônima.

Pousei uma mão na base das costas de Ava enquanto saíamos do hotel. Felizmente, não passamos por ninguém além do porteiro.

— Tá. — Encarei Ava. — Agora quero saber o que aconteceu entre vocês dois na semana passada.

CAPÍTULO 14

Ava

Ele estava furioso.

Vibrava de raiva, pulsava. Uma das mãos agarrava o volante, os dedos pálidos, enquanto a outra descansava sobre o câmbio, indo e voltando como se quisesse estrangular alguém. A luz dos postes iluminava seu rosto esculpido enquanto passávamos em alta velocidade pelas ruas escuras, ressaltando em alto-relevo a boca tensa e as sobrancelhas unidas acima dos olhos.

Quando contei sobre o incidente com Liam na porta do Crypt, quase desintegrei com a intensidade de sua ira.

— Estou bem — falei, envolvendo o tronco com os braços. Minha voz era rouca e insegura. — Sério.

O comentário só o deixou mais furioso.

— Se você tivesse ido às aulas de krav magá como pedi, ele não teria conseguido te encurralar desse jeito. — A voz de Alex era calma. Mortal. Me lembrei da sua expressão enquanto socava Liam e senti um arrepio percorrer minha espinha. Não tinha medo de Alex me machucar, mas ver toda aquela força contida transbordando era enervante. — Precisa aprender a se proteger. Se tivesse acontecido alguma coisa com você...

— Eu me defendi bem.

Meus lábios se crisparam. Não tinha visto Liam no baile, mas havia tanta gente que era quase impossível identificar alguém na multidão. Bridget conseguiu um convite para mim para facilitar meu contato com um ex-aluno que havia sido bolsista do World Youth Photography alguns anos antes. Tivemos uma conversa ótima sobre o curso, mas me cansei do blá-blá-blá com os outros convidados e estava indo embora quando Liam me surpreendeu na chapelaria.

Estava chapado de novo. Vi suas pupilas dilatadas e senti a energia maníaca. Liam nunca havia usado drogas quando estávamos juntos – pelo menos não que eu soubesse –, mas o que estava consumindo o fazia oscilar entre surtos de fúria e tristeza.

Apesar do que fez e do que disse, era impossível não sentir pena dele.

— Dessa vez. — A mandíbula de Alex se contraiu. — Quem sabe o que pode acontecer se vocês ficarem sozinhos de novo?

Abri a boca para responder, mas, antes que as palavras saíssem, imagens e sons invadiram minha mente e roubaram minha voz.

Joguei uma pedra no lago e ri das ondinhas que se espalhavam pela superfície lisa.

O lago era a parte que eu mais gostava do nosso quintal. Tínhamos um deque que se estendia até o meio da água e, no verão, Josh mergulhava ali de cima, enquanto papai pescava, mamãe lia revistas e eu jogava pedrinhas. Josh sempre ria de mim por eu não saber nadar e muito menos mergulhar.

Mas eu aprenderia. Mamãe havia me matriculado em aulas de natação, e eu seria a melhor nadadora do mundo. Melhor que Josh, que se achava o melhor em tudo.

Eu ia provar para ele.

Os cantos da minha boca se curvaram para baixo. Mas não haveria mais verões à margem do lago para nós. Não depois de o papai se mudar e levar Josh junto.

Sentia saudade deles. Às vezes era solitário, especialmente porque mamãe não brincava mais comigo como antes. Tudo que fazia era gritar ao telefone e chorar. Às vezes ficava sentada na cozinha, olhando para o nada.

Aquilo me deixava triste. Eu tentava animá-la – fazia desenhos e até dei minha melhor boneca, Bethany, de presente para ela, mas não adiantou. Mamãe continuava chorando.

Mas hoje era um dia melhor. Era a primeira vez que íamos brincar no lago desde que papai se mudara, o que significava que ela podia estar se sentindo melhor. Mamãe tinha ido buscar mais filtro solar em casa – estava sempre preocupada com sardas e coisas do tipo –, mas, quando voltasse, eu pretendia pedir para ela brincar comigo como antes.

Peguei outra pedrinha do chão. Lisa e plana, do tipo que provocaria ondinhas bonitas. Levantei o braço para jogá-la, mas senti um cheiro de flores – o perfume da mamãe – e me distraí.

Errei a mira e a pedrinha caiu no chão, mas não me importei. Mamãe estava de volta! Agora podíamos brincar.

Eu me virei sorrindo, um sorriso com uma grande janela – meu dente da frente tinha caído na semana anterior, e encontrei uma nota de cinco dólares que a fada do dente tinha deixado embaixo do meu travesseiro na noite seguinte, o que foi muito legal –, mas não consegui terminar o movimento antes de ela me empurrar. Caí para a frente e para baixo, do alto do deque, e meu grito foi engolido pela água que envolveu meu rosto.

A realidade me puxou de volta ao presente com uma força impressionante. Eu me dobrei para a frente, arfante, com as lágrimas escorrendo pelo rosto. *Quando tinha começado a chorar?*

Não fazia diferença. Tudo que importava era que estava chorando. Soluços profundos e pesados, um choro que fazia meu nariz escorrer e o estômago doer. Lágrimas pesadas e salgadas escorriam pelas bochechas e pingavam do queixo para o chão.

Talvez eu tivesse finalmente desmoronado, quebrado diante dos olhos de todo mundo. Sempre soube que eu não era normal, com minha infância esquecida e os pesadelos fragmentados, mas conseguia esconder tudo atrás de sorriso e risadas. Até aquele momento.

Em geral, meus pesadelos eram confinados às horas de sono. Nunca tinham me consumido quando eu estava acordada.

Talvez a descarga de adrenalina provocada pelo que acontecera com Liam tivesse disparado algo no meu cérebro. Se tivesse que me preocupar com as horas de vigília *e* as de sono...

Pressionei os olhos com a base das mãos. Estava perdendo o controle.

Senti o toque da mão fria e estranha no meu ombro.

Dei um pulo ao me lembrar de repente de que não estava sozinha. Alguém testemunhava meu colapso súbito e humilhante. Também não tinha notado que Alex havia parado no acostamento.

A fúria passara, e ele agia como um transtornado. Não de um jeito ameaçador e violento – talvez um pouco –, mas de um jeito apavorado. Seus olhos estavam frenéticos, e um músculo da sua mandíbula pulsava tanto e tão depressa que parecia ter vida própria. Nunca o tinha visto daquele jeito. Irado, sim. Aborrecido, sem dúvida. Mas não *assim*.

Como se quisesse pôr fogo no mundo ao me ver sofrer.

Meu coração ingênuo cantou enquanto uma nesga de esperança surgia em meio ao pânico persistente. Porque ninguém olha para alguém desse jeito a menos que se importe, e percebi que queria que Alex Volkov se importasse comigo. Queria muito.

Queria que ele se importasse *por mim*, não por causa de uma promessa que havia feito ao meu irmão.

Que momento horrível para chegar a essa conclusão. Eu estava horrível, e ele havia acabado de espancar meu ex-namorado.

Respirei fundo, trêmula, e limpei as lágrimas do rosto com o dorso das mãos.

— Vou acabar com ele. — As palavras de Alex cortaram o ar como lâminas letais de gelo. Senti arrepios percorrerem minha pele e estremeci, batendo os dentes de frio. — Tudo que ele já tocou, todo mundo que ele já amou. Vou acabar com tudo, até não sobrar nada além de um monte de cinzas aos seus pés.

Eu deveria estar apavorada com a violência contida que vibrava no carro, mas me sentia estranhamente segura. Sempre me senti segura perto de Alex.

— Não estou chorando por causa de Liam. — Respirei fundo. — Não vamos mais pensar nem falar dele, ok? Vamos salvar o resto da noite. Por favor.

Precisava me distrair de tudo que havia acontecido naquela noite, ou começaria a gritar.

Alguns instantes se passaram, então os ombros de Alex relaxaram, embora o rosto permanecesse tenso.

— Em que você tá pensando?

— Comer seria ótimo. — Fiquei nervosa demais no baile para ingerir qualquer coisa, mas estava morrendo de fome. — Algo gorduroso e que faça mal. Você não é um desses malucos por castanhas, né?

Seu corpo era tão definido que eu chutaria que ele vivia de proteína magra e vegetais.

Uma sombra de incredulidade passou por seus olhos, então ele deixou escapar uma gargalhada curta.

— Não, Raio de Sol, não sou um desses malucos por castanhas.

Dez minutos depois, paramos em frente a uma lanchonete onde, pelo jeito, não havia nada além de comida que fazia mal.

Perfeito.

Quando entramos, cabeças se viraram em nossa direção. Era compreensível. Não é todo dia que se vê uma dupla em traje a rigor entrando em uma lanchonete de beira de estrada. Tinha tentado me arrumar da melhor maneira possível antes de sair do carro, mas há limites para o que uma garota consegue fazer sem sua bolsinha de maquiagem.

Algo quente e sedoso me envolveu, e percebi que Alex tinha tirado o paletó e coberto meus ombros.

— Tá frio — disse ele ao perceber meu olhar de interrogação.

Encarou um grupo de homens que olhava para mim, ou melhor, para meus seios, de uma mesa próxima.

Não protestei. Estava frio *de verdade*, e meu vestido não cobria muita coisa.

Também não protestei quando Alex fez questão de que a gente se sentasse nos fundos e me colocou no banco de frente para a parede, de forma que eu ficasse longe dos olhares dos outros clientes.

Fizemos o pedido e me senti incomodada sob o peso do olhar dele.

— O que aconteceu no carro? — Pela primeira vez na vida, seu tom era gentil, e não autoritário. — Se não foi Liam, o que fez você...

— Surtar? — perguntei, brincando com uma mecha solta de cabelo. Ninguém sabia sobre minhas lembranças perdidas nem sobre os pesadelos, exceto parentes e amigos próximos, mas eu sentia uma estranha urgência de contar tudo a Alex. — Eu tive um... flashback. De uma coisa que aconteceu quando eu era pequena.

Estive em negação durante anos dizendo a mim mesma que eram pesadelos ficcionais, não lembranças fragmentadas, mas não podia mais mentir.

Engoli em seco e contei meu passado – ou o que me lembrava dele – em frases entrecortadas. Não era a conversa leve que imaginei quando sugeri que a gente salvasse o resto da noite, mas, quando terminei, me sentia dez vezes mais leve.

— Disseram que foi minha mãe. Meus pais estavam no meio de um divórcio difícil, e parece que ela teve uma espécie de colapso e me jogou no lago, mesmo sabendo que eu não sabia nadar. Eu teria me afogado se meu pai não tivesse aparecido pra deixar uns documentos e visto o que aconteceu. Ele me salvou, mas depois minha mãe piorou muito, foi piorando até se matar. Me disseram que eu tinha sorte de estar viva, mas... — Respirei fundo. — Às vezes não me sinto com toda essa sorte.

Alex ouviu tudo pacientemente, mas seus olhos cintilaram de modo perigoso quando fiz minha última declaração.

— Não fala assim.

— Eu sei. É autopiedade demais, e não é isso que eu quero. Mas o que você disse mais cedo no baile... sobre eu querer amor? Tem razão. — Meu queixo tremeu. Pode me chamar de maluca, mas algo sobre ser trazida para o canto de uma lanchonete qualquer, estar sentada na frente de um homem que eu achava que não gostava de mim até algumas horas antes, tudo isso me fez verbalizar meus pensamentos mais insidiosos. — Minha mãe tentou me matar. Meu pai mal presta atenção em mim. Os pais deveriam ser as forças mais amorosas da vida dos filhos, mas... — Uma lágrima escorreu pelo meu rosto e minha voz falhou. — Não sei o que fiz de errado. Se eu me esforçasse mais pra tentar ser uma boa filha, talvez...

— Para. — A mão de Alex segurou a minha em cima da mesa. — Não se culpe por coisas horríveis que outras pessoas fizeram.

— Eu tento não me culpar, mas... — Outro suspiro trêmulo. — Foi por esse motivo que a traição de Liam doeu tanto. Eu nem estava apaixonada, então não fiquei com o coração partido, mas ele foi outra pessoa que devia ter me amado e não amou.

Meu peito doía. Se o problema não era eu, por que isso sempre acontecia comigo? Eu tentava ser uma boa pessoa. Uma boa filha, uma boa namorada... Mas, por mais que tentasse, sempre acabava machucada.

Tinha Josh e minhas amigas, mas havia uma diferença entre amor platônico e os laços profundos que ligam uma pessoa aos pais e à pessoa amada. Deveria haver, pelo menos.

— Liam é um idiota, um babaca — falou Alex, sem se alterar. — Se deixar pessoas sem importância determinarem seu valor pessoal, nunca vai tentar ir além da imaginação limitada dessas pessoas. — Ele se inclinou para a frente com uma expressão intensa. — Não precisa fazer hora extra pra conquistar o amor das pessoas, Ava. Amor não se ganha com esforço. Amor é dado.

Meu coração estremeceu no peito.

— Pensei que não acreditasse em amor.

— Pessoalmente? Não. Mas amor é como dinheiro. Seu valor é determinado por aqueles que acreditam nele. E você acredita, tá na cara.

Era o jeito cínico e típico de Alex de olhar para a situação, mas me senti grata pela franqueza.

— Obrigada. Por me ouvir e... por tudo.

Ele soltou minha mão, e eu a fechei devagar, lamentando a perda de calor.

— Se quer mesmo me agradecer, vai fazer as aulas de krav magá.

Alex levantou uma sobrancelha, e eu ri, grata pela pausa. Tinha sido uma noite pesada.

— Tudo bem, mas você vai ter que posar pra mim.

A ideia surgiu de repente, mas, quanto mais pensava, mais percebia que nunca tinha querido fotografar alguém tanto quanto queria fotografar Alex. Queria remover aquelas camadas e revelar o fogo que sabia arder naquele peito frio e bonito.

Alex ficou sério.

— Você tá negociando comigo.

— É.

Prendi a respiração e torci, esperei...

— Ok. Uma sessão.

Não consegui conter um sorriso.

Eu estava certa. Alex Volkov tinha um coração de muitas camadas.

CAPÍTULO 15

Ava

Passei dias em agonia, tentando decidir se devia fotografar Alex em um estúdio ou ao ar livre.

Levava a sério todas minhas sessões de fotos, mas essa era diferente. Mais íntima. Mais... transformadora, como se tivesse o poder de me construir ou de me quebrar, e não apenas pela possibilidade de integrar meu portfólio para a bolsa de estudos da WYP.

Eu teria Alex Volkov só para mim por duas horas e não desperdiçaria nenhum segundo.

Escolhi fotografá-lo em estúdio. Reservei o espaço no prédio de fotografia da universidade e o esperei com o coração batendo forte.

Estava mais nervosa do que deveria, mas talvez tivesse a ver com o sonho bastante impróprio que havia tido na noite anterior. Um sonho em que apareciam Alex, eu e posições que deixaria até um acrobata chocado.

Eu ainda ficava vermelha só de me lembrar.

Para afastar a enxurrada de imagens inconvenientes e eróticas, mexia na câmera e olhava pela janela, para as folhas verdes de verão que brotavam nas árvores e dançavam preguiçosas a cada sopro manso do vento.

Apesar da folhagem exuberante, o dia estava estranhamente frio para o início de setembro, mas não demorou muito para um tipo diferente de inverno surgir envolto em uma nuvem de aroma delicioso e silêncio gélido.

Alex entrou na sala todo de preto – casaco, calça, sapatos e luvas de couro –, uma imagem elegante e poderosa. Um contraste intenso com a beleza pálida do rosto.

Meus dedos apertaram a câmera. Minha alma criativa salivava, desesperada para capturar aquele mistério e desnudá-lo na fotografia.

Descobri que as pessoas mais quietas e reservadas são, com frequência, os melhores modelos, porque o exercício não requer que falem, e sim que *sintam*. Quem reprime as próprias emoções todos os dias ama e sente com mais intensidade; os melhores fotógrafos são aqueles que conseguem capturar cada gota de sentimento que se derrama e moldá-lo em algo visceral com o que outras pessoas se identificam. Algo universal.

Alex e eu não nos cumprimentamos. Nada de palavras, nada além de um breve aceno de cabeça.

O ar vibrava com o silêncio enquanto ele tirava o casaco e as luvas. Não era abertamente sexual, mas *tudo* nele soava sexual. O jeito como os dedos fortes e habilidosos desabotoavam cada botão sem pausa, sem hesitação; a maneira como ombros e braços se contraíam sob a camisa enquanto ele pendurava o casaco no cabide ao lado da porta; o modo como caminhou na minha direção, como uma pantera cercando a presa, os olhos brilhando com uma intensidade escaldante.

As pontas aveludadas das asas de uma borboleta acariciaram meu coração e segurei a câmera com mais força ainda, me obrigando a não recuar nem estremecer. Um calor líquido se acumulava no meu ventre, e cada centímetro do meu corpo parecia se transformar em uma terminação nervosa, hipersensível e pulsando de excitação.

Ele não me tocou, mas eu já estava tão excitada que tremi. Nunca pensei que isso fosse possível fora dos romances e dos filmes.

Os olhos verdes se inflamaram, como se Alex soubesse exatamente o que fazia comigo. Como se soubesse que meus mamilos estavam rígidos embaixo do suéter, que eu estava molhada entre as pernas. Que eu queria devorá-lo, me derramar pelas frestas de sua alma para que ele nunca se sentisse sozinho.

— Onde você me quer?

Pela primeira vez desde que o conheci, sua voz estava rouca, o tom claro e autoritário metamorfoseado em algo mais sombrio. Mais pecaminoso.

Onde eu o queria? *Em todo lugar. Em cima de mim. Embaixo de mim. Dentro de mim.*

Lambi os lábios repentinamente secos. Alex olhou para minha boca e senti o corpo inteiro pulsar.

Não. Eu não era uma colegial em um encontro. Era uma profissional. *Aquilo* era profissional.

Uma sessão de fotos com um modelo, como inúmeras outras que havia feito na vida.

Óbvio que nunca tinha querido jogar nenhum deles no chão e subir no seu colo, mas isso era um detalhe sem importância.

— Hm, aqui tá bom — respondi, rouca, apontando para o banquinho que havia deixado diante de um fundo branco.

Usei um set simples. Não queria que nada desviasse a atenção de Alex, não que fosse possível. Sua presença obliterava tudo ao redor, até restar só ele.

Alex se sentou enquanto eu ajustava o set e fazia algumas fotos de teste. Mesmo sem posar, ele parecia saltar da tela com os traços bonitos e os olhos penetrantes, tudo sob medida para a câmera.

Contive o desejo descarado e passei a hora seguinte orientando poses, tirando-o de sua concha e incentivando-o a relaxar.

Não sabia se Alex entendia o significado dessa palavra.

As fotos que já tinha tirado eram bonitas, mas sem emoção. Uma foto bonita é só uma foto.

Tentei conversar, falar sobre tudo, desde o clima e as últimas novidades de Josh até as notícias do dia, mas ele permanecia distante e reservado.

Experimentei uma tática diferente.

— Me conta sobre sua lembrança mais feliz.

Alex comprimiu os lábios.

— Pensei que fosse uma sessão de fotos, não de terapia.

— Se fosse uma sessão de terapia, eu estaria cobrando quinhentos dólares por hora.

— Você tem uma noção bastante inflada do seu valor como terapeuta.

— Se não pode pagar meu preço, é só falar.

Fiz mais fotos. *Finalmente.* Um sinal de vida.

O clique e o *vrrr* do obturador ecoavam no ar.

— Meu bem, eu poderia ter você com um estalar de dedos, e não teria que desembolsar um centavo sequer.

Baixei a câmera e olhei para ele com uma expressão séria.

— O que isso significa, caramba?

Um esboço de sorriso repuxou um canto da boca de Alex.

— Significa que você me quer. Seu rosto expõe todas as suas emoções.

Contraí as coxas. A pele queimou até eu achar que meu corpo formaria um montinho de cinzas no chão.

— Agora quem é que tem uma ideia inflada do próprio valor, hein?

Meu coração disparou. Alex nunca tinha dito nada tão direto. Normalmente, ele se fechava ao menor sinal de atração entre nós, mas agora estava ali falando que eu o queria.

Estava certo, mas mesmo assim...

Alex se inclinou para a frente e uniu as mãos. Gracioso, casual, mas alerta. Querendo me atrair para sua armadilha.

— Fala que não é verdade.

Passei a língua pelos lábios de novo, a garganta seca, e ele olhou para minha boca. O movimento sutil, mas inconfundível, alimentou minha confiança e me induziu a dizer algo que nunca teria tido coragem de dizer em outras circunstâncias.

— É verdade. — Quase sorri ao ver a surpresa nos olhos dele. Ele não esperava honestidade. — Mas você também me quer. A pergunta é: tem medo de admitir?

Alex abaixou as sobrancelhas grossas, escuras.

— Não tenho medo de nada.

Mentira. Eu teria acreditado um mês antes, mas naquele momento sabia que não era bem assim. Todo mundo tem medo de alguma coisa; é o que nos faz humanos. E Alex Volkov – apesar de todo seu controle, todo seu poder – ainda era maravilhosamente, assustadoramente, dolorosamente humano.

— Isso não responde à minha pergunta. — Eu me aproximei com a câmera pendurada no pescoço. Ele não se moveu, nem quando deslizei os dedos pelo seu queixo. — Admite que me quer também.

Não sabia de onde estava vindo tanta ousadia. Eu não era Jules. Sempre esperei o cara me convidar para sair – em parte por medo de rejeição, em parte porque era tímida demais para tomar a iniciativa.

Mas tinha a sensação de que, se esperasse por Alex, talvez esperasse para sempre.

Era hora de tomar o controle da situação.

— Se eu quisesse você, já teria pegado — respondeu Alex com uma suavidade letal.

— A menos que tenha muito medo.

Eu estava brincando com fogo, mas era melhor do que ficar sozinha no frio.

Meu corpo retesou quando Alex deslizou os dedos pelo meu pescoço e sobre meu ombro. Seus lábios se curvaram em um sorrisinho.

— Nervosa? Não era isso que queria? — provocou ele.

A mão desceu um pouco mais e se aproximou da curva do seio. Os poços de gelo nos seus olhos derreteram, revelando um inferno flamejante que me esquentou da cabeça aos pés.

Minha cabeça girou. Os mamilos endureceram, e eu sentia veias pulsando em cada centímetro do corpo. De algum jeito, a pior parte era que ele *não* estava me tocando onde eu mais ardia. A antecipação aguçava meus sentidos e minha pele formigava com carícias fantasmas.

— Não foi o que eu disse — arfei.

Que constrangedor. Onde eu estava com a cabeça? Não era uma *femme fatale* nem uma... uma... nada parecido com isso.

Não conseguia raciocinar direito.

Alex roçou o polegar no meu seio e eu gemi. *Gemi*. Por causa de um toque que durou menos de dois segundos.

Queria morrer.

As pupilas dele dilataram até as íris verdes se tornarem eclipses envoltas por um anel de fogo cor de jade. Ele abaixou a mão, e ar frio substituiu o calor do toque.

— Termine as fotos, Ava.

A aspereza da voz arranhou minha pele.

— O quê?

Fiquei chocada demais com a súbita mudança de clima para processar as palavras.

— As fotos. Vamos terminar — repetiu ele em um tom seco. — A menos que queira começar uma coisa que você não tá preparada pra terminar.

— Eu...

As fotos. Certo.

Recuei sob as pernas instáveis e tentei recuperar o foco na tarefa. Alex estava sentado com as costas eretas, o rosto severo, enquanto eu me movia ao seu redor e capturava cada ângulo em que conseguia pensar.

O sussurro baixo do aquecedor era o único som a romper o silêncio.

— Pronto. Terminamos — avisei depois de vinte minutos de um silêncio agoniante. — Obrigada...

Alex se levantou, pegou o casaco e saiu sem dizer nada.

— ... por ter topado — terminei, e as últimas palavras ecoaram no estúdio vazio.

Soltei o ar que prendia havia um bom tempo. Alex era a pessoa mais volátil que eu conhecia. Em um minuto era gentil e protetor; no outro, fechado e distante.

Dei uma olhada nas fotos, curiosa para ver como tinham ficado.

Ah. Uau. As emoções de Alex saltavam da tela depois do nosso... da nossa interação, e, sim, boa parte era irritação, mas a irritação de Alex ainda era melhor que o contentamento em qualquer um. O jeito como as sombras incidiam sobre o desenho definido das sobrancelhas, o brilho nos olhos, o ângulo do queixo... aquelas podiam ser as melhores fotos que eu já tinha feito.

Parei em uma das últimas e meu coração falhou.

Estava tão ocupada fotografando que não prestei atenção na hora, mas naquele momento via claramente. O desejo estampado no rosto de Alex, que olhava para mim, seus olhos atravessando a câmera e penetrando minha alma. Era a única foto em que ele exibia aquela expressão, então devia ter sido um deslize momentâneo.

A máscara escorregou, mesmo que só por alguns segundos.

Mas é o seguinte: alguns segundos podem ser suficientes para mudar a vida de uma pessoa. Quando desliguei a câmera e guardei o equipamento com as mãos trêmulas, não conseguia me livrar da sensação de que a minha havia mudado para sempre.

CAPÍTULO 16

Alex

— **Vai acabar em alguns meses.**

Apoiei as costas na cadeira e girei o copo de uísque, observando partículas de poeira dançarem no ar.

— Hm. — Meu tio massageava o queixo enquanto me examinava com atenção pela tela. Eu havia transformado o quarto de hóspedes em escritório porque preferia trabalhar de casa nos dias que minha presença não era necessária. Era assim que me livrara de interações cansativas. — Você não parece muito animado para alguém que trabalha para cumprir esse objetivo desde que tinha dez anos.

— Empolgação é uma emoção supervalorizada. Tudo que me interessa é acabar com isso.

Apesar das palavras, senti um aperto no peito. Meu tio estava certo. Eu deveria estar empolgado. Estava tão próximo da vingança que era possível sentir seu sabor, mas, em vez de me trazer um alívio doce, ela revestia minha língua de amargor e revirava meu estômago com a acidez.

O que vinha depois?

Qualquer outro propósito que eu pudesse ter empalidecera comparado à força que me movia durante tantos anos. Ela me manteve em pé enquanto meu âmago se estraçalhava. Ela me reviveu quando eu estava caído e sangrando, comatoso em uma poça de culpa e horror. Ela criou o tabuleiro de xadrez no qual alinhei minuciosamente todas as peças, uma a uma, ano a ano, até o momento de derrubar o rei.

Não temia muitas coisas, mas tinha medo do que aconteceria depois que eu cumprisse esse propósito.

— Falando em concluir... — Deixei o copo em cima da mesa. — Imagino que tenha assinado os documentos da Gruppmann hoje.

Ivan sorriu.

— Parabéns. Você está um degrau mais perto de dominar o mundo.

Eu. Porque o Archer Group sempre foi meu.

Comecei a empresa com meu dinheiro, e ela prosperou sob minha orientação ao longo dos anos. Quando imigrou para os Estados Unidos, meu pai fundou a própria construtora, que foi um sucesso, e seu sonho sempre fora me ver assumir o comando da empresa um dia. Mas ela desabou após sua morte – eu era jovem demais para impedir –, e construí algo novo sobre a base desse legado. Algo maior.

Tudo que meus pais queriam era que eu crescesse feliz e bem-sucedido. A parte do "feliz" pode ser mais complicada, mas sempre trabalhei pela parte do "bem-sucedido".

Depois que meu tio e eu terminamos a conversa de atualização semanal, peguei o celular pré-pago e abri a pasta criptografada em que guardava todos os documentos sobre a situação financeira do meu inimigo, transações comerciais – legais e ilegais – e contratos iminentes. Ao longo dos anos, havia dilapidado seu império, devagar o bastante para ele se convencer de que enfrentava apenas um longo período de má sorte. Eu só precisava de mais uma evidência, antes de acabar com ele de uma vez por todas.

Encarei a tela. Os números dançavam turvos diante dos meus olhos enquanto eu vislumbrava minha jogada final. A perspectiva não me empolgava tanto quanto antes.

Pelo menos obtive alguma satisfação com a queda de Liam Brooks. Alguns telefonemas bem direcionados e ele havia sido demitido, além de entrar para a lista proibida de todas as companhias importantes no nordeste dos Estados Unidos. Alguns sussurros nos ouvidos certos e o cara havia caído em desgraça na sociedade de DC. Para falar a verdade, apenas acelerei sua inevitável exclusão das altas rodas – de acordo com informações que meu pessoal colheu, Liam tinha começado a usar drogas e levado várias multas por dirigir embriagado desde que se formara. Era só uma questão de tempo até arrumar problema no emprego ou pisar nos calos errados por conta própria.

Ele era um homem a quem tudo tinha sido entregue em uma bandeja de prata, que jogou fora por algo passageiro. *Que peninha*.

Por outro lado, traiu Ava, o que sugeriu a falta do gene do bom senso.

Recebi uma notificação no celular. Eu desprezava redes sociais, mas tratava-se de uma grande mina de ouro. Era impressionante quanta informação pessoal as pessoas compartilhavam on-line com pouca ou nenhuma preocupação com quem poderia estar vendo.

Deslizei o dedo para remover a notificação da tela e, sem querer, abri o aplicativo, em que um vídeo trêmulo de duas pessoas discutindo começou automaticamente. Estava me preparando para fechar a janela, mas parei. Olhei com mais atenção.

Porra!

As imagens ainda rodavam quando saí correndo para a casa de Madeline.

CAPÍTULO 17

Ava

Eu tinha muitos planos para minha sexta-feira à noite, mas ser presa em uma sala de piscina por uma loira que me olhava como se eu tivesse roubado sua bolsa Prada favorita não era um deles.

— Desculpa, eu conheço você?

Tentei ser educada, apesar de recuar um passo. A mulher era familiar, mas eu não conseguia me lembrar de onde a tinha visto.

— Acho que não nos conhecemos. — Seu sorriso seria capaz de cortar vidro. De modo objetivo, ela era uma das mulheres mais bonitas que eu já tinha visto. Com cabelos dourados, olhos azuis e corpo escultural, era o que eu imaginava que seria Afrodite se a deusa fosse uma pessoa de verdade. Mas havia algo severo em sua expressão que a impedia de ser atraente. — Madeline Hauss, da petroquímica Hausses. Esta casa é minha.

— Ah. Eu sou Ava. Chen — acrescentei quando ela continuou me encarando. — De, hum, Maryland. Posso... ajudar?

Esperava não soar grosseira, considerando que a casa era dela, mas nem queria estar na festa, para começo de conversa. Stella, que era amiga de quem agora eu deduzia ser irmã de Madeline, me convenceu a sair depois de eu ter passado os últimos dias mergulhada em trabalhos da faculdade, tarefas do trabalho e minha candidatura para a bolsa de estudos. Jules e Bridget estavam ocupadas, então éramos só nós duas.

— Queria olhar bem pra você — sussurrou Madeline. — Já que chamou a atenção de Alex no baile de gala.

O baile de gala. Óbvio. Ela era a mulher com quem tinha visto Alex conversando enquanto eu dançava com Colton. Tinha tentado não olhar, mas fora impossível, e acabei me comparando com ela o tempo todo.

Para o desânimo de Jules, me recusei a pôr em prática a fase ciúme da Operação Emoção, mas confesso que usei Colton para deixar Alex com ciúme no baile. Foi estúpido e mesquinho, mas Colton tinha aparecido mais ou menos na mesma hora que vi Alex e Madeline, e fiquei tão possuída que não pensei duas vezes. Considerando a reação de Alex quando nos viu dançando, deu certo – até demais, pelo olhar de Madeline.

— Não sabia que você conhecia Alex — menti.

Meu estômago fervia, e não era só por causa do tom venenoso de Madeline.

A sala de piscina dos Hausses parecia um luxuoso e moderno banho romano, todo em mármore branco e com as colunas douradas. A piscina propriamente dita cintilava azul-turquesa sob uma cúpula de vidro que revelava o céu da noite em toda sua glória e, submersos, notei mosaicos coloridos formando a silhueta de uma sereia. Mas o cheiro de cloro e tanta água ao redor...

Meu jantar ameaçou voltar pela garganta.

Os Hausses moravam em uma casa gigantesca em Bethesda, e Stella e eu passamos a noite pulando de sala em sala para apreciar os diferentes tipos de música e as opções de entretenimento. Quando Stella saiu para buscar mais bebida para a gente, fui ver o cômodo vizinho e deparei com meu pior pesadelo: água. Madeline me encurralou antes de eu conseguir sair. E agora estávamos presas.

— Ah, eu conheço Alex muito bem — disse ela.

Senti um aperto repentino no peito e tive certeza de que ela era aquele "determinado tipo de mulher" com quem Alex se envolvia. Será que ainda existia algo entre eles? Era com ela que ele ia sair na noite em que o peguei de surpresa e ficamos vendo filmes?

O ciúme me corroía, quase mais intenso que a náusea provocada pelo cloro.

— O que não entendo é por que ele se interessaria por você. — Ela me olhou de cima a baixo. — Duvido que consiga acompanhar os gostos de Alex na cama.

A curiosidade me dominou, apesar de tudo. *Que gostos?*

— Você ficaria surpresa — blefei, esperando que ela revelasse mais informações.

Me lembrei do sonho erótico que havia tido com Alex, e meu coração disparou.

Madeline sorriu.

— Francamente. Você parece o tipo de garota que espera beijos ternos e gestos fofinhos na cama. Mas, como provavelmente sabe — o sorriso se tornou cruel —, Alex não é muito disso. É um fato bem conhecido por um certo segmento da população feminina de DC. Sem beijos, sem contato frente a frente durante o sexo. — Ela abaixou a cabeça para sussurrar no meu ouvido. — Mas ele vai te pegar por trás. Vai te sufocar e te foder até você ver estrelas. Vai te chamar das coisas mais imundas e te tratar como uma piranha. — Ela endireitou o corpo, e seus olhos brilharam triunfantes diante do meu rosto vermelho escarlate. — Algumas mulheres gostam. Já você... — Outro olhar de cima a baixo, seguido de uma gargalhada. — Vê se volta a vender seus bolinhos, querida. Está muito longe da sua zona de conforto.

Meu corpo pulsava tanto de raiva por causa do tom condescendente quanto de excitação sem precedentes que a fantasia que ela havia criado me provocava.

Estávamos chamando atenção. Outros convidados se reuniam à nossa volta, famintos pelo drama. Alguns até seguravam o celular, gravando tudo. Deduzi que Madeline era o objeto de interesse, porque eu não era conhecida o suficiente para chamar tanta atenção.

— Talvez — falei, imitando o tom venenoso e melado da loira — ele só não goste de olhar pra *você* quando tá transando. Porque ele nunca teve esse problema comigo.

Mentira. Mas ela não precisava saber.

Eu evitava confrontos sempre que possível, mas sabia jogar sujo se a situação exigia.

O sorriso de Madeline sumiu.

— Ele vai enjoar de você em uma semana. Um homem como Alex não é tolerante a tanto açúcar sem sentir náusea.

— Mas, quando a amargura é demais, ele joga no lixo. — Levantei as sobrancelhas. — Mas você já sabe disso, não sabe?

Não tinha ideia de onde vinha minha ousadia. Não era uma pessoa atrevida, mas Madeline me fazia mostrar as garras.

Odiava ser o tipo de mulher que brigava com outras por causa de homem, mas ela havia me atacado primeiro. Eu não ia ficar quieta e permitir que ela pisasse em mim.

A pele acetinada de Madeline corou de raiva.

— Você tá me chamando de amarga?

Vai embora, aconselhavam meus anjos da guarda. Quase fui, mas imaginei Madeline e Alex juntos, e as palavras jorraram da minha boca.

— Estou, e daí? O que você vai fazer?

Infantil. Infantil pra cacete. Mas a provocação estava feita, e eu não podia...

Minha cabeça esvaziou quando meu corpo foi jogado para trás e caiu na piscina com um barulho alto.

Ela me empurrou. Na piscina.

Na piscina!

Aimeudeusaimeudeusaimeudeusaimeudeus.

Uma gargalhada grotesca e reverberante explodiu, mas era fraca comparada ao rugido nos meus ouvidos. Choque e pânico me dominaram, congelaram meus membros, e tudo que pude fazer foi encarar o sorriso distorcido de Madeline até meu rosto afundar na água.

Eu vou morrer.

CAPÍTULO 18

Alex

— Cadê ela?

Agarrei Madeline pelo pescoço, resistindo ao impulso de apertar até sumir com aquela expressão arrogante.

Nunca levantei a mão para uma mulher fora do quarto – e, no quarto, acontecia apenas quando elas consentiam –, mas estava bem perto de perder a cabeça.

Depois que assisti ao vídeo de Madeline empurrando Ava na piscina, que reconheci das minhas visitas anteriores à mansão Hauss, ultrapassei todos os limites de velocidade em direção à mansão. Quando cheguei, a festa tinha acabado e restavam apenas alguns retardatários. Encontrei Madeline rindo com amigos na cozinha, mas um olhar meu foi suficiente para ela pedir licença e me encontrar no corredor.

— Por que não aperta um pouco mais? — murmurou ela. — Eu sei que é isso que você quer.

— Não vim aqui pra fazer joguinhos. — Minha paciência estava por um fio. — Responde, ou as Indústrias Hauss já eram.

— Você não tem esse tipo de poder.

— Não me subestime, meu bem. — Não era um tratamento carinhoso. — Ter trepado comigo algumas vezes não significa que você sabe o quê, ou quem, eu tenho no bolso de trás. Então, a menos que queira explicar pro querido e velho paizinho por que os reguladores estão fungando no cangote dele e as ações da sua preciosa companhia estão despencando, sugiro que responda. Agora.

Madeline comprimiu os lábios em uma linha fina.

— A amiga a tirou da piscina e elas foram embora — disse, azeda. — Como ia imaginar que ela não sabe nadar?

Apertei com mais força e soltei um risinho sarcástico quando vi o desejo se acender nos olhos dela.

— Reze pra Ava estar bem, ou a queda das Indústrias Hauss vai ser a menor das suas preocupações — avisei em um tom manso. — Nunca mais me procure nem chegue perto de mim ou dela outra vez. Entendeu?

Madeline levantou o queixo em desafio.

— Você entendeu?

Pressionei o polegar na parte macia do pescoço, não para machucar, mas o suficiente para ela se retesar.

— Entendi — respondeu Madeline, sem ar, com a voz carregada de ressentimento.

— Ótimo.

Eu a soltei e fui embora a passos calmos, mas desejava correr para a casa de Ava e ver se ela estava bem. Ela não havia respondido minhas mensagens nem atendido às ligações, e, mesmo entendendo o porquê, aquilo me deixava nervoso.

— Ela vale tudo isso mesmo? — perguntou Madeline, atrás de mim.

Não me dei ao trabalho de responder.

Vale.

Quando cheguei ao carro, pisei fundo no acelerador e quase passei por cima de um grupo de universitários bêbados. Senti as mãos estrangularem o volante ao pensar em como Ava se sentira ao cair na piscina – ou como devia estar se sentindo naquele momento.

Uma mistura de preocupação e raiva invadiu meu estômago. Foda-se o que eu havia dito para Madeline pouco antes. Ela colocara um alvo nas costas da própria família, e eu não descansaria enquanto as Indústrias Hauss não fossem mais que uma nota de rodapé na história corporativa.

Parei em frente à casa de Ava no momento que Stella saía. Desliguei o motor e me dirigi à porta a passos largos.

— Como ela está? — perguntei.

A preocupação era visível no rosto de Stella.

— Podia estar pior, considerando as circunstâncias. Eu tinha saído pra buscar bebida pra gente na hora que ela entrou na sala da piscina... — Stella mordeu o lábio. — Eu voltei assim que aquela mulher empurrou Ava na piscina. Consegui tirá-la da água antes que ela perdesse os sentidos, ou algo assim, mas ela está muito abalada. Jules ainda não chegou. Eu queria ficar, mas Ava disse que ia dormir e insistiu pra eu ir embora. — Ela franziu a testa. — Você devia dar uma olhada nela. Só por precaução.

Era um pedido notável vindo de Stella, que era a que menos gostava de mim entre as amigas de Ava. Isso dizia muito sobre o estado de Ava.

— Pode deixar, agora eu assumo.

Passei por ela e entrei.

— Como você descobriu tão depressa o que aconteceu? — perguntou Stella atrás de mim.

— On-line — respondi, apenas.

Fiz uma nota mental para me lembrar de entrar em contato com meu técnico de informática e pedir a ele que apagasse todos os traços de existência daquele vídeo das redes sociais. Era ele quem invadia os computadores dos concorrentes e localizava contas *offshore*. Cinco anos trabalhando juntos, e não houve um único vazamento ou trabalho que ele não tivesse conseguido concluir. Em troca, o salário que eu havia pagado ao longo dos anos por esses serviços compraria uma ilha particular na costa de Fiji, se ele quisesse.

Subi os degraus de dois em dois até o quarto de Ava. A luz que passava por baixo da porta sinalizava que ela ainda estava acordada, apesar do que havia dito à Stella.

Bati duas vezes na porta.

— É o Alex.

Houve uma pausa breve.

— Entra.

Ava estava sentada na cama com o cabelo úmido e um olhar desconfiado. A preocupação superou a raiva quando vi seu rosto pálido e o corpo trêmulo, apesar do aquecimento ligado e do edredom pesado com que ela se cobria.

— Eu vi o que aconteceu. Algum idiota filmou e postou. — Eu me sentei na beirada da cama e resisti à urgência insana de puxá-la para perto. — Sinto muito.

— Não é sua culpa. Não precisa se culpar por coisas horríveis que outras pessoas fizeram.

Um sorriso tocou de leve minha boca quando ela repetiu minhas próprias palavras para mim.

— Mas você tem um péssimo gosto pra mulher. — Ava fungou. — Vê se melhora.

— Madeline e eu terminamos. Nunca começamos.

— Não foi o que ela me disse.

Inclinei a cabeça ao perceber o tom tenso de sua voz.

— Você tá... com ciúme?

A possibilidade me agradava mais do que deveria.

— Não. — A testa franzida e a blusa cinza felpuda davam a ela a aparência de uma gatinha brava. — Até parece. E daí se ela é alta e loira e parece uma modelo da Victoria's Secret? É uma pessoa horrível. Na próxima vez que a encontrar, vou meter um krav magá naquele traseiro.

Contive um sorriso. Ava tinha feito apenas uma aula. Demoraria um pouco até conseguir meter alguma coisa no traseiro de alguém, mas sua indignação era adorável.

— Ela não vai te incomodar de novo. — Fiquei sério. — A piscina...

— Pensei que ia morrer.

A possibilidade me encheu de horror.

— Pensei que ia morrer porque não sei nadar e tenho essa fobia idiota, e estou *exausta* disso. — Ava agarrou as cobertas e sua expressão se tornou severa. — Odeio me sentir impotente e sem controle da minha própria vida. Meu maior sonho é viajar pelo mundo e não posso, porque só de pensar em voar acima de um oceano já fico enjoada, sabia? — Ela respirou fundo. — Quero ver o que tem lá fora. A Torre Eiffel, as pirâmides do Egito, a Grande Muralha da China. Quero conhecer gente nova, experimentar coisas novas e viver a vida, mas não posso. Estou presa. Quando estava naquela piscina, pensando que aqueles eram meus últimos momentos... percebi que não fiz nada do que quero fazer. Se eu morresse amanhã, seria com uma vida inteira de arrependimentos, e essa ideia me apavorou mais que a água. — Ela me encarou com os grandes olhos castanhos cheios de vulnerabilidade. — É por isso que preciso que faça algo por mim.

Dessa vez, fui eu quem engoliu em seco.

— O quê, Raio de Sol?

— Você tem que me ensinar a nadar.

CAPÍTULO 19

Ava

SE EU TIVESSE QUE DESCREVER ALEX VOLKOV, PODERIA USAR UMA coleção de palavras. Frio. Bonito. Implacável. Genial.

"Paciente" não era uma delas. Não estava nem entre as mil primeiras.

Mas, ao longo das últimas semanas, tive que admitir que poderia incluir essa palavra na lista. Ele não era nada *além* de paciente enquanto me guiava por uma série de exercícios de visualização e meditação para me preparar para a primeira aula de natação.

Se dois meses antes alguém tivesse me dito que eu estaria "visualizando" e "meditando" com Alex Volkov, eu teria morrido de rir, mas às vezes a realidade é mais esquisita que a ficção. E sabe de uma coisa? Os exercícios ajudaram. Eu me visualizava ao lado de um corpo d'água, então usava técnicas de respiração e relaxamento para me acalmar. Comecei devagar, com piscinas e lagoas, e fui treinando até chegar aos lagos. Alex também passou a me levar a corpos d'água para eu me sentir mais confortável nesse ambiente. Até mergulhei o dedo do pé em uma piscina.

Não estava curada da fobia de água, mas conseguia pensar nela sem ter um ataque de pânico – na maioria das vezes. A ideia de sobrevoar um oceano ainda me deixava enjoada, mas a gente chegaria lá.

O mais importante era que eu tinha esperança. Se trabalhasse duro e pelo tempo necessário, talvez um dia dominasse o medo que me assombrava desde que conseguia lembrar.

Mas essa não foi a única mudança sísmica na minha vida. Algo havia mudado no meu relacionamento com Alex. Ele não era mais o melhor amigo do meu irmão, era meu amigo também, apesar dos meus pensamentos menos platônicos. O que senti durante a sessão de fotos não foi nada comparado às fantasias que desfilavam pela minha cabeça agora.

Ele vai te pegar por trás. Vai te sufocar e te foder até você ver estrelas. Vai te chamar das coisas mais imundas e te tratar como uma piranha.

Esse era o único trecho da conversa horrível com Madeline que eu não conseguia esquecer. Cada vez que pensava naquele momento, minhas coxas se contraíam e uma onda de calor me invadia. Também tinha vergonha de admitir que, é, havia me masturbado mais de uma vez pensando em Alex fazendo essas coisas comigo.

Não que fosse possível. Desde o incidente na piscina, ele se controlava tanto que chegava a ser irritante – sem olhares ardentes, sem toques demorados, sem vestígios do desejo que tinha visto no seu rosto naquela foto durante nossa sessão.

Eu esperava que isso mudasse naquela noite.

— Estou nervosa. — Stella se abaixou atrás do sofá. Era tão alta que tinha que se encolher para os cachos escuros não aparecerem acima do encosto. — Você também tá?

— Não — menti.

Eu estava muito nervosa.

Era aniversário de Alex, e eu tinha preparado uma festa surpresa. Era muito provável que ele odiasse surpresas e festas, mas me sentia obrigada a fazer alguma coisa. Além disso, ninguém devia passar o aniversário sozinho. Eu havia perguntado a Alex quais eram seus planos, sem deixar escapar que me lembrava do aniversário, e ele disse que precisava analisar uns documentos de trabalho.

Documentos de trabalho. No aniversário.

Acho que não.

Como eu não conhecia nenhum amigo dele, exceto Ralph, nosso instrutor de krav magá, a lista de convidados era pequena. Jules, Stella, Bridget, Booth e alguns alunos da KM Academy haviam se escondido na sala da casa de Ralph, que aceitara oferecer o lugar e convencer Alex de que seria apenas uma reunião normal de Halloween para alunos da academia; ele e Alex chegariam a qualquer minuto.

Eu havia descartado a ideia da festa à fantasia – Alex não parecia o tipo de cara que entra nessa brincadeira –, mas esperava que uma festa surpresa fosse uma boa ideia. A maioria das pessoas gostava de festas, apesar de ele não ser a maioria.

Ouvi o barulho da porta do carro e meu estômago se contraiu.

— Sh! Eles chegaram! — avisei em voz baixa.

Os murmúrios na sala escura silenciaram.

— ... me ajudar com a arrumação — dizia Ralph ao abrir a porta e acender a luz.

Todo mundo pulou.

— Surpresa!

Queria ter levado a câmera, porque a cara de Alex foi impagável. Parecia um manequim, com exceção dos olhos, que se moviam dos balões amarrados a vários móveis para o cartaz de "Feliz aniversário, Alex!" com letras cursivas brilhantes e azuis.

— Feliz aniversário! — cantarolei, tentando conter o nervosismo.

Não dava para saber se ele havia gostado da surpresa, odiado ou nem um nem outro. O homem era mais difícil de ler que um livro de latim no escuro.

Nenhuma resposta. Ele estava paralisado.

Jules entrou em ação, ligou o som e incentivou as pessoas a comer e se divertir. Enquanto os convidados se espalhavam, eu me aproximei de Alex com um sorriso enorme.

— Enganei você, hein?

— Como você sabia que é meu aniversário?

Alex tirou o paletó e o jogou no encosto do sofá. Pelo menos um sinal de que ia ficar.

Dei de ombros, meio acanhada.

— Você é o melhor amigo de Josh. É óbvio que eu sabia.

Ele franziu a testa.

— Você nunca comemorou meu aniversário antes.

— Tem uma primeira vez pra tudo. Vem. — Eu o peguei pelo pulso. — Você fez vinte e sete! Significa que tem que beber vinte e sete shots.

A ruga na sua testa se aprofundou.

— De jeito nenhum.

— Eu tinha que tentar. — Abri um sorriso. — Só queria ver se você era burro o suficiente pra concordar.

— Ava, eu sou um gênio.

— E humilde.

Alex sorriu. Não um grande sorriso, mas estávamos chegando lá.

Foi preciso algum esforço, mas ele acabou relaxando aos poucos ao longo da noite até estar comendo e conversando com as pessoas como uma pessoa normal. Eu tinha preparado um bolo red velvet, já que ele gostava desse sabor, e cantamos "Parabéns para você", e ele soprou as velas. Tudo normal.

Mas quando Ralph, meio bêbado, ligou o karaokê, ele se recusou a participar.

— Vai lá! — insisti. — Não precisa cantar bem. Eu sou péssima, mas canto mesmo assim. É só pra ser legal.

Alex balançou a cabeça.

— Não faço nada em que não sou bom, mas você pode ir se divertir.

— Que bobagem. Como pode ser bom em algum coisa se não treina?

Ele continuou irredutível, e eu fui fazer as pessoas rirem com uma versão desafinada de "Oops!... I Did It Again", da Britney Spears, enquanto todo mundo me incentivava. Alex ficou sentado no sofá com um braço sobre o encosto e os botões superiores da camisa abertos. Um sorriso preguiçoso adornava seu rosto enquanto me observava cantar a plenos pulmões.

Estava tão lindo e à vontade que até errei a letra, mas mesmo assim todo mundo me aplaudiu em pé.

A festa acabou algumas horas depois, e insisti em ficar e limpar tudo, ainda que Ralph tenha me dito que cuidaria dessa parte. Todo mundo se ofereceu para ajudar, e nos dividimos em vários grupos: recolher o lixo, varrer o chão etc.

Alex e eu acabamos lavando a louça juntos. Ralph não tinha uma lavadora, então eu lavava e ele enxugava.

— Espero que tenha se divertido — falei, esfregando um prato sujo de cobertura de bolo. — Desculpa se quase te matamos de susto.

A risadinha dele me deu borboletas no estômago.

— Seria preciso mais que uma festa surpresa pra me matar do coração. — Ele pegou o prato da minha mão e o enxugou, depois o colocou na prateleira. Ver Alex fazer algo tão doméstico fez minhas borboletas se animarem. *Estou com sérios problemas.* — Mas eu me diverti. — Ele pigarreou, e suas bochechas ficaram coradas. — Foi minha primeira festa de aniversário desde que meus pais morreram.

Fiquei paralisada. Alex nunca tinha mencionado os pais, mas eu sabia, por intermédio de Josh, que haviam morrido quando ele era muito novo, o que significava que Alex não tinha uma festa de aniversário havia, pelo menos, mais de uma década.

Senti um aperto no coração. Não por causa da festa, mas por ele não poder mais comemorar com a família. Pela primeira vez, percebi o quanto Alex devia ser solitário sem familiares no mundo, exceto o tio.

— E o que você costuma fazer no seu aniversário? — perguntei em voz baixa.

Ele deu de ombros.

— Trabalho. Saio pra beber alguma coisa com Josh. Nada de mais. Meus pais comemoravam muito, mas, depois que morreram, tudo isso pareceu sem sentido.

— Como...

Parei antes de concluir a pergunta. Uma festa de aniversário *não* é a melhor ocasião para se trazer à pauta o motivo da morte da família do aniversariante.

Alex respondeu mesmo assim.

— Eles foram assassinados. — Depois de um instante de hesitação, acrescentou: — O concorrente dos negócios do meu pai ordenou a execução e fez parecer que foi um assalto à casa. Meus pais me esconderam antes de os invasores entrarem, mas eu vi... — Sua garganta se moveu quando ele engoliu com dificuldade. — Eu vi tudo. Minha mãe, meu pai e minha irmãzinha, que não se escondeu a tempo.

Fui tomada pelo horror ao imaginar alguém sendo forçado a testemunhar o assassinato da própria família.

— Sinto muito. Isso é... nem sei o que dizer.

— Tudo bem. Pelo menos pegaram os filhos da puta que apertaram o gatilho.

— E o concorrente do seu pai?

O olho de Alex estremeceu.

— O carma vai encontrar.

Meu coração ficou pesado antes mesmo de um pensamento mais horrível me ocorrer.

— Sua hipertimesia...

Alex exibiu um sorriso rápido e apático.

— É péssimo. Lembro todo dia. Às vezes me pergunto se poderia ter salvado todos eles, mesmo sendo só um garoto. Ficava furioso com quanto tudo foi injusto até perceber que ninguém dava a mínima. Não tem nenhuma entidade por aí ouvindo meus gritos. Só tem a vida e a sorte, e às vezes ambas se juntam pra criar uma situação ruim.

Senti as lágrimas se acumularem nos olhos. Me esqueci completamente da louça; meu coração doía demais.

Eu me aproximei de Alex, que assistiu com uma expressão tensa.

— Às vezes, mas não sempre. — Ouvi os convidados conversando na sala, mas era como se estivessem a anos-luz de distância. Na cozinha, Alex e eu tínhamos um mundinho próprio. — Tem alguma coisa bonita esperando por você, Alex. Não sei se vai encontrar essa coisa amanhã ou daqui a anos, mas espero que ajude você a recuperar a fé na vida. Você merece toda beleza e luz do mundo.

Eu estava falando sério. Por baixo da superfície de gelo, ele era humano como todo mundo, e seu coração partido partia o meu mil vezes.

— Você está me romantizando de novo. — Alex não se moveu quando dei mais um passo na sua direção, mas seus olhos queimavam, intensos. — É tarde demais pra mim, Raio de Sol. Eu destruo toda beleza que entra na minha vida.

— Não acredito. E o que falei não é romantizar. Isso é.

Antes de perder a coragem, me ergui na ponta dos pés e o beijei.

Foi um beijo suave, casto, mas o efeito foi o mesmo de uma sessão de pegação pesada. Faíscas queimavam minha pele, e o calor no meu ventre se espalhou. Estremeci, a pulsação acelerada a ponto de eu não conseguir ouvir mais nada. Os lábios de Alex eram frios e firmes, seu sabor lembrava tempero e red velvet, e eu queria me enroscar no seu corpo e devorá-lo até cada pedaço dele estar dentro de mim.

Alex ficou parado, com o peito subindo e descendo com a respiração ofegante sob meu toque hesitante. Pressionei a mão com um pouco mais de firmeza no seu peito e deslizei a língua por sua boca fechada, tentando entrar...

Arfei, assustada, quando ele me levou para perto e aprofundou o beijo. Sua mão agarrou meu cabelo e puxou, me obrigando a arquear as costas enquanto sua língua penetrava minha boca.

— Não é o romance que você estava esperando, né? — grunhiu ele, o puxão no meu cabelo tão forte que meus olhos lacrimejavam.

Alex me girou e me empurrou contra a beirada do balcão e, com a outra mão, levantou minha perna e a posicionou na sua cintura. A ereção pressionou a região entre minhas pernas, e me esfreguei nele sem nenhuma vergonha, desesperada pela fricção.

— Fala pra eu parar, Raio de Sol.

— Não.

Parar? Nem guindaste me tiraria de cima dele.

Deslizei a mão sob sua camisa, ansiosa para explorar a pele lisa e os músculos rígidos embaixo dos meus dedos. Todo meu corpo pulsava de necessidade, e a possibilidade de alguém nos encontrar a qualquer momento só alimentava a excitação. Era apenas um beijo, mas parecia algo muito mais ilícito. Perigoso.

Alex gemeu. Sua boca se apoderou da minha de novo, e o beijo se tornou feroz. Cheio de desejo. Faminto. Ele era implacável na invasão dos meus sentidos, com um toque tão quente e possessivo que marcava minha pele, e me rendi sem nenhuma tentativa de resistência.

Estava a ponto de abrir seu cinto quando ele se afastou de modo tão brusco que quase caí, desorientada pela súbita perda de contato. Meu centro pulsava, meus mamilos estavam tão duros como diamantes, e minha pele, tão sensível que o menor sopro de ar me fazia arrepiar. Mas quando a névoa de sensações se dissipou, percebi que Alex me encarava, furioso.

— Cacete. — Ele passou a mão no rosto, cuja expressão seria capaz de fazer homens adultos tremerem. — Cacete, cacete, cacete!

— Alex...

— Não. Onde você estava com a cabeça? Achou que a gente ia transar na cozinha com seus amigos aqui do lado?

Fiquei vermelha.

— Se isso é por causa do Josh...

— Não tem a ver com Josh. — Alex apertou a ponta do nariz e soltou o ar devagar, recuperando o controle. — Não totalmente.

— Então é o quê?

Ele me queria. Eu sabia. Sentia. E não estou falando apenas sobre o volume gigantesco dentro de sua calça. É, Josh mataria nós dois se descobrisse o que aconteceu, mas não ficaria bravo para sempre. Além do mais, não voltaria a DC antes do Natal. Tínhamos tempo.

— Sou eu. E você. Juntos. Não vai dar certo. — A cara feia ficou ainda mais feia. — Não sei que fantasias você tem sobre nós dois, mas pode desistir. Esse beijo foi um erro e não vai acontecer de novo. Nunca mais.

Quis morrer de tanta vergonha. Não sabia o que teria sido pior: Alex não me beijar de volta ou me beijar e dizer essas coisas. Queria discutir, mas havia esgotado minha cota diária de ousadia. Precisei de um esforço tremendo para tomar a iniciativa de beijá-lo, e você só pode se jogar em cima de um cara algumas vezes até começar a parte da humilhação.

— Tudo bem. — Peguei um prato qualquer na pia e esfreguei, sem conseguir olhar para ele. Meu rosto estava tão quente que eu tinha medo de explodir. — Entendi. Vamos fingir que nunca aconteceu.

— Ótimo.

Alex não parecia tão satisfeito quanto eu esperava.

Trabalhamos em silêncio, exceto pelo tilintar da porcelana.

— Estou tentando te salvar, Ava — falou ele do nada, justo quando terminamos a louça e eu me preparava para fugir.

— Do quê?

Eu me negava a encará-lo, mas vi pelo canto do olho que ele me observava.

— De mim.

Não respondi. Como eu ia dizer ao homem que estava determinado a me salvar que eu não queria ser salva?

CAPÍTULO 20

Alex

Eu queria guerra, e todo mundo abriu caminho quando atra-vessei o corredor em direção aos elevadores. A nova assistente, que eu havia contratado depois de demitir a filha insípida do congressista por vazar o número do meu celular para o CEO do Gruppmann, fingiu estar ao telefone, e o restante da equipe mantinha os olhos colados na tela do computador como se a própria vida dependesse disso.

Eu entendia. Estava arrancando a cabeça das pessoas a dentadas havia uma semana.

Incompetentes, todos eles.

Eu me recusava a admitir que tinha outro motivo para estar tão mal-humorado desde o meu aniversário, especialmente se o "outro motivo" tivesse um metro e sessenta e cinco, cabelos pretos e lábios mais doces que o pecado.

Ignorei as duas pessoas que saíram do elevador quando me viram entrar e apertei o botão para o térreo.

Aquela porra de beijo. Tinha ficado tatuado na minha mente, e eu me pegava pensando mais do que deveria no sabor de Ava e em como foi senti-la nos meus braços. Graças ao "dom" da minha memória, toda noite eu relembrava embaixo do chuveiro aqueles momentos na cozinha de Ralph como se fossem reais, com a mão segurando meu pau e o peito cheio de desprezo por mim mesmo.

Não vi nem tive notícias de Ava desde aquela noite. Ela não havia comparecido à nossa aula de natação naquela semana, nem se deu ao trabalho de avisar diretamente. Foi Jules quem mandou a mensagem informando que ela estava ocupada.

Sua ausência me incomodava mais do que eu queria admitir.

Entrei no carro e refleti. *Um. Dois. Três. Quatro.* Dividido, batucava com os dedos no volante, até que, finalmente, rangi os dentes e coloquei o endereço da McCann Gallery, em Hazelburg, no GPS.

Dezenove minutos depois, entrei na galeria de assoalho de madeira clara e vi os quadros nas paredes brancas, entre as quais circulavam meia dúzia de visitantes bem-vestidos, até avistar a garota de cabelos escuros atrás do balcão.

Com um sorriso radiante e animado, Ava disse algo a uma cliente que fez a mulher sorrir. Ela tinha esse dom de despertar alegria nas pessoas.

Ainda não havia notado minha presença, então passei um tempo observando-a, deixando sua luz se esgueirar para os cantos sombrios da minha alma.

Assim que a cliente foi embora, eu me aproximei a passos silenciosos. Ava só levantou a cabeça e sorriu quando minha sombra a envolveu, mas o sorriso profissional desapareceu assim que ela me viu.

Ava engoliu em seco, e o movimento no pescoço delicado provocou um raio inoportuno de desejo que atingiu diretamente o meu pau.

Havia meses que eu não transava com ninguém além da minha mão direita, e o celibato prejudicava meu cérebro.

— Oi.

Ela parecia desconfiada.

— Toma.

Coloquei em cima do balcão um celular novo de última geração, que ainda não estava disponível no mercado e que havia me custado bem caro.

Ela fez uma cara de confusão.

— Seu telefone quebrou, né? Só pode, porque não recebi nenhuma mensagem sua nos últimos cinco dias — falei em um tom gelado.

A confusão permaneceu por um instante, mas se dissolveu em uma expressão sedutora, e meu coração disparou como a porra de um carro de Fórmula 1. Fiz uma nota mental para me lembrar de falar sobre isso com meu médico no checkup anual.

— Você sentiu minha falta — afirmou ela.

Segurei as beiradas do balcão com força.

— Não.

— Apareceu no meu local de trabalho com um celular novo pra mim porque não mandei mensagem nos últimos dias. — Os olhos de Ava brilhavam, maliciosos. — Acho que significa que sentiu minha falta.

— Achou errado. Trouxe o celular pro caso de você precisar pra alguma *emergência*.

— Nesse caso... — Ela empurrou a caixa na minha direção. — Não precisa. Meu celular está funcionando perfeitamente bem. Só ando ocupada.

— Fazendo o quê? Visitando um retiro espiritual silencioso no meio do deserto?

— Isso é problema meu e não é da sua conta.

Uma veia pulsou na minha têmpora.

— Não tem graça, Ava.

— Nunca disse que tinha. — Ela levantou as mãos. — Não sei o que você quer que eu diga. Beijei você, você me beijou de volta e depois disse que foi um erro, aí a gente concordou em nunca mais repetir. Pensei que quisesse espaço e me afastei. Não sou o tipo de garota que corre atrás de um cara que não tá interessado. — Ava comprimiu os lábios. — Sei que tudo ficou confuso entre nós desde sábado. Talvez seja melhor... a gente não passar tanto tempo juntos. Consigo fazer as visualizações sozinha e, quando chegar a hora, posso procurar outro professor de natação...

Minha pressão subiu.

— O cacete — retruquei. — Você pediu pra *eu* te ensinar a nadar. Trabalhei com você durante todas essas semanas. Se acha que vou deixar um cretino entrar na história e se apoderar do que é meu, você não me conhece. — Ava me encarava com os olhos arregalados, chocada. — Vamos retomar as aulas no fim de semana. Nem pense em tentar procurar outra pessoa.

— Tudo bem, não precisa gritar.

— Não estou gritando.

Nunca ergo a voz. Ponto-final.

— Então por que tá todo mundo olhando pra gente? Merda, inclusive meu gerente. Ele tá olhando diretamente pra gente. — Ela se ocupou de alguns papéis atrás do balcão. — Prometo que só vou aprender a nadar com você, ok? Agora vai embora, antes que eu arranje problemas.

Virei e vislumbrei um idoso com um topete bastante feio olhando para nós como se reprovasse a cena.

— Você recebe comissão sobre as vendas? — perguntei sem desviar os olhos do gerente, que vinha em nossa direção. Sua barriga balançava acima do cinto a cada passo.

— Recebo. Por quê?

— Quero comprar uma obra. — Olhei para Ava quando o gerente se aproximou. O nome do crachá era Fred. Fazia sentido. Nunca vi um Fred mais Fred. — A mais cara que tiver.

O queixo de Ava caiu.

— Alex, a peça mais cara da galeria é...

— Perfeita para suas necessidades, com certeza — interferiu Fred. Um sorriso largo havia substituído a cara feia, e ele me olhava como se eu fosse Jesus voltando. — Ava, por que não mostra a este cavalheiro a peça de Richard Argus?

Ela parecia pouco à vontade.

— Mas...

— Agora.

Meu sorriso cortava o rosto com a precisão de uma faca afiada.

— Cuidado com o tom, Fred. Ava é sua melhor funcionária. Não vai querer perdê-la ou perder clientes que dão um valor *bastante* elevado à opinião dela, vai?

Ele ficou paralisado, então olhou em volta enquanto o cérebro minúsculo se esforçava para processar a ameaça nada sutil por trás das palavras.

— N-não... é claro que não — gaguejou Fred. — Na verdade, Ava, fique aqui com o cavalheiro. Eu mesmo mando trazer a peça.

— Mas ela recebe a comissão.

Arqueei uma sobrancelha.

— Sim. — O gerente assentiu tão depressa que parecia um boneco com pescoço de mola. — É claro.

Enquanto ele se afastava para outro setor da galeria, Ava se inclinou e disse:

— Alex, essa peça custa quarenta mil dólares.

— Sério? Que merda.

— Tenho certeza de que a gente pode...

— Pensei que fosse cara. — Dei risada de sua expressão perplexa. — Não é grande coisa. Vou ter uma nova obra de arte, você vai receber uma comissão gorda e seu gerente vai puxar seu saco até o fim dos tempos. Todo mundo sai ganhando.

Fred voltou com uma grande gravura em preto e branco.

Quinze minutos depois, a obra havia sido embalada com o mesmo cuidado com que se lida com um recém-nascido, e minha conta bancária tinha quarenta mil dólares a menos.

— No fim de semana, horário de sempre, Z Hotel — disse para Ava depois de dispensar Fred.

Ela levantou as sobrancelhas. Em geral, praticávamos na casa dela ou na minha, ou perto de um lago ou da piscina da Thayer, para ela se sentir mais confortável perto da água.

— Tem a melhor piscina coberta de DC. Você tá pronta pras aulas de verdade.

Estava pronta havia algum tempo, mas eu queria ter certeza antes de jogá-la no fundo.

Ava respirou fundo.

— Sério?

— Sério. — Sorri. — Até sábado, Raio de Sol.

Quando saí da galeria, meu humor tinha melhorado muito.

CAPÍTULO 21

Ava

O DIA FINALMENTE HAVIA CHEGADO.

Eu estava a um metro e meio da piscina, toda arrepiada, apesar da temperatura de vinte e nove graus, cortesia do sistema de aquecimento primoroso do hotel.

Usava um maiô Eres, presente de Alex, que tinha me entregado a sacola sem dizer nada quando foi me buscar para nossa aula de natação.

Depois de semanas aprendendo técnicas de relaxamento e me acostumando à ideia de estar na água, era hora de *entrar*.

Queria vomitar. O pânico cravava as garras no meu corpo molhado de suor e arrancava sangue invisível. Meu estômago pulsava ao ritmo do coração acelerado, o que fazia o café da manhã dançar como patos de borracha em uma banheira.

— Respira. — A voz calma de Alex me equilibrou um pouco. — Tenta se lembrar das aulas.

— Tudo bem. — Respirei fundo e quase vomitei por causa do cheiro de cloro. — Eu consigo, eu consigo.

— Vou entrar primeiro.

Ele entrou na piscina e, com água na altura da cintura, estendeu a mão.

Eu o encarei e tentei fazer meus pés se moverem.

— Estou aqui e vou continuar aqui. Não vou deixar nada acontecer com você. — Ele transmitia uma confiança calma. — Confia em mim?

Engoli em seco.

— S... sim.

Percebi, assustada, que era verdade. Cem por cento. Alex podia não ser a pessoa mais legal ou a mais fácil com quem se relacionar, mas eu confiaria minha vida a ele. Literalmente.

Eu me aproximei da beirada da piscina e prendi o fôlego ao entrar e segurar a mão de Alex, deixando sua calma e força tranquilizarem meus nervos pulsantes. A água envolveu minhas coxas e eu cambaleei.

A piscina do hotel rodou, as paredes azul-claras e os ladrilhos terracota desfilaram diante dos meus olhos em alta velocidade. *Meu Deus, não vou conseguir. Não posso...*

— Fecha os olhos. Respira fundo — disse Alex. — Isso...

Segui as instruções, deixando sua voz me inundar até boa parte do pânico ceder.

— Como se sente? — perguntou ele.

— Melhor. — Pigarreei e tentei focar no pequeno raio à nossa volta, não na piscina inteira. Era uma piscina olímpica padrão, mas parecia o oceano Atlântico. — Estou... pronta.

Como jamais vou estar.

Começamos na parte rasa. Alex e eu andamos para eu me acostumar à sensação da água e à leveza do corpo. Depois fomos para a parte mais funda até meus ombros submergirem. Eu usava as técnicas de relaxamento que tinha aprendido nos últimos meses, e elas funcionavam – até o momento em que eu tinha que mergulhar a cabeça na água.

Fechei os olhos e afundei o rosto, sem aguentar a visão da água se aproximando.

"Socorro! Mamãe, me ajuda!"
As palavras ecoavam na minha mente.
Frio. Escuro.
Eu não conseguia respirar.
Algo cintilava no fundo da minha consciência. Uma lembrança desvanecida, talvez, que flutuava para longe cada vez que eu tentava capturá-la.
"Por favor!"
Afundei mais.
Mais.
E mais.
Porfavorporfavorporfavor.
Nãoconsigorespirarnãoconsigorespirarnãoconsigorespirar.

— Ava!

Arfei ao ouvir uma voz chamando meu nome e me trazendo de volta ao presente. Os gritos ecoaram nas paredes de pedra antes de desaparecerem no nada. Não sabia quanto tempo ficara submersa. Pareciam ter sido poucos segundos, mas, considerando o frio que eu sentia e como a garganta doía, devia ter sido mais tempo.

Alex segurava meu braço com força, pálido.

— Jesus — murmurou ele, me puxando contra o peito enquanto eu sufocava um soluço. Não estávamos mais na piscina. Ele devia ter me carregado para fora durante meu breve blecaute. — Tudo bem. Você tá bem. Já saímos.

— Desculpa. — Escondi o rosto no seu peito, constrangida e furiosa comigo. — Pensei que ia conseguir. Pensei...

— Você foi ótima — interrompeu ele, firme. — É a primeira aula. Vamos ter outras, e você vai melhorar a cada uma.

— Promete?

— Prometo.

Estremeci, encolhida junto ao seu calor. Ele era forte e sólido, e mais uma vez fui confrontada pela contradição que era Alex Volkov. Tão frio e desinteressado do mundo, mas tão afetuoso e protetor quando queria ser. Eu o conhecia havia oito anos, mas não de verdade.

Ele não era o homem que eu pensava que fosse. Era muito melhor, mesmo quando tentava me convencer de que era pior, e eu o queria como nunca quis nada antes. Não apenas fisicamente, mas mental e sentimentalmente. Queria cada sombra da sua alma e cada pedaço do seu coração de múltiplas camadas. Queria derramar sobre ele cada gota de luz que eu tinha para dar, até ele me consumir inteira. Até ser dele; e ele, meu.

Ficamos assim por um tempo – eu aninhada a seu peito, com seus braços me envolvendo –, até o que restava do pânico sumir e eu reunir coragem para dizer o que queria.

— Alex...

— Que foi, Raio de Sol?

Ele passou a mão no meu cabelo.

— Me beija.

A mão parou e ele ficou tenso.

— Por favor. — Passei a língua nos lábios. — Esquece Josh ou... o que mais esteja na sua cabeça. Se você me quer, me beija. Sei o que falamos no seu aniversário e lamento por voltar atrás na minha promessa, mas preciso... — *De você.* — Preciso disso.

Alex fechou os olhos com uma expressão de dor.

— Você não tem ideia do que tá me pedindo.

— Tenho, sim. — Toquei seu abdome, sentindo o tremor sob a mão. — A menos que você não queira.

Ele riu, mas era meio risada, meio gemido.

— Parece que eu não quero?

Ele segurou minha mão e a levou à sua parte mais masculina. Prendi a respiração ao sentir o calor e o tamanho – óbvio até por baixo da sunga – e fechei os dedos em torno do mastro grosso, fascinada pelo poder na minha mão.

Um grunhido baixo brotou do peito de Alex.

— O que foi que eu falei sobre ficar longe de confusão, Raio de Sol? Continua assim, e vai acabar *muito* encrencada.

— Talvez eu goste de problema. — Segurei com mais força, e ele murmurou um palavrão. — Talvez eu não queira largar esse problema.

— Estou começando a pensar que *você* é a encrenca de que *eu* tenho que ficar longe — resmungou ele, então prendeu meu pulso junto ao corpo, e uma onda de excitação me atravessou como um raio. — Mas não podemos. Você acabou de...

Ele apontou para a piscina com a mão livre.

— Acabei de quê? Ter um ataque de pânico? Sempre tenho quando estou perto da água. Se isso te incomoda, estamos em um hotel. Podemos arranjar um quarto.

Era como se eu tivesse redescoberto minha ousadia perdida depois do beijo no aniversário de Alex.

Ele esboçou um sorriso.

— Quando você ficou tão atrevida?

— Quando enjoei de todo mundo me tratar como uma flor frágil que vai quebrar se alguém soltar um suspiro forte demais perto de mim. O fato de ter uma fobia específica não significa que vou surtar em outras áreas da vida. — Fiz uma pausa antes de continuar. — Madeline me contou. Sobre o que você... gosta de fazer na cama.

A expressão dele ficou sombria. O ar carregava presságios, e meu coração acelerou, ansioso.

— O que ela te falou exatamente? — perguntou Alex, com uma voz baixa perigosa.

— Ela disse... — Engoli em seco. — Disse que você só faz isso por trás. Que não gosta de beijo nem contato frente a frente durante o sexo. E que...

— O quê? — interrompeu ele em um tom mais manso.

— Que você gosta de enforcar e xingar as mulheres. Na cama.

O perigo no ar ficou mais denso. Dava para quase sentir seu sabor. Minha coragem falhou. *Jogar a isca para o tigre pode não ser a melhor ideia do mundo...*

— E, mesmo assim, você continua, me pedindo pra te beijar. — Os dedos que apertavam meu pulso eram de ferro. — Por quê, Raio de Sol?

Ele não negou, o que significava que devia ser verdade.

Meu coração disparou.

— Talvez... — Umedeci os lábios com a língua, consciente dos olhos dele acompanhando o movimento como um leão acompanhando sua presa. — Talvez eu também goste dessas coisas.

Chamas derreteram os poços de gelo nos olhos de Alex até o calor me queimar. Era difícil acreditar que um dia o tinha julgado frio. Naquele momento, ele era uma supernova prestes a explodir e me engolir inteira.

E eu adoraria cada segundo.

Alex me soltou e se levantou, e todos os traços do homem paciente que me acalmara mais cedo haviam sumido. No lugar, algo faminto e depravado me fazia tremer de desejo.

— Levanta — ordenou ele em voz baixa, mas autoritária, e eu obedeci sem pensar. — Você vai descobrir o que acontece quando alguém se oferece para ir à cova do leão.

CAPÍTULO 22

Alex

NÃO DEMOREI MUITO PARA RESERVAR A COBERTURA E PRATICAMENTE arrastar Ava para a suíte de luxo. Estava tão ereto que meu pau quase abria um buraco na calça, e as imagens que me passavam pela cabeça...

Porra. Eu ia acabar com ela, mas todo resquício de consciência desapareceu assim que Ava pronunciara aquelas palavras.

Talvez eu também goste dessas coisas.

Senti o sangue ferver só de me lembrar.

Baby, você não tem ideia de onde se meteu, pensei, fechando a porta ao entrar.

Ava estava no meio do quarto, com um vestido por cima do maiô e uma expressão meio nervosa. Com os olhos de gazela e os traços inocentes, parecia uma virgem sacrificial esperando o defloramento.

Meu pau ficou ainda mais duro.

— Tira a roupa — falei, e minha voz baixa estalou no silêncio como um chicote.

Uma parte de mim queria entrar nela na primeira oportunidade; outra parte queria saborear cada momento.

Apesar de um leve tremor nas mãos, Ava não hesitou. Manteve os olhos fixos nos meus enquanto abria o zíper do vestido e deixava a peça fina cair em torno dos pés. O maiô seguiu o vestido, deslizando centímetro a centímetro com uma lentidão torturante, até uma obra-prima de pele dourada se revelar.

Eu a devorei com os olhos, registrando na mente cada detalhe. Sua pele cintilava bronzeada sob a iluminação reduzida da suíte, e o corpo... nossa. Bunda redonda, pernas longas, a coisinha mais linda entre as pernas e seios empinados – não grandes, mas suficientes para encher a mão e com mamilos rosados perfeitos para chupar e morder.

Seu peito subia e descia a cada respiração, e os olhos grandes e castanhos cravados nos meus transbordavam confiança.

Ah, Raio de Sol. Se você soubesse...

Eu dei uma volta ao redor de Ava como um predador brincando com a presa, tão perto que podia sentir o cheiro da sua excitação.

Parei atrás dela e colei meu corpo às suas costas até que ela sentisse minha ereção furiosa contra a curva macia da bunda. Estava nua como no dia em que nasceu, e eu continuava totalmente vestido, o que, de alguma forma, tornava a cena ainda mais suja.

Beijei seu pescoço e senti a vibração rápida da pulsação sob meus lábios.

— Quer que eu te pegue, Raio de Sol? — murmurei. — Que acabe com você, te transforme na minha boneca inflável?

Um gemido escapou da sua boca e ecoou direto até o meu pau, aumentando a ereção.

— Eu... quero.

— Você diz que sim com muita facilidade. — Lambi a depressão entre seu pescoço e a parte inferior do queixo. Confirmando o apelido que escolhi, ela tinha sabor de sol e mel, e eu queria devorá-la. Absorver sua luz, consumir cada centímetro até Ava ser minha e só minha. — Mas sabe o que significa ser possuída por mim?

Ava balançou a cabeça, um movimento rápido e breve que enfatizou sua inocência e ingenuidade.

Não por muito mais tempo. Assim que eu pusesse as mãos no seu corpo, ela estaria suja. Quebrada. Como tudo que eu tocava. Mas seria minha. E eu era egoísta e cruel o suficiente para acorrentá-la comigo enquanto eu reduzia o mundo inteiro às cinzas.

— Significa que você é minha. Sua boca é minha. — Esfreguei o polegar no seu lábio inferior antes de descer até o peito e beliscar seus mamilos. Ela gemeu. — Seus seios são meus. — Desci um pouco mais, adaptando a postura para apertar sua bunda. Com força. — Sua bunda é minha. — Estendi o braço e afastei suas coxas, deslizando os dedos pelas camadas escorregadias. Ava estava tão molhada que a umidade logo se espalhou. — E sua buceta é minha. Cada centímetro do seu corpo pertence a mim, e se algum dia deixar outro homem te tocar... — Minha outra mão agarrou seu pescoço. — Ele vai acabar em pedaços, e você vai acabar amarrada à minha cama, e vou foder todos os seus buracos até meu nome ser sua única lembrança. Entendeu?

Os músculos de sua vagina se contraíram em torno dos meus dedos.

— Sim.

— Fala. A quem você pertence?

— A você — sussurrou Ava. — Pertenço a você.

— Isso mesmo. — Tirei os dedos de sua vagina e enfiei em sua boca. Soltei um gemido de aprovação quando ela chupou e lambeu a própria umidade sem eu ter que pedir. — Você tá sentindo esse gosto, Raio de Sol? É o sabor da sua vida sendo entregue a mim. Porque, de agora em diante, eu sou seu dono. Corpo, mente e alma.

Outro gemido, esse ainda mais ávido que o anterior.

Eu a soltei e tirei rapidamente o cinto e a calça.

— Fica de joelhos. — Ela se ajoelhou no chão, tão linda que senti o peito doer e o pau pulsar. Agarrei seu cabelo e puxei até ela levantar o rosto e olhar para mim. — Se for demais, bate na minha perna. — Ela assentiu. Puxei seu cabelo com mais força e ordenei: — Abre a boca.

Introduzi a cabeça do pau na sua boca e empurrei devagar até penetrar a garganta.

— *Cacete.*

A sensação da boca me engolindo era tão quente que um tremor sacudiu todo meu corpo e quase gozei bem ali. Não fazia isso desde que transara pela primeira vez, ainda adolescente.

Ava tinha os olhos cheios de lágrimas provocadas pelo meu tamanho e pela profundidade com que eu penetrava sua boca, mas não bateu na minha perna, e eu esperei um pouco enquanto ela se adaptava. Depois do que pareceu uma eternidade, mas foram apenas alguns segundos, ela começou a lamber e chupar – primeiro devagar, mas chegando depressa a um ritmo que a fazia mover a cabeça para a frente e para trás com entusiasmo.

Minha outra mão segurou a parte de trás da sua cabeça, e meu abdome tremia com o esforço para não gozar na garganta dela antes de eu estar pronto.

— Isso — grunhi. — Chupa esse pau como uma boa putinha.

As vibrações dos gemidos subsequentes de Ava viajaram até minha coluna. Comecei a penetrá-la mais fundo, mais depressa, até os únicos sons serem o da minha respiração arfante, de carne encontrando carne e dos gorgolejos que brotavam da sua garganta. Era tão violento que esperava as batidas na perna a qualquer momento, mas Ava não me interrompeu.

Saí da sua boca no último segundo e gozei no seu rosto e peito, cobrindo a pele com o brilho denso e branco da substância leitosa. O orgasmo queimava meu corpo, quente e selvagem, dizimando quaisquer dúvidas que restassem, e, com olhos possessivos e cheios de luxúria, vi meu gozo pingar do queixo de Ava.

Um rubor pálido de excitação tingia seu rosto, e os olhos permaneceram cravados nos meus enquanto a língua recolhia uma gota de esperma do canto da boca.

Puta merda.

Eu havia testemunhado ou participado de quase todo tipo de ato sexual sujo que se pode imaginar, mas aquele pequeno movimento foi a coisa mais excitante que já tinha visto.

— Vai pra cama — ordenei, com a voz rouca. — De quatro. Agora.

As mãos e os joelhos de Ava tinham acabado de tocar o colchão quando tirei o restante da roupa e me aproximei dela por trás, afastando suas coxas com as mãos.

— Você tá toda molhada, minha puta linda. — Lambi a umidade brilhante que cobria sua pele, saboreando o gosto e o delicado aroma feminino que deixaria qualquer homem maluco. Introduzi um dedo na abertura apertada e escorregadia, e minha recompensa foi um gemido baixo. — Quer que eu coma essa sua buceta?

— Por favor. — Ava arfou, empurrando o quadril para mim. — Preciso... *por favor*.

Ela abaixou a cabeça, e os travesseiros abafaram seus gritos quando passei a língua sobre o clitóris, alternando entre lambidas longas e lentas e movimentos rápidos. Estava faminto por ela, por seu gosto, pela inocência que se estraçalhava sob mim naquele momento. Como um homem possuído, me banqueteava e movia os dedos dentro de Ava, procurando até encontrar o ponto que a fez se projetar contra meu rosto. Mordi de leve o clitóris e puxei, lambendo a saliência sensível. Ela explodiu, e seus gritos ecoaram pelas paredes.

— Seu gosto é bom pra cacete — grunhi, lambendo cada gota enquanto ela tremia e se arrepiava. — O aperitivo perfeito pra hoje à noite.

Ava virou a cabeça e olhou para mim, o rosto corado do orgasmo e os olhos abertos pelo choque.

— *Isso* foi um aperitivo? Pensei que...

— Raio de Sol, vamos aproveitar uma refeição de doze pratos. — Pus a camisinha e enfiei o pau, já duro de novo, na abertura molhada. — E estamos só começando.

Segurei seu pescoço e entrei de uma vez só, encerrando a conversa, a menos que considerássemos os gemidos dela e meus grunhidos. Ava era como o paraíso do meu inferno, o mais perto que já estivera da salvação, mas mesmo assim eu desejava arrastá-la para o fundo do Hades comigo. Fodi com tanta força que tive medo de quebrá-la, mas, sempre que eu reduzia o ritmo, Ava murmurava pequenos grunhidos de aviso que me faziam sorrir com uma mistura de satisfação e humor.

Descobri que meu cordeirinho doce e inocente era, na verdade, uma putinha safada disfarçada, e nunca ficara mais feliz por ter me enganado.

Eu a virei a tempo de presenciar seu orgasmo mais uma vez, os olhos vidrados de prazer e os suspiros que me impeliam a me mover mais depressa e a penetrar mais fundo, até explodir em um orgasmo poderoso que se comparava a um furacão de categoria 5.

Quando minha respiração desacelerou e voltei à terra, Ava me encarava com uma expressão estranha.

— Que foi, Raio de Sol?

Rocei os lábios nos dela, já me preparando para a próxima rodada. Se tinha que ir para o inferno por isso, pelo menos saborearia cada segundo.

— Sem beijo nem contato frente a frente no sexo — murmurou ela. — Pensei que as regras fossem essas.

Parei. Ela estava certa. Essas *eram* minhas regras – as que eu criara assim que atingi a idade para perceber que emoções não tinham nada a ver com sexo e não cabiam no quarto. Nunca as havia quebrado, nem uma vez... até aquela noite. Não tinha pensado nisso nem me lembrado das regras até Ava mencioná-las. Gostava de trepar por trás mais do que a média dos homens – havia uma sensação de distanciamento que eu apreciava, e era essa a razão de ser minha posição favorita –, mas eu queria vê-la. Ver como reagia a cada mudança nos movimentos, ver seu rosto quando ela explodisse e gritasse meu nome.

Foi então que percebi que estava fodido.

— Tem razão, meu bem — disse, e apoiei a testa na dela, soltando um suspiro resignado. *Muito fodido.* — Mas as regras não valem pra você.

CAPÍTULO 23

Ava

Quando Alex e eu terminamos, eu estava exausta e esgotada, e acordaria toda dolorida na manhã seguinte, mas não me importava. Ele não se segurou, e era isso que eu queria. Precisava.

De algum jeito, nunca havia me sentido tão poderosa ao escolher me soltar. Encontrei a força na fraqueza, o controle na submissão.

— Você não tá cansado?

Bocejei enquanto observava Alex com os olhos meio fechados. Tínhamos passado horas naquilo, e, embora eu estivesse prestes a apagar, ele continuava alerta e desperto como sempre.

— Se quer saber se me esgotou, talvez — respondeu ele em um tom brincalhão, o que era incomum. — Mas, se tá perguntando se estou com sono, não.

— Como isso é possível? — resmunguei no travesseiro.

— Insônia, Raio de Sol. Durmo poucas horas por noite e só quando tenho sorte.

Franzi a testa.

— Mas isso... — Outro enorme bocejo. — Não é bom. — Humanos precisam dormir. Como Alex sobrevivera tanto tempo com tão poucas horas de sono por noite? — Temos que dar um jeito nisso. Chá de camomila. Meditação. Melatonina...

Minha voz foi sumindo. Se eu não sentisse a cabeça tão pesada e a cama não fosse tão confortável, poderia preparar um chá para ele ou encontrar uma meditação no YouTube, algo assim.

— Vamos deixar pra falar disso mais tarde. Você tá exausta. — Ele passou a mão na minha cabeça, e eu suspirei e me aninhei no seu peito. — Boa noite.

Minha respiração se tornava mais lenta à medida que o sono me dominava. Pensei ter sentido um braço envolvendo minha cintura e me puxando para perto, mas apaguei antes de conseguir confirmar.

Naquela noite, pela primeira vez em muito tempo, dormi profundamente e sem pesadelos.

CAPÍTULO 24

Ava

Alex e eu passamos o resto do fim de semana trancados na suíte, vivendo de serviço de quarto e orgasmos, batizando todas as superfícies – embora "batizar" talvez não fosse o termo ideal, considerando as atividades devassas que desenvolvíamos.

Sexo com Alex era sexo como nunca havia conhecido. Selvagem. Animalesco. Destruidor de almas da melhor maneira possível. Estraçalhava qualquer ideia preconcebida sobre quem eu era e me tornava algo mais sombrio, mais depravado. Ele me chamava de "Raio de Sol" em um momento, e no outro dizia que eu era a puta dele.

E eu adorava.

Mesmo nos seus momentos de maior frieza, Alex sempre me tratava com respeito fora do quarto, mas dentro eu era seu brinquedo. Era dele para trepar e usar – no chuveiro, empurrada contra a janela, dobrada sobre a mesa – e eu queria isso tanto quanto ele.

Gritei, me contraí em torno do seu pau pela milésima vez quando outro orgasmo explodiu e me partiu em um milhão de pedaços de agonia e êxtase.

Quando a névoa do prazer finalmente se dissipou, vi que Alex olhava para mim com um sorriso.

— Que foi? — murmurei, sonolenta e satisfeita demais para usar mais palavras.

— Adoro ver você se desmanchar. — A mão agarrou meu quadril de um jeito possessivo. — Só pra mim, Raio de Sol. Nunca se esqueça.

— O que você faria se eu me esquecesse?

A intenção era fazer uma piada, mas os olhos de Alex brilharam com uma luz perigosa e seus dedos apertaram minha carne.

— Você teria o assassinato de um homem nas suas costas. É isso que quer?

Ele roçou o nariz na minha pele, depois mordeu meu pescoço, me punindo e marcando ao mesmo tempo.

Dor e prazer se misturaram.

— Cuidado — murmurei. — Ou vai acabar com sua fama de sexo sem sentimento.

— Ninguém mais vai me ver assim. Só você.

Antes que eu pudesse controlar a reação de euforia e prazer, alguém bateu na porta.

— Quem é? — perguntei, ainda tentando assimilar o que ele havia dito. *Ninguém mais vai me ver assim. Só você.*

Sorri.

— Serviço de quarto. Pedimos antes de você me encurralar e me usar — disse ele, então se levantou e riu quando tentei fazer uma cara feia ainda deitada na pilha de travesseiros fofos e maravilhosos.

— Pra quem tem a tal da memória superior, você parece ter se esquecido de que me acordou com uma... questão urgente.

Arqueei uma sobrancelha, lembrando a sensação das mãos dele segurando meus seios e do membro roçando minha bunda naquela manhã.

— Eu fiz isso? — Ele sorriu, preguiçoso, e eu quase derreti. Nunca me cansaria dos sorrisos de Alex. *Lamento, meu bem, mas acabou*, disse ao coitado do meu coração. *Você não me pertence mais.* — Quanta falta de consideração da minha parte.

Só percebi que estava faminta quando ele trouxe o café.

Sexo é minha modalidade esportiva preferida, pensei ao morder um croissant.

Porém, por mais incrível que tenha sido o fim de semana, no dia seguinte teríamos que voltar à realidade, e havia questões que ainda precisávamos discutir.

— Alex...

Ele suspirou e abandonou a xícara de café.

— Já sei.

— O que vamos falar pro Josh?

Não queria nem pensar na reação do meu irmão. Pensei que era melhor comprar uma armadura completa, só por precaução.

— Somos adultos. O que fazemos com nossa vida é uma decisão que só cabe a nós. — Mesmo assim, Alex fez uma careta. — Vamos conversar pessoalmente quando ele vier para o Natal.

Assenti. Tínhamos um mês para nos preparar para a conversa – embora eu não tivesse certeza de que alguma coisa pudesse nos preparar para a tempestade que Josh desencadearia quando soubesse que a irmãzinha e o melhor amigo dele estavam dormindo juntos. O que me levava à próxima pergunta.

— E o que a gente vai falar? Assim... — Peguei um morango, me odiando por tocar no assunto em um fim de semana tão glorioso, mas sabendo que precisávamos decidir nossa vida antes de mergulharmos em uma confusão de mal-entendidos e insegurança. — Somos amigos coloridos? Estamos namorando? Monogâmicos, não monogâmicos?

Alex segurou meu queixo e olhou dentro dos meus olhos.

— O que foi que eu disse, Raio de Sol? Você é minha. Não vai tocar em outro homem, a menos que queira vê-lo a sete palmos do chão, então, sim, somos monogâmicos pra caralho.

Era ruim que essas palavras tivessem me deixado tão excitada? Provavelmente, mas eu não me importava.

— Isso também vale pra você e outras mulheres — falei em um tom severo ao me lembrar de Madeline. — Por mais que elas se joguem em cima de você ou... ou pareçam supermodelos. Com quantas mulheres você já dormiu, aliás?

A mão de Alex relaxou, e a risada sombria provocou um arrepio em mim.

— Ciúmes, Raio de Sol? Gosto desse seu lado.

— Você não respondeu.

— Não tem importância. — Alex rolou para cima de mim. — Tudo que importa é que, a partir de agora, vou dormir com uma mulher só.

— Então é isso que somos? — Arfei quando ele esfregou o membro duro na minha entrada já molhada. — Parceiros de cama?

— Entre outras coisas.

Ele pegou uma camisinha do suprimento cada vez menor – tinha pedido uma caixa ontem – e segurou meus braços acima da cabeça antes de me penetrar.

— Você quer transar, a gente transa. Você quer sair, a gente sai. Quer me chamar de namorado, eu te chamo de namorada. Mas, por enquanto, me deixa cuidar dessa buceta carente, ok?

E foi o que fez.

Meus gemidos desavergonhados pairavam no ar enquanto Alex me empurrava contra o colchão e me penetrava com tanta força que as molas da cama guinchavam e a cabeceira batia na parede.

Uma sensação de formigamento desabrochou na base da minha coluna. Levei as mãos aos seios para brincar com os mamilos, ofegante. Estava perto. *Muito perto.* Ia...

O som inconveniente de um telefone interrompeu a sinfonia obscena de gemidos e grunhidos, seguido por uma voz fria.

— Alex falando.

Abri os olhos. Olhei para ele, que me encarava com uma expressão fria enquanto prestava atenção na voz do outro lado da linha. O Alex passional e divertido tinha desaparecido; em seu lugar estava o empresário controlado.

— Não. Eu posso falar. O que aconteceu com o empreendimento Wilbur?

Eu posso falar? Ele estava *dentro* de mim!

Não se movia, mas eu sentia cada centímetro da ereção enterrada entre minhas pernas.

Abri a boca para protestar, mas ele me olhou com uma expressão de alerta e apertou meu quadril, me silenciando.

— Filho da mãe — falei apenas com o movimento dos lábios, sem emitir nenhum som.

Sabia que Alex era ambicioso, mas nunca imaginei que atenderia a uma ligação de negócios no meio de uma trepada.

Pior, eu estava a um passo do orgasmo, e me contorcia enquanto ele discutia metragem de terrenos e planos de construção.

Levantei o quadril, desesperada por fricção. Seus olhos brilharam e ele me apertou com mais força, então saiu de dentro de mim. Silenciou seu lado da linha e pôs a ligação no viva-voz, depois me tirou da cama com um braço, enquanto segurava o celular com a outra mão.

— O que você tá fazendo?

Envolvi sua cintura com as pernas enquanto o homem do outro lado falava sobre leis de zoneamento.

Alex me colocou ao lado do sofá.

— Abaixa e abre as pernas.

A luxúria me invadiu ao ouvir o tom autoritário. Tremi, mas obedeci, apoiando as mãos no braço do sofá, arqueando as costas e afastando as pernas até oferecer cada centímetro de mim.

A satisfação se expandiu pelo meu ventre quando ouvi seu gemido.

O homem parou de falar, e Alex saiu do mudo para responder a uma pergunta.

Vi meu reflexo na grande janela de vidro diante do sofá. Lasciva e corada, com o cabelo bagunçado por causa da maratona de sexo e os seios soltos, cheios e pesados. Atrás de mim, Alex estava em pé, orgulhoso como um deus esculpido, com uma luxúria brutal no rosto enquanto apertava minha bunda.

Meu gemido manso se tornou um gritinho quando ele me penetrou com força suficiente para deslocar o sofá.

— Não faz barulho — avisou ele. — Essa ligação é importante.

As chamas do desejo ardiam. Eu deveria estar brava por ele tratar de negócios por telefone enquanto transava comigo, mas estava tão excitada que nem raciocinava direito. Havia algo de depravado e delicioso em transar enquanto os parceiros comerciais de Alex falavam do outro lado, sem imaginar o que acontecia.

Seus movimentos ganharam um ritmo constante e punitivo, até eu não estar mais apoiada no braço do sofá, mas em cima dele, com o quadril apoiado sobre o braço, o rosto enterrado nas almofadas, os mamilos rígidos e o clitóris inchado esfregando no tecido, enquanto ele me fodia com tanta força que meus pés saíam do chão.

Ele continuou ao telefone o tempo todo, ligando e desligando o mudo quando precisava falar. Sua voz era tranquila e regular, embora eu percebesse a respiração alterada nos momentos em que ficava em silêncio. Não tinha mais nem ideia de qual era o assunto, estava perdida demais na névoa de luxúria para decifrar palavras e frases específicas.

Um gritinho inesperado brotou da minha garganta quando ele encontrou um ponto que me fez arquear as costas.

Alex agarrou meu cabelo e puxou minha cabeça para trás até eu levantar o corpo parcialmente, enquanto a outra mão envolvia meu pescoço. Um aviso e um lembrete se fundiram em apenas uma frase. *Não faça nenhum barulho.*

Eu tentei. Tentei de verdade. Mas estava perdida – via no reflexo da janela o rosto molhado de lágrimas e os olhos vidrados. A boca aberta enquanto orgasmos sucessivos explodiam em ondas quentes de sensação. Seria possível morrer de prazer? Se fosse, era o que estava acontecendo. Eu estava morrendo um milhão de pequenas mortes, cada uma me rasgando e refazendo para a próxima, que voltava a me destruir.

Outro soluço de prazer, e Alex soltou meu cabelo para cobrir minha boca com a mão e abafar os sons.

Uma das mãos sobre minha boca, a outra no meu pescoço.

Gozei de novo, e todo meu corpo estremeceu com a intensidade da sensação.

Alex me penetrava mais forte, mais fundo. O sofá rangia – a essa altura, tinha escorregado até encostar na parede –, e percebi o silêncio no cômodo.

A ligação tinha terminado.

— Pensei que você fosse melhor em seguir ordens, Raio de Sol — disse ele com a voz sedosa. — Não falei pra não fazer barulho?

Respondi com um resmungo incoerente – minha tentativa frustrada de pedir desculpas.

— Não tem palavras? — Alex deslizou a mão do meu pescoço aos mamilos, então os apertou, provocando outro gemido. — Fodi você até destruir seu cérebro, minha puta linda?

Considerando que eu não conseguia me lembrar nem do meu nome, provavelmente.

Enquanto os minutos – e as horas – se sucediam, me perdi completamente em Alex. Em nós.

Em um doce, sujo e depravado esquecimento de todo o resto.

CAPÍTULO 25

Ava

Minhas amigas reagiram de jeitos variados ao meu novo status de relacionamento com Alex. Jules ficou eufórica, disse que sabia que ele sentia algo por mim e quis saber como era na cama. Eu me recusei a responder, mas fiquei muito vermelha, o que revelou tudo que ela precisava saber. Acho que Jules teria morrido de decepção se as habilidades de Alex no quarto não correspondessem à promessa que sua aparência arrasadora e presença intimidadora declaravam. Para minha sorte, correspondiam bastante.

Stella ficou preocupada. Feliz por mim, mas preocupada. Ela me aconselhou a ir com calma e não mergulhar de cabeça, não me apegar depressa demais. Não tive coragem de dizer que era tarde demais para isso. Não para a parte do "depressa demais", talvez, já que Alex Volkov havia roubado meu coração pouco a pouco ao longo dos anos, antes mesmo de eu pensar que gostava dele, mas mergulhar de cabeça? Meu coração estava em queda livre.

Bridget foi neutra. Talvez princesas fossem inerentemente mais diplomáticas, por isso ela não disse nada, só que, se eu estava feliz, ela também estava.

O espectro de Josh pairava ao fundo. Tinha ficado tão nervosa na última chamada que ele quis saber o que estava acontecendo. Dei a desculpa de que estava com cólica, e ele não perguntou mais nada. O período menstrual era um saco, mas sempre funcionava como arma quando homens faziam perguntas demais.

Mas naquele dia eu tinha outro membro da família em mente.

Acenei para me despedir de Bridget e Booth, que haviam me levado de carro para a casa do meu pai, a uma hora e meia de Hazelburg, para eu não ter que pegar trem nem ônibus, e destranquei a porta da frente. A casa cheirava a desodorizador de ar com essência de pinho e meus tênis rangiam na madeira do assoalho enquanto eu procurava por meu pai.

Ele faria aniversário na terça-feira. Como eu teria aula, trabalho e uma sessão de fotos, decidi surpreendê-lo antes com seu bolo favorito da Cake & Crumble.

Ouvi um barulho na saleta e, quando entrei, encontrei meu pai debruçado sobre papéis espalhados pela mesa de canto.

— Oi, pai.

Deslizei a alça da bolsa do ombro e a deixei cair no chão.

Ele levantou a cabeça, surpreso.

— Ava. Não sabia que vinha pra casa nesse fim de semana.

Michael Chen não era um homem de beleza convencional, mas sempre o achei bonito do jeito como as garotinhas sempre acham o pai bonito. Cabelo preto com fios grisalhos nas têmporas, ombros largos e poucos fios de barba crescendo no queixo. Usava uma camisa polo listrada e calça jeans, seu traje favorito, e óculos de armação de arame.

— Não vim. Quer dizer, não pra passar o fim de semana. — Sorri, meio sem jeito. — Vim te dar um abraço de aniversário adiantado. — Deixei a caixa do bolo em cima da mesa. — É uma pena Josh e eu não podermos estar aqui no dia do seu aniversário, mas trouxe o cheesecake da C&B, seu favorito.

— Ah. Obrigado.

Ele olhou para a caixa, mas não a tocou.

O silêncio me deixou inquieta.

Nunca fomos muito bons de conversa. Felizmente, tínhamos Josh para preencher o tempo com histórias sobre a faculdade de medicina, esportes e sua última aventura radical. Pular de paraquedas, bungee jump, tirolesa – ele fazia de tudo.

Mas Josh estava na América Central, e percebi que meu pai e eu tínhamos muito pouco a dizer um ao outro. Quando tinha sido a última vez que havíamos tido uma conversa real e honesta?

Provavelmente a última fora quando eu tinha catorze anos e ele havia me posto sentada e explicado o que acontecera com minha mãe.

— Não entendo. — Meu rosto se contorceu em confusão. — Você me disse que a mamãe morreu de uma doença cardíaca.

Eu não me lembrava da minha mãe. Não me lembrava de nada antes do blecaute, nada além de cenas breves que me passavam pela cabeça em momentos imprevisíveis – um trecho de uma canção de ninar cantada por uma voz atormentada, barulho de água seguido de gritos e gargalhadas, o ardor de um joelho esfolado em um tombo de bicicleta. Vislumbres do passado que eram pequenos e fragmentados demais para significar alguma coisa.

E também havia os pesadelos, mas eu tentava não pensar nisso fora da terapia, e apenas porque era necessário. Phoebe, minha terapeuta, acreditava que falar sobre eles era a chave para trazer à tona as lembranças reprimidas. Eu não era psiquiatra como ela, mas às vezes sentia vontade de dizer que talvez eu ficasse melhor sem me lembrar de nada. Meu cérebro reprimiu as lembranças por um motivo, e nada de bom poderia resultar da recuperação desses momentos de horror ao presente.

Em outras ocasiões, eu queria desenterrar com as próprias mãos essa chave perdida na minha mente distorcida e destrancar a verdade de uma vez por todas.

Meu pai apoiou as mãos nos joelhos e se inclinou para a frente com uma intensidade que me deixou nervosa.

— Isso não é verdade, não completamente — disse ele com uma voz profunda. — Falamos isso porque a gente não queria te deixar triste, mas agora Phoebe e eu decidimos que você tem idade para saber a verdade.

Meu coração batia mais depressa. Meu coração sabia. Uma tempestade se aproximava, e a chuva molharia toda a vida que eu conhecia.

— Que... que verdade?

— Sua mãe morreu de overdose. Ela... um dia ela tomou muitos comprimidos e sofreu uma parada cardíaca.

Engraçado. Meu coração também parou. Apenas por um ou dois segundos, não o suficiente para me matar. Não como tinha matado minha mãe.

Porque "parada cardíaca" era só um eufemismo para "morreu", e "tomou muitos comprimidos" era um eufemismo para "cometeu suicídio".

Meu lábio inferior tremeu. Enterrei as unhas nas coxas até deixar marcas na pele.

— Por que ela faria isso?

Por que deixaria Josh e eu? Ela não nos amava? A gente não era suficiente?

Os pais deviam estar presentes na vida dos filhos, mas ela escolheu o caminho mais fácil e foi embora.

Eu sabia que era injusto, sabia que não tinha ideia do que ela havia enfrentado, mas isso só me deixava mais enfurecida. Não só não tinha minha mãe como também não tinha sequer lembranças dela. Não era culpa dela, mas eu a culpava mesmo assim.

Se ela estivesse aqui, poderíamos ter construído novas lembranças, e a ausência das antigas não seria tão importante.

Meu pai passou a mão no rosto.

— Ela não deixou uma carta. — *Óbvio que não, pensei, amargurada.* — Mas imagino que se sentisse... culpada.

— Por quê?

Ele fechou os olhos.

— Por que, pai?— *perguntei, mais alto dessa vez.*

O sangue corria pelas minhas veias provocando um rugido nos meus ouvidos tão alto que quase não ouvi a resposta.

Quase.

Mas ouvi e, quando registrei as palavras, senti o sabor do veneno de sua verdade. Meu coração desabou.

— Pelo que aconteceu no lago quando você tinha cinco anos. Você quase se afogou. E foi ela quem te empurrou.

Respirei fundo. Meus pulmões clamavam por oxigênio.

Naquele dia, no meu quarto, meu pai destruíra meu mundo. Foi por isso que fiquei tão feliz quando saí de casa para ir para a faculdade. Odiava a lembrança daquela conversa e como as palavras do meu pai tinham impregnado as paredes. Cochichavam para mim a cada vez que eu percorria os corredores, me atormentavam, transformavam meu passado em verdades do presente.

Sua mãe não amava você. Sua mãe tentou te matar.

Tentei conter as lágrimas repentinas e forçar um sorriso. Os sorrisos me carregavam nos momentos difíceis. Havia lido na internet que o ato físico de sorrir – mesmo quando se está infeliz – pode melhorar o humor por enganar o cérebro e induzi-lo a produzir hormônios indutores de felicidade. Então passei a adolescência sorrindo o tempo todo. As pessoas deviam achar que eu era louca, mas era melhor que mergulhar em uma escuridão tão profunda da qual eu talvez nunca tivesse conseguido sair.

Quando sorrir por conta própria ficou difícil, comecei a procurar motivos para ficar "feliz", como a beleza de um arco-íris depois da chuva, o sabor doce de um cookie perfeito ou fotos maravilhosas de cidades iluminadas e paisagens épicas pelo mundo. Funcionava... na maior parte do tempo.

— ... do bolo?

A voz do meu pai me arrancou da viagem pelas lembranças.

— Desculpa, não ouvi. O que você disse?

Ele arqueou uma sobrancelha.

— Quer um pedaço do bolo? — repetiu.

— Ah, hm, é claro.

Ele pegou a caixa e fomos para a cozinha em silêncio. Ele cortou fatias e comemos em silêncio.

Desconfortável com D maiúsculo.

Queria entender o que havia dado errado entre nós. Meu pai nunca tinha dificuldade para conversar e rir com Josh. Por que agia de um jeito tão estranho comigo? E por que eu me sentia tão pouco à vontade com ele? Era meu *pai*, mas nunca havia conseguido me abrir por completo com ele.

Ele pagou minhas contas, me deu comida e me abrigou até eu ir para a faculdade, mas Josh foi minha verdadeira tábua de salvação ao longo dos anos; era meu irmão que eu procurava sempre que queria conversar sobre o dia ou quando tinha problemas – com a escola, com os amigos ou, para desespero dele, com os garotos.

Era mais que o fato de meu pai ser uma figura de autoridade e Josh ser mais próximo da minha idade. Eu não tinha problemas para me conectar com professores e pais de amigos.

Era outra coisa. Algo que eu não conseguia nomear.

Talvez fosse apenas a natureza dos pais asiáticos de uma determinada idade. Não faz parte da nossa cultura demonstrar afeto abertamente. Não dizemos "te amo" nem nos abraçamos o tempo todo, como na família de Stella. Pais chineses demonstram amor por meio de gestos, não de palavras – trabalhando duro para sustentar os filhos, preparando a comida e cuidando quando eles ficam doentes.

Cresci sem enfrentar nenhuma carência material, e meu pai pagava as mensalidades na Thayer, o que não era pouco. Não, ele não aprovava minha carreira de fotógrafa, e tive que comprar meu equipamento sozinha. E, sim, Josh era o favorito, provavelmente por causa de outra questão cultural – essa preferência profunda pelos filhos em detrimento das filhas. Mas, no geral, eu tinha sorte. Deveria ser grata.

Mesmo assim, seria ótimo se a gente conseguisse manter uma conversa normal sem silêncios incômodos.

Peguei um pedaço de bolo, pensando se alguma outra comemoração antecipada de aniversário teria sido tão patética quanto aquela, e senti um arrepio.

Levantei a cabeça, e o arrepio se transformou em pequenos tremores.

Aí está.

Talvez por isso eu nunca tivesse me aberto com meu pai. Às vezes o surpreendia olhando para mim daquele jeito.

Como se não me conhecesse.

Como se me odiasse.

Como se tivesse medo de mim.

CAPÍTULO 26

Ava

— NÃO É SEGURO.

Bridget olhou, fria, do alto de seu um metro e setenta e cinco para o homem de cabelo escuro que a encarava de cara feia. Corajoso, considerando que ela era a princesa, e ele, o guarda-costas, mas Rhys Larsen não era Booth, o que ficou claro assim que ele chegara em Hazelburg para assumir a tarefa de Booth.

Havíamos organizado uma grande festa de despedida para Booth no Crypt e rezado para que o novo guarda-costas de Bridget fosse tão legal quanto ele.

As preces não foram atendidas.

Rhys era carrancudo, azedo e arrogante. Irritava Bridget, o que era inusitado, uma vez que ela nunca perdia a calma. Nos últimos sete dias, eu a tinha visto à beira dos *berros*. Fiquei tão chocada que quase derrubei a câmera.

— O Festival de Outono é uma tradição anual — disse ela em um tom altivo. — Compareci à celebração nos últimos três anos e não pretendo parar agora.

Os olhos cinzentos de Rhys cintilaram. Ele era um pouco mais jovem que Booth – devia ter uns trinta e poucos anos, com cabelos grossos e pretos, olhos cor de chumbo e uma estrutura larga e musculosa que se impunha sobre a elegância das pernas longas de Bridget, mesmo quando ela usava sapatos de salto. A barba criava uma sombra escura em seu queixo, e uma pequena cicatriz irregular marcava a sobrancelha esquerda. Sem isso, ele seria bonito a ponto de se tornar desconcertante; com isso, ainda era, mas também parecia perigoso. Mais ameaçador.

Uma boa característica para um guarda-costas, supus.

— É uma questão de controle de grupo. — Sua voz retumbou no interior do carro, profunda e autoritária, embora ele fosse empregado de Bridget, tecnicamente. — Muita gente, espaço apertado.

Stella, Jules e eu permanecemos sabiamente quietas enquanto Bridget o enfrentava, pau a pau.

— É um evento universitário. Vai ter muita gente, sim, e eu nunca tive problemas com isso antes. Metade dos convidados nem sabe quem eu sou.

— Basta uma pessoa — argumentou Rhys em um tom controlado. — Um olhar, e sei que o festival não respeita a lotação máxima da casa.

— Isso é ridículo. Não vou entrar em uma zona de guerra, vai menos gente do que em um evento esportivo. Ninguém nunca disse que eu não poderia assistir a um *jogo*.

— As medidas de segurança e leiaute em uma arena esportiva são...

— Chega. — Bridget estendeu a mão. — Eu me recuso a ficar trancada em casa como uma princesa presa na torre no meu último ano de faculdade. Eu vou, e você pode ficar no carro ou entrar comigo.

Ela abriu a porta e saiu sem olhar para trás.

As narinas de Rhys dilataram, mas ele a seguiu um segundo depois, atento, os olhos se movendo o tempo todo à procura de perigo.

Jules, Stella e eu fomos atrás.

O Festival de Outono era um dos eventos mais aguardados do ano. Comerciantes locais montavam tendas para vender comida e produtos da estação a preços especiais para os estudantes – chocolate quente delicioso e donuts de cidra, tortas de abóbora e sanduíches de carne de porco desfiada. Havia jogos clássicos e atividades do tipo pegar maçãs da água com a boca, leitura de tarô e – por estarmos em uma universidade – um trailer em que alunos e ex-alunos se reuniam para beber até não aguentar mais.

Rhys estava certo – havia mais gente do que o esperado, mas não era nada comparado às festas que já tínhamos frequentado antes. Eu entendia a preocupação dele, mas concordava com Bridget sobre ser um *pouquinho* exagerado.

Bridget o ignorou enquanto comíamos e nos divertíamos com as atividades oferecidas. O Festival de Outono era um alívio necessário no meio do estresse provocado pelas provas de meio de período e pelos exames finais, e em geral nos divertíamos muito.

— Ele tá me deixando maluca — falou Bridget um pouco depois em voz baixa. Ela bebia um chocolate quente com expressão melancólica. — Sinto falta de Booth.

Olhei para trás. Rhys nos seguia com um ar impassível. Ou não havia ouvido o comentário, ou tinha a melhor cara de paisagem do mundo.

Eu apostava na segunda alternativa. Tinha a sensação de que havia pouca coisa que Rhys Larsen não via, ouvia ou notava.

— É a primeira semana dele. — Stella tirou uma foto do drinque antes de prová-lo. — Booth estava com você há anos. É normal que Rhys seja mais superprotetor. Dá um tempo pra ele.

— É, talvez. — Bridget suspirou. — Não sei como Nik aguenta. Ele tem o dobro da segurança que eu tenho porque é o príncipe coroado e muita coisa depende dele. — Então balançou a cabeça. — Fico feliz por ser a segunda na linha de sucessão.

— Quer dizer que você não quer governar, Majestade? — brinquei. — Pode se tornar uma rainha e ter seu rosto estampado em um selo.

Bridget deu risada.

— Não, obrigada. Por mais tentador que seja um selo com meu rosto estampado, prefiro ter alguma liberdade. — Olhou contrariada na direção de Rhys. — A menos que meu guarda-costas tenha outras ideias.

— Ele é rigoroso, mas pelo menos é uma delícia — cochichou Jules. — Nenhuma ofensa a Booth, mas *uau*.

Ela se abanou.

— É só nisso que você pensa? — perguntou Bridget, claramente dividida entre o humor e a frustração.

Uma sombra perpassou o rosto de Jules, então desapareceu.

— Na maior parte do tempo. Gosto de pensar em coisas agradáveis. Falando nisso... — Ela olhou para mim. — E o garotão fogoso?

Revirei os olhos e senti um rubor se espalhar pelo rosto.

— Não fala assim dele. Mas tá ocupado administrando uma empresa. Não tem tempo pra eventos universitários.

— Certeza? — interrompeu Stella, depois levantou o queixo apontando algo atrás de mim.

Virei para deparar com Alex e meu coração foi à garganta. De suéter de casimira azul-marinho e jeans, fazia um estilo sofisticado em meio a estudantes bêbados e professores desleixados.

Não consegui me segurar, corri e pulei no seu pescoço.

— Pensei que tivesse que trabalhar!

— Saí mais cedo. — Ele beijou minha boca, e suspirei de prazer. — Estava com saudade do Festival de Outono.

— Sei. Óbvio que é disso que tá com saudade — provocou Jules.

Minhas amigas olhavam para a gente fascinadas, e percebi que era a primeira vez que nos viam juntos como um... casal? Não sabia que nome dar ao nosso relacionamento. "Casal" soava corriqueiro demais, mas acho que éramos isso, sim.

Saíamos juntos, conversávamos a noite inteira e fazíamos um sexo louco e explosivo. Alex Volkov e eu éramos um casal.

Senti um arrepio de excitação.

Alex ficou com a gente até o fim do festival. Recusou o convite para participar da maioria dos jogos, mas o convencemos a tirar fotos no estande com tema de abóbora.

— Reparou que essas são as primeiras fotos que a gente tem junto? — Acenei triunfante para ele com as Polaroids. — Se não pendurar na parede da sua sala, vou ficar ofendida.

— Não sei, você não combina com a minha decoração — respondeu ele, tranquilo.

Dei um tapa no seu braço, o que o fez dar uma rara gargalhada. Stella ficou tão chocada que quase se engasgou com o chocolate quente.

Era uma tarde perfeita: comida boa, clima ótimo, boa companhia. O único problema foi quando Alex se machucou em algo saliente em uma das barracas. O corte fez o sangue brotar e escorrer pelo seu dedo.

— Tudo bem. É só um arranhão — disse ele.

— Você tá sangrando. — Pus as mãos na cintura. — Temos que limpar o ferimento e fazer um curativo. Vamos.

Meu tom não admitia oposição.

Ele não andaria por aí com sangue pingando da mão. E se o corte infeccionasse?

Alex sorriu.

— Sim, senhora.

Bufei ao ouvir o tom debochado – ele estava *sangrando* – e o levei à enfermaria do campus, onde o auxiliar, um estudante com ar entediado, nos deu gaze e Band-Aid.

Lavei o corte em água corrente no banheiro e o sequei com a gaze.

— Fica quieto. — Joguei a gaze na lata de lixo e abri o Band-Aid. — Devia ter mais cuidado. Tem sorte por não ter sido um ferimento mais grave. Onde estava com a cabeça?

Levantei a cabeça e vi que Alex me encarava com um sorrisinho.

— Que foi?

— Você fica bonitinha quando tá preocupada.

Comprimi os lábios, tentando conter um sorriso.

— Não tenta bancar o fofo pra escapar do problema.

— Vou ter problemas?

Ele fechou a porta com o pé e a trancou com a mão livre.

Minha pulsação acelerou.

— Vai.

— Acha que estou bancando o fofo?

Assenti de leve.

Alex me pôs sentada na pia.

— É melhor a gente resolver as duas coisas, então.

Mordi o lábio quando ele levantou meu vestido até o peito e mordeu um mamilo através da renda do sutiã.

— Alex, estamos na enfermaria da universidade — falei, apavorada, querendo que ele parasse e que continuasse.

Estava todo mundo do lado de fora, no festival, então a enfermaria estava vazia, mas a recepcionista estava do outro lado da porta, a alguns metros, e as paredes finas eram tudo, menos à prova de som.

— Eu sei.

Ele puxou meu sutiã para o lado com os dentes e se dedicou aos meus seios, enquanto a mão sem curativo deslizava para a área entre minhas pernas. Eu já estava molhada, com as coxas úmidas. Ele me levava à loucura com a mão e a boca. A ereção pressionava minha perna, grossa e dura como um cano de aço, mas, quando tentei tocá-la, Alex afastou minha mão.

— Espero que não seja apegada à sua lingerie — disse.

Franzi a testa.

— O que...

O som de tecido rasgando respondeu à pergunta que nem cheguei a fazer.

A boca de Alex se curvou em um sorriso malicioso diante da minha expressão chocada.

— Já sabemos que você costuma gritar. Abre a boca.

Minha resistência desapareceu.

Abri a boca, e ele enfiou minha calcinha nela, abafando meus gemidos. Arrepiei ao sentir a umidade da minha excitação.

Eu pulsava tão excitada que não conseguia enxergar direito. Havia algo de muito erótico em saber que alguém poderia me possuir a qualquer momento.

Alex voltou a dar atenção aos meus seios enquanto deslizava um, depois dois dedos para dentro de mim. Segurei seu cabelo, puxando com tanta força que devia ter doído, mas, se doeu, ele não demonstrou.

Alex levantou a cabeça e me encarou com olhos abrasivos.

— Isso mesmo, Raio de Sol — murmurou ele, afundando os dedos em mim. O som obsceno dos dedos entrando e saindo do meu corpo criava uma sinfonia erótica que intensificava a excitação. Eu cavalgava sua mão sem nenhuma vergonha, a saliva escorria pelos cantos da minha boca, e eu gritava em torno da mordaça improvisada. — Goza pra mim como uma putinha.

Gozei. Forte, depressa e sem fim, elevada por uma explosão de prazer.

Quando finalmente voltei à Terra, percebi que ele tinha desabotoado a calça e segurava o pau. Não demorou muito para ele explodir, jorrar jatos quentes e densos nas minhas coxas.

— Não — falou quando ameacei me limpar. Ele tirou a calcinha rasgada da minha boca e a pôs no bolso com movimentos eficientes, precisos. — Quero que ande por aí com minha porra no corpo pra todo mundo saber a quem você pertence.

O calor queimou minhas bochechas.

— Alex — sussurrei —, não posso andar por aí sem calcinha e... e...

— Pode e vai. Seus dedos tocaram minhas coxas, onde o esperma já secava. — Quanto mais depressa obedecer, mais rápido podemos ir pra casa, onde você pode tomar banho. Com ajuda — acrescentou com um sorriso perverso.

— Você é maluco.

Mas fiz o que ele mandou, abaixei o vestido e arrumei o cabelo. Não consegui encarar a recepcionista quando saímos. Ela devia saber o que tínhamos acabado de fazer porque ninguém demorava tanto para pôr um curativo.

O vento acariciou minha pele nua quando nos juntamos às minhas amigas, e dei um pulinho, assustada, o que me rendeu um sorriso de Alex e olhares intrigados de todas.

— Tudo bem? Parece agitada — comentou Stella.

— Tudo — respondi com uma nota aguda. — Só, ah, com um pouco de frio. — Enquanto as outras se distraíam com o início do campeonato de comedores de torta, bati no braço de Alex. — Você vai me pagar.

— Mal posso esperar.

Revirei os olhos, mas não conseguia ficar brava com ele, especialmente porque uma parte de mim adorava sentir-se pervertida andando por aí daquele jeito.

— Tenho uma pergunta séria — falei, vendo dois formandos devorando tortas de abóbora. — O que vai fazer no Dia de Ação de Graças?

— Acho que vou comer peru em algum lugar — respondeu ele, casualmente.

— Quer... ir passar o fim de semana na minha casa? Já que seu tio não comemora... Não que você tenha que ir — acrescentei, depressa.

— Raio de Sol, eu passei todos os dias de Ação de Graças dos últimos anos com a sua família.

— Eu sei, mas esse ano Josh não tá aqui, e eu não queria ser inconveniente. Quer dizer, conhecer o pai...

Alex parecia se divertir.

— Eu já conheço seu pai.

— Verdade. Mas... — Hesitei. — Acho que não importa. Não podemos contar pra ele que estamos namorando antes de contarmos pro Josh, mas não seria estranho aparecermos juntos? Os pais têm um radar esquisito pra detectar mentiras. E se ele...

— Ava. — Alex pôs as mãos nos meus ombros. — Quer que eu passe o Dia de Ação de Graças com você?

Assenti.

— Então é o que eu vou fazer. Não pensa demais.

— Disse o cara que tá sempre pensando demais — resmunguei, mas sorria.

CAPÍTULO 27

Ava

Minha família sempre comemorava o Dia de Ação de Graças com um toque chinês. Em vez de peru e purê de batatas, comíamos pato assado, arroz, bolinhos e sopa de bolo de peixe. Naquele ano, os pratos eram os mesmos, mas, sem Josh, o jantar se resumiu a duas horas de silêncio e desconforto. Alex e meu pai tiveram algumas conversas breves sobre futebol e trabalho e foi isso. Acho que meu pai estava estressado com algo relacionado ao escritório. Mais irritado que o de costume.

Também suspeitava de que ele não gostava muito de Alex. O que era uma surpresa, considerando o quanto valorizava pessoas inteligentes e bem-sucedidas e que Alex era a personificação da inteligência e do sucesso. Sempre atribuí essa antipatia ao fato de Alex não ser tão bajulador quanto os pais chineses esperavam – palavras lisonjeiras estavam fora de questão. Além disso, tinha quase certeza de que meu pai sabia que havia algo entre mim e Alex, embora não dissesse nada.

— Ele sabe — sussurrei quando meu pai foi ao banheiro. — Juro, ele sabe.

— Não sabe. Se souber, não tem provas, e não vai falar nada pro Josh. Você tá de folga esse fim de semana.

— Não existe fim de semana pra universitários.

Eu podia estar em recesso, mas precisava estudar para as provas finais e terminar a inscrição para a bolsa de estudos. Estava tudo pronto, faltavam apenas alguns parágrafos da apresentação pessoal. Incluí as fotos que tirara de Alex no portfólio, mas ainda não tinha contado. Era um dos meus melhores trabalhos, mas não queria dizer nada antes de ter o retorno do comitê da WYP. Não queria atrair mau-olhado.

— Pena que não vamos dormir no mesmo quarto. — Os olhos de Alex cintilaram. — Eu poderia ajudar a aliviar esse estresse todo.

Dei risada.

— Você só pensa nisso?

Mas eu não era muito melhor. Também queria dormir no mesmo quarto que Alex – especialmente ali, naquela casa, onde os pesadelos eram sempre mais sombrios. Mas, como meu pai não sabia sobre nosso relacionamento, Alex passaria a noite no quarto de hóspedes.

— Só quando estou perto de você.

Embora meu pai parecesse mais estressado, Alex estava mais relaxado que nunca nos últimos tempos. Sorrindo, rindo... até fazia piada de vez em quando. Eu gostava de pensar que tinha alguma participação nisso. Ainda fazia as aulas de krav magá com Ralph, e Alex ainda me dava aulas de natação – agora o pânico era menor e menos frequente que no começo –, e, depois de tudo que ele havia feito por mim, eu queria ajudá-lo também. Alex se mostrava invencível e irredutível, mas todo mundo, por mais forte que fosse, precisava de um pouco de carinho e atenção.

— Alex Volkov, quando se tornou tão meloso? — provoquei.

Ele estendeu a mão para mim assim que meu pai entrou na sala de jantar. Ficamos sérios e mantivemos uma distância segura durante o restante da noite, mas as sobrancelhas erguidas de meu pai confirmaram minha suspeita. Ele sabia.

Eu não conseguia respirar. A mão apertava meu pescoço e eu me debatia, sacudindo braços e pernas na tentativa de me soltar.

— Para — tentei dizer. — Por favor, para.

Mas não consegui. A mão apertava demais.

Lágrimas turvavam minha visão. O nariz escorria.

Eu estava morrendo. Morrendo... morrendo...

Acordei arfando. Os lençóis molhados de suor escorregaram do meu corpo. Olhei em volta, apavorada, com a certeza de que depararia com um invasor. Sombras profundas se apinhavam nos cantos, e um raio sobrenatural de luz prata da lua atravessava as cortinas de renda branca que tremulavam na janela.

Mas não havia nenhum invasor.

— Foi um sonho — murmurei, e minha voz foi como um tiro no silêncio. — Só um sonho.

Diferente dos que eu costumava ter. Eu não estava embaixo d'água. Não gritei. Mas estava apavorada, mais do que havia me sentido em muito, muito tempo.

Porque meus sonhos nunca eram só sonhos – eram lembranças.

Sempre tinha "sonhos" piores em casa. Talvez por causa do lago dos fundos. Um diferente do que havia na casa da minha mãe antes de ela morrer, mas um lago.

Queria que minha família não gostasse tanto de lagos.

Olhei para o relógio digital e os dedos gelados do medo deslizaram pelas minhas costas quando vi o horário: 4h44. De novo.

Queria atravessar o corredor correndo e me jogar nos braços de Alex. Com ele, eu estava segura. Os pesadelos tinham se tornado menos frequentes e intensos desde que a gente havia começado a dormir juntos toda noite – eu aninhada junto ao corpo dele, os braços dele me envolvendo em um abraço protetor. Queria que a insônia dele fosse curada, queria que tivesse a paz e o descanso que merecia toda noite, mas uma partezinha de mim, envergonhada, gostava de saber que Alex ficava acordado cuidando de mim nas longas horas entre o crepúsculo e o amanhecer.

Ele devia estar acordado, mas me obriguei a ficar quieta para o caso de não estar. Não queria correr o risco de interromper as duas ou três preciosas horas de sono que Alex conseguia.

Puxei as cobertas de volta e tentei dormir mais um pouco, mas minha pele coçava e algo me chamava além das paredes. Resisti até não aguentar, até a escuridão se dissolver no amanhecer.

Eram 7h02. Uma hora mais respeitável para sair da cama, em vez de 4h44.

Vesti uma calça de ioga e uma blusa de moletom, calcei botas forradas de pele e atravessei a casa na ponta dos pés em direção ao quintal. O ar tinha um cheiro fresco e limpo, e uma névoa fina pairava sobre o lago, envolvendo o cenário em mistério.

A coceira se tornou mais intensa. O chamado soou mais alto.

Fui em direção ao lago, as botas amassando os pedregulhos da área da churrasqueira que meu pai havia construído para as reuniões de verão. Gotas de orvalho salpicavam a mobília da área de bosque, agora vazia, e a churrasqueira parecia triste e solitária, inútil até o fim de semana do Memorial Day.

Minha respiração formava nuvenzinhas no ar. Estava mais frio do que eu esperava, mas não parei até alcançar a beira do lago – perto o bastante para sentir o cheiro da terra úmida sob meus pés.

Era a primeira vez que me lembrava de visitar o lago.

Fugia dali quando era mais nova, nunca passava da área da churrasqueira. Mesmo assim, ficava tão nervosa que inventava uma desculpa no meio das festas e ia ao banheiro para recuperar o controle.

Não sabia o que tinha me feito ir até ali naquela manhã, mas o canto de sereia da água me envolveu, me chamou para mais perto, como se tentasse me contar um segredo.

Depois das aulas com Alex, eu lidava melhor com a água, mas um arrepio de desconforto ainda me percorreu quando pensei na profundeza do lago diante de mim.

Respira fundo. Tá tudo bem. Você está em terra firme. O lago não vai te arrastar...

O alarme de um carro disparou ao longe. Eu me assustei e esqueci todas as técnicas de relaxamento enquanto meu pesadelo se desenrolava em plena luz do dia.

Peguei outra pedrinha do chão. Lisa e plana, do tipo que provocaria ondinhas bonitas. Levantei o braço para jogá-la, mas senti um cheiro de flores – o perfume da mamãe – e me distraí.

Errei a mira e a pedrinha caiu no chão, mas não me importei. Mamãe estava de volta! Agora podíamos brincar.

Eu me virei, sorrindo, um sorriso com uma grande janela – meu dente da frente tinha caído na semana anterior, e encontrei uma nota de cinco dólares que a fada do dente tinha deixado embaixo do meu travesseiro na noite seguinte, o que foi muito legal –, mas não consegui terminar o movimento antes de ela me empurrar. Caí para a frente e para baixo, do alto do deque, e meu grito foi engolido pela água que envolveu meu rosto.

— Ava? — A voz preocupada do meu pai me tirou do transe. — O que você está fazendo aqui?

Esqueci. Ele vinha aqui toda manhã para se exercitar, com chuva ou com sol. Era religioso com sua rotina matinal.

Eu me virei, tentando escapar das imagens que surgiam na minha mente, mas elas não sumiam. Velhos pesadelos. Novas revelações.

Não. Não, não. Nãonãonãonãonãonão.

O brasão do anel de ouro do meu pai brilhou à luz do dia, e eu olhei para seu rosto.

Então gritei.

CAPÍTULO 28

Alex

ALGUMA COISA ESTAVA ERRADA.

Senti no meu âmago enquanto atravessávamos o portão de casa. Meu sexto sentido soava um alerta.

Ava olhava para a frente, pálida, com os olhos vidrados. Estava assim desde a manhã seguinte ao jantar de Ação de Graças, quando o pai a encontrou perto do lago, e ela gritou tão alto que me acordou de um dos meus raros períodos de sono. Corri para fora pensando em todos os cenários horríveis possíveis, enquanto me amaldiçoava por tê-la deixado sozinha. Por não ter estado presente quando ela precisava.

Mas a encontrei segura e ilesa – fisicamente, pelo menos – enquanto o pai tentava acalmá-la. Linhas de preocupação marcavam o rosto de Michael ao presenciar a filha tremendo como uma folha ao vento, o rosto lavado por lágrimas. Ela se recusou a nos contar qual era o problema, e só horas mais tarde confessou que tinha surtado por estar muito perto do lago. Que não sabia por que tinha ido até lá, mas que a fobia de água a dominara.

Conversa fiada.

Ava já entrava na piscina sem a parte do pânico e manteve a calma quando visitamos outros lagos. Não, alguma outra coisa a havia apavorado a ponto de ela ter gritado até derrubar a casa, e, quando eu descobrisse o que tinha sido, iria atrás disso até o fim do mundo e destruiria com minhas próprias mãos.

Eu a levei para dentro de casa, onde a acomodei no sofá embaixo de um cobertor e fui preparar uma bebida quente. O aquecedor tinha ficado desligado desde que saíra para passar o fim de semana fora e, até que o ar quente se espalhasse, a casa continuaria congelante.

— Chocolate quente com leite de aveia e três marshmallows. — Mantive a voz baixa ao entregar a bebida a Ava. — Do jeito que você gosta.

— Obrigada.

Ela segurou a caneca com as duas mãos e olhou para os marshmallows boiando no líquido, mas não bebeu.

Normalmente, já teria esvaziado metade da caneca. Adorava chocolate quente. Era sua parte favorita do inverno.

Segurei seu queixo e virei seu rosto para o meu.

— Fala quem ou o que tenho que matar. O que aconteceu na casa do seu pai?

— Já disse, nada. Foi só o lago. — Ava forçou um sorriso trêmulo. — Você não pode matar um lago.

— Vou drenar cada lago e oceano do mundo, se precisar.

Uma lagrimazinha de cristal transbordou do seu olho.

— Alex...

— É sério. — Desfiz a lágrima com o polegar. Meu coração batia acelerado, um animal furioso que mostrava os dentes diante da inquietação de Ava e da ideia de que algo no mundo havia se atrevido a machucá-la. *Hipócrita*, sussurrou minha consciência. *Hipócrita cruel, egoísta. Olhe-se no espelho. Pense nas coisas que você fez*. Rangi os dentes e ignorei a voz que me assombrava. — Eu faria isso por você. — Beijei o lugar onde a lágrima estivera pouco antes. — Faria qualquer coisa por você. Por mais pervertida ou impossível que fosse.

Um arrepio percorreu seu corpo.

— Eu sei. Confio em você. Mais que em qualquer pessoa no mundo.

Se ela soubesse, provocou minha consciência. *Se ela soubesse que tipo de homem você é. Não o tocaria nem com uma vara de três metros, jamais confiaria em você.*

Cala a boca.

Ótimo. Agora eu tinha conversas silenciosas com uma voz imaginária.

Como os poderosos costumam cair.

— Não sei nem se é... se é verdadeiro — cochichou Ava. — Posso ter imaginado.

Meus dedos ficaram brancos enquanto apertavam o joelho.

— Imaginado o quê?

— Eu... — Ela engoliu em seco, os olhos atormentados. — Minhas lembranças da infância. Voltaram.

A confissão me atingiu como um trem de carga, me ofuscou.

Era a última coisa que esperava ouvir.

Lembranças reprimidas costumam ser resultado de um evento traumático e podem ressurgir se a pessoa depara com um gatilho – um som, um cheiro ou um acontecimento. Mas Ava estava em casa, na mesma onde sempre morara. O que havia acontecido durante o feriado de Ação de Graças que poderia ter representado um gatilho? O lago?

— Certo. — Mantive a voz calma e neutra. Tranquilizadora. — Do que você se lembrou?

Os ombros de Ava tremeram.

— Não me lembrei de tudo. Mas lembrei do dia... do dia em que quase morri.

Todo meu corpo esquentou, depois esfriou. *Quase morri.* Se ela tivesse morrido, se não estivesse mais neste mundo...

A corda invisível apertou meu pescoço e uma gota minúscula de suor escorreu pela minha nuca.

Sua experiência de quase morte não era minha culpa. Aconteceu antes de nos conhecermos, mesmo assim...

Minha respiração ficou mais rasa.

— Eu estava brincando perto do lago. — Ela umedeceu os lábios. — Tinha um deque que ia até lá no meio. Meu pai o destruiu depois do Incidente, como eu costumo chamar, mas a gente sempre ia lá antes do divórcio. Meu pai saiu de casa, e minha mãe entrou em depressão. Foi uma separação muito difícil, pelo que entendi ao longo dos anos, e agora me lembro de todos os gritos e ameaças. Era nova demais pra entender por que envolvia tanto rancor; só sabia que estavam bravos. Tão bravos que às vezes eu achava que iam se matar. Minha mãe parou de me levar pra brincar no lago, até que um dia... levou. A gente estava brincando no deque e o filtro solar acabou. Ela era doida por filtro solar, dizia que era a melhor coisa que podíamos fazer pela pele, e me fez prometer que eu ficaria quietinha enquanto ela ia buscar mais filtro dentro de casa. Seriam poucos minutos.

Ava deslizou o dedo pela borda da caneca, e seus olhos adquiriram aquela distância que me dizia que estava perdida em memórias reprimidas.

— Eu obedeci. Fiquei quieta. Fiquei olhando os peixes, jogando pedras na água... adorava as ondinhas que criavam. Esperei minha mãe voltar pra continuarmos brincando. Tenho pesadelos sobre esse dia há mais tempo do que consigo lembrar, então nem tudo isso é novo. Eu me lembrei dela se afastando e me lembrei dela voltando e de quando caí na água. Só que... — Ava respirou fundo. — Acho que minha mãe não voltou. Eu achava que tinha sentido seu perfume, mas nos meus pesadelos, nas minhas lembranças, nunca olhei de verdade pro rosto da pessoa que me empurrou. Foi tudo muito rápido. Mas, quando eu estava no lago de casa no fim de semana de Ação de Graças... mais lembranças retornaram, e percebi que vi mais do que imaginava. Antes de cair na água, vi um lampejo de ouro. Um anel com um brasão. *MC.*

Terror e choque se fundiram na base da minha coluna e abriram as asas, me envolvendo em um abraço sinistro.

— Michael Chen. — Ava tremia com mais intensidade. — Alex, minha mãe não tentou me matar. Foi meu pai.

CAPÍTULO 29

Ava

Eu não conseguia parar de vomitar.

Debruçada sobre o vaso sanitário, com o estômago virado do avesso e a pele coberta de suor, sentia Alex segurar meu cabelo e massagear minhas costas.

Ele estava furioso. Não comigo, mas com meu pai, meu passado, a situação toda. Dava para sentir a tensão nas suas mãos e na aura de violência que o cercava desde que revelara minhas lembranças.

O dia do lago tinha sido só a ponta do iceberg.

Eu me lembrei de outra coisa, algo que cimentou a culpa do meu pai.

— Papai, olha!

Entrei correndo no escritório dele brandindo o papel, orgulhosa. Era uma redação que tinha feito para a escola sobre alguém que admirava muito. Escrevi sobre o papai. A sra. James me dera um dez com louvor, e eu estava ansiosa para mostrar para ele.

— O que é isso, Ava?

Ele levantou as sobrancelhas.

— Tirei dez! Olha!

Meu pai pegou o papel e passou os olhos, mas não ficou feliz como eu esperava. Meu sorriso apagou. Por que estava sério? Um dez não era bom? Papai sempre elogiava Josh quando ele tirava um dez.

— O que é isso?

— Uma redação sobre quem eu mais admiro. — *Torci as mãos, cada vez mais nervosa. Queria que Josh estivesse presente, mas ele estava na casa de um amigo.* — Eu disse que era você, porque você me salvou.

Não me lembrava do meu pai ter me salvado, mas foi o que todo mundo me contou. Disseram que eu tinha caído em um lago alguns anos antes e teria morrido se papai não tivesse mergulhado para me pegar.

— Salvei, não é?

Ele finalmente sorriu, mas não foi um sorriso legal.

De repente, eu não queria mais ficar ali.

— Você é muito parecida com sua mãe. Uma cópia carbono de quando ela tinha a sua idade.

Eu não sabia o que era uma cópia carbono, mas não devia ser coisa boa, considerando seu tom de voz.

Ele se levantou, e recuei por instinto até minhas pernas baterem no sofá.

— Você se lembra do que aconteceu no lago quando tinha cinco anos, querida?

Ele deslizou os dedos pelo meu rosto e me encolhi.

Balancei a cabeça, assustada demais para falar.

— Melhor assim. Facilita as coisas. — Meu pai sorriu outro sorriso feio. — Será que se esqueceu disso também?

Ele pegou uma almofada solta e me empurrou para o sofá.

Não tive tempo para responder antes de não conseguir mais respirar. A almofada cobriu meu rosto, interrompendo a entrada de oxigênio. Tentei empurrá-la, mas não tinha força. A mão forte segurou meus punhos juntos até eu não conseguir mais resistir.

Meu peito ficou apertado, e a visão ficou turva.

Sem ar. Semarsemarsemar...

Meu pai havia tentado não só me afogar como também me sufocar.

Vomitei de novo e de novo. Mantive a calma durante a maior parte do fim de semana de Ação de Graças, mas dizer as palavras em voz alta – *meu pai tentou me matar* – devia ter provocado uma resposta física tardia.

Depois de vomitar tudo que tinha no estômago, eu me sentei no chão. Alex me deu um copo de água, que bebi com goles longos e gratos.

— Desculpa — murmurei. — Isso é muito constrangedor. Vou limpar...

— Não se preocupe. — Ele afagou meu cabelo com ternura, mas vi um inferno ardendo nos seus olhos. — Vamos resolver tudo. Deixa comigo.

Uma semana depois, Alex e eu esperávamos meu pai chegar em uma das salas de reunião do Archer Group. Era a primeira vez que eu visitava o local de trabalho de Alex, e o prédio era exatamente como eu tinha imaginado: elegante, moderno e bonito, todo de vidro e mármore branco.

Mas eu não conseguia apreciar nada. Estava nervosa demais.

O relógio na parede marcava a passagem do tempo com um tique-taque ensurdecedor no silêncio.

Eu batucava com os dedos na mesa de madeira polida e olhava pelas janelas de vidro escuro, esperando, ansiosa e apavorada, pela chegada do meu pai.

— A segurança aqui é de primeira. E vou estar do seu lado o tempo todo — afirmou Alex.

— Não é com isso que estou preocupada. — Tive que pressionar a outra mão sobre o joelho para impedir que minha perna tremesse. — Não acho que ele...

Me machucaria fisicamente? Mas havia machucado. Ou pelo menos tentado.

No dia em que me empurrara no lago e no dia em que me sufocara. E esses eram só os casos de que me lembrava.

Pensei em todos os anos que passara tentando me lembrar de algo estranho. Achava que ele tinha sido um pai decente na minha adolescência. Nunca foi o mais presente nem afetuoso, mas não tinha tentado me matar, o que me levava a questionar: por que não? Teve muitas oportunidades, muitas chances de fazer minha morte parecer um acidente.

Mas essa questão perdia a importância comparada à maior de todas, que era o motivo para ele ter desejado me matar. Eu era sua *filha*.

Um soluço brotou do meu peito. Alex afagou minha mão, franziu a testa, mas balancei a cabeça.

— Tudo bem — falei, tentando me controlar. Eu conseguiria. Não iria desmoronar. *Não iria*. Mesmo que meu coração doesse tanto que poderia me fazer entrar em combustão. — Eu...

A porta se abriu, e as palavras morreram na minha garganta.

Meu pai... Michael – eu não conseguia mais pensar nele como meu pai – entrou com um ar confuso e meio aborrecido. Vestia novamente jeans e sua camisa polo favorita, e usava aquele maldito anel de brasão.

Engoli a bile. Ao meu lado, Alex ficou tenso. Radiava raiva em ondas sombrias, perigosas.

— O que aconteceu? — Michael franziu a testa. — Ava? Por que me pediu pra vir aqui?

— Sr. Chen. — A voz de Alex era agradável; apenas quem o conhecia seria capaz de detectar a lâmina letal por trás das palavras, pronta para ser desferida. — Sente-se, por favor.

Ele apontou para uma cadeira de couro do outro lado da mesa.

Michael obedeceu, e sua expressão se tornou ainda mais irritada.

— Tenho que trabalhar e você me fez vir a DC por causa de uma suposta emergência.

— Mandei um carro — corrigiu Alex, ainda com o tom enganosamente agradável.

— Seu carro ou o meu, o tempo que perco é o mesmo. — Os olhos dele se moviam de mim para Alex, então pararam em mim. — Não me diga que você tá grávida.

A confirmação de que ele sabia que Alex e eu estávamos juntos no fim de semana de Ação de Graças. Não que eu ainda me importasse com o que ele pensava.

— Não. — Ergui a voz para ouvi-la em meio à minha pulsação frenética. — Não estou.

— Qual é a emergência, então?

— Eu... — Hesitei. Alex afagou minha mão de novo. — Eu...

Não conseguia falar. Não com uma plateia.

Alex já sabia de tudo, mas o que Michael e eu tínhamos a discutir era pessoal demais para ser exposto diante de outras pessoas. Era entre nós. Pai e filha.

Pontos de luz dançavam no meu campo de visão. Cravei as unhas da mão livre nas coxas com tanta força que teria arrancado sangue se não estivesse de calça jeans.

— Alex, pode nos dar um momento, por favor?

Ele olhou para mim com uma expressão tempestuosa.

Por favor, implorei com o olhar. *Preciso fazer isso sozinha.*

Pelo modo como era protetor, eu esperava mais resistência, mas ele deve ter notado algo no meu rosto – uma crença inabalável de que tinha que lutar minhas próprias batalhas – porque soltou minha mão e se levantou.

Relutante, mas se levantou.

— Vou ficar ali fora — disse.

Era uma promessa e um aviso.

Alex encarou Michael antes de sair.

Somos só nós dois agora.

— Ava? — Michael levantou as sobrancelhas. — Está com algum problema?

Estou.

Tinha ensaiado a conversa mentalmente centenas, talvez milhares de vezes antes de entrar naquela sala. Tinha pensado em como abordar o assunto e em como reagir às respostas dele, quaisquer que fossem. *Ah, oi, pai, bom te ver. Então, você tentou me matar? Sim? Ah, puxa, tudo bem.* Mas não conseguia mais postergar.

Precisava de respostas antes que as perguntas me matassem.

— Não estou com nenhum problema — falei, orgulhosa da minha voz firme. — Mas tenho uma coisa pra te falar sobre o que aconteceu no fim de semana de Ação de Graças.

Vi a desconfiança nos seus olhos.

— Ok...

— Eu me lembrei.

— Lembrou do quê?

— Tudo. — Observei sua reação, atenta. — Minha infância. O dia em que quase morri afogada.

A desconfiança se transformou em choque com uma leve pontada de pânico. Sulcos profundos apareceram na sua testa.

Meu estômago se contraiu. Tinha esperança de ter me enganado, mas a expressão transtornada de Michael era a confirmação de que eu precisava - não estava enganada. Ele realmente havia tentado me matar.

— É mesmo? — Sua risadinha soou forçada. — Tem certeza? Faz anos que tem pesadelos...

— Tenho. — Endireitei os ombros e olhei dentro dos olhos dele, tentando controlar os tremores. — Foi você que me empurrou no lago naquele dia?

A expressão de Michael desabou, o choque triplicou.

— O quê? — sussurrou ele.

— Você ouviu.

— Não, é óbvio que não! — Ele passou a mão nos cabelos grisalhos, agitado. — Como pode pensar nisso? Sou seu *pai*. Nunca faria nada com a intenção de te machucar.

A esperança sussurrava ao meu coração, enquanto o cérebro balançava a cabeça, cético.

— É do que me lembro.

— Lembranças podem ser traiçoeiras. Lembramos de coisas que não aconteceram de verdade. — Michael se inclinou para a frente, o rosto mais suave. — O que, exatamente, você acha que aconteceu?

Mordi o lábio inferior.

— Eu estava brincando no lago. Alguém se aproximou por trás e me empurrou. Eu me lembro de ter virado e visto um brilho de ouro. Um anel de brasão. O seu anel de brasão.

Meu olhar recaiu sobre o anel em seu dedo.

Ele olhou para a joia e a tocou.

— Ava. — Seu tom de voz revelava dor. — Eu te salvei de morrer afogada.

Essa era a parte que não fazia sentido. Como perdera os sentidos, não vi quem tinha me salvado, mas os paramédicos e a polícia disseram que Michael os chamou. Por que faria isso se tinha sido ele quem me empurrou?

— Fui lá pra falar com a sua mãe sobre o divórcio e ninguém abriu a porta, apesar de o carro estar na entrada da garagem. Dei a volta para ver se ela estava nos fundos e vi... — Michael engoliu em seco. — Foram os piores minutos da minha vida, pensei que você estivesse morta. Pulei e te salvei, e durante todo o tempo... sua mãe ficou lá, parada, em choque. Como se não conseguisse acreditar no que estava acontecendo. — Ele baixou o tom de voz. — Sua mãe não estava bem, Ava. Não queria te fazer mal, mas às vezes perdia o controle. Depois se sentiu culpada, e com o divórcio e o processo... foi por isso que acabou sofrendo uma overdose.

A dor rasgava minha cabeça. Pressionei as têmporas com os dedos, tentando organizar as palavras do meu pai e as lembranças. O que era real? O que não era?

Lembranças não eram confiáveis. Eu sabia. E Michael parecia sincero. Mas será que eu tinha errado tanto assim? De onde tinham vindo aquelas visões, se não das minhas memórias?

— Tem outro caso — comecei, trêmula. — Terceiro ano. Levei pra casa uma redação que tinha feito pra sra. James e mostrei pra você. A gente estava no seu escritório. Você olhou pra mim e disse que eu era uma cópia da mamãe, e depois... depois pôs uma almofada no meu rosto e tentou me sufocar. Eu teria morrido se Josh não tivesse chegado em casa te chamando. Foi só aí que você parou.

A história parecia ridícula sob as luzes fortes da sala de reunião. Meu coração acelerou ainda mais.

O assombro ficou estampado no rosto de Michael.

— Ava — disse ele, baixinho; calmo, como se não quisesse me assustar. — Você nunca teve uma professora chamada sra. James.

Meu coração parou.

— Tive! Ela era loira e usava óculos, e levava cookies pra gente no dia do aniversário de cada um... — Lágrimas inundaram meus olhos. — Juro, a sra. James era real.

Tinha que ser real. Mas e se não fosse? E se eu tivesse inventado tudo e me convencido de que eram lembranças? O que estava acontecendo comigo? Por que meu cérebro era tão confuso?

Não conseguia respirar. Eu me sentia louca, como se nada da minha vida fosse real, como se eu tivesse sonhado tudo. Apoiei as mãos na mesa, meio que esperando que ela se dissolvesse em uma nuvem de poeira.

— Meu bem...

Ele estendeu a mão para mim, mas, antes que me tocasse, a porta se abriu com um estrondo violento.

— Chega. Para de mentir. — Alex entrou na sala como um trovão. Era óbvio que havia escutas na sala. — Mandei meu pessoal investigar quando Ava me contou tudo de que se lembrou — falou ele em um tom frio. *Mandou?* Não tinha me falado nada. — Ficaria surpreso com quanto e com que rapidez se pode descobrir se você oferece a quantia certa de dinheiro. No terceiro ano, Ava teve uma professora chamada sra. James que denunciou hematomas suspeitos nos punhos de Ava quando ela chegou à escola no dia seguinte. Você disse que ela tinha se machucado no playground, e a escola acreditou. — Os olhos de Alex queimavam de nojo. — Você é um bom ator, mas pode tirar a máscara. Acabou.

Encarei Michael. Não sabia mais no que acreditar.

— Isso é verdade? Durante todo esse tempo, o que fez comigo... *gaslighting*?

— Ava, eu sou seu pai. — Michael passou a mão no rosto, os olhos brilhando. — Nunca mentiria pra você.

Olhei de Alex para Michael. Minha cabeça latejava ainda mais. Era muita coisa, muitos segredos revelados. Mas, no fim, eu precisava confiar em mim mesma.

— Eu acho que mentiria — retruquei. — Acho que mentiu pra mim a minha vida inteira.

O rosto de Michael expressou angústia por mais alguns segundos, então se contorceu e se transformou em uma máscara horrenda. Seus olhos brilharam com uma malícia jubilosa, e a boca se distendeu em um sorriso debochado.

Não parecia mais meu pai. Não parecia humano. Era um monstro saído dos meus pesadelos.

— Parabéns. — Ele aplaudiu devagar. — Quase consegui te convencer. Devia ter visto sua cara. *Juro, a sra. James era real* — imitou, rindo. O som feio eriçou todos os pelos do meu corpo. — Clássico. Achou mesmo que era louca.

Balancei a cabeça de leve quando Alex avançou para Michael. Queria correr e me esconder, mas a adrenalina arrancou as palavras da minha boca.

— Por quê? Eu era uma *criança*. — Meu queixo tremia. — Sua filha. Por que fez isso comigo? Fala a verdade. — Contraí a mandíbula. — Chega de mentiras.

— A verdade é subjetiva. — Michael se recostou na cadeira. — Mas quer mesmo saber? É o seguinte: você não é minha filha. — E sorriu, apático, ao ver que eu inspirava mais profundamente. — É isso aí. A vadia da sua mãe me traiu. Deve ter sido uma daquelas vezes que viajei a trabalho. Ela sempre reclamava que eu nunca estava em casa, como se não fosse a porra do meu trabalho que pagava o teto sobre a cabeça dela e as roupas de grife que ela usava. Sempre desconfiei de que você não fosse minha filha, afinal nem se parece comigo, mas pensei "bom, pode ser que ela seja só muito parecida com a Wendy". Fiz um teste de paternidade em segredo, e pronto, você realmente não era minha filha. Sua mãe tentou negar, mas ficou difícil com a evidência na cara dela. — A expressão de Michael se tornou sombria. — É claro que isso não foi mencionado no divórcio. Essas coisas sempre vazam, e nós dois queríamos manter as aparências.

Existiam poucas coisas piores do que não manter as aparências na cultura chinesa. Exceto, é claro, tentar matar a própria filha.

— Se não sou sua filha, por que brigou tanto pela guarda? — perguntei, sentindo a língua mais grossa na boca.

Michael mostrou os dentes.

— Eu não briguei pra ter a sua guarda. Briguei por Josh. Ele é meu filho *de verdade*. O teste confirmou. Meu legado, meu herdeiro. Mas, como ninguém além de mim e da sua mãe sabia que você não era minha filha, você e Josh viraram um pacote. Infelizmente, os tribunais sempre favorecem a mãe, exceto em circunstâncias extraordinárias, então... — Ele deu de ombros. — Tive que criar uma circunstância extraordinária.

Fiquei enjoada, mas permaneci imóvel enquanto Michael desfiava a teia emaranhada do nosso passado.

— Tive sorte. Sua mãe foi idiota o bastante pra te deixar sozinha. Pra ser honesto, foi negligência mesmo. Entrei na casa com a intenção de plantar provas de que ela era "dependente química" e encontrei você brincando no lago. Foi como se Deus jogasse a oportunidade no meu colo. Às vezes, os tribunais defendem a mãe, mesmo que ela seja usuária de drogas, mas tentar *afogar* a própria filha? Vitória garantida pra mim. Sem mencionar que seria um castigo pra ela. Então joguei você no lago. Cheguei a pensar em deixar você se afogar mesmo. — Outra exibição dos dentes. — Mas eu não era *tão* frio. Você era só uma criança. Então te tirei da água e disse às autoridades que tinha visto Wendy te empurrar. Ela gritava que não tinha feito nada, mas quer saber qual foi a cereja do bolo? — Ele se inclinou para a frente, os olhos brilhando. — Foi *você* quem comprometeu sua mãe.

— Não. — Balancei a cabeça. — Eu não. Eu nem vi o que aconte... não me lembrava...

— Depois não. Mas na hora? — Ele abriu um sorriso perverso. — É bem fácil plantar lembranças falsas, especialmente na cabeça de uma criança confusa e traumatizada. Algumas sugestões e perguntas direcionadas, e você se convenceu de que tinha sido sua mãe. Disse que tinha sentido o perfume dela, fora que ela era a única pessoa ali com você. De qualquer maneira, as autoridades tinham que investigar, e me deram a guarda de vocês dois enquanto recolhiam provas. Sua mãe ficou deprimida e, bom, você sabe o que aconteceu com os remédios. É bem poético, na verdade. Ela morreu justamente daquilo que eu quis acusá-la... às 4h44. A hora de menos sorte.

Meu estômago se contraiu. *4h44*. Era a hora em que eu acordava dos pesadelos.

Nunca fui supersticiosa, mas não podia deixar de pensar se era minha mãe gritando por mim do outro lado, me incentivando a me lembrar. Abandonar o sociopata em cuja casa morei durante tantos anos.

— E o dia no seu escritório? — perguntei, determinada a ir até o fim, apesar da vontade de vomitar.

Michael bufou.

— É verdade. Aquela redação idiota sobre como te "salvei". Sabe, durante todo esse tempo, fiz um bom trabalho escondendo o quanto me irritava por ter que criar você, uma filha que nem era minha. Desempenhei com perfeição o papel do pai quieto, estranho e destruído pelo luto. — O sorriso feio reapareceu. — Mas às vezes você ultrapassava os meus limites, principalmente por ser tão parecida com ela. Uma lembrança viva da infidelidade da sua mãe. Teria sido muito mais fácil se você tivesse desaparecido, mas Josh chegou em casa bem na hora. Enfim... — Ele deu de ombros. — Não se pode ganhar todas. Pra ser honesto, o incidente do escritório foi um momento de fraqueza da minha parte... você estava bastante consciente e eu teria que me esforçar muito pra explicar o que aconteceu, embora tivesse certeza de que acabaria pensando em algo. Mas imagina só minha surpresa quando você recobrou os sentidos sem nenhuma lembrança, não apenas do escritório mas também de toda sua infância até aquele momento. Os médicos não conseguiam explicar, mas não tinha importância. O importante era que você havia esquecido. — Ele sorriu. — Deus realmente sorri pra mim, não é mesmo?

Senti as mãos de Alex nas minhas costas. Não tinha notado sua aproximação. Inclinei-me para o conforto do contato, enquanto minha cabeça girava. Lembrei de ter corrido para o quarto e trancado a porta depois que Michael me soltou e cumprimentou Josh como se nada houvesse acontecido. Passei a noite toda lá e recusei o jantar, embora Josh insistisse para eu sair. Na época, ele era apenas um menino de treze anos, novo demais para me ajudar, e eu não tinha ninguém a quem recorrer.

Talvez o pânico e o trauma tivessem me levado a bloquear todas as experiências que envolviam Michael, ou seja, toda minha infância.

— Mas não dava pra ter certeza de que a sorte continuaria comigo — continuou Michael. — Então a deixei em paz depois daquele dia. Até mandei você pra terapia, afinal precisava fazer o papel do pai preocupado.

Mas aqueles idiotas incompetentes não sabiam o que estavam fazendo, felizmente.

Era por isso que ele havia insistido tanto em encerrar as sessões de terapia. Devia ter pavor de que eu me lembrasse de tudo e o acusasse. O que me levava a especular... por que estava tão disponível para me contar tudo *agora*?

Foi como se Alex lesse meus pensamentos.

— Tentativa de assassinato não prescreve, e toda essa conversa foi gravada. DC tem uma lei de consentimento unilateral pra gravações, e Ava consentiu antecipadamente. Você vai passar muito, muito tempo na cadeia.

A máscara de crueldade de Michael derreteu, deixando apenas o "pai" que me levara para visitar faculdades e planejava minhas festas de aniversário. Era assustador como ele transitava com facilidade entre as duas personalidades.

— Se tenho que ir pra cadeia por salvar Ava, eu vou — sussurrou, depois olhou para mim com os olhos cheios de lágrimas. — Querida, Alex não é quem você pensa. O motorista dele foi me buscar e no caminho pra cá me ameaçou...

— Chega — interrompeu Alex. — Não vai mais fazer *gaslighting* com ela. Acabou, e meus amigos estão aqui pra encerrar essa história.

Chocada, presenciei dois agentes do FBI invadirem a sala e levantarem Michael da cadeira. Alex não os havia mencionado quando planejamos aquele encontro.

— Nenhum tribunal vai aceitar isso — retrucou Michael com uma calma surpreendente para quem estava sob custódia federal. — Eu vou apelar. Você não vai vencer.

— Com que dinheiro? — Alex levantou as sobrancelhas. — Acontece que meu pessoal também descobriu coisas bem interessantes nos seus negócios durante a investigação. Coisas interessantes e ilegais. Sonegação de impostos. Fraude financeira. Sabe o que significa?

Pela primeira vez desde que chegara, Michael quase perdeu a postura.

— Está mentindo. Você não tem autoridade...

— *Au contraire*. Trabalhei com o FBI nisso. Meus amigos ficaram muito interessados no que eu tinha a contar e no que descobriram. — Alex sorriu. — Pode usar seus bens legais pra contratar um advogado, mas a maioria do que tem é fruto de dinheiro sujo e vai ser tudo congelado antes do julgamento. Você vai receber a notificação judicial antes do fim do dia.

— Josh nunca vai te perdoar. — Os olhos de Michael queimavam. — Ele me adora. Em quem acha que ele vai acreditar? Em mim, o pai dele, ou em você, um idiota que ele conheceu há poucos anos?

— Nesse caso, pai — interrompeu Josh ao entrar, e sua expressão era a mais sombria que eu já havia visto —, acho que vou acreditar no "idiota".

Então deu um soco no rosto de Michael, e o mundo veio abaixo.

CAPÍTULO 30

Ava

Várias horas depois, Josh e eu estávamos sentados em uma mesa nos fundos de um restaurante próximo ao Archer Group. Alex reservara todo o espaço e dispensara a maioria dos funcionários. Além de um garçom, que permanecia na entrada, longe da conversa, éramos os únicos no lugar. Alex também tinha ido para seu escritório para nos dar privacidade.

— Sinto muito, Ava. — Ele estava péssimo. Abatido, com olheiras enormes. Estresse e preocupação desenhavam linhas fundas no seu rosto, e o sorriso arrogante e encantador de sempre havia sumido. — Eu deveria saber. Deveria...

— Não é sua culpa. O pap... Michael enganou *todo mundo*. — Estremeci ao pensar em como ele desempenhara seu papel com maestria. — Além disso, ele te amava, te tratava perfeitamente bem. Você não poderia ter percebido nada.

Josh comprimiu os lábios.

— Ele não me amava. Pessoas como ele não são capazes de amar. Michael me via como um... um propagador do seu legado. Só isso.

Alex e eu havíamos entrado em contato com Josh e contado tudo de que me lembrara alguns dias antes. Ele ficou chocado, mas acreditou em mim. Insistiu em voltar para estar presente no momento do confronto, então conseguiu uma licença emergencial do programa. Esteve na sala de reunião o tempo todo, vendo e ouvindo tudo pelas câmeras escondidas no escritório. A equipe de segurança de Alex precisou contê-lo para impedir uma entrada prematura.

Dava para imaginar. Josh era uma pessoa de temperamento explosivo.

Depois do soco em Michael, a situação ficou caótica, com os agentes do FBI, Josh, Michael e vários seguranças se engalfinhando. Josh teria espancado nosso... o pai dele, se Alex não tivesse conseguido segurá-lo. Os agentes levaram Michael machucado e sangrando, e agora esperávamos o julgamento.

Graças a Alex, que tinha um amigo cujo pai era importante no FBI, Josh não fora indiciado por ter agredido Michael.

A situação toda era surreal.

— De qualquer jeito, não foi sua culpa — repeti. — Você também era só uma criança.

— Se eu estivesse lá no dia do escritório...

— Para. Tá me ouvindo, Josh Chen? — falei em um tom sério. — Não vou deixar você se culpar. Mamãe e Michael eram adultos. Fizeram escolhas. — Engoli em seco, me sentindo culpada pela raiva contida que havia nutrido pela minha mãe durante anos, quando, na verdade, ela também tinha sido uma vítima. — Você *sempre* me ajudou quando precisei e foi um irmão incrível. Só vou falar uma vez, não adianta pedir pra repetir. Seu ego não precisa ser mais inflado.

Ele deu um sorrisinho.

— Você vai ficar bem?

Respirei fundo. A última semana e meia foi... demais. As revelações, as bombas, a constatação de que fui praticamente uma órfã. Minha mãe estava morta, meu pai não era meu pai de verdade – e provavelmente passaria muito tempo na cadeia –, e eu não fazia ideia de quem era o meu pai biológico. Mas pelo menos sabia a verdade e tinha Josh, Alex e minhas amigas.

Talvez mais tarde eu entendesse o significado do que tinha acontecido, mas, por enquanto, tudo que sentia era alívio, tristeza e resquícios de choque.

— Vou. De verdade.

Josh devia ter notado minha convicção, porque seus ombros relaxaram um pouco.

— Se precisar conversar, ou qualquer coisa, estou aqui. Não garanto que vou dar bons conselhos, mas vou te apoiar.

Sorri.

— Obrigada, Joshinho.

Ele fez uma careta ao ouvir o apelido que odiava.

— Quantas vezes tenho que dizer? Não me chama *assim*.

Passamos a meia hora seguinte conversando sobre assuntos mais leves – o trabalho na América Central, os luxos de que desfrutaria em DC antes de voltar ao programa de voluntariado e o relacionamento, já terminado, com a garota de quem tinha me falado. Pelo jeito, tinha terminado assim que ela falou em casamento. Típico de Josh.

Por mais irritante que meu irmão fosse, eu sentia saudades e ficaria triste quando ele fosse embora. Josh voltaria para o Natal, mas não podia ficar até lá, então viajaria no dia seguinte e voltaria em duas semanas.

Mas ainda tínhamos um assunto pendente e precisávamos falar dele.

— Agora que a gente tirou o menos importante do caminho... — Josh ficou sério. — Você e Alex. Que porra é essa?

Fiz uma careta.

— Não foi planejado, juro. Só... aconteceu.

— Aconteceu de você cair na cama do meu melhor amigo?

— Não fica bravo.

— Não estou bravo com você. Estou bravo com *ele*. Alex devia ter tido mais noção!

— E *eu* sou sem-noção?

— Você entendeu. É romântica. Dá pra imaginar você se apaixonando por aquele cretino mal-humorado. Mas Alex... meu Deus, Ava. — Josh passou a mão no rosto. — Ele é meu melhor amigo, mas até eu me arrepio com as coisas que ele faz. Faz anos que conheço o cara, e ele nunca teve um relacionamento. Nunca demonstrou interesse nisso. Só se interessa pelo trabalho.

— É, às vezes ele é um cretino, mas ainda é humano. Precisa de amor e carinho como todo mundo — argumentei, sentindo que precisava proteger Alex, embora ele fosse a última pessoa no mundo que precisasse de proteção. — Quanto à parte do relacionamento, tem uma primeira vez pra tudo. Ele... — Engoli em seco. — Você não tem ideia de quanto ele me ajudou nos últimos meses. Esteve comigo pra tudo, sempre. Os pesadelos, os ataques de pânico... ele me ensinou a nadar. *Nadar*, Josh. Alex me ajudou a superar o medo de água, pelo menos um pouco, e foi muito paciente o tempo todo. Mas, além de toda essa ajuda, ele é inteligente, divertido e maravilhoso. Acredita em mim mais do que qualquer pessoa jamais acreditou e me faz rir. E ele pode não demonstrar, mas tem coração. Um coração lindo.

Parei antes de continuar tagarelando. Senti o rosto quente.

Josh me encarava. Havia choque em cada centímetro do seu rosto.

— Ava. Você... ama o Alex?

Na minha vida, muitas coisas haviam sido confusas até aquele ponto, mas meus sentimentos por Alex eram claros. Não hesitei em responder.

— Amo. — Eu podia não saber o que tinha na cabeça, mas sabia o que tinha no coração. — Amo de verdade.

Josh viajou na manhã seguinte, depois de ameaçar matar Alex se ele partisse meu coração. Ainda estava pouco confortável com nossa relação, mas a aceitou, relutante, ao perceber o quanto eu gostava de Alex.

Deixamos Josh no aeroporto, e Alex tinha negócios urgentes para resolver depois, então passei o resto do dia com minhas amigas. Como estava garoando e eu não queria sair, fizemos um dia de spa em casa, com máscaras faciais, pedicure e uma maratona de filmes reconfortantes.

Contei o que tinha acontecido com Michael. Todas ficaram chocadas, mas não fizeram perguntas, e me senti grata por isso. As últimas vinte e quatro horas haviam sido pesadas, e eu precisava de um tempo.

Stella olhou para o celular e o empurrou para o lado com uma expressão preocupada que não era típica dela.

— É aquele esquisito de novo? — perguntou Jules, soprando as unhas recém-pintadas de dourado.

Havia duas semanas que um sujeito aleatório mandava mensagens constantes para Stella, o que a deixava nervosa. Como influencer, ela sempre recebia DMs inconvenientes de malucos, mas aquele, em específico, estava incomodando-a mais que o normal.

— É. Já bloqueei, mas ele sempre cria contas novas. — Stella suspirou. — Essa é a parte ruim de ser uma pessoa semipública.

— Toma cuidado — pediu Bridget, preocupada. — Tem muita gente maluca por aí.

Rhys, que acompanhava tudo de uma poltrona, riu baixinho, afinal devia ser o que sempre falava para ela – e ela sempre o ignorava, como agora.

Bridget abaixou o volume de *Meninas malvadas* e se recusou a olhar para o guarda-costas. Acho que era a milésima vez que assistíamos àquele filme, mas nunca perdia a graça. Regina George era icônica.

— Vou tomar cuidado. Deve ser mais um doido de internet. — Stella fez uma careta. — Por isso nunca posto stories antes de ir embora dos lugares.

Eu não conseguia imaginar uma vida assim, documentando cada minuto nas redes sociais, como Stella fazia. Às vezes me preocupava com sua integridade física e sua saúde mental, mas ela lidava bem com tudo, até aquele momento. Talvez eu me preocupasse demais.

Alguém bateu à porta.

— Eu abro — disse Rhys, e se levantou com seu um metro e noventa e cinco de altura.

Sério, o homem era enorme. Provavelmente usava roupas feitas sob encomenda, porque nenhuma camisa de prateleira caberia naqueles ombros gigantes e no peito largo.

— Olha essa bunda. — Jules suspirou. — O melhor exemplo de traseiro empinado.

— Para de objetificar o cara. É o *guarda-costas* da Bridget — falei, e cutuquei suas costelas de leve.

— Exatamente. Guarda-costas são gostosos. Não acha, Bridge?

— Não — respondeu Bridget, curta e grossa.

— Vocês são chatas. — Jules prendeu o cabelo ruivo em um coque bagunçado. — Ah, olha quem trouxe presentes.

Meu coração acelerou quando vi Alex entrando seguido por Rhys. Carregava uma caixa com listras verdes e cor-de-rosa familiares.

— Bolo?

Stella se animou. Havia superado a antipatia por Alex ao longo dos últimos meses ao ver que ele era "capaz de emoções humanas, afinal".

— Cupcakes — anunciou ele, deixando a caixa sobre a mesa.

Minhas amigas pularam em cima como caçadoras de tesouros.

Sorri e ergui o rosto para beijá-lo.

— Obrigada. Não precisava.

— São só cupcakes. — Ele retribuiu o beijo, então se sentou ao meu lado e passou o braço na minha cintura. — Achei que uma dose de açúcar ia te fazer bem.

Afastei o papel da forminha do meu cupcake red velvet com uma expressão séria. Levaria um tempo para superar o que Michael havia feito. Não sabia se algum dia conseguiria. Minha vida inteira tinha sido uma mentira. Às vezes, ficava acordada à noite, ansiosa demais para dormir ou pensar direito. Outras vezes, como naquele momento, olhava em volta e encontrava conforto em saber que ficaria bem. Aquele velho ditado é verdade: o que não mata fortalece. Quase morri duas vezes – até onde sabia – e continuava de pé. Permaneceria de pé por muito tempo, e Michael apodreceria na cadeia.

Graças a um empurrãozinho de Alex, que conhecia metade dos juízes da cidade, Michael ficaria preso sem direito à fiança até o dia do julgamento. Ele mandou um recado pedindo para eu ir visitá-lo, mas me recusei. Não tinha mais nada a dizer àquele homem. Ele havia me mostrado sua verdadeira face, e seria um prazer nunca mais voltar a vê-la pelo resto da vida.

Mas, sim, às vezes uma garota precisa de um ou dois cupcakes para enfrentar os dias mais difíceis.

Em parte, eu me sentia grata por nunca ter sido próxima de Michael. Se tivesse sido, não sabia se conseguiria suportar a dor. Por isso me preocupava com Josh, que era filho biológico e havia mantido uma relação mais íntima com o pai. Mas Josh disse que estava bem e não quis mais tocar no assunto. Era mais teimoso que eu.

Comemos em silêncio por um tempo, até Stella pigarrear.

— Hm, obrigada pelo doce, mas preciso sair. Tenho que fotografar com uma marca.

— Eu também — emendou Bridget, pegando a deixa de Stella. — Tenho um trabalho de teoria da política pra escrever.

Depois de Stella, Bridget e Rhys também foram embora, e Jules anunciou que tinha um compromisso mais tarde, então precisava se arrumar. Ela subiu levando metade dos cupcakes que sobraram.

— Você sabe mesmo como esvaziar uma sala, hein? — brinquei, passando a mão no braço de Alex.

O que eu faria sem ele? Não só havia me ajudado a confrontar meu pai – ou melhor, Michael – como também estava me ajudando a lidar com as consequências, inclusive as questões financeiras e legais em que me enrolei. A maioria dos bens de Michael havia sido congelada, mas, por sorte, ele pagara todas as mensalidades da minha faculdade daquele ano de uma vez só, e eu tinha uma renda fixa do trabalho na galeria e dos extras que ganhava com as fotos. A comissão que recebi pela venda da gravura de Richard Argus para Alex também ajudava. Josh, que tinha uma bolsa de estudos integral e ainda ganhava uma ajuda de custo que receberia até terminar a faculdade de medicina, também estava bem financeiramente. Uma coisa a menos com que nos preocuparmos.

— É um dos meus inúmeros talentos.

Alex beijou minha boca, e eu me deixei derreter. Sua língua e seu gosto me levaram para um mundo onde meus problemas não existiam.

Eu amava aquele homem, e ele nem sabia. Ainda não.

Meu coração batia forte quando nos afastamos.

— Alex...

— Hm?

Ele acariciou meu rosto, ainda olhando para minha boca.

— Tenho uma coisa pra te dizer. Eu... — *Fala. É agora ou nunca.* — Eu amo você — murmurei, com o coração disparado, em uma confissão apressada.

Um segundo se passou. Outro. O terceiro.

A mão de Alex parou, sua expressão se tornou intensa e atormentada. Uma onda de desconforto me atravessou.

— Você não tá falando sério.

— Estou, sim — respondi, magoada e ferida pela reação. — Sei o que sinto.

— Não é fácil me amar.

— Que bom que nunca gostei muito do caminho mais fácil. — Endireitei as costas e olhei Alex nos olhos. — Você é frio, irritante e, admito, um pouco assustador. Mas também é paciente, companheiro e brilhante. Você me inspira a cumprir meus sonhos e afasta meus pesadelos. Você é tudo que eu nem sabia que precisava e me faz sentir mais segura que qualquer pessoa no planeta. — Respirei fundo. — O que estou tentando dizer, de novo, é que amo você, Alex Volkov. Cada parte sua, até as que quero esbofetear.

Um sorriso ameaçou surgir em seus lábios.

— Que belo discurso. — O sorriso desapareceu tão depressa quanto surgiu, e ele encostou a testa na minha, respirando um pouco ofegante. — Você é a luz da minha escuridão, Raio de Sol — disse com uma voz rouca. Seus lábios roçavam os meus. — Sem você, estou perdido.

Nosso beijo foi ainda mais profundo e mais urgente, mas a resposta dele ecoava no fundo da minha mente.

Você é a luz da minha escuridão. Sem você, estou perdido.

Palavras lindas que faziam meu coração bater forte... mas não pude deixar de notar que nenhuma eram "Eu também te amo".

CAPÍTULO 31

Alex

Os portões de ferro se abriram, revelando uma longa tri-lha ladeada por carvalhos vermelhos do norte com galhos sem folhas, marrons no frio rigoroso do inverno, e a grande mansão imponente de tijolos ao longe.

A casa do meu tio – que também era a minha, antes de eu me mudar para DC – ficava atrás de uma fortaleza na periferia da Filadélfia, e era assim que ele gostava que fosse.

Não queria deixar Ava tão cedo depois do espetáculo deprimente com Michael, mas tinha adiado essa reunião com meu tio por tempo demais.

Eu o encontrei no escritório, fumando e assistindo a um drama russo na TV de tela plana em um canto. Nunca entendi por que ele insistia em ver televisão ali se tinha uma sala perfeita para isso.

— Alex. — Ele soprou um círculo de fumaça no ar. Uma caneca meio vazia de chá de ervas repousava à sua frente. Meu tio era obcecado por aquele chá desde que lera um artigo dizendo que a bebida ajudava a perder peso. — Que surpresa é essa?

— Você sabe por que estou aqui.

Eu me sentei no sofá macio demais de frente para Ivan e peguei o horrendo peso dourado para papel de cima da mesa. Parecia um macaco deformado.

— Ah, sim. Eu soube. Xeque-mate. — Meu tio sorriu. — Parabéns. Mas tenho que confessar que foi um pouco anticlimático. Eu esperava que seu movimento final fosse um pouco mais... estrondoso.

Meu queixo enrijeceu.

— A situação mudou, tive que adaptar o plano.

Os olhos de Ivan eram compreensivos.

— E como a situação mudou?

Fiquei em silêncio.

Havia trabalhado no meu plano de vingança por mais de uma década, movendo e manipulando cada peça até ter todas onde as queria. Jogando sempre o jogo a longo prazo.

Mas até eu tinha que admitir que... havia me distraído nos últimos meses. Ava tinha entrado na minha vida como um raio de sol depois da escuridão, despertando criaturas na minha alma que eu pensava terem morrido havia muito tempo – culpa, consciência, remorso – e me obrigando a questionar se os fins justificavam os meios.

Perto dela, minha sede de vingança arrefeceu, e quase, quase desisti, na esperança de pelo menos fingir ser o homem que ela pensava que eu era. *Você só tem um coração de muitas camadas; um coração de ouro dentro de um coração de gelo.*

As arestas afiadas do peso de papel se enterraram na minha mão.

Ava sabia que eu tinha praticado atos condenáveis pelo Archer Group, mas isso tinha a ver com negócios. Ela não condenava nem apoiava, mas não era ingênua. Apesar de todas as ideias românticas e do coração mole, tinha nascido atada ao ninho de víboras de DC e entendia que, em certas circunstâncias, fossem relacionadas a negócios ou política, era devorar ou ser devorado.

Mas, se descobrisse até onde eu tinha ido para levar o caos à vida dos responsáveis pela morte dos meus pais e da minha irmã – por mais que merecessem –, nunca me perdoaria.

Existem limites que jamais devem ser ultrapassados.

Uma gota de sangue surgiu na minha palma. Soltei o peso de papel, limpei o sangue na calça escura, felizmente, e o devolvi à mesa.

— Não se preocupe com isso, tio.

Mantive a expressão e a postura relaxadas. Não queria que ele descobrisse o quanto Ava havia penetrado meu coração.

Meu tio nunca havia se apaixonado, casado ou tido filhos, e não entenderia meu dilema. Para ele, riqueza, poder e status eram tudo que importava.

— Ah, mas eu me preocupo. — Ivan tragou o cigarro. Uma ruga marcava sua testa. Tinha o cabelo penteado para trás e vestia um terno, embora estivesse sozinho no escritório assistindo a um filme idiota sobre espiões da Guerra Fria. Sempre caprichava na aparência, mesmo quando não havia ninguém por perto. Continuou a conversa em ucraniano. — Você não tem se comportado como de costume. Tem estado distraído. Sem foco. Carolina comentou que você só vai ao escritório alguns dias por semana e sai antes das sete horas.

Contive a irritação.

— Minha assistente não devia comentar minha agenda com outras pessoas.

— Sou o CEO, ela não teve escolha. — Ivan apagou o cigarro e se inclinou para a frente com um olhar intenso. — Fale sobre Ava.

A tensão se espalhou pelas minhas costas quando o ouvi mencionar o nome dela. Não precisava perguntar como meu tio sabia. Eu não era o único que tinha espiões por toda parte.

— Não tenho nada a dizer. É uma boa parceira — resumi, as palavras como veneno na minha língua. — Só isso.

— Hm. — Meu tio parecia cético. — Então, sua vingança. Foi só isso?

Ele mudou de assunto tão depressa que levei meio segundo além do habitual para responder.

— Não. — Não havia encerrado o assunto com o homem que eu destruíra. Não ainda. — Tem mais.

Eu tinha um último ás na manga.

Queria tirar tudo do homem que havia tirado tudo de mim. Seus negócios, sua família, sua *vida*.

Eu havia tirado. E tiraria mais.

Mas valia a pena?

— Que bom. Pensei que tivesse amolecido. — Ivan suspirou e olhou para a foto sobre a mesa, uma de quando ele e meu pai eram jovens. Haviam acabado de se mudar para os Estados Unidos, e ambos usavam ternos parecidos e chapéus que combinavam. Embora meu tio parecesse severo e sério, meu pai tinha olhos brilhantes, como se guardasse um segredo que ninguém mais conhecia. Senti a garganta apertada ao olhar para a fotografia. — Nunca se esqueça do que aconteceu com seus pais e a coitadinha da Nina. Eles merecem toda a justiça do mundo.

Como se eu conseguisse esquecer. Mesmo que não tivesse hipertimesia, a cena ficaria gravada na minha mente para sempre.

— Sem roubar! — gritei por cima do ombro enquanto corria para o banheiro. Tinha bebido dois copos de suco de maçã naquela manhã e estava quase explodindo. — Eu vou saber.

— Vai perder de qualquer jeito! — retrucou Nina, minha irmãzinha.

Meus pais riram.

Mostrei a língua para ela, depois fechei a porta do banheiro. Estava irritado por nunca conseguir ganhar de Nina nas palavras cruzadas mesmo ela sendo dois anos mais nova e eu tendo um QI de "gênio", de acordo com meus pais e professores. Ela sempre tinha sido boa com palavras. Mamãe dizia que Nina provavelmente seria escritora.

Usei o banheiro e lavei as mãos.

Devia estar no acampamento para crianças superdotadas naquele verão, mas era chato. Todas as atividades eram fáceis demais; eu só gostava de xadrez, mas podia jogar em qualquer lugar. Reclamei com meus pais, e eles foram me buscar no dia anterior para me trazerem para casa.

Eu estava enxugando as mãos quando ouvi ao longe um estrondo alto e gritos.

Voltei correndo para a sala, onde meus pais levavam Nina para a passagem secreta atrás da lareira. Era algo que eu adorava na nossa casa – era cheia de passagens secretas e cantos escondidos. Nina e eu passávamos horas explorando cada recanto e nicho; brincar de esconde-esconde ali era muito mais divertido, com certeza.

— Alex, entra. Depressa!

O rosto da minha mãe estava tomado pelo pânico. Ela segurou meu braço com mais força do que nunca e me empurrou para o espaço escuro.

— O que tá acontecendo? Quem tá aqui?

Meu coração batia acelerado. Ouvi vozes estranhas cada vez mais próximas.

Nina se encolheu na passagem, agarrando Smudges, o gato de que tanto gostava, contra o peito. Nós o tínhamos encontrado um dia durante um piquenique de família no parque, e ela chorou e implorou até meus pais permitirem que ela ficasse com o gato.

— Vai ficar tudo bem. — Meu pai segurava uma arma. Ele sempre mantivera uma arma em casa, mas nunca o tinha visto usá-la. Ver o metal preto e brilhante cintilar sob as luzes gelou meu sangue. — Entra com sua mãe e sua irmã e não faça nenhum barulho. Vai ficar tudo bem... Lucia, o que você está fazendo?

Mamãe fechou a passagem, enquanto Nina e eu acompanhávamos tudo com os olhos arregalados.

— Não vou deixar você aqui sozinho — disse ela, resoluta.

— Droga, Lucy. Você precisa...

O barulho de um vaso caindo interrompeu meu pai e assustou Smudges, que miou e escapou do colo de Nina. O gato passou pela fresta estreita entre a parede e a porta.

— Smudges! — gritou Nina, engatinhando atrás dele.

Tentei segurá-la, mas ela escapou.

— Nina, não — sussurrei, mas era tarde demais.

Ela saiu, a porta se fechou e eu fiquei no escuro. Permaneci sentado, ouvindo minha pulsação acelerada e tentando ajustar os olhos à escuridão.

Mamãe e papai haviam me mandado ficar no esconderijo por algum motivo, e eu não queria preocupá-los saindo. Mas precisava saber o que estava acontecendo, embora algo dentro de mim gritasse para eu me virar, cobrir os olhos e me esconder.

Fiquei escondido, mas não cobri os olhos.

A passagem tinha um visor disfarçado nos olhos de um personagem de uma pintura pendurada sobre a lareira. Eu era baixo demais, mas, se ficasse na ponta dos pés e me esticasse bastante, conseguiria ver a sala de estar.

O que vi fez meu sangue gelar.

Havia dois desconhecidos no cômodo. Usavam máscaras de esqui e portavam armas – maiores que a do meu pai, agora jogada no chão aos pés dele. Um apontava para meu pai, o outro, para minha mãe e Nina. Mamãe protegia Nina com o corpo, enquanto minha irmã chorava abraçada a Smudges. O gato estava apavorado, miando a plenos pulmões.

— Faz essa coisa calar a boca — ordenou um dos homens. — Ou eu faço.

Nina chorou mais alto.

— Pegue o que quiser — falou meu pai, pálido. — Mas não machuque minha família.

— Ah, pode deixar que vamos pegar o que queremos — respondeu o segundo homem. — Infelizmente, não posso garantir a segunda parte. Na verdade, vamos acelerar tudo isso, sim? É inútil adiar o inevitável. Não ganhamos por hora.

Um tiro soou. Em algum lugar, mamãe e Nina gritaram. Eu devia ter gritado também, mas não gritei. Só conseguia encarar, de olhos arregalados, sentindo o sangue gelado e as pernas doendo por causa do esforço de me manter na ponta dos pés por tanto tempo, enquanto uma mancha vermelha desabrochava no peito do papai. Ele cambaleou, moveu a boca, mas não disse nada. Talvez tivesse sobrevivido ao primeiro tiro, mas outro ecoou, e outro, até o corpo grande e forte desabar. Aquilo ficou lá, imóvel.

"Aquilo", não "ele". Porque o cadáver não era meu pai. Tinha seu rosto, cabelo e pele, mas meu pai tinha ido embora. Eu o vi partir, vi a luz se apagar nos seus olhos.

— Não! — gritou minha mãe.

Engatinhou para perto do marido, mas não percorreu mais que a metade da distância antes de seu corpo ser sacudido e a boca se abrir. Ela também desabou, o sangue manchando o assoalho.

— Porra, por que você fez isso? — reclamou o primeiro homem. — Queria me divertir um pouco com ela primeiro.

— A vadia estava me deixando nervoso. Não suporto essa choradeira, e estamos aqui pra trabalhar, não pra agradar seu pau — grunhiu o segundo.

O primeiro continuou carrancudo, mas não discutiu.

Os dois encararam Nina, que chorava tanto que o rosto havia adquirido um tom vermelho vivo. Seu corpo todo era sacudido pela força dos soluços. Smudges rosnava, ameaçador, para os homens, mostrando os dentes com ferocidade. Era um gatinho, mas naquele momento tinha toda a atitude de um leão.

— Nova demais — comentou o primeiro homem, contrariado.

O segundo o ignorou.

— Desculpa, criança. Nada pessoal. Você só teve o azar de ter nascido na família errada.

Meu sangue urrava. Um líquido pingava do meu pulso, e percebi que tinha enfiado as unhas nas palmas com tanta força que estava sangrando.

Ping. Ping. Ping.

Cada pingo era como uma explosão atômica no espaço escuro, apertado. Será que dava para ouvir? Será que conseguiam me ouvir atrás da lareira, escondido como um covarde enquanto assassinavam minha família?

Queria sair correndo. Queria atacar aqueles homens, chutar e arranhar.

Queria bater na cabeça deles com a escultura pesada em cima da lareira e arrancar a pele dos seus ossos tira por tira até eles implorarem para morrer.

Era a primeira vez que tinha pensamentos tão violentos. Mamãe era doce e amorosa, e papai era severo, mas justo. Honrado. Criaram Nina e a mim da mesma maneira.

Mas, depois de ver o que aqueles homens haviam feito, quis torturá-los devagar. Para sempre.

Mas não podia. Se saísse do esconderijo, eles me matariam também, e não haveria vingança. Nem justiça.

Ping. Ping. Pingpingping.

Eu sangrava mais depressa. Não consegui olhar quando o segundo homem ergueu a arma de novo e atirou.

Um tiro. Só isso.

Smudges ficou louco. Pulou em cima dos homens, rosnando e unhando. O primeiro falou um palavrão e tentou chutá-lo, mas o animal se esquivou a tempo.

— Esquece a porcaria do gato — disse o segundo, irritado. — Vamos terminar o serviço e cair fora.

— Odeio animais. Ei, ele não disse que eram dois filhos? Cadê o ranhentinho?

— Não tá aqui. — O parceiro olhou ao redor, para a lareira e para a pequena e elegante estátua de jade sobre uma mesinha lateral. — Em algum acampamento, alguma coisa assim.

— Merda, nunca fui pra um acampamento. Você já foi? Sempre quis...

— Cala. A. Boca.

Eles andaram pela sala, pegando os objetos mais valiosos e tocando com as mãos imundas tudo que pertencia à minha família, até que, finalmente, foram embora, deixando para trás o silêncio.

Minha respiração era ruidosa na quietude. Esperei e esperei. Quando tive certeza de que não voltariam, abri a porta espessa da passagem, vermelho por causa do esforço, e cambaleei para os corpos na sala de estar.

Mamãe. Papai. Nina.

Devia ter chamado a polícia. Sabia que não deveria mexer na cena do crime, mas era minha família. Era a última chance que eu tinha de abraçá-los.

E abracei.

Minha respiração se tornou mais lenta, e meus pensamentos, mais claros.

Eu deveria estar com raiva.

Deveria estar triste.
Deveria sentir alguma coisa.
Mas não sentia. Não sentia nada.

A tensão em meu pescoço aumentou. Não havia sido capaz de protegê-los. As pessoas que mais amei no mundo, e fui imprestável. Impotente. Um covarde.

Podia me vingar o quanto quisesse, mas isso não mudaria o fato de eles terem partido e de eu estar aqui. Eu, o mais fodido. Se houvesse uma prova de que o universo tinha um senso de humor perverso, eu estava diante dela.

— Tenho que ir — anunciou meu tio, alisando a gravata. — Vou encontrar um velho amigo. Vai ficar até o fim de semana?

Afastei as lembranças e assenti.

— Excelente. Jogamos xadrez quando eu voltar?

Meu tio era a única pessoa que conseguia se defender de mim no xadrez.

— É claro. — Passei o polegar sobre o machucado na minha mão. — Vou gostar.

Depois que meu tio saiu, passei uma hora na academia da casa. Malhava para me livrar das frustrações, mas algo me incomodava.

Algo que Ivan dissera e a forma como dissera...

Sou o CEO, ela não teve escolha.

Por que estava perguntando por mim, e por que queria tanto saber sobre minha agenda a ponto de ameaçar Carolina para ter a informação? Ela era uma boa assistente e não divulgaria a informação a menos que fosse obrigada.

Desliguei o chuveiro e me enxuguei, pensando em todas as possibilidades. Não havia chegado tão longe ignorando meus instintos, então me vesti, coloquei um par de luvas de couro e voltei ao escritório do meu tio. Ele mantinha câmeras de segurança escondidas, mas o interceptador de primeira linha que eu havia comprado no mercado clandestino deu conta do recado rapidamente.

Não sabia o que estava procurando, mas, depois de uma hora revistando tudo – inclusive gavetas falsas e compartimentos secretos –, não encontrei nada. Nem no quarto dele.

Talvez fosse paranoia.

Meu estômago roncou e me lembrei de que não comia nada desde o café com bagel de manhã cedo. Era quase fim de tarde.

Desisti dos aposentos do meu tio e fui para a cozinha. Ivan tinha contratado uma empregada que trabalhava duas vezes por semana na limpeza, mas não tinha outros criados; era paranoico demais com espionagem industrial e sempre dizia que os espiões podiam aparecer em qualquer lugar.

Não confie em ninguém, Alex. A facada nas costas sempre vem das pessoas de quem menos esperamos.

No último minuto, desviei e fui para a biblioteca, o cômodo favorito do meu tio. A sala alta de dois andares parecia tirada de uma mansão inglesa, com as lamparinas de vidro fosco da Tiffany e prateleiras de mogno nas paredes, a madeira sólida rangendo sob o peso dos volumes com encadernação de couro. Tapetes orientais macios abafavam o som dos meus passos enquanto eu examinava as prateleiras. Esperava que fosse lá o que eu estivesse procurando não tivesse sido escondido em um livro falso, poque havia milhares ali.

Mas eu conhecia meu tio. Sabia que não escolheria qualquer livro. Escolheria um com significado.

Olhei as seções de seus autores favoritos. Liev Tolstói, Fiódor Dostoiévski, Taras Shevchenko, Oleksandr Dovjenko... ele tinha um fraco pelos clássicos russos e ucranianos. Dizia que o ligavam a suas raízes.

Mas, não, todos os livros eram reais.

Dei uma olhada no restante da biblioteca e notei um tabuleiro de xadrez em um canto, uma edição limitada. As peças continuavam na mesma posição em que as havíamos deixado no último jogo.

Enquanto examinava o tabuleiro e a área ao redor procurando algo que confirmasse minhas suspeitas, tropecei na mesa e derrubei um peão.

Soltei um palavrão e abaixei para pegá-lo. Então vi uma tomada embaixo da mesa. Uma tomada comum, simples, mas...

Olhei um pouco mais à esquerda.

Outra tomada a menos de trinta centímetros. O Código Elétrico Nacional dos Estados Unidos estipulava que tomadas deviam ser posicionadas a no máximo um metro e oitenta de distância uma da outra ao longo da linha do piso, mas era raro ver duas tão próximas.

Parei e tentei ouvir algum ruído – o ronco do motor do Mercedes do meu tio entrando na propriedade, seus passos no assoalho de tacos.

Nada.

Peguei um clipe de papel dos grandes na mesa da biblioteca e engatinhei para baixo da mesa do jogo de xadrez, abrindo-o até deixá-lo reto. Girei o parafuso no meio da tomada, me sentindo ridículo, mas seguindo o instinto que gritava para eu continuar.

Quando estava quase desistindo, a tomada se abriu com um estalo e revelou uma pilha de papéis na parede.

Tomada falsa. *Óbvio.*

Meu coração disparou quando estendi a mão para os papéis... bem na hora que ouvi um motor ao longe.

Meu tio voltava para casa.

Desdobrei os documentos – cartas escritas em duas caligrafias conhecidas. Li tudo depressa, incrédulo.

Esperava política corporativa. Jogo sujo no conselho. Não me surpreenderia se meu tio tentasse manter a posição de CEO, mesmo sabendo que eu deveria assumi-la em breve. Mas *isso*? Nunca havia imaginado.

As peças do quebra-cabeça se encaixaram na minha cabeça, e um estranho coquetel de fúria, sentimento de traição e alívio formou um nó dentro de mim. Traição e fúria pela revelação; alívio por...

A porta da frente se abriu com um estrondo. Passos se aproximavam.

Enfiei as cartas na parede, dobrando-as como as encontrara, e parafusei de volta a tampa da tomada. Saí de debaixo da mesa, pus o peão no lugar e guardei o clipe e as luvas no bolso. As luvas eram tão finas que nem faziam volume.

Peguei O *conde de Monte Cristo*, de Alexandre Dumas, um dos meus livros favoritos, de uma prateleira a caminho da porta.

— Alex — chamou meu tio ao me ver no corredor. Então riu. — Dumas de novo? Você nunca enjoa desse livro.

Sorri.

— Não, não enjoo.

O tempo todo, meu sangue fervia.

CAPÍTULO 32

Ava

Ele estava atrasado.

Eu batucava com os dedos na mesa, tentando não olhar as horas no celular. *De novo.*

Alex e eu havíamos combinado de nos encontrar no restaurante italiano próximo ao campus às sete horas da noite. Eram sete e meia, e todas as minhas mensagens e ligações continuavam sem resposta.

Meia hora não era tanto tempo, em especial com o trânsito da hora do rush, mas Alex nunca se atrasava. E sempre, sempre respondia às minhas mensagens.

Eu havia ligado para o escritório, mas a assistente disse que ele saíra meia hora antes, portanto já devia estar no restaurante.

A preocupação me corroía por dentro.

Será que tinha acontecido alguma coisa com ele? E se fosse um acidente?

Era fácil imaginar um Alex invencível, mas ele sangrava e sentia dor como todo mundo.

Mais dez minutos. Vou esperar mais dez minutos, e aí eu... merda, não sei. Vou mandar a merda da Guarda Nacional. Se ele estivesse machucado, eu não ia ficar sentada sem fazer nada.

— Quer alguma coisa, querida? — perguntou a garçonete, de novo. — Além de água — acrescentou, incisiva.

As pontas das minhas orelhas ficaram vermelhas.

— Não, obrigada. Eu, hm, ainda estou esperando meu amigo.

Era menos patético que admitir que estava esperando o namorado.

Só um pouquinho menos patético.

Ela suspirou impaciente e se afastou para atender um casal idoso na mesa ao lado. Eu me sentia mal por ocupar a mesa em uma noite de sexta-feira, mas mal vira Alex durante a semana e estava com saudade. Dormíamos na mesma cama toda noite, e o sexo era incrível como sempre, mas ele parecia mais distante durante o dia. Distraído.

— Ava?

Levantei a cabeça e senti uma pontada de decepção ao ver que não era Alex.

— Lembra de mim? — O rapaz sorriu. Era bonitinho, com um estilo geek chique, de óculos de armação preta e cabelo castanho e meio comprido. — Sou Elliott. A gente se conheceu no aniversário do Liam na primavera passada.

— Ah, sim. — Tentei não me retrair ao ouvir o nome de Liam. Não o via nem tinha notícias dele desde o baile de gala, mas Jules, sempre por dentro de todas as fofocas, tinha me contado que ele havia sido demitido e voltado para a casa dos pais na Virgínia. Eu estaria mentindo se dissesse que estava com pena. — Bom te ver de novo.

— É, bom ver você também. — Ele passou a mão no cabelo, meio sem jeito. — Lamento por tudo que aconteceu com Liam. Não nos falamos mais desde a formatura, mas soube que vocês terminaram e... o que aconteceu. Ele foi muito canalha.

— Obrigada.

Eu não podia acusá-lo de nada por ser amigo de Liam. *Ou ex-amigo?* Fui eu quem namorou o babaca, e os homens costumam tratar melhor os amigos que as namoradas. Era uma triste realidade.

— Desculpe te incomodar durante o jantar... — Ele olhou para meu copo de água. — É que estou procurando alguém pra fazer as fotos do meu noivado e não achei ninguém que se enquadre no que Sally, minha noiva, quer. Mas vi você e lembrei que é fotógrafa, então pensei que era um sinal. — Elliott sorriu, acanhado. — Espero que não ache estranho, mas encontrei seu site e mostrei pra Sally, e ela adorou. Se tiver agenda nas próximas semanas, adoraríamos contratar você.

Vi uma loira bonita em uma mesa próxima olhando para nós. Ela sorriu e acenou. Acenei de volta.

— Parabéns — falei com um sorriso sincero dessa vez. — Eu adoraria atender vocês. Me passa seu número, aí combinamos os detalhes depois.

Enquanto trocávamos contatos, uma voz gelada cortou a atmosfera relaxada do restaurante.

— Você está no meu caminho.

Alex estava atrás de Elliott, encarando-o com uma expressão tão sinistra que era surpreendente que o homem não tivesse desintegrado.

— Ah, desculpe...

— Por que está pegando o telefone da minha namorada?

Elliott olhou para mim, nervoso, e eu contraí a mandíbula. *Sério?* Alex havia chegado quase uma hora atrasado e tinha a coragem de bancar o babaca ciumento no minuto em que aparecia?

— Ele é meu cliente — expliquei, tentando manter a calma. — Elliott, eu ligo pra você depois, tá bem? Parabéns mais uma vez pelo noivado — disse, enfatizando a última palavra.

A ruga na testa de Alex ficou menos profunda, mas ele não relaxou enquanto Elliott não voltou para sua mesa.

— Que palhaçada foi essa? — perguntei.

— Palhaçada?

Alex se sentou.

— Você tá atrasado e foi grosseiro com Elliott sem motivo nenhum.

Ele desdobrou o guardanapo e o colocou no colo.

— Tive que resolver um negócio urgente, e meu celular ficou sem bateria, por isso não consegui ligar pra você. Quanto ao *Elliott*, cheguei e vi um desconhecido flertando com minha namorada. Como esperava que eu reagisse?

— Ele não estava flertando comigo. — Respirei fundo. Não era assim que eu havia imaginado aquela noite. — Olha, não quero brigar. É a primeira vez que comemos juntos em mais de uma semana e quero aproveitar o jantar.

— Eu também. — O rosto de Alex relaxou. — Desculpa pelo atraso. Vou compensar a espera.

— Acho bom.

Ele sorriu.

Fizemos o pedido, e a garçonete ficou mais feliz depois que Alex escolheu o vinho branco mais caro da carta. Eu não podia beber tinto sem parecer que ia explodir. Culpa dos meus genes asiáticos. Um gole de álcool, principalmente vinho tinto, e ficava da cor de um tomate.

Esperei até servirem as entradas, então revelei minha grande notícia.

— Hoje tive um retorno sobre a bolsa de estudos.

Alex deteve o garfo a caminho da boca.

— Consegui. — Mordi o lábio inferior, sentindo o peito cheio de animação e nervosismo. — Nova York. Eles me aceitaram.

— Eu sabia que você ia conseguir. — Simples e direto, como se nunca tivesse duvidado de mim, mas com os olhos cheios de orgulho. — Parabéns, Raio de Sol.

Ele se inclinou sobre a mesa e beijou meus lábios. Fiquei tão animada que não conseguia parar de sorrir, e minha irritação anterior se dissipou. E daí que ele tinha se atrasado um pouco? *Eu consegui!*

Quase derrubei o celular quando recebi o e-mail naquela manhã. Precisei reler a mensagem várias vezes, antes de entender as palavras.

Eu, Ava Chen, seria bolsista da World Youth Photography. Passaria um ano em Nova York, estudando com os melhores fotógrafos do mundo. Meu único pesar era não poder estudar com Diane League, que lecionava em Londres, porque, apesar de ter progredido no controle da aquafobia, ainda não estava preparada para sobrevoar um oceano.

Mas tudo bem. Um dia eu a conheceria. Até lá, daria duro para me aperfeiçoar e, *cacete, seria bolsista da WYP!* Uma das mais prestigiadas honrarias da área.

Meu coração flutuou, mas a realidade me puxou de volta para o chão.

— Vou pra Nova York — falei, então desabei. — E você vai ficar em DC.

— Não vou, não. — Seus olhos brilharam diante da minha expressão de dúvida. — O Archer Group tem um escritório em Manhattan.

Meu coração esperançoso abriu as asas de novo.

— Mas você construiu sua vida aqui. Sua casa, seus amigos...

— A casa não é minha, é do Josh. Estou só tomando conta pra ele. E as pessoas que conheço aqui são apenas conhecidos, não amigos. — Alex deu de ombros, elegante. — A equação é simples, Raio de Sol. Você está em Nova York, eu estou em Nova York.

Os últimos vestígios de hesitação desapareceram. Sorri, tão feliz que seria capaz de dançar no meio do restaurante lotado.

— Você sabe como...

Algo vibrou. Alex ficou tenso, e eu olhei para o bolso de seu paletó, que vibrou de novo.

Meu sorriso desapareceu.

— Você não disse que seu celular tinha ficado sem bateria?

Do nada, a tensão voltou, pairando no ar até se tornar uma caldeira.

A noite estava sendo uma montanha-russa emocional, e eu não conseguia acompanhar os altos e baixos.

— Carreguei no carro.

Alex bebeu um pouco de vinho. Seus ombros estavam tensos.

— Mas não respondeu às minhas mensagens e ligações. — Encaixei as mãos sob as coxas. De repente, fiquei com frio, apesar do aquecimento ligado. — Por que você se atrasou, Alex? De verdade.

— Já falei, tive que resolver um assunto urgente.

— Não é o suficiente.

— Não sei o que quer que eu diga.

— A *verdade*! — Baixei a voz quando os clientes da mesa ao lado me olharam, assustados. — É só o que quero. Por favor. Meu pa... Michael mentiu pra mim durante minha vida inteira, não quero que você comece também.

Uma sombra perpassou o rosto de Alex.

— Não vou mentir, a menos que a verdade te machuque.

— Alex...

— Negação plausível existe por um motivo, Raio de Sol.

Ele cortou a massa com força excessiva.

— O que você fez? — cochichei.

Alex segurou o garfo com mais força.

— Nem sempre sou uma boa pessoa. Nem sempre faço a coisa certa. Você sabe, mesmo que pareça determinada a ver o bem em mim. Não vou... — Ele soltou o ar em um sopro prolongado, frustrado. — Deixa isso pra lá, Ava. Pro seu próprio bem.

— É claro. Vou deixar pra lá. — Joguei o guardanapo em cima da mesa, dominada pela frustração. — E também vou embora. Perdi o apetite.

— Raio de Sol...

Ele tentou me segurar, mas o afastei com um aceno e me apressei para a saída antes que ele pudesse me impedir.

Sentia o peito apertado ao andar apressada para casa. A noite, que devia ter sido uma das melhores da minha vida, acabara de se tornar uma das piores.

CAPÍTULO 33

Alex

Paguei e saí do restaurante atrás de Ava. Ela não havia se afastado muito, então a segui discretamente para ter certeza de que chegaria bem em casa e depois voltei para DC.

Odiava vê-la chateada, especialmente em uma noite em que deveria estar comemorando, e não brigando. Queria correr atrás dela e me desculpar por ser um babaca, mas o tempo estava passando e eu precisava terminar o que havia começado.

Só depois poderia deixar o passado para trás de uma vez por todas.

Encarei a tela do computador, acompanhando a passagem dos minutos. 23h55. Tinha dado um prazo ao homem. Até a meia-noite.

23h56.

Não havia contado a verdade a Ava... sobre muitas coisas. Não tive assuntos urgentes para resolver antes do jantar, não a respeito do Archer Group, pelo menos. Estava conversando com o assassino dos assassinos da minha família.

A polícia havia concluído que meus pais e minha irmã morreram em decorrência de um assalto, mas eu sabia que esse não era o verdadeiro motivo. Os homens haviam mencionado um "serviço" e falaram em "ele", alguém que sabia que eu estaria em um acampamento naquele verão, embora essa pessoa pudesse ser qualquer uma com acesso à internet e um conhecimento mediano sobre computadores, uma vez que o acampamento postava uma lista com seus inscritos todo ano.

Mantive essas informações comigo. Era novo, mas tinha idade para saber que o sistema de justiça criminal não aplicaria a pena que eu pretendia: completa aniquilação.

Então esperei.

23h57.

Meu tio era a única pessoa a quem eu havia contado tudo. Ele também não acreditava na teoria do assalto.

Mas, graças a uma câmera de segurança que registrara a placa do carro, a polícia pegara os culpados alguns dias depois, e ambos os homens confirmaram que tinham entrado na casa para roubar. Os "assaltantes" disseram à polícia que não queriam deixar testemunhas, então mataram todo mundo. Também não foram julgados, porque morreram "misteriosamente" na cadeia.

Meu tio fez algumas investigações e descobriu quem havia contratado o assassino dos assassinos. Pelo jeito, era um concorrente do meu pai nos negócios, alguém com práticas questionáveis e transações escusas no seu histórico. Pela lógica, devia ter sido ele quem ordenara a execução da minha família.

Desde então, eu havia passado cada segundo da minha vida planejando o fim desse homem.

23h58.

Eu era uma criança e confiava no meu tio, mas o que havia lido na biblioteca jogou pela janela tudo que sabia sobre ele.

Ava estava certa – estive distraído na última semana, envolvido no meu jogo de xadrez. Não o que deixei por terminar com meu tio na biblioteca, mas o xadrez da vida real.

Orientei meu técnico de informática a invadir os registros financeiros de Ivan desde a época da morte da minha família e lhe paguei uma quantia elevada para que trabalhasse noite e dia até encontrar o que eu queria. Um grande valor havia sido transferido de uma das contas secretas do meu tio no exterior para uma conta anônima dois dias antes do assassinato da minha família, e outra transferência no mesmo valor foi feita no dia seguinte. Uma quantia ainda maior fora enviada para outra conta anônima um dia depois da morte dos "assaltantes".

Paguei outra soma chocante para rastrear o segundo assassino. Meu técnico entrou em contato comigo quando eu estava a caminho do restaurante para encontrar Ava e disse que havia localizado a pessoa, um famoso matador de aluguel conhecido como "Falcão". Estava aposentando, aparentemente, mas eu não precisava dos seus "serviços". Precisava apenas de um nome.

Como um gesto de boa vontade, mandei vinte e cinco por cento dos cinquenta mil que havia prometido a Falcão se o grupo conseguisse confirmar quem os havia contratado para matar os assaltantes.

Agora estava esperando.

23h59.

Encarei a tela preta e vazia do Vortex, um site de mensagem totalmente codificado e popular entre os frequentadores do submundo do crime. Blindado contra invasões e rastreios, era onde acontecia a maioria das transações mais sujas do mundo.

Um arrepio percorreu meu corpo.

Não tinha me preocupado em ligar o aquecimento. Havia comprado a casa em que estava em DC no nome de uma empresa fria, porque queria um lugar em que pudesse dar conta das minhas atividades ilícitas sem ninguém saber, nem meu tio. Instalara um sistema de segurança que causaria inveja ao Pentágono, inclusive com um interceptador oculto que desabilitava todos os equipamentos eletrônicos dentro da casa, a menos que se tivesse uma senha, e apenas eu a tinha.

Meia-noite.

Uma nova mensagem apareceu na tela.

Meia-noite em ponto. É preciso reconhecer o valor de um assassino pontual.

Li a mensagem com calma, o sangue mais gelado que o frio que atravessava o assoalho de tábuas e as paredes nuas.

Sem cumprimentos, sem perguntas. Apenas um nome, como eu havia solicitado.

Mandei o restante do dinheiro para Falcão e fiquei sentado no escuro, ruminando a notícia.

Eu sabia. Óbvio que sabia. Todas as evidências apontavam para isso, mas a confirmação chegara.

O homem responsável pela morte da minha família não era Michael Chen, pai de Ava.

Era Ivan Volkov, meu tio.

CAPÍTULO 34

Alex

FIZ PANQUECAS.

Raramente cozinhava – por que perder tempo preparando uma coisa de que não gostava e que podia pagar outras pessoas para fazer? Mas abri uma exceção naquele dia. Esperava uma visita e não queria ter que sair para comer.

A campainha soou.

Eram 9h07, de acordo com o relógio do micro-ondas. Mais cedo do que eu esperava, o que significava que ele estava ansioso.

Desliguei o fogo e bebi um pouco de chá a caminho da porta. Quando abri, tive que disfarçar a surpresa.

Não era quem eu estava esperando.

— O que você tá fazendo aqui, Raio de Sol?

Não foi o cumprimento mais carinhoso, mas ela precisava ir embora antes de ele chegar.

Um pânico moderado me invadiu quando pensei em um encontro entre os dois.

Ava franziu a testa. Parecia exausta, e me perguntei se ela estaria tendo pesadelos de novo. Desde que ela recuperara a memória, eles haviam diminuído, mas ainda aconteciam de vez em quando.

Fui tomado por preocupação e culpa. Fazia dias que a gente não conversava. Ava ainda estava brava comigo, e fiquei ocupado com meus planos. Foi difícil convocar uma reunião de conselho corporativo na semana anterior ao Natal – em segredo, ainda por cima –, mas tinha informações suficientes para chantagear todos os membros, então eles aceitaram.

— Precisamos conversar. Sobre a gente — anunciou Ava.

Palavras que nenhum homem quer ouvir da namorada, especialmente quando ele e essa mesma namorada estão em crise. Eu queria resolver logo a confusão com meu tio para dar a Ava a atenção que ela merecia.

Quanto ao meu desvirtuado e aparentemente mal orientado plano de vingança contra o "pai" dela... bom, essa era uma confissão para outro dia.

Se é que esse dia chegaria.

Michael Chen era um filho da puta sociopata, mesmo que não houvesse planejado o assassinato da minha família, e eu me sentia tentado a seguir com o plano original de contratar alguém para eliminá-lo na prisão. Mas... ainda não.

— Podemos conversar mais tarde? — Vi o Mercedes cinza se aproximando, e meus músculos se contraíram. — Agora não é uma boa hora.

Ava balançou a cabeça.

— Faz uma semana. O Natal é daqui a dois dias, e estou cansada dessa situação. Já faz um tempo que você tá esquisito comigo, e tenho o direito de saber o que tá acontecendo. Se não quer mais ficar comigo... — Ela respirou fundo, e seu rosto ficou vermelho. — É só falar. Não fica me enrolando.

Droga. Se Josh tivesse voltado para o Natal como planejara, teria distraído Ava. Mas houve um terremoto na região onde era voluntário – ele estava bem, graças a Deus – e as pessoas tinham precisado de atendimento médico, então ele ficou. Doei uma quantia considerável para ajudar com as despesas da organização. Por caridade, em parte, mas principalmente por culpa.

A vida de Ava não era a única dos Chen que eu havia fodido nos últimos anos.

Meu tio estacionou e desceu do carro. Estava com uma expressão furiosa.

Segurei a caneca com mais força.

— É óbvio que quero ficar com você — falei em voz baixa, sem desviar os olhos de Ivan. — Sempre vou querer estar com você. Mas...

— Alex. — O tom agradável do meu tio encobria a fúria que cintilava nos seus olhos. Quando Ava olhou para trás, assustada, ele forçou um sorriso elegante. — Quem é esta adorável criatura?

Se a caneca fosse de vidro, teria se estraçalhado.

— Ava, tio Ivan — respondi em um tom seco.

— Ah, a famosa Ava. É um prazer conhecê-la, querida.

Ela sorriu, mas parecia pouco à vontade.

— Não sabia que estava esperando alguém. Tem razão. A gente pode conversar mais tarde...

— De jeito nenhum. Só vim ter uma conversa amigável com meu sobrinho.

Ivan tocou as costas de Ava e a guiou para dentro de casa. *Tira as mãos de cima dela, filho da puta.* A raiva ameaçou me dominar, mas eu a contive.

Não podia perder a cabeça. Não naquele momento.

Fomos para a sala de jantar – Ava e eu de um lado, Ivan do outro. A tensão pairava no ar.

— Alguém quer uma bebida? — Deixei a caneca quase vazia sobre a mesa. — Chá? Chocolate quente?

Ava balançou a cabeça.

— Não, obrigada.

— Chá verde para mim.

Ivan bateu de leve na barriga.

Alguns minutos depois, voltei com a bebida e o encontrei conversando com Ava.

Meu tio pegou o chá e sorriu para mim.

— Alex, Ava estava me contando como passaram o Dia de Ação de Graças. Ele adora esses feriados com os Chen — disse a ela. — Diz que são muito... esclarecedores.

Meus músculos queimavam de tensão, e Ava retribuiu o sorriso do meu tio com um hesitante.

— O que veio fazer aqui, tio? — perguntei, sentando-me com uma casualidade estudada. — Deve ser importante, pra ter vindo tão cedo. A viagem da Filadélfia até aqui é longa.

— Queria parabenizar meu sobrinho favorito. — O sorriso de Ivan ficou tenso. Não me incomodei em mencionar que era seu *único* sobrinho. — Ava, querida, sabia que está sentada ao lado do novo CEO do Archer Group?

Não expressei nada quando ela se virou para mim de olhos arregalados.

— Meu tio se retirou do cargo — expliquei, então me dirigi a Ivan. — Agradeço pela tutelagem durante todos os anos que o senhor dedicou à companhia, mas agora pode se aposentar e ir pescar, ou fazer palavras cruzadas, assistir a filmes... uma vida de lazer, como você merece.

— Sim. Estava ansioso por isso — respondeu ele, frio.

Era tudo mentira, um espetáculo que encenávamos. Meu tio não havia renunciado, embora fosse essa a versão que eu oferecia à imprensa. Fora removido do cargo graças ao golpe da reunião secreta do conselho que passei a semana anterior executando. Tive que usar mais cartas sujas que de costume para fazer tudo em tão pouco tempo, mas raiva é o maior motivador do mundo.

Agora, *eu* era o CEO do Archer Group, e Ivan não era nada. Quando eu terminasse o que tinha começado, ele também não *teria* nada.

— Parabéns. Que incrível.

Ava parecia estar sinceramente feliz por mim, mas também confusa e um pouco magoada, talvez por eu não ter contado a ela algo tão importante. Por outro lado, a mudança só tinha sido oficializada na tarde anterior. O conselho notificou Ivan, sem dúvida, e ele foi me visitar logo cedo com a intenção de falar tudo que pensava sobre mim.

Sem tirar os olhos de mim, ele disse:

— Você e Ava deveriam ir me visitar algum dia. Sou um velho que não tem muitos amigos e não gosto muito de sair de casa. — Ele riu. — Tenho uma certa paranoia com segurança. Instalei câmeras na casa toda, no escritório, na cozinha... na biblioteca. Raramente vejo todas as imagens, mas... — Ele bebeu um pouco de chá. — O que um homem não faz quando tem muito tempo livre, não é?

Li a mensagem cifrada em um piscar de olhos.

Merda. Como tinha deixado passar as câmeras da biblioteca? Desabilitara as do quarto e as do escritório, depois havia voltado a ligá-las, tomando o cuidado de reprogramar o sistema para que não houvesse nenhum salto suspeito, mas meu tio nunca instalara câmeras em outros cômodos. Devia ter examinado as imagens depois de receber a notificação do golpe para saber o que eu tinha andado fazendo por lá.

Ele se tornara mais paranoico... e eu, mais relaxado.

Não voltaria a cometer esse erro.

Ivan e eu nos encaramos. Jogada feita. Ele sabia que eu tinha visto as cartas trocadas entre ele e minha mãe – em que ele declarava seu amor e implorava para ela abandonar meu pai, e as que ela mandara rejeitando-o, até meu tio se tornar cada vez mais agressivo e minha mãe ter que ameaçar pedir uma ordem de restrição... As cartas em que Ivan prometia que ela se arrependeria por tê-lo desprezado.

Assim que encontrei essa informação, as outras peças do quebra-cabeça se encaixaram. O motivo de meu pai e Ivan romperem, como os assaltantes sabiam tanto sobre nossa família, por que meu tio às vezes fazia aquela cara estranha quando falávamos dos meus pais. Sempre soube que ele era um narcisista, então a rejeição da minha mãe devia ter sido um golpe duro – duro o bastante para ele ter planejado a morte do irmão.

O que não explicava por que havia escolhido Michael Chen como bode expiatório, mas eu descobriria. Não pararia enquanto não removesse todas as camadas da mentira de Ivan e o estrangulasse com elas.

Agora entendia como Ava se sentira. Também havia sido enganado durante boa parte da vida, mas minha reação era menos benigna que a dela.

— Hm, é claro. — Ava olhou para mim. — Vamos fazer uma visita qualquer dia.

Só por cima do meu cadáver. Ou melhor, do cadáver do meu tio.

— Excelente. — Ivan deixou a xícara sobre a mesa. — Bem, já prolonguei demais minha visita. Vou deixá-los a sós. Alex, nos falamos em breve.

— Com toda certeza — respondi.

Depois que ele foi embora, Ava e eu ficamos em silêncio, trocando olhares desconfiados. Queria abraçá-la, beijá-la e dizer que estava tudo bem, mas as coisas tinham se complicado muito. Sem mencionar que ela ainda não sabia a verdade sobre mim e o que eu tinha feito.

Ela não vai descobrir. A única pessoa que sabia era meu tio, e logo ele estaria fora de cena.

Uma pessoa melhor contaria toda a verdade, mas eu preferia ser o vilão com ela ao meu lado do que um herói e perdê-la por causa de um senso de moralidade distorcido.

O que ela não sabe não pode feri-la.

— Seu tio é diferente do que eu imaginava — disse ela, por fim. — Ele é... dissimulado.

O comentário me fez sorrir. Ava também não gostou dele. *Boa, garota.*

— Por que não me contou sobre sua promoção? Isso é muito importante! A gente devia ter comemorado.

— Não era oficial até ontem. Pensei em contar no Natal, seria uma surpresa.

Uma verdade parcial.

Ava suspirou e assumiu um ar triste.

— Sinto sua falta, Alex.

Ah, essa garota. Não tinha ideia do que fazia comigo.

— Também sinto sua falta, Raio de Sol.

Abri os braços, e ela se sentou no meu colo e enlaçou meu pescoço. Respirei seu perfume e meu coração doeu. Queria mantê-la perto, segura e mimada para sempre. Foda-se o resto do mundo. Podia pegar fogo, eu não me importaria.

— Não quero brigar, mas... — Ava mordeu o lábio. — Você tá estranho ultimamente. Se tem alguma coisa errada, sabe que pode me dizer e vamos resolver juntos, né?

— Sei.

Como Ava podia ser tão incrível? Qualquer um que tivesse passado pelas coisas que ela passou teria se afastado do resto do mundo, mas não Ava. Ela estava sempre pensando nos outros.

Eu não a merecia.

— Foi porque eu disse... — Ela fez uma pausa e um rubor desabrochou no seu rosto. — Que te amo?

— É óbvio que não. — Eu a abracei mais forte e beijei. — Sabe que eu faria qualquer coisa por você.

— Sei, mas começou a ficar estranho depois que...

— É trabalho — interrompi. Era mentira. — Estava estressado com a transição pro cargo de CEO.

Outra verdade parcial.

Aceitar minhas palavras sem questioná-las era uma prova da confiança de Ava.

— Você vai ser um ótimo CEO. — Ela pressionou os lábios em um ponto sensível do meu pescoço, e meu pau acordou, interessado. Eu não a tocava havia uma semana e estava maluco para amarrá-la e fazer tudo que quisesse. — E se a gente aliviar esse estresse...

— Gosto do seu jeito de pensar — respondi com um sorriso sacana.

Mas, quando a levei para o quarto e a fodi em todas as posições até Ava não conseguir mais gritar, a sensação de desgraça iminente continuou pairando sobre mim.

CAPÍTULO 35

Alex

MEU MUNDO DESABOU DUAS SEMANAS DEPOIS DA VISITA DO MEU TIO.
Eu caminhava para o trabalho quando recebi uma ligação de Ivan "solicitando" que fosse visitá-lo o quanto antes. Ele se manteve quieto desde que fora removido do cargo de CEO, o que era suspeito, mas eu sabia o motivo. Também sabia por que ele estava pedindo para conversar. Eu já esperava.

Liguei para minha assistente e pedi a ela que cancelasse todos os meus compromissos daquele dia, depois fiz a viagem até a Filadélfia em duas horas.

Ao subir as escadas para o escritório do meu tio, reduzi a velocidade dos passos, certo de que havia câmeras monitorando todos os meus movimentos desde que passara pelos portões da propriedade.

Eu o encontrei sentado atrás da mesa, vendo seu adorado drama russo na televisão.

— Oi, tio.

Encostei-me na parede e pus as mãos nos bolsos, a imagem da indiferença casual.

Um olho de Ivan tremeu.

— Então você finalmente apareceu, seu merdinha.

Contive um sorriso. Meu tio raramente falava palavrões; devia estar transtornado de raiva. Notei uma área de calvície na sua cabeça, áreas de descamação e vermelhidão e algumas erupções purulentas na pele. Seu rosto estava abatido, pálido.

Para alguém tão vaidoso, a deterioração da aparência devia ser um pesadelo.

— Sempre vou ter tempo pra visitar meu tio favorito. — O *único* tio, mas não por muito mais tempo. — O senhor não parece muito bem. Estressado por ter perdido o emprego?

Um músculo se contraiu no seu queixo.

— Você vai me devolver o cargo de CEO.

Quase gargalhei.

— Por que eu faria isso?

— Porque... — Ivan se recostou na cadeira e entrelaçou os dedos sobre a barriga — possuo uma coisa que você quer e tenho a sensação de que vai fazer de tudo para recuperar, inclusive se demitir do Archer Group e me restabelecer como CEO, além de transferir cinquenta milhões de dólares para minha conta. Pelo desgaste emocional.

Suas faculdades mentais deviam estar deteriorando mais depressa que a aparência física se ele achava que eu aceitaria uma única condição dessas.

— É claro — respondi, indulgente. — Vejamos essa "coisa" mágica primeiro.

— Eu disse que era uma "coisa"? — Os olhos de Ivan brilharam cheios de maldade. — É "alguém". Podem trazer — gritou ele em russo.

Houve um ruído de passos do lado de fora, e meu sangue gelou quando um sujeito enorme de calça camuflada e plaquinhas de coleira no pescoço entrou arrastando duas garotas amarradas e amordaçadas.

Ava e Bridget.

Elas olharam para mim apavoradas.

Tive que recorrer a toda minha força de vontade para não reagir.

— Entendo — respondi com uma voz entediada. — Desculpa, tio, mas não vejo nada nem ninguém que me faria pensar em te dar porra nenhuma, muito menos cinquenta milhões de dólares.

Havia um pequeno corte no rosto de Ava. Lágrimas corriam pelas suas faces, e ela me encarava com os olhos arregalados, perturbada. Hematomas nos braços indicavam os lugares que o Camuflado a havia segurado, e vi vergões vermelhos e pele esfolada em volta das cordas nos seus pulsos.

Ava. Ferida.

A raiva selvagem que dominou meu interior se espalhou, ocupou cada centímetro do meu ser.

Olhei para Camu, que me encarou de volta com um sorriso arrogante.

Não por muito tempo.

Ele morreria naquele dia. Devagar. Dolorosamente.

Notei, satisfeito, que ele também exibia alguns cortes e hematomas. Ava e Bridget haviam resistido, mas não importava.

Ele se atrevera a tocar no que era meu, e eu o faria implorar por algo doce como a morte.

O segurança que eu tinha contratado para vigiar Ava caso meu tio tentasse uma merda como essa? Ele também morreria por ter falhado na missão.

Ao lado de Ava, Bridget se mexeu, assustada e pálida. O movimento fez Camu puxar seu braço para alertá-la, mas ela não se acovardou e o encarou, furiosa.

A princesa altiva, mesmo raptada.

Falando nisso, onde o guarda-costas dela havia se metido? Rhys era um ex-Navy SEAL. Devia ser mais competente que o idiota que eu contratei.

Não tinha tempo para pensar nisso. Olhei novamente para meu tio, que sorria satisfeito.

— Não vai me enganar, Alex — disse ele com a voz fina e cortante. — Vi como olhou para ela. Foi por causa de Ava que freou o plano de vingança. Você a ama. Mas será que ela vai te amar quando descobrir o que fez?

Uma pressão espessa envolveu meu pescoço, apertou. Minha respiração acelerou.

Sabia o que meu tio estava fazendo. Queria me obrigar a confessar a maior mentira que já contara, a pior coisa que já fizera. Ivan queria que Ava me odiasse.

A pior parte era que eu precisava fazer isso. Teria que abrir mão dela se fosse a única maneira de salvá-la.

— É aí que você se engana — respondi, tranquilo, sem desviar os olhos de Ivan. — Você me subestima, tio. Ava nunca foi mais que um peão no meu jogo. Por que acha que recuei depois que o pai dela foi pra cadeia? Porque ela não me servia pra mais nada. Admito, o sexo era bom. — Dei de ombros. — Foi o único motivo pelo qual não terminei tudo.

Pelo canto do olho, vi Ava levantar a cabeça.

— Desculpa, Raio de Sol. — Forcei um tom debochado ao dizer o apelido. — Agora que a porteira foi aberta, é melhor eu contar tudo de uma vez. O homem sobre quem eu falei, o que matou meus pais? Era seu pai... ou seu pai de mentira, Michael Chen.

Ava arregalou os olhos, e Bridget finalmente se moveu, inspirando de modo tão profundo que foi possível ouvir mesmo através da mordaça.

— Eu sempre soube. — Desencostei da parede e me aproximei. Camu ficou tenso e deu um passo para a frente, mas Ivan o conteve com um gesto e um sorriso maravilhado. Estava se divertindo, o desgraçado. — Acha que foi coincidência Josh e eu termos ficado no mesmo dormitório no primeiro ano da faculdade? Um belo suborno na mão da pessoa certa faz milagres, e não existe um jeito melhor de destruir seu inimigo do que de dentro pra fora. Joguei a carta dos "pais mortos" pra conquistar a simpatia dele e ser convidado para as comemorações em família, e, enquanto todo mundo dormia, eu espionava. Instalei escutas na sua casa, mexi nos arquivos do seu pai... encontrei muita informação interessante. Por que acha que ele sofreu tantos revezes nos negócios nos últimos anos?

Uma lágrima rolou pelo rosto de Ava, mas continuei. *Desculpa, Raio de Sol.*

— Destruí o império de Michael, torre por torre, e você e Josh nem notaram. — Ri baixinho, apesar da dor ardente no meu peito. — Guardei o *grand finale* pra este ano. O ano em que meu plano de tomar a empresa de forma pública e humilhante seria concluído. Mas eu precisava de mais uma informação, mais uma desculpa pra vasculhar o escritório do seu pai. Então Josh, meu ingresso pra entrar na sua casa todo ano no Dia de Ação de Graças, anunciou que seria voluntário na América Central. Muito inconveniente. Precisava de outra ponte. — Segurei o rosto de Ava com uma das mãos, sabendo que essa poderia ser a última vez que a tocava. — Foi aí que você entrou em cena. Josh fez a maior parte sozinho quando me pediu pra cuidar de você, mas eu plantei a ideia de ir morar na casa dele. — Sorri, enquanto meu coração se rasgava aos poucos. — Afinal, era muito mais fácil você se apaixonar por mim me vendo todos os dias. E você se apaixonou. Foi tão fácil que quase me senti envergonhado. A doce e confiante Ava, sempre tão disposta a consertar coisas quebradas. Tão desesperada por amor que o procurava em qualquer lugar.

Ela balançou a cabeça, seu peito arfou. Parou de chorar, mas me olhava com uma mistura de raiva e sentimento de traição. *Essa é minha garota. Não chore por mim, me odeie. Nunca chore por mim. Eu não mereço.*

— Naquela noite, depois do jantar de Ação de Graças, encontrei a informação de que precisava. Seu pai se desesperou com os anos de fracassos nos negócios e fez algumas transações condenáveis com pessoas más. Eu alinhei tudo... a invasão do FBI, o circo na mídia. — Não revelei o plano de mandar matar Michael na cadeia. Ainda não tinha tomado essa decisão, na verdade. — Mas imagine minha surpresa quando você recobrou a memória. Foi como uma surpresa de Natal antes da hora. Se eu não conseguisse pegar o cara por crime corporativo, pegaria por tentativa de assassinato. E deu certo. Embora... — Olhei para meu tio, cujos olhos transbordavam maldade — ... eu tivesse me enganado. Não tinha sido Michael. Não é verdade, tio?

Os lábios de Ivan se distenderam em um sorriso fino. Não existia mais nenhuma semelhança ao homem que me trouxera para aquela casa e me tratara como filho – ou como eu pensava. Demorava anos para se construir uma relação e um segundo para destruí-la – e a nossa estava irremediavelmente destruída.

Não confie em ninguém, Alex. A facada nas costas sempre vem das pessoas de quem menos esperamos.

— Essa é a beleza da coisa — disse ele, apesar de se retrair de forma sutil.

Senti prazer ao notar o pequeno movimento – fazia duas semanas, ele devia estar sentindo dores horríveis –, embora meu coração se partisse com a maneira como Ava olhava para mim. Era como se não me conhecesse.

De certa forma, não conhecia.

— Michael era um dos concorrentes de seu pai quando Anton começou a expandir os negócios em Maryland. Eles nunca se entenderam bem. Anton odiava o jeito como Michael conduzia os negócios, e Michael odiava qualquer um que tentasse invadir "seu" território. Acabaram estabelecendo uma trégua, mas Michael era um bode expiatório fácil. Não foi difícil plantar "evidências" que convenceriam um adolescente impressionável como você. — Ivan tossiu. — Você era um garoto esperto, mas o desejo de vingança o cegou. Sempre odiei aquele homem, de qualquer forma. Uma vez, ele me humilhou em uma festa para a qual seu pai o convidara como um "gesto de boa vontade", mesmo eu tendo dito a Anton para não fazer isso, e não me surpreendeu saber que Michael também era um psicopata.

— Olha quem fala — respondi com frieza.

Meu tio *era* transtornado o suficiente para se ressentir por uma bobagem que acontecera em uma festa décadas antes.

Tomei todas as medidas possíveis para Michael nunca descobrir sobre minha ligação com Ivan ou meu pai, afinal ele não receberia bem o filho de um homem que havia assassinado (como eu acreditava na época). Mudei nosso sobrenome e apaguei todas as evidências que nos ligassem a Anton Dudik. Meu tio e eu éramos Ivan e Alex Dudik, mas nos tornamos Ivan e Alex Volkov. Tive sorte por meu tio ser tão paranoico – havia poucas fotos e rastros dele antes de fundarmos o Archer Group, o que facilitou meu trabalho.

Pelo jeito, tudo isso foi inútil, uma vez que Michael conhecia Ivan e sabia sobre a ligação dele com meu pai. Ele não gostava de mim, mas nunca fez nada para me impedir de frequentar sua casa, afinal não era o assassino.

Era inacreditável que meu tio tivesse me cegado por tanto tempo. Eu era um gênio, supostamente. Um mestre da estratégia. Mas fui vítima do mesmo erro de todos os seres humanos – acreditar no melhor sobre alguém simplesmente porque essa pessoa esteve com você no seu pior. Ivan era o único parente vivo que eu tinha, e permiti que esse fato nublasse minha visão.

Agora, por causa do meu erro, Ava estava machucada.

Meu estômago se contraiu. Evitei olhar para ela. Se olhasse, perderia a cabeça e não podia correr esse risco. Não com Camu apontando uma arma para ela nem com meu tio observando tudo. Ivan podia estar morrendo, mas eu não o subestimaria, não enquanto não estivesse sete palmos abaixo da terra.

— Posso dizer o mesmo de você. — Ivan se retraiu de novo, embora tentasse esconder. Eu esperava que o desgraçado sofresse até o último suspiro. — Você, eu, Michael. Todos somos feitos da mesma matéria escura. Fazemos qualquer coisa, o que for necessário, para ter o que queremos. Eu sabia que era uma boa ideia te acolher. Você ficou tão grato! E eu não podia deixar que esse seu intelecto fosse desperdiçado. Saímos bem disso, não é?

Ele abriu os braços em seu magnífico escritório.

— *Eu* me saí bem. Você viveu às minhas custas como o parasita que é.

Ivan riu, desapontado.

— Isso é jeito de falar com o homem que não deixou você ser levado para aquele sistema *horrendo* de adoção? Sério, você devia ser mais agradecido.

Ele estava delirando de verdade.

— Não me surpreende que minha mãe não tenha se interessado por você. Ela deve ter sentido o cheiro da loucura a um quilômetro de distância.

O sorriso falso de Ivan sumiu, e a raiva contorceu suas feições.

— Sua mãe era uma vagabunda estúpida. Eu a amava, mas ela me rejeitou, *eu*, que estava ao lado dela muito antes de seu pai se aproximar. Me trocou por Anton, o ingênuo de coração mole. Esperei e esperei que ela recobrasse o bom senso, mas não aconteceu. — Ele riu. — Quando contou a Anton sobre minhas cartas, ele parou de falar comigo. Não foi homem o bastante para me enfrentar cara a cara, mas espalhou a história entre nossos amigos em comum e todos me isolaram. — Os olhos de Ivan refletiam ódio. — *Ninguém* me desafia desse jeito. Seu pai tomou de mim o que eu amava, e eu tomei dele tudo que ele amava.

— "Tudo" não. "Todos" — falei por entre os dentes. — Minha mãe não era um objeto.

Ele gargalhou.

— Ai, Alex, o amor te amoleceu no fim das contas.

Rangi os dentes.

— Não tem amor nenhum.

— Não foi o que me contou um passarinho. — A tosse o interrompeu. — Tive uma conversa bastante interessante com uma linda loira chamada Madeline. Ela me contou como você reagiu quando ela empurrou Ava na piscina.

A fúria me cortou por dentro. *Madeline*. Não sabia como ela e meu tio haviam se conhecido, mas Ivan devia estar me rastreando havia mais tempo do que eu imaginava.

Mais uma vez, me amaldiçoei por ter baixado a guarda.

Em um mês, as Indústrias Hauss não existiriam mais. Eu cuidaria disso. Já havia reunido o combustível depois do incidente na piscina; era só atear fogo.

— Você só precisa me dar o dinheiro e devolver o cargo, assinar um contrato dizendo que nunca vai me acusar de nada nem voltar a disputar a presidência do grupo, e eu solto Ava e a amiguinha dela. É uma troca simples.

Eu me perguntava se ele sabia que Bridget era a princesa de Eldorra. Se sabia, era um idiota por tê-la envolvido em um sequestro. Se não sabia, era um idiota por não ter pesquisado.

E, se achava que eu acreditaria que libertaria qualquer um de nós depois de ter confessado um assassinato, devia pensar que *eu* era um idiota.

Considerei minhas opções. Ivan não faria nada comigo, Ava ou Bridget enquanto eu não transferisse o dinheiro e devolvesse o cargo, o que não levaria muito tempo. Ele sabia que eu tinha o conselho na mão. Podia torná-lo CEO novamente com um telefonema.

— Só pra ser claro, não foi um pedido — insistiu Ivan.

Sorri, enquanto as engrenagens do meu cérebro voltavam a girar.

— É claro. Posso aceitar sua solicitação...

Meu tio sorriu.

— ... ou salvar sua vida. A escolha é sua.

O sorriso desapareceu.

— Do que você está falando?

Dei um passo na sua direção. Camu levantou a arma, mas Ivan acenou para contê-lo e estreitou os olhos lacrimejantes enquanto eu observava sua pele, seu cabelo e suas mãos, que tremiam com a dor indisfarçável.

Ele entendeu a mensagem.

— Como? — perguntou.

Meu sorriso se alargou.

— O senhor estava com muita sede quando foi à minha casa algumas semanas atrás.

— O chá. — O rosto de Ivan se contraiu. — Eu pesquisei depois que os sintomas começaram a aparecer. Os médicos disseram...

— Que você tem a síndrome de Guillain-Barré? — Suspirei. — Uma pena os sintomas serem tão semelhantes. Mas não, receio que não seja Guillain-Barré.

— O que você fez, seu merdinha?

Notei um movimento rápido atrás de Camu, visível apenas de onde eu estava. Não reagi, embora meus cálculos mentais tenham se ajustado ao considerar a nova circunstância.

— Hoje em dia é possível comprar qualquer coisa no mercado clandestino — comentei, brincando tranquilamente com o horrível peso de papel em forma de macaco em cima da mesa. — Inclusive venenos mortais. Esse que está destruindo seu organismo neste momento é bastante semelhante ao tálio. Inodoro, insípido, incolor. Difícil de identificar por ser muito raro, e produz sintomas que apontam para diversas outras doenças. Mas, diferente do tálio, não existe um antídoto amplamente conhecido. Mas, para sua sorte, tio, existe *um* antídoto secreto, e eu tenho um frasquinho dele guardado.

Meu tio tremia de raiva.

— Como vou saber que não está mentindo?

Dei de ombros.

— Acho que vai ter que confiar em mim.

Três coisas aconteceram ao mesmo tempo. Ava se jogou em cima de Camu, que estava distraído, e derrubou a arma da mão dele; o guarda-costas de Bridget o atacou pelas costas e o imobilizou com uma gravata; e eu saquei a arma que levava no coldre de ombro, embaixo do paletó, e a apontei para meu tio. Usei a outra mão para enviar uma mensagem rápida de apenas um número pelo celular sem desviar os olhos de Ivan.

— Pare! — gritou ele.

Todos congelamos como se participássemos de uma cena de comédia grotesca. Rhys com um braço em torno do pescoço de Camu e uma arma na outra mão apontada para a têmpora do raptor; Ava e Bridget se contorcendo para escapar das amarras; e eu pronto para atirar à queima-roupa no peito do meu tio.

— Alex. — Ivan riu, nervoso. — Meu querido sobrinho, isso é necessário? Somos todos família, afinal.

— Não somos, não. Você matou minha família. — Engatilhei a arma, e ele empalideceu. — Ava, Bridget, saiam.

Elas não se moveram.

— *Agora*.

Camu não tinha amarrado as pernas delas, por isso conseguiram sair depressa da sala apesar das mãos amarradas.

— Pense em todos os bons momentos que tivemos juntos — continuou meu tio, colocando de volta a máscara da ternura. — Quando levei você à primeira aula de krav magá, quando fomos a Kiev no seu aniversário de dezesseis anos...

O tiro soou mais alto que suas súplicas.

Ivan ficou estático, boquiaberto de choque. Uma mancha vermelha desabrochou no seu peito.

— Infelizmente pra você, não sou do tipo que recita poemas antes de apertar o gatilho — falei, sem nenhum remorso por matar o homem que me criara. Ele era um assassino e um mentiroso. Eu também, mas tinha me conformado com o inferno havia muito tempo. — Você vai morrer hoje e vai morrer tão feio por fora quanto é por dentro.

— Seu ingrato...

Outro tiro. Seu corpo estremeceu.

— Esse foi por minha mãe. O primeiro foi por meu pai. E este é pela Nina. — O terceiro tiro soou. — Por Ava. Por Bridget. E este é por mim. — Engatilhei a arma pela última vez.

Atirei bem entre os olhos dele.

Àquela altura, meu tio já estava morto, com o corpo cheio de buracos e os pés em uma poça de sangue, mas minhas palavras, como as balas, não eram para ele. Eram para mim, minha própria versão perversa de encerramento.

Olhei para Camu, que estava branco como giz. Rhys o imobilizava no chão. Recolhi sua arma e a examinei.

— Pode soltar. Deixa comigo — disse a Rhys.

Para minha surpresa, o guarda-costas nem piscou. Manteve a mesma expressão estoica que exibia desde que entrara na sala. Eu tinha a impressão de que o homem não piscaria nem se alienígenas vestidos com tutus prateados surgissem do nada e começassem a dançar "Macarena".

— Tem certeza?

Ele apertou a arma com mais força contra a têmpora de Camu.

— Tenho. Sua princesa está esperando — disse, com um meio-sorriso. — Pode deixar que eu cuido do lixo.

Apontei minha arma para o homem no chão enquanto segurava a segunda com a outra mão.

Rhys recuou, mantendo a arma apontada para Camu e olhando para mim.

Esperto.

Dava para notar que ele queria acabar pessoalmente com Camu, mas Bridget era sua prioridade, e a tarefa de um guarda-costas era proteção e evacuação, não combate.

Assim que ele desapareceu, dei dois tiros nos joelhos de Camu, não para matar, apenas para imobilizá-lo enquanto eu me dedicava ao trabalho. Ignorei os gritos de dor e tranquei a porta.

— Hoje você cometeu um erro — comecei, ajoelhando ao seu lado. Imagens dos hematomas de Ava e de sua expressão apavorada surgiam como flashes na minha cabeça, e senti meu olhar se tornar cada vez mais severo.

— Tocou no que era meu. — Tirei uma faca da bota. O homem arregalou os olhos, apavorado. — Machucou o que era meu. — O cheiro de urina dominou o ar quando ele molhou a calça. Para um cara de aparência tão ameaçadora, se assustava com facilidade. Fiz uma careta de desgosto. — Agora é hora de pagar. Não se preocupe. — Levantei sua camisa e encostei a ponta da faca na sua barriga. — Vou fazer bem devagar, com toda doçura.

Se Ava e Bridget já tinham chamado a polícia – e eu tinha certeza disso –, só dispunha de uns preciosos minutos antes da chegada das viaturas. Mas com boas ferramentas e criatividade? Um minuto se transforma em uma eternidade.

Mal haviam se passado dez segundos quando Camu voltou a gritar.

CAPÍTULO 36

Ava

A HORA SEGUINTE FOI COMO UM TURBILHÃO. A POLÍCIA E OS PARA-médicos chegaram, me encheram de perguntas, fizeram muitos exames e desfilaram com expressões sombrias. Aguentei todos eles e dei respostas simples, robóticas.

Quando terminaram, eu queria me enfiar na cama e nunca mais sair... se conseguisse me mexer.

— Ava? — Bridget tocou meu braço. — A polícia disse que estamos liberadas. Rhys vai nos levar de volta.

O guarda-costas robusto estava tão perto de nós que quase nos cobria por completo com o corpo, e sua máscara normalmente austera tinha sido substituída por pura fúria.

Eu não o criticava. Nós mesmas havíamos nos metido naquela confusão.

Na noite anterior, Bridget e eu queríamos ver uma das nossas bandas favoritas em DC. Show de bandas indie não eram comuns na cidade, e, quando acontecia, a gente aproveitava. Mas... Rhys tinha *proibido* Bridget de ir porque não era seguro, mas, em vez de discutir, o que àquela altura sabíamos que era inútil, ela saiu escondida no meio da noite. Tudo aconteceu de acordo com o plano, até que o maluco de roupa camuflada nos abordou na rua depois do show e jogou nós duas dentro de uma van. Foi tudo tão rápido que não deu tempo nem de gritar. Resistimos ao máximo, e meu treinamento amador de defesa pessoal até me permitiu acertar alguns chutes, mas ele acabou nocauteando nós duas. Quando acordamos, estávamos na Filadélfia.

Senti um arrepio. O sequestrador devia ter nos espionado por muito tempo antes de atacar, o que me apavorava mais que o rapto propriamente dito.

— Vamos?

Apesar do tom calmo, percebi um leve tremor nos ombros de Bridget e desconfiei que esse era o motivo para Rhys ainda não ter falado tudo que merecíamos ouvir. Na verdade, ele não havia dito uma palavra, exceto para explicar que nos encontrara por causa do chip que havia instalado no celular de Bridget e que ativara ao descobrir que ela não estava no quarto naquela manhã. A besteira que havíamos feito foi tão grande que Bridget não deu um pio sobre ele a ter rastreado secretamente.

Meus olhos desviaram para Alex, que parecia muito controlado para alguém que tinha atirado no tio, matado o homem que nos raptara e quase morrido.

Ele falava com um policial, e seu rosto não demonstrava a menor agitação.

Você não passou de um meio para um fim.

— Só um minuto — respondi. Minha voz soava estranha até para mim. Baixa e vazia, quase sem vida. — Preciso falar com ele.

Bridget e Rhys se olharam, e notei que a preocupação comigo era maior que a animosidade entre eles.

— Ava, não sei se é uma boa ideia...

Eu a ignorei. Passei pela minha amiga e segui em direção a Alex, segurando sobre os ombros o cobertor que os paramédicos haviam me dado.

Um passo depois do outro.

O dia inteiro parecia surreal. Continuava pensando que era um novo tipo de pesadelo e que eu acordaria a qualquer momento, mas não tinha fim. Mesmo quando contei à polícia o que havia acontecido, senti como se falasse de um filme, não da vida real.

A história saiu aos pedaços e em meias verdades. Disse aos policiais que o tio de Alex tinha contratado alguém para nos sequestrar para nos usar contra Alex, que havia sido nomeado para o cargo de CEO no seu lugar, mas não mencionei a história sórdida sobre a família deles. Essa história não era minha, não cabia a mim dizer nada. Podia alegar honestamente que não sabia o que havia acontecido depois que Bridget e eu saímos da sala, como o tio de Alex acabara com quatro balas no corpo e o sequestrador fora mais entalhado que uma abóbora de Halloween, de acordo com o policial com cara de náusea. Tecnicamente, eu não sabia, mas não precisava ser um gênio para deduzir o que havia acontecido.

Não tinha certeza sobre o que Alex havia dito à polícia, mas, se não o prenderam por matar duas pessoas, devia ter criado uma versão de defesa pessoal bastante convincente.

No fim das contas, ele era um mentiroso habilidoso. Ou tinha mentido até sobre mentir?

Só havia um jeito de saber.

Alex me viu primeiro. Disse algo ao policial, que assentiu e se afastou.

Parei a um metro, segurando o cobertor com as mãos trêmulas.

Parecia o antigo Alex novamente – inabalável e desinteressado, com olhos de lascas de gelo cor de jade. Não havia o menor sinal do Alex com quem havia me relacionado nos últimos meses. O que cancelou um encontro para ficar em casa vendo filmes comigo, o que comeu um dos piores cookies que já fiz e mentiu sobre ser "bom" para não me magoar, o que me ensinou a nadar e me mostrou um mundo que eu pensava que existia apenas em fantasias. Um mundo no qual eu amava e era amada. Ele não disse isso, mas pensei... pensei de verdade que ele me amasse, que só estava assustado demais para dizer em voz alta.

Agora me perguntava se o Alex que eu "conhecia" tinha existido alguma vez. Talvez tudo tivesse sido uma farsa, um papel encenado por um psicopata em busca de vingança que tirara proveito do meu coração ingênuo.

Ou ele havia mentido e dito tudo aquilo na frente de Ivan para me salvar porque não queria que o tio soubesse que se importava comigo. A história era elaborada demais para ser falsa, mas Alex era um gênio. Ele podia fazer qualquer coisa.

Eu me apeguei aos restos dilacerados de esperança com dedos ensanguentados.

— Pensei que tivesse ido embora.

Ele pôs as mãos nos bolsos. A própria indiferença fria.

— Queria falar com você primeiro.

— Por quê?

Meu rosto esquentou.

Vá embora antes de se envergonhar ainda mais!, gritou meu orgulho, mas a nesga horrível de esperança insistia para que eu ficasse até o fim.

— Queria saber.

Ele ergueu uma sobrancelha como se estivesse entediado.

— Você e eu. — Quase tinha medo de perguntar, mas precisava saber. — Foi real?

Alex ficou imóvel, e eu prendi a respiração, esperando, rezando...

— Eu tentei te avisar, querida — disse ele com o rosto impassível. — Avisei pra não me romantizar, pra endurecer esse seu coração mole. Foi minha única gentileza pela bondade com que me tratou durante todos esses anos. Mas você se apaixonou mesmo assim. — Sua mandíbula se cerrou. — Considere como uma lição para o futuro. Palavras bonitas e rostinhos bonitos não garantem almas bonitas.

Minha esperança se transformou em cinzas.

Meu coração mole? Não. Eu não tinha um coração, não mais. Ele o havia arrancado do meu peito, cortado em tiras com suas palavras afiadas como lâminas e jogado os restos fora sem pensar duas vezes.

Eu devia dizer alguma coisa. Qualquer coisa. Mas não conseguia pensar em nada.

Queria um pouquinho da raiva e da dor de antes, mas haviam desaparecido. Eu estava entorpecida.

Teria ficado ali para sempre se mãos gentis não tivessem me levado para o carro de Rhys. Pensei tê-lo ouvido dizer algo para Alex, mas não tinha certeza. Não importava.

Nada importava.

Bridget não tentou conversar nem me distrair com amenidades. Só teria piorado as coisas. Ela me deixou ficar em silêncio olhando pela janela, observando árvores e mais árvores mortas passarem do lado de fora. Não conseguia lembrar por que gostava do inverno. Tudo parecia sem graça e cinza. *Sem vida.*

Chegamos à fronteira de Maryland. Começou a chover, gotas pequeninas que brilhavam na janela como cristais estilhaçados. Me lembrei do dia em que Alex foi me buscar, quando fiquei sem condução na chuva, e desmoronei.

Toda a emoção contida durante as últimas horas - os últimos *meses* -, tudo veio à tona ao mesmo tempo. Eu era uma formiga arrastada por uma onda e nem tentava resistir. Deixei que a água me encobrisse. A dor, a raiva, o coração partido, a traição e a tristeza, até meus olhos arderem e os músculos doerem por causa da intensidade dos soluços.

De algum jeito, fui parar no colo de Bridget enquanto ela afagava meu cabelo e murmurava para me acalmar. Teria sido terrivelmente constrangedor chorar no colo de uma princesa, mas eu não me importava com mais nada.

Por que era sempre eu?

O que eu tinha que me tornava tão indigna de amor? *Tão fácil de enganar?*
Minha cor favorita.
Amarelo.
Meu sabor de sorvete preferido.
Menta com gotas de chocolate.
Você é a luz da minha escuridão, Raio de Sol. Sem você, estou perdido.
Mentiras. Tudo mentira.

Cada beijo, cada palavra, cada segundo que eu guardava com tanto carinho... maculado.

Meus olhos queimavam com um fogo líquido. Não conseguia respirar. Tudo doía, de fora para dentro, enquanto eu soluçava e me desfazia em lágrimas que me rasgavam a alma.

Michael mentiu para mim. Alex mentiu para mim. Não por dias, semanas nem meses, mas por *anos*.

Algo se partiu no meu interior. Não chorava mais apenas pelo meu coração partido, mas pela menina que eu costumava ser – a que acreditava na luz, no amor e na bondade do mundo.

Aquela garota não existia mais.

CAPÍTULO 37

Alex

Senti o peito vazio ao ver Ava ir embora. Meus olhos queimavam com uma emoção desconhecida, acumulada.

Queria correr atrás dela e arrancá-la dos braços de Bridget. Cair de joelhos e implorar por seu perdão para o imperdoável. Mantê-la ao meu lado pelo resto da vida para que nada nem ninguém voltasse a machucá-la.

Mas não podia, porque havia sido eu quem a machucara. Eu menti e a manipulei. Coloquei-a em risco por causa da minha sede de vingança e dos planos perversos contra meu tio.

O único jeito de proteger Ava era desistir dela, mesmo que isso significasse a minha própria destruição.

O carro que levava Ava de volta a Maryland e para longe de mim desapareceu, então soltei o ar em um sopro trêmulo, tentando entender a dor que me rasgava por dentro. Era como se alguém arrancasse pedaços do meu coração e da minha alma e os esmagasse com os pés. Nunca havia sentido nada tão intensamente.

Odiava a sensação. Queria a indiferença gelada do torpor, mas temia que meu castigo fosse queimar eternamente nas chamas da agonia que impus a mim mesmo.

Meu inferno pessoal em vida. Minha condenação.

— Alex. — O chefe da minha equipe na Filadélfia se aproximou com movimentos rápidos, precisos. Usava um uniforme da polícia e um distintivo que brilhava ao sol vespertino, mas não era oficial nem agente da lei. — A casa está pronta.

— Ótimo. — Notei que Rocco olhava para mim com uma expressão estranha. — Que foi? — disparei, irritado.

— Nada. É que parece que você vai... deixa pra lá.

— Termina a frase. Vou o quê?

O tom da minha voz baixou perigosamente. Eu tinha equipes de limpeza de prontidão em várias cidades, prontas para entrar em ação caso um dos meus planos saísse dos trilhos. Ninguém sabia sobre isso, nem meu tio, quando estava vivo. Tratava-se de funcionários discretos, eficientes, e pareciam gente normal com empregos normais – não reparadores que podiam enterrar qualquer corpo, apagar qualquer evidência e interceptar quaisquer comunicações... inclusive ligações para delegacias locais.

Cada policial e paramédico que havia aparecido naquele dia fazia parte da equipe, e foram convincentes no desempenho dos seus papéis.

Rocco parecia arrependido de ter aberto a boca.

— Parece que vai, hm, chorar.

Ele se retraiu, certamente consciente de que, apesar de ter interceptado a chamada de Ava e reunido a equipe em tempo recorde, não estaria protegido da minha ira.

O fogo nas minhas veias combinava com o ardor nos olhos. Não me dei ao trabalho de responder ao comentário. Só o encarei até Rocco murchar.

— Tem mais alguma observação idiota que queira compartilhar comigo?

Minha voz teria congelado o Saara.

Ele engoliu em seco.

— Não, senhor.

— Ótimo. Eu cuido da casa.

Houve uma pausa breve.

— Pessoalmente? Você... — Ele parou quando viu minha cara. — É claro. Vou avisar os outros.

Enquanto ele reunia o restante da equipe, entrei na mansão onde tinha passado a maior parte da minha vida. Era minha casa, mas nunca fora um lar, nem quando meu tio e eu nos dávamos bem.

O que facilitava muito minha missão.

Do lado de fora, Rocco me deu o sinal verde.

Peguei o isqueiro do bolso e levantei a tampa com o polegar. O cheiro de querosene encharcava o ar, mas não hesitei quando me aproximei das cortinas e acendi o isqueiro junto ao tecido dourado e grosso.

É impressionante a rapidez com que o fogo se espalha por uma construção de quase mil metros quadrados. As chamas lambiam paredes e teto, famintas à procura da destruição, e eu me sentia tentado a ficar e me deixar consumir também. Mas o instinto de autopreservação venceu no último minuto, e escapei pela porta da frente, levando comigo o cheiro das cinzas.

Minha equipe e eu ficamos a uma distância segura observando a mansão imponente queimar até chegar a hora de conter o fogo, antes que se espalhasse além do que podíamos controlar. O edifício ocupava um terreno de muitos acres e era uma propriedade isolada, ninguém saberia sobre o incêndio até horas, talvez dias mais tarde. A menos que eu contasse a alguém.

Eu contaria, em algum momento. Seria uma história trágica sobre como um cigarro tinha provocado um acidente, e sobre como o dono da mansão, um homem doente que se recusava a contratar empregados e morava sozinho, fora incapaz de controlar a situação a tempo. Seria uma notícia secundária nos jornais locais e permaneceria escondida nas últimas páginas. Eu tomaria providências para que fosse assim.

Mas, por enquanto, só fiquei ali parado vendo as chamas consumirem o corpo do meu tio, de Camu e meu passado até não restar nada.

CAPÍTULO 38

Alex

O PUNHO DE JOSH ACERTOU MEU ROSTO, E OUVI UM "CRAC" SINISTRO antes de cambalear para trás. O sangue jorrou do nariz e do lábio, e, considerando a dor que se espalhava pelo lado direito do meu rosto, eu acordaria com um belo hematoma no dia seguinte.

Mas nem tentei me defender enquanto Josh me esmurrava.

— Seu desgraçado de merda — dizia ele, transtornado ao acertar meu estômago com o joelho. Dobrei o corpo para a frente, o ar saiu dos meus pulmões em um jato úmido, vermelho. — Seu. Desgraçado. De. *Merda*! Eu confiei em você! — Outro soco, dessa vez nas costelas. — Você era meu melhor amigo!

Os socos continuaram até eu cair de joelhos com o corpo cheio de cortes e vergões.

Mas a dor era bem-vinda. Eu a acolhia.

Era o que eu merecia.

— Sempre soube que você tinha mau gosto — falei, ofegante.

Nota mental: home office até todos os ferimentos cicatrizarem. Não precisava do escritório borbulhando de boatos. Todo mundo ainda cochichava sobre a morte do meu tio, oficialmente atribuída ao incêndio que reduzira a mansão e tudo que havia nela a cinzas.

Josh me agarrou pelo colarinho e me levantou, e vi seu rosto contorcido pela dor e pela fúria.

— Acha isso engraçado? Ava estava certa. Você é um psicopata.

Ava. O nome me cortou como uma faca afiada. Nenhuma surra era capaz de causar dor maior do que pensar nela. Sua expressão ao ir embora me atormentaria pelo resto da vida, e, graças à merda da minha memória, eu me lembrava de cada detalhe de cada segundo. O cheiro de sangue e suor na minha pele, o jeito como seus ombros tremiam sob o cobertor que ela segurava com força... o momento que a luz pálida de esperança se apagou em seus olhos.

Meu âmago se contorceu.

Posso não ter matado Ava fisicamente, mas matei seu espírito, sua inocência. A parte dela que acreditava no melhor das pessoas e via beleza no coração mais horrendo.

Foi real?

Foi, Raio de Sol. Tudo. Mais real do que jamais pensei ser possível.

Palavras que queria ter sido capaz de dizer, mas não fui. Ela foi ferida e quase morta por minha causa. Não a havia protegido, como não protegera minha irmã, meus pais. Talvez minha maldição fosse ver todas as pessoas que amava sofrendo.

Eu era um gênio, mas fora tão arrogante que um ponto fraco crucial do meu plano havia passado despercebido. Tinha imaginado que meu tio poderia ir atrás de Ava, mas devia ter pagado para uma equipe cuidar dela em tempo integral, não apenas durante o dia. Um erro de julgamento que quase me custou a única coisa sem a qual eu não poderia viver.

Mas a havia perdido mesmo assim. Porque, apesar de ser um filho da puta egoísta, a única coisa que me atingiria mais do que não a ter ao meu lado seria vê-la machucada de novo. Tinha feito muitos inimigos ao longo dos anos e, quando eles descobrissem meu ponto fraco – porque ela era meu ponto fraco, meu único ponto fraco –, não hesitariam em fazer o que meu tio fez. Ava nunca estaria segura comigo, por isso desisti dela.

Ava era minha... mas a deixei ir.

Não pensava ter um coração antes de conhecê-la, mas ela provou que eu tinha, e ele estava em pedaços aos seus pés.

— Reage — grunhiu Josh. — Reage pra eu poder te matar, desgraçado.

— Não. E não é porque tenho medo de morrer. — Eu até gostaria. Exibi um sorriso melancólico. O movimento provocou outra explosão de dor no meu crânio. — Você ganhou esse direito. Uma surra ilimitada por oito anos de mentiras.

A boca de Josh se contorceu e ele me empurrou.

— Se acha que uma surra vai compensar o que você fez, está delirando. Queria me usar? Tudo bem. Mas envolveu minha irmã nessa história, e nunca vou te perdoar por isso.

Então somos dois.

— Não vou mais desperdiçar energia. Você não merece. Era meu melhor amigo — repetiu Josh, e sua voz falhou ao pronunciar a última palavra.

Uma dor diferente me rasgou. Havia começado uma amizade com Josh porque ele era filho de Michael, mas ao longo dos anos ele realmente tinha se tornado meu melhor amigo. Meu tio era o último parente vivo que eu tinha, mas Josh era meu irmão. Não tinha nada a ver com sangue, e sim com escolha.

A verdade era que eu podia ter acabado com Michael havia muito tempo, mas adiei por lealdade a Josh. Inventei desculpas para justificar a procrastinação, até para mim mesmo, mas, no fundo, não queria feri-lo.

Você também era meu melhor amigo.

O rosto de Josh endureceu mais uma vez.

— Se eu te pegar perto da Ava de novo, eu te mato.

Ele olhou para mim com desgosto pela última vez e foi embora.

Ouvi a porta bater e permaneci deitado, encarando o teto pelo que pareceram horas. A transportadora já havia encaixotado minhas coisas e levado tudo para a nova cobertura em DC. Eu não podia mais ficar naquela casa – era cheia de lembranças, de risadas que haviam desvanecido e conversas distantes que duraram noites. Não apenas com Ava, mas com Josh. Havíamos morado juntos nos tempos de faculdade, e aqueles anos haviam sido alguns dos melhores da minha vida.

Fechei os olhos e, pela primeira vez, me deixei mergulhar em uma boa recordação, em vez de em algo doloroso.

— Canta uma música. Só uma. Vai ser meu presente de aniversário — disse Ava.

Olhei para ela sem demonstrar nenhuma emoção, embora segurasse o riso diante do bico exagerado e dos olhos de cachorrinho desprotegido. Como alguém podia ser tão sexy e, ao mesmo tempo, tão fofa?

— Seu aniversário é só em março.

— Presente adiantado.

— Boa tentativa, Raio de Sol. — Eu a abracei por trás e beijei seu pescoço, sorrindo ao ouvir a inspiração repentina. A ereção rápida encaixava com perfeição na sua bunda, como se fôssemos feitos sob medida um para o outro. — Não vou cantar.

— O que tem contra música?

Ela bufou, mesmo enquanto arqueava as costas ao sentir meu polegar no mamilo rígido. Eu nunca me cansava dela. Queria amarrá-la e devorá-la todo dia, o dia todo. O resto do mundo não a merecia. Nem eu, mas ela estava ali, e era minha, então foda-se o merecimento. Eu pegava o que queria.

— Nada contra música. — Belisquei seu mamilo, e ela se esfregou no meu pau duro. — Só não gosto de cantar.

Tinha cantado uma vez em um karaokê a que meu tio havia me levado e depois nunca mais. Não por achar que era péssimo – eu era Alex Volkov, podia fazer qualquer coisa –, mas porque cantar era muito pessoal, como se eu exibisse minha alma a cada nota que saía da minha garganta. Não importava se fosse apenas uma canção idiota. Toda música, mesmo a mais cafona, tinha raízes em emoções, e eu havia construído a reputação de não ter nenhuma – a menos que estivesse com Ava.

O desejo corria nas minhas veias.

Eu a tinha só para mim até Jules chegar do trabalho, dentro de uma hora, e aproveitaria cada segundo.

— Mas se quer mesmo um presente de aniversário adiantado... — Eu a virei. Ela riu, e o som encheu a sala de calor. — Tenho uma ideia.

— Ah, é? Qual? — *provocou Ava, então passou os braços em torno do meu pescoço.*

— Eu posso contar ou... — Beijei seu peito e desci pela barriga até chegar à perfeição doce entre suas coxas. — Posso mostrar.

Interrompi a lembrança, sentindo o coração disparado. Como todas, era tão nítida que poderia estar acontecendo naquele momento mesmo. Mas não estava, e tudo ao redor era apenas vazio e ar frio.

Senti o peito se abrir em dois. Lembrei por que costumava evitar me apegar às boas lembranças: cada vez que voltava à realidade, era como perder Ava de novo. Eu era um Prometeu fodido, que sofreria por toda a eternidade, mas, em vez de ter o fígado comido por uma águia todos os dias, era meu coração se partindo muitas, muitas vezes.

Fiquei deitado até as sombras se alongarem e minhas costas doerem em contato com o chão duro. Só então me forcei a levantar e a mancar até o carro.

A casa vizinha estava escura e silenciosa, combinando com o clima. Estive tão envolvido no meu sofrimento que não percebi a tempestade do lado de fora. A chuva caía em cortinas furiosas, e raios de luz cortavam o céu ao meio, iluminando as árvores nuas e a calçada rachada.

Nem um sinal de luz de sol ou de vida.

CAPÍTULO 39

Ava

DOIS MESES DEPOIS

Bridget convenceu Rhys a não informar o palácio sobre o que tinha acontecido na Filadélfia. Eu não sabia como, porque o guarda-costas seguia as regras rigorosamente — mesmo que dizer a verdade significasse problemas, uma vez que Bridget havia sido raptada sob sua proteção –, mas ela conseguiu.

A imprensa também não teve acesso à história real. Com exceção de uma nota breve sobre um "incêndio acidental que resultou na morte do ex-CEO do Archer Group, Ivan Volkov", era como se as piores seis horas da minha vida não houvessem acontecido.

Desconfiava que Alex tinha participação no incêndio e na ausência de cobertura da mídia, mas tentava não pensar nele.

E consegui, uma ou duas vezes.

— Trouxe bolo. — Jules empurrou um red velvet para mim. — Seu preferido.

O rosto dela brilhava, esperançoso, enquanto aguardava minha resposta.

Minhas amigas faziam de tudo para permanecer alegres quando estavam comigo, mas eu ouvia os cochichos e via os olhares de soslaio. Estavam preocupadas. Preocupadas de verdade. Josh também. Ele havia desistido do programa de voluntariado e voltado para Hazelburg para me dar "apoio moral". Chegou alguns dias depois do incidente para o recesso atrasado de fim de ano e, quando descobriu o que tinha acontecido, ficou maluco. Fazia quase dois meses.

Eu me sentia grata pelo apoio das minhas amigas, mas precisava de mais tempo. Espaço. Elas tinham boas intenções, mas eu não conseguia respirar com todo mundo em cima de mim o tempo todo.

— Não quero.

Empurrei o cupcake de volta. *Red velvet*. Como os cookies que havia assado para Alex como presente de boas-vindas à vizinhança havia uma eternidade.

Não suportava mais red velvet.

— Você ainda não comeu, e já é fim de tarde — retrucou Stella, que milagrosamente não estava grudada no celular, mas olhava para mim com ar preocupado.

— Não estou com fome.

Jules, Bridget e Stella se entreolharam. Eu tinha me mudado para a casa de Bridget porque não suportava mais morar ao lado de Alex. Mesmo que ele houvesse se mudado logo depois que saí, não conseguia olhar para aquela casa sem pensar nele, e, cada vez que pensava, era como se eu me afogasse.

Indefesa. Sem âncora. Sem conseguir respirar.

— Seu aniversário tá chegando. A gente devia comemorar. — Bridget mudou de assunto. — O que acha de um dia de spa? Você adora massagem, eu pago.

Balancei a cabeça.

— Alguma coisa mais simples, tipo uma noite de filmes? — sugeriu Stella. — Pijama, comida nada saudável, filmes ruins.

— Filmes tão ruins que são quase bons — acrescentou Jules.

— Ok. — Não sentia vontade de comemorar, mas também não queria discutir, e elas me atormentariam até eu concordar com alguma coisa. — Vou dormir um pouco.

Sem esperar uma resposta, empurrei a cadeira para trás e subi a escada para meu quarto. Tranquei a porta e me deitei na cama, mas não consegui dormir. Boa parte dos pesadelos havia parado depois que recuperei a memória, mas agora era das horas que passava acordada que eu tinha medo.

Deitada no escuro, fiquei ouvindo a chuva lá fora e observando as sombras que dançavam no teto. Os dois meses anteriores voaram e, ao mesmo tempo, se arrastaram, com um dia se misturando ao outro em um entorpecimento pálido. Mas eu acordava todo dia de manhã surpresa por ter sobrevivido a mais um dia. A traição de Michael e a de Alex haviam esgotado minha capacidade de chorar.

Eu não derramava uma lágrima sequer desde que voltara da Filadélfia.

Na mesa de cabeceira, meu celular apitou com a notificação de um novo e-mail. Ignorei. Devia ser um cupom de desconto para comprar algo de que eu não precisava.

Mas eu não conseguia dormir, e o som se prolongou no silêncio.

Suspirei, peguei o telefone e abri o e-mail com o entusiasmo de um prisioneiro a caminho do corredor da morte. Era a mensagem de orientação para a bolsa da WYP com o calendário de aulas e atividades do ano, uma lista de sugestões de hospedagem e um miniguia de Nova York.

Eu me formaria na faculdade e me mudaria para Manhattan em maio. Era meu sonho desde os treze anos, mas não conseguia mais sentir nem uma gota de empolgação. Nova York era perto demais de DC para ser confortável e, sendo bem honesta, eu não pegava a câmera havia semanas. Até cancelei a sessão de fotos com Elliott e a noiva porque não me sentia capaz de fazer um bom trabalho. Ele ficou desapontado, mas indiquei outro fotógrafo para o serviço. Meus clientes mereciam mais do que eu podia dar no momento, porque, àquela altura, eu não tinha nenhuma inspiração nem motivação para fotografar.

Em dois meses e meio eu estaria começando o estágio mais prestigiado do mundo, e minha fonte criativa estava mais seca que o deserto do Kalahari. Mais uma coisa bonita da minha vida tinha sido arruinada.

Do nada, a fúria explodiu dentro de mim e me arrancou do torpor.

Aquele deveria ser o melhor momento da minha vida. Era meu ano de formatura, e o programa de estágio dos sonhos tinha me aceitado. Em vez de comemorar, eu me arrastava e chorava como uma... bem, como uma adolescente com o coração partido. Embora fosse, em partes, aceitável, eu estava farta. Cansada de deixar homens que não me davam a menor importância ter tanto poder sobre mim. Cansada de ser objeto de olhares de pena e sussurros preocupados.

Talvez tivesse sido essa pessoa no passado, mas não era mais.

Raiva e indignação corriam nas minhas veias. As emoções me empurraram para fora da cama e me obrigaram a vasculhar as gavetas até encontrar o que eu procurava. Vesti, cobri com um moletom de capuz e jeans e calcei botas. Desci a escada e encontrei minhas amigas na sala. Rhys estava em um canto, sério e atento.

— Quer carona pra algum lugar? — perguntou Bridget quando viu minha roupa. — Tá chovendo muito.

— Não, eu tenho guarda-chuva.

— Aonde você vai? Eu vou... — começou Stella.

— Tá tudo bem. Tem uma coisa que preciso fazer... sozinha.

Uma ruga surgiu na testa dela.

— Não acho que...

— Estou falando sério. — Respirei fundo. — Agradeço muito por tudo que vocês têm feito, de verdade, mas preciso fazer isso por mim. Não vou fazer nenhuma loucura, nem atentar contra mim mesma. Confiem em mim.

Houve um longo silêncio, então Jules finalmente respondeu:

— É óbvio que confiamos. Você é nossa melhor amiga.

— Mas, se precisar da gente, estamos aqui. — O olhar afetuoso e solidário de Bridget formou um nó de emoção que se alojou na minha garganta. — Não precisa fazer nada sozinha se não quiser.

— É só mandar uma mensagem, ligar, soltar um pombo-correio, qualquer coisa — acrescentou Stella. — Minha caixa de mensagens do Instagram fica meio maluca às vezes, mas também funciona.

Engoli o nó na garganta e forcei uma risadinha.

— Obrigada. Eu volto logo. Prometo.

Peguei o guarda-chuva no canto da porta sentindo os olhares preocupados das minhas amigas, e fui andando para um prédio do campus que nunca havia visitado durante todos os anos que estudara em Thayer. Porque era preguiçosa e porque tinha medo... de uma certa sala, na verdade.

Entrei com o crachá de aluna e consultei o mapa, depois segui para os fundos. Era um domingo chuvoso de março, então não havia muita gente. O pessoal das resoluções de Ano-Novo, que jurava se exercitar mais, tinha desistido da promessa àquela altura, e os ratos de academia deviam ter tirado o dia de folga.

Abri a porta para a área da piscina e respirei aliviada ao ver que estava vazia. Era um espaço lindo, com azulejos claros no piso e uma enorme claraboia acima da água.

Tirei as botas e a roupa até ficar só de maiô.

O cheiro de cloro não provocava mais tanta náusea. Tinha me acostumado ao longo das aulas de natação com Al... enfim, das aulas de natação. Mas ainda ficava arrepiada e desconfortável com as ondulações da água azul-turquesa, que parecia se estender até a eternidade na piscina olímpica.

Não fazia uma aula de natação havia meses. Eu *achava* que lembrava do básico, mas e se não lembrasse?

Senti um aperto no peito e precisei me esforçar mais do que teria sido necessário para levar oxigênio aos pulmões.

Era pior quando Al... quando eu estava sozinha. Se me afogasse, ninguém me encontraria tão cedo. Não haveria ninguém para me salvar.

Mas era esse o propósito do exercício, não era? Fazer aquilo sozinha.

Respira, Ava. Você não vai se afogar. Você sabe nadar.

Abri os olhos e dei alguns passos hesitantes em direção à borda da piscina. Parecia não ter fundo, embora os marcadores indicassem dois metros e meio na parte mais afastada.

Entrei na água antes de perder a coragem, tentando não recuar ao sentir o líquido frio nos tornozelos. Nos joelhos. Nas coxas. No peito. Nos ombros.

Tudo bem. Não era tão ruim. Havia estado em uma piscina dezenas de vezes. Eu conseguiria.

Sozinha, não, lembrou uma voz irritante na minha cabeça. *Por que você acha que consegue fazer sozinha?*

— Cala a boca — resmunguei, e minha voz ecoou no espaço vazio.

Prendi a respiração e, depois de uma prece rápida, afundei a cabeça na água. Lutei contra a onda imediata de pânico. *Você está bem. Você está bem.* Ainda estava na parte rasa, podia levantar a cabeça a qualquer momento.

Fechei os olhos, e os acontecimentos dos últimos oito meses desfilaram na minha mente.

Josh partindo para a América Central. Eu no meio do nada em meio à chuva. Alex – *pronto, pensei o nome dele inteiro* – indo me buscar. Alex se mudando para a casa vizinha. Alex...

Minha cabeça emergiu e enchi os pulmões de ar. Fiz um intervalo de um minuto, então submergi outra vez.

O aniversário de Alex. Nosso primeiro beijo. O fim de semana no hotel. Ação de Graças. Meu pai. O sequestro.

A doce e confiante Ava, sempre tão disposta a consertar coisas quebradas.

Foi real?

De novo e de novo. Cabeça fora d'água, cabeça dentro d'água. Desde a noite do sequestro, era a primeira vez que me permitia pensar em Alex e no tempo que a gente tinha passado juntos. Lâminas afiadas penetravam meu coração ao me lembrar da sua voz, dos olhos, do toque... mas eu ainda estava ali. Viva. Pela primeira vez, a água não parecia um inimigo. Era uma amiga engolindo minhas lágrimas e lavando meu passado.

Eu não podia mudar o que havia acontecido comigo nem controlar o que outras pessoas faziam, mas podia controlar o que *eu* fazia. Podia construir o futuro que queria.

Quando a energia inquieta se tornou demais, parei de prender o fôlego embaixo d'água e comecei a nadar. Não ganharia uma medalha olímpica tão cedo, mas conseguia mover o corpo de uma extremidade da piscina à outra, o que era muito mais do que era capaz de fazer um ano antes.

Durante toda minha vida, as pessoas me protegeram. Josh. Minhas amigas. Alex. Ou ele fingiu se importar comigo, pelo menos. E eu deixei, porque era mais fácil me apoiar nos outros do que em mim mesma. Pensava ser livre por não estar dentro de uma gaiola concreta, quando, na verdade, estive trancada na minha cabeça, aprisionada por medos que atormentavam meus dias e pesadelos que me assombravam à noite. Fazia as escolhas seguras porque não acreditava ser forte o bastante para mais nada.

Mas havia sobrevivido não a uma, não a duas, mas a *três* experiências de quase morte. Meu coração havia sido partido, esmagado, mas eu continuava respirando. Passara quase a vida inteira convivendo com os pesadelos e ainda encontrara coragem para sonhar.

Nadei até sentir braços e pernas doendo.

Depois, ainda fiquei na piscina por um tempo, saboreando a conquista. Eu, nadando sozinha por... dei uma olhada no relógio na parede. Uma hora. Sem ataques de pânico. *Mais* de uma hora.

Levantei a cabeça e sorri de verdade pela primeira vez em meses. Um sorriso tímido, mas existente.

Um passo de cada vez.

Lá em cima, a tempestade tinha perdido força, e as nuvens cinzentas cediam espaço ao céu azul. Pela cúpula de vidro, vi claramente as cores pálidas de um arco-íris.

CAPÍTULO 40

Alex

Dois meses e meio depois

— Você tá péssimo. — Ralph se sentou na cadeira à minha frente e me estudou atentamente. — Nunca ouviu falar em rotina de *skincare*?

Não desviei os olhos da tela.

— Carolina!

A porta do escritório se abriu e minha assistente apareceu na soleira.

— Sim, sr. Volkov?

— Como ele entrou aqui?

Apontei para Ralph.

— Ele está na sua lista de visitantes que não precisam marcar horário.

— Tire-o da lista.

— Sim, senhor. — Carolina hesitou. — O senhor...

— Pode sair.

Ela saiu sem pensar duas vezes. Eu entendia. Meu humor estava péssimo havia meses, e Carolina sabia que era melhor ficar longe.

Ralph arqueou as sobrancelhas.

— Tem alguém azedo.

— Você não tem um negócio pra administrar?

Fechei a planilha que estava examinando e me recostei na cadeira, sentindo a irritação crescer. Não tinha tempo para bobagens naquele dia. Mal tinha tempo para almoçar.

Desde que assumira o cargo de CEO do Archer Group, as ações da companhia haviam disparado no mercado. Provavelmente porque eu trabalhava sem parar, mais do que jamais havia acontecido. Mal saía do escritório. O trabalho me mantinha ocupado, e estar ocupado era bom.

— Ah, então. — Ele massageou a nuca. — Queria te contar pessoalmente.

— Seja o que for, resuma. Vou ter que atender o vice-presidente em uma hora. Peguei o copo de uísque e bebi o que restava da dose de Macallan.

É, era só meio-dia. Não, eu não dava a mínima.

— O vice-presidente dos Estados... — Ralph balançou a cabeça. — Esquece, não quero saber. Mas, já que perguntou, é o seguinte. Estou me aposentando e vou me mudar pra Vermont.

— Engraçadinho.

— É sério. Vou me aposentar e me mudar pra Vermont — ele repetiu.

Eu o encarei. Ralph sustentou meu olhar com uma expressão calma.

— Tá de brincadeira comigo.

Ralph era um desses homens que eu imaginava trabalhando até o dia em que morresse, simplesmente porque ele amava o que fazia. Tinha um orgulho imenso de ter construído a KMA e a transformado no melhor centro de treinamento da cidade, e nunca havia dado o menor sinal de que pretendia se aposentar, até aquele momento.

— Não. Estou pensando nisso faz algum tempo. Eu amo a KMA, mas não sou mais nenhum franguinho, e a patroa e eu economizamos bastante. Além disso, ela quer ir morar no campo faz tempo. — Ralph batucou com os dedos na mesa. — Cresceu em Vermont. Sempre quis voltar pra lá.

Eu precisava de outro drinque.

— O que você vai fazer em Vermont, cacete?

— Nem imagino. Acho que achar algum hobby. — Ralph sorriu. — Sei que é tudo inesperado, mas só decidi ontem. Quis contar pra você primeiro. Não fala nada pros outros alunos, mas... de todos, você sempre foi o maior pé no saco.

O comentário era o mais próximo que Ralph chegaria de uma declaração sentimental na sua vida inteira.

Ri baixinho.

— Obrigado. — Olhei para ele com mais atenção. — O que vai fazer com a academia?

— Meu sobrinho vai assumir o comando. E vai fazer um bom trabalho. — Ele riu da minha careta. — Sei que você não é o maior fã do cara, mas ele cuida de tudo comigo há anos. É a pessoa indicada pra isso.

— Vamos ver. — O sobrinho podia ser bom, mas Ralph era Ralph. — Quando vai se mudar?

— Fim de agosto. Vamos ter tempo pra organizar tudo por aqui, e o outono em Vermont é uma maravilha. — A expressão do meu mentor se tornou mais suave. — Pode ir nos visitar quando quiser. Minha porta vai estar sempre aberta pra você.

— Certo. — Ajeitei os papéis em cima da mesa. — Vamos almoçar ou jantar antes de vocês irem embora.

— É sério, Alex. Não faz essa cara de fodão que não dá a mínima pra nada. Sei que têm sido meses difíceis com a Ava...

— *Não*. — Meu queixo ficou tenso. — Não vamos falar dela. Ponto-final.

Ava tinha parado com as aulas de krav magá na KMA, o que eu já esperava, mas Ralph não parou de me infernizar desde que soube que tínhamos terminado. Ele não sabia de nada. Só falei que não demos certo.

O que não o impedia de bisbilhotar. O filho da mãe era insistente.

— Nunca pensei que você fosse do tipo que foge dos problemas — disse.

— Não estou fugindo de nada.

— Então por que tá com essa cara horrorosa? Sem falar no mau humor desde janeiro. Não sei o que fez, mas...

— Não. Vamos. Falar. Disso. — Uma veia pulsou na minha têmpora. Era por esse motivo que detestava companhia humana. As pessoas não sabiam a hora de calar a boca. — Agora, se me der licença...

— Senhor? — Carolina apareceu na porta outra vez, dessa vez pálida e meio apavorada. — Tem outra visita.

— Se não marcou hora, não vou receber.

— É que...

— Não se preocupe, eu mesma me anuncio. — Uma loira escultural entrou como se fosse a dona do pedaço. A veia na minha têmpora pulsou mais forte. — Princesa Bridget de Eldorra veio falar com o babaca... quer dizer, Alex Volkov.

Seu sorriso era cortês e ameaçador.

Fiquei impressionado, apesar da irritação.

Qual era a dificuldade de encontrar funcionários competentes para impedir a entrada de visitantes indesejados no meu escritório?

— Princesa.

Ralph acenou com dois dedos.

— Ralphie.

Ela acenou com a cabeça.

Ralphie? Eu não ia perguntar nada.

O guarda-costas de Bridget permanecia atrás dela com a cara eterna de poucos amigos. Devia ser a única pessoa do mundo com um humor pior que o meu e uma expressão mais indecifrável que a minha.

— Desculpe. — Carolina parecia à beira do pânico. — A princesa...

— Pode sair. Eu cuido disso.

A chamada com o VP começaria em vinte minutos, e eu já tinha perdido tempo demais.

— Estou de saída. — Ralph se levantou. — Vamos combinar aquele almoço ou jantar, mas parece que tem coisas mais sérias pra resolver antes. — Ele inclinou a cabeça para Bridget sem desviar os olhos de mim. — Pense no que falei.

— É claro.

Eu preferia comer prego enferrujado a visitar Vermont. Não gosto da vida no campo.

Ralph e Carolina saíram. Eu me recostei na cadeira e uni as mãos sobre o peito.

— A que devo a honra, Alteza?

Mantive a expressão impassível e tentei não pensar na última vez em que havia visto Bridget em seu carro, levando Ava para longe de mim.

Mesmo que eu mesmo tivesse afastado Ava, odiava Bridget por aquilo. Por ter podido confortar Ava quando eu não pude.

A loira olhou para mim com o nariz empinado.

— Eu sei o que você fez.

— Vai ter que ser mais específica. Fiz muitas coisas na vida, como deve saber.

— Para de palhaçada. — Bridget se aproximou e apoiou as mãos na mesa. Seus olhos brilhavam com uma segurança de aço. — Contratou alguém pra seguir Ava.

Meus ombros ficaram tensos, mas me forcei a relaxar.

— Princesa, "palhaçada" é um termo que não contribui com a diplomacia, não devia usá-lo.

— Não foge do assunto. — Ela acenou com a cabeça em direção ao guarda-costas, mais e mais carrancudo a cada minuto que olhava para mim — Rhys descobriu o cara. Na verdade, o mundo é pequeno, afinal eles serviram o exército juntos. Rhys salvou a vida dele, não foi difícil fazer o sujeito desembuchar. Agora quero que explique por que mandou alguém seguir Ava. Já não fez o suficiente?

Aquele idiota. Agora eu entendia por que o cretino não atendia minhas ligações.

Navy SEAL honorário, uma ova! Incompetência e deslealdade eram o flagelo do mundo.

— Talvez deva apurar os fatos, porque eu não fiz nada disso — respondi com frieza. — Delirando demais?

— Não mente, Alex. Você não é tão bom nisso quanto pensa. — O olhar de Bridget me atravessava. — Ele contou que foi contratado por você pra ficar de olho nela. Não pra fazer mal, mas... pra proteger Ava.

Uma pressão familiar começou a se formar na base da minha nuca e se espalhou até envolver o crânio em um aperto esmagador.

— E você acreditou? — Arrumei a manga da camisa. — Acreditar em qualquer mentira não é uma boa recomendação pra um guarda-costas. Não é à toa que foi raptada.

Um grunhido baixo brotou da garganta do guarda-costas em questão. Rhys deu um passo à frente, seus olhos prometiam vingança, mas Bridget o conteve com uma expressão de alerta.

— Você tá fugindo do assunto de novo.

Ela relaxou, e a expressão severa deu lugar a outra mais pensativa, que me causou um arrepio. Bridget se sentou na cadeira antes ocupada por Ralph e cruzou as pernas.

— Eu não disse que podia se sentar.

Não queria nem saber se ela era princesa. O escritório era *meu*. *Meu* reino.

Bridget me ignorou.

Eu já estava com o telefone na mão para chamar a segurança quando ela disse:

— Contratou alguém pra cuidar da Ava em segredo porque ainda gosta dela.

Mas que *porra*, por que todo mundo queria falar dela? Era dia do Torture Alex com o Nome de Ava?

Bati o telefone e me levantei. Estava farto de pessoas. O vice-presidente teria que esperar mais um dia ou uma semana para nossa chamada.

— Não tenho tempo pra isso. Eu...

— Ainda gosta dela — repetiu Bridget.

— Toma um remedinho pra esses delírios, princesa. Eu usei Ava. Consegui o que queria. Agora acabou. Acabou há *meses*. — Vesti o paletó. — Agora some daqui.

— Pra alguém sempre tão composto, você tá bastante agitado. Queria saber o porquê.

— Cuide da sua vida que eu cuido da minha.

Olhei para Rhys, que me encarava com olhos acinzentados ameaçadores. Bridget ficou tensa.

— Como assim?

— Você entendeu muito bem.

— Muito bem. Continue em negação. — Ela se levantou, um pouco mais pálida que antes. — Acho que não quer saber de Ava.

— Saber o quê?

A pergunta escapou antes que eu pudesse impedir.

Merda.

Um sorrisinho triunfante surgiu no rosto de Bridget. Ela e Jules eram a prova de que ser tremendamente irritante era pré-requisito para ser amiga de Ava.

— Esquece. Você não se importa, é óbvio — retrucou ela.

— Fala logo.

— Não, a menos que admita.

Minha pressão subiu tanto que fiquei assustado. Estava muito perto de derrubar uma princesa com um chute, e que se danasse o guarda-costas.

— Não tenho nada a dizer.

— Pra quem se alega um gênio, você é bem burrinho. — Bridget deu um jeito de me olhar de cima, embora eu fosse mais alto que ela. — Não contratou uma pessoa pra passar todos esses meses seguindo Ava sem um bom motivo. Vamos deixar bem claro: sinto desprezo por você pelo que fez e *não quero* que ela o perdoe. Mas amo Ava mais do que odeio você, e ela nunca mais foi a mesma depois do que aconteceu na Filadélfia. — Uma expressão perturbada perpassou seu rosto. — Não falei nada antes porque pensei que não se importasse, mas agora sei que se importa, e não ofenda minha inteligência tentando negar — ela acrescentou ao ver que eu abria a boca para retrucar. — Posso não ter um QI de gênio, mas não sou nenhuma idiota. Odeio admitir, mas você é a única pessoa que pode ajudá-la. Eu tentei, Jules e Stella tentaram, Josh tentou tanto quanto pôde... mas nada funciona.

Evitei reagir ao nome de Josh.

— Ava está bem. Saudável, com bons resultados na faculdade. Tá até nadando sozinha.

Era inútil continuar fingindo. Bridget enxergava através da minha teia de mentiras.

— Por fora, Ava está bem. Mas não por dentro. Ela está... não sei como explicar. É como se tivesse perdido a luz da essência dela.

Eu entendia perfeitamente o que Bridget queria dizer porque tinha visto essa luz se apagar diante dos meus olhos.

Soltei o ar devagar e tentei organizar os pensamentos caóticos. Normalmente, eram claros como cristal, organizados em um padrão perfeito para que eu os analisasse e criasse estratégias, mas eu quase não tinha dormido nos últimos meses, e não havia comido nas últimas vinte e quatro horas. Estava péssimo.

Péssimo desde que deixei Ava ir embora.

— Não sei se ela vai perdoá-lo pelo que você fez. Nem se *quero* que ela perdoe. Mas não tem a ver comigo. Tem a ver com ela. Imagina como Ava deve se sentir depois de saber que o "pai" e o "namorado" mentiram pra ela... *e* por descobrir sobre os dois praticamente ao mesmo tempo. Ela fala que superou, mas ninguém "supera" uma coisa dessas. — Bridget me encarou. — Pelo menos fala pra ela o que você realmente sente. Ava não confia em si mesma nesse momento, muito menos no amor ou em outras pessoas. E uma Ava que não confia nem acredita no amor... bom, não é a Ava, é?

Meu coração se contorceu em um nó que impediu a entrada de ar nos meus pulmões.

— Não posso.

— Por que não? Você gosta dela. Talvez... — Ela fez uma pausa enquanto estudava meu rosto, a mandíbula cerrada e a postura tensa. — Você até a ame.

— Fora.

— Está sendo covarde. Pensei que não tivesse medo de nada, mas tem medo de dizer a Ava o que sente de verdade...

— Porque ela está melhor sem mim, ok? — explodi, deixando meses de emoções contidas transbordarem como uma enorme onda escaldante.

Rhys deu um passo à frente, mas Bridget acenou para que recuasse, mantendo os olhos azuis e fascinados cravados em mim. Era compreensível. Nunca havia explodido assim diante de outra pessoa. Nunca.

Era estranhamente catártico.

— Não consegui proteger Ava. Ela se machucou por *minha* causa. Meu tio a raptou por *minha* causa. E eu não consegui impedi-lo.

Comprimi os lábios, tentando acalmar a pulsação frenética.

Cinco meses depois, eu ainda acordava no meio da noite, com medo de que algo acontecesse com Ava. Vislumbrando tudo que podia ter acontecido se a situação tivesse desandado no escritório do meu tio. Por isso contratei o investigador-guarda-costas. Não podia cuidar dela sem colocá-la em um perigo ainda maior, mas não a deixaria indefesa e sozinha por aí.

É óbvio que teria que demitir o homem por não ter ficado de boca fechada, mas aquilo era DC. Havia ex-militares e ex-agentes do Serviço Secreto por todo canto.

A expressão de Bridget se tornou mais suave.

— Você salvou a vida dela.

— Eu a pus naquela situação — lembrei, amargurado. — Pessoas à minha volta se machucam, e, mesmo com tudo que tenho — disse, abrindo os braços para mostrar o escritório —, não consigo garantir a segurança delas.

Passei a mão no cabelo, aliviado por ter um escritório à prova de som e com vidros escurecidos. A última coisa de que precisava era meus funcionários me vendo perder a cabeça.

— Nada na vida é garantido, mas você é Alex Volkov. Seu tio o pegou desprevenido porque era seu tio, mas, agora que ele está fora de cena, acha mesmo que mais alguém é capaz de surpreender você? — Bridget balançou a cabeça. — Se acha, é melhor ficar longe de Ava. Como eu disse, desprezo você pelo que fez com ela, mas também acredito que a ama, mesmo que seja teimoso ou idiota demais pra perceber...

— Tenho um QI de 160 — reagi, ofendido.

— Intelecto não garante inteligência emocional. E não interrompa uma princesa. É falta de etiqueta. Como eu estava dizendo, você é teimoso ou idiota demais pra perceber, e agora é tarde demais.

Fiz uma pausa, deixando as palavras pairarem. O medo se desenrolava como uma serpente dentro de mim.

— Explica.

Bridget e Rhys se olharam, então ela respondeu em um tom ressabiado.

— Ava está se mudando pra Londres. Pediu transferência no programa de bolsa. Está embarcando em... — Uma olhada rápida no relógio. — Uma hora.

Londres. Outra cidade. Outro país. Outro *continente*. Ela estaria a milhares de quilômetros de mim.

Merda.

O medo se transformou em pânico.

— Informações do voo — falei por entre os dentes.

— Não tenho.

Queria esganá-la. Não me importava que Rhys estivesse cada vez mais irritado e parecesse pronto para me atacar se eu piscasse do jeito errado.

— Juro por Deus, Bridget...

— Por que quer saber? Não vai atrás dela. Você disse...

— Porque eu a amo! — Bati com as mãos na mesa. — Pronto, feliz? Eu a amo tanto que preferi desistir dela a machucá-la. Mas, se acha que vou deixar Ava ir pra outro país *sozinha*, sem proteção, pode esquecer. Agora me dá as informações da porra do voo.

Bridget me deu todos os dados com um brilho triunfante nos olhos.

Sabia que tinha caído em uma armadilha, mas não me importava. Só queria chegar até o aeroporto em menos de uma hora... merda, cinquenta e seis minutos. Pensaria no resto depois – proteção para Ava, meus inimigos. Naquele momento, só precisava vê-la. Abraçá-la.

Passei por Bridget e Rhys e corri para o elevador, ignorando o sobressalto de Carolina.

— Cancele a chamada com o VP, peça desculpas e diga que tive uma emergência... depois reserve um lugar pra mim em um voo pra Europa, tem que decolar nas próximas três horas. Aeroporto Dulles.

— Quer que eu cancele...

— *Vai logo.*

— Sim, senhor. — Carolina entrou em ação, digitando com agilidade. — Para que cidade...

— Não importa. Faz o que eu mandei.

— Imediatamente, senhor.

Só precisava da passagem para passar pelos seguranças.

Em um dia normal, levaria meia hora para chegar ao aeroporto, mas é óbvio que bem naquele todas as equipes de construção de DC tinham que estar na rua. Desvios e bloqueios abarrotavam as vias, disputando espaço com centenas de motoristas determinados a ganhar o prêmio de Motorista Mais Lento do Mundo.

— Sai da minha frente — gritei para um Lexus.

Caramba, ninguém sabe dirigir nesta cidade?

Devo ter infringido mil leis de trânsito, mas consegui chegar ao aeroporto em trinta e cinco minutos. Estacionamento, segurança... felizmente, Carolina teve o bom senso de fazer o check-in on-line, e agora eu corria pelo terminal procurando o número do portão de Ava.

Eu me sentia um astro do filme mais clichê do mundo. Correndo pelo aeroporto, tentando encontrar a mulher que eu amava e convencê-la a me dar outra chance... que original. Mas, se aquilo me levasse até ela a tempo, eu faria tudo de novo na TV em horário nobre.

Ava e eu não nos falávamos havia meses, mas, apesar do que acontecera na Filadélfia, ainda existia um fio que nos unia. Algo me dizia que, se ela embarcasse em um avião, isso mudaria. Nós, ou o que restava de nós, íamos mudar. E eu estava apavorado.

Por trás do medo, no entanto, brilhava uma centelha de esperança. A garota que um ano antes tinha medo de apenas chegar perto da água, que sonhava em viajar pelo mundo, mas achava que nunca conseguiria, estava embarcando pela primeira vez em um voo internacional. Sobrevoaria um oceano. Enfrentaria seus medos. Sempre soube que ela era capaz, e Ava não precisava de mim nem de ninguém segurando sua mão.

Queria saber se outras pessoas tinham tantas emoções conflitantes todo dia. Se tinham, eu quase sentia pena. Era um tremendo pé no saco.

Desviei de uma mãe com um carrinho de bebê e de um grupo de estudantes com camisetas verdes neon horrorosas que andava muito devagar. Os números dos portões passaram em uma mancha turva, depressa, até eu encontrar o que estava procurando.

Senti um frio na barriga ao ver a sala de espera vazia e a porta para a passarela de embarque fechada.

— Voo 298. Já decolou? — perguntei à atendente atrás do balcão.

— Sim, faz alguns minutos, senhor — respondeu ela com ar de pesar. — Se quiser fazer reserva em outro...

Não ouvi o restante da frase; meu coração batia em um ritmo desesperado, solitário.

O avião tinha decolado.

Ava tinha ido embora.

CAPÍTULO 41

Ava

Amei Londres.

Adorava a energia, o sotaque, a ideia de que um dia poderia dar de cara com a realeza. Não vi, mas poderia ver, embora jurasse a Bridget que ela sempre seria minha realeza favorita. Acima de tudo, eu amava o recomeço. Ali ninguém me conhecia. Eu podia ser quem quisesse, e a centelha criativa que havia perdido nas semanas sombrias depois da Filadélfia voltou em um piscar de olhos.

Ficara nervosa com a ideia de me mudar para uma cidade onde não tinha nenhum contato, mas os outros estagiários da WYP e os instrutores eram ótimos. Depois de duas semanas morando em Londres e frequentando as oficinas, havia formado um pequeno grupo de amigos. A gente aproveitava o happy hour nos pubs, ia a sessões de fotos nos fins de semana e turistava por aí, na London Eye e passeando de barco no Tâmisa.

Sentia falta das minhas amigas e de Josh, mas a gente conversava por chamada de vídeo com frequência, e Bridget prometera me visitar quando voltasse a Eldorra no fim do verão. Além disso, estava ocupada com todas as oficinas e atividades da WYP e a empolgação de explorar uma nova cidade. Não tinha tempo para estar na minha cabeça, graças a Deus.

Passara meses dentro da minha cabeça, e não fora muito legal. Precisava de uma mudança de cenário.

Também precisava mandar um grande presente de agradecimento à colega londrina que havia aceitado trocar de lugar comigo – ela foi para Nova York e eu fui para Londres. Foi o único jeito de o programa permitir uma mudança tão perto do início do estágio, mas deu certo.

— Tem certeza de que não pode ir com a gente? — perguntou Jack, um australiano que fotografava a vida selvagem e participava do programa de bolsa. — Drinques pela metade do preço no Black Boar hoje.

O Black Boar, que ficava a poucos minutos a pé do prédio da WYP, era um dos pubs favoritos dos membros do programa.

Balancei a cabeça com um sorriso pesaroso.

— Na próxima eu vou. Estou atrasada com a edição das fotos.

Queria ter certeza de que a arte final ficaria perfeita porque não era para uma oficina qualquer, era para Diane Lange. *Aquela* Diane Lange. Quase tive um infarto quando a encontrei pessoalmente pela primeira vez. Ela era tudo que eu imaginava e mais. Inteligente, incisiva e incrivelmente talentosa. Severa, mas justa. A paixão pela arte radiava de cada centímetro de seu corpo, e eu sentia que ela se importava com a gente. Queria que fôssemos bem-sucedidos e o melhor que pudéssemos ser. Em uma área de concorrência acirrada, com muita deslealdade e disputas às vezes injustas, sua dedicação a nos ajudar a aperfeiçoar o ofício, sem nenhuma vaidade, revelava muito sobre seu caráter.

— Entendi. Até amanhã, então — respondeu Jack.

— Até amanhã.

Acenei e vasculhei a bolsa à procura dos fones de ouvido, já andando pela rua. Esta era a parte ruim de carregar bolsas grandes: era impossível encontrar qualquer coisa menor que um laptop.

Meus dedos tocaram os fios finos e brancos assim que senti um calor na nuca. Uma eletricidade que não sentia havia meses.

Não.

Estava com medo de olhar, mas a curiosidade foi mais forte. Com o coração acelerado, ergui o olhar devagar. Mais um pouco... mais um tantinho... e lá estava ele, a menos de um metro de distância, de calça e camisa pretas, parecendo um deus descendo do céu para estabelecer o caos no meu coração ainda frágil.

Jurei que o coitado tinha parado de bater.

Não o via pessoalmente desde a Filadélfia, e foi demais para mim. Uma imagem muito vívida, muito envolvente, muito linda e muito apavorante. Os olhos, o rosto, o jeito como dei um passo em sua direção por puro instinto antes de me conter...

O oxigênio minguou. Senti um aperto familiar no peito, como quando eu me aproximava da água. Senti o ataque de pânico se aproximando e precisava sair dali antes de cair na calçada, mas meus pés não se moviam.

É uma alucinação. Só pode ser.

Era a única explicação que fazia sentido. Por que outra razão Alex apareceria em Londres, na frente da sede do meu programa de estágio, depois de meio ano em silêncio?

Fechei os olhos, contei até dez e os abri de novo.

Ele ainda estava lá. Em Londres. *Na minha frente.*

O pânico aumentou.

— Oi — disse ele em voz baixa.

O som da sua voz doeu em mim. Se olhar para Alex era um soco no estômago, ouvi-lo era como ser atropelada por um caminhão.

— Não pode estar aqui. — Era uma coisa estúpida para se dizer, considerando que estávamos na rua e eu não podia expulsá-lo de Londres, mas como queria que fosse possível. Já estava me afogando nele, e não havia passado nem cinco minutos. — Por que você tá aqui?

Alex pôs as mãos nos bolsos, engoliu em seco. Seus olhos tinham uma luz de incerteza ao estudarem meu rosto, procurando algo que eu não estava preparada para entregar. Em todos os anos desde que o conheci, nunca o tinha visto tão nervoso.

— Por sua causa.

— Você não precisa mais de mim. — Quase não conseguia me ouvir em meio ao rugido do sangue correndo nas minhas veias. E me arrependi por ter comido um sanduíche de faláfel no almoço, porque ele ameaçava voltar. — Já conseguiu sua vingança, e não estou interessada em nenhum jogo que você possa estar planejando. Então me deixa em paz.

A dor transfigurou seu rosto.

— Não é nenhum jogo, juro. Sou só eu pedindo... não pelo seu perdão, não agora. Mas espero que um dia você não me odeie e a gente possa ter uma segunda chance. Eu sempre vou precisar de você, Raio de Sol.

Raio de Sol. As palavras me dilaceraram, arrancaram as casquinhas dos machucados e eu sangrava de novo.

Para de me chamar de "Raio de Sol".

Por quê?

Porque não é meu nome.

Eu sei. É um apelido.

— Suas promessas não significam nada pra mim. — Cruzei os braços. Sentia um frio que congelava os ossos, apesar do sol forte. — Mesmo que significassem, estão seis meses atrasadas.

Passara meses morando a menos de meia hora de carro da casa de Alex, e ele nunca me procurou. Agora aparecia em outro país pedindo uma segunda chance? Inacreditável.

Quase tão inacreditável quanto aquela partezinha vergonhosa de mim que queria dar a ele essa segunda chance.

Fica firme. Havia sobrevivido a várias tentativas de assassinato. Superei a aquafobia. Era capaz de conversar com o homem que partiu meu coração sem desmoronar.

Esperava que sim.

— Eu sei. — Alex respirou fundo, franziu a testa. Parecia menos polido que de costume, com o cabelo desalinhado e sombras escuras sob os olhos. Pensei que talvez estivesse dormindo pouco e me chutei mentalmente por me preocupar. Seus hábitos de sono não eram mais problema meu. — Pensei que estava te protegendo. Que ficaria mais segura sem mim. Depois do que aconteceu com meu tio, não podia correr o risco de te ver machucada de novo por causa de uma relação comigo. Mas nunca te abandonei. Alguém sempre esteve de olho...

— Espera aí. — Levantei a mão. — Mandou alguém *me seguir*?

— Pra garantir proteção.

Eu não conseguia acreditar.

— E acha legal? Isso é... é insano! Quanto tempo... meu Deus. Tem alguém me seguindo em Londres também?

Ele me encarou, impassível.

— É surreal. Você é realmente louco. Cadê ele? — Olhei em volta, desesperada. Não vi ninguém suspeito, mas as pessoas mais perigosas eram aquelas que pareciam tudo, menos perigosas. — Manda parar. Agora.

— Já mandei.

Olhei para ele, desconfiada. Foi fácil demais.

— Mandou?

— Mandei, porque vou assumir a posição dele. Por isso demorei tanto. Tive que tomar... providências antes de me ausentar de DC. — Alex ameaçou um sorriso diante da minha cara de incredulidade. — A partir de agora, você vai me ver mais vezes.

— Vou o cacete! — Pensar em vê-lo todo dia me deixava em pânico. — Vou pedir uma ordem de afastamento. Você vai ser preso por assédio.

— Pode tentar, mas não garanto que meus amigos no governo britânico vão atender ao pedido. — O rosto de Alex se tornou sombrio. — E se acha que vou te deixar sozinha e desprotegida em algum lugar, é porque não me conhece.

— Eu não te conheço mesmo. Não faço ideia de quem você é. Conheço só o homem que você me mostrou, e ele era uma ilusão. Uma fantasia. — A emoção bloqueava minha garganta. — Naquele dia, eu perguntei se alguma coisa tinha sido real. Você olhou nos meus olhos e disse que foi uma lição pro futuro. Eu aprendi a lição.

Alex pareceu se retrair.

— *Foi* real — disse ele com voz rouca. — Tudo.

Balancei a cabeça. Sentia o peito tão apertado que até respirar era doloroso.

— Sei que é poderoso o suficiente pra eu não poder te impedir de fazer o que quiser, mas se acha que vou acreditar nas suas mentiras de novo, tá perdendo seu tempo.

— Não são mentiras, Raio de Sol...

— *Não* me chama assim! — Senti a torrente de lágrimas se formando. Estava indo bem, mas cada segundo na presença de Alex erodia as defesas que construíra em torno do meu coração, até ele estar exposto e vulnerável outra vez. — Você estragou tudo que um dia eu achei bonito. A luz do sol. O amor. Até a porcaria dos cookies red velvet, porque me fazem lembrar de *você*. E quando penso em você... — Um soluço rasgou minha garganta. — Penso em todas as lembranças boas que a gente tinha, e em como estão machadas pelo fato de você ter me usado durante todo aquele tempo. Penso em como fui *burra* por ter me apaixonado por você e em como deve ter rido de mim quando eu disse que te amava. E penso em todas as vezes que você me avisou sobre ter o coração mole, mas eu ignorei por acreditar que o mundo era um lugar inerentemente bom. Parabéns. — Limpei as lágrimas do rosto, mas caíam mais depressa do que eu conseguia eliminá-las. Felizmente, a maioria dos meus colegas tinha ido embora e a rua estava vazia. — Essa foi a única verdade que você disse. Que eu tinha o coração mole, e que o mundo não é o que eu pensava que fosse. Ele é cruel, maldoso, e não tem lugar para corações moles.

— Raio... Ava, não. — Alex tentou me tocar, mas recuei por instinto. O rosto dele era uma máscara de dor. A mão se fechou e desapareceu no bolso, e os tendões do pescoço enrijeceram. Notei um leve tremor nos seus ombros enquanto ele falava. — Eu acreditava em tudo isso porque não conhecia outra coisa, mas você me mostrou que existe beleza no mundo. Eu a vejo cada vez que olho pra você, vejo seu sorriso ou escuto sua risada. Você acredita no melhor das pessoas, e isso é uma força, não uma fraqueza. Não deixe ninguém tirar isso de você, muito menos eu. — Os olhos brilhantes de dor queimavam os meus. — Uma vez você me disse que tinha uma coisa bonita esperando por mim, algo que me devolveria a fé na vida. Eu encontrei. É você.

Queria afundar naquelas palavras até que se tornassem minha realidade, mas já havia me machucado antes. Não tinha como saber o que Alex queria de mim dessa vez.

— Você continua falando sobre me proteger. Mas me machuca mais do que tudo, até Michael. Mesmo quando achava que você era um babaca, acreditei que dizia a verdade, e você acabou sendo a maior de todas as mentiras. Só... — Respirei fundo, ainda sem conseguir olhar para ele. Doía demais. — Só me deixa em paz.

O peito de Alex arfava como se ele não conseguisse levar ar aos pulmões.

— Não posso, meu bem. Vou esperar o tempo que for necessário, mas nunca vou aceitar um mundo em que você está sozinha.

— Quem disse que vou ficar sozinha? Talvez eu encontre outra pessoa.

Seus olhos adquiriram um tom furioso de esmeralda, os ombros ficaram ainda mais tensos. Em algum lugar, um trovão retumbou. Eu não tinha notado a mudança de tempo – o céu, antes azul, estava cinza e sombrio –, mas não me surpreenderia se Alex tivesse o poder de controlar as forças da natureza com suas emoções.

— Não — ele rosnou. — Vou matar qualquer homem que toque em você.

— Não tem esse direito. Não sou propriedade sua — retruquei, ríspida.

Os músculos da sua mandíbula se contraíram.

— É aí que você se engana. Eu errei. Cometi um erro grave. Mas um dia vou conquistar seu perdão, e você é *minha*. Sempre. Não importa quanto tempo passe nem a distância que nos separe.

Sabe o que significa ser possuída por mim? Significa que você é minha.

Afastei a lembrança inconveniente.

— Não vou mais discutir com você. — Sem chance de me concentrar na edição das fotos naquela noite, mas pelo menos poderia ir para casa e chorar até dormir, como a idiota patética que era. — Pode desperdiçar seu tempo em Londres, mas não vai fazer diferença. Acabou entre a gente.

Afastei-me antes que Alex respondesse. Ele me seguiu, cada passo equivalendo a dois dos meus. *Droga*. Por que não nasci alta como Bridget ou Stella?

Abaixei a cabeça e acelerei o passo, tentando ignorar o homem ao meu lado e a chuva que começava a cair, respingando no meu rosto e molhando meu cabelo.

— Ava, por favor.

Apertei a bolsa contra o peito, usando-a como armadura enquanto seguia em frente como um rolo compressor pela calçada.

— Aceita uma carona pra casa, pelo menos. Não é seguro andar sozinha de noite.

Fazia duas semanas que eu ia a pé para casa, e não havia tido nenhum problema. Não morava no melhor bairro, mas não era uma zona de guerra. Só precisava ficar atenta. Além do mais, tinha spray de pimenta e havia retomado as aulas de defesa pessoal em um centro local de artes marciais.

Mas não contei nada disso a Alex.

— Tá frio, chovendo, e você tá de vestido. — Por mais depressa que eu andasse, não conseguia me livrar dele. — Meu bem, por favor, você vai ficar doente.

Sua voz falhou na última palavra.

Rangi os dentes com tanta força que minha mandíbula doeu. Seguia de cabeça baixa, aflita para chegar logo à segurança quente do meu apartamento. Alex parou de falar, mas continuou andando ao lado, uma presença imponente que fazia todo mundo abrir passagem para mim.

Depois do que pareceu uma eternidade, chegamos ao meu edifício. Sem olhar para ele, peguei a chave da bolsa e a encaixei na fechadura. Meu rosto estava molhado, e eu não sabia se era de chuva ou de lágrimas.

Alex não me acompanhou para dentro do edifício, mas senti o calor dos seus olhos ao entrar.

Não olha. Não olha.

Subi metade da escada, então sucumbi. A vidraça na parte superior da porta oferecia uma visão clara da calçada, e, apesar de eu já estar dentro do edifício, Alex continuava do lado de fora, encharcado. A camisa estava grudada no peito esculpido; o cabelo, colado à testa, quase preto por causa da água da chuva. Ele levantou a cabeça e encontrou meu olhar através do vidro, e percebi um misto de aflição e determinação em seu rosto.

Apesar de haver concreto, metal e uns bons três metros de distância entre nós, ele exercia uma força magnética que quase me convenceu a abrir a porta e tirá-lo do frio.

Quase.

Eu me obriguei a virar e subir correndo os últimos degraus para meu apartamento antes que meu coração mole e estúpido me criasse mais problemas. Mesmo depois de tirar a roupa molhada e entrar no banho tremendo de frio, os sussurros sedutores acariciavam meus ouvidos e me incentivavam a ceder.

Convide-o pra entrar. Está escuro e frio lá fora... e se ele ficar doente? Se for assaltado? Ferido?

— Não vai — retruquei em voz alta, esfregando a pele com tanta força que ficou vermelha. — Nada fere Alex Volkov. Ele é o que machuca.

A imagem de Alex em pé na chuva passou como um raio pela minha mente. Hesitei, então comecei a esfregar mais forte. Não havia obrigado ninguém a me seguir nem a ficar parado na chuva. Se ele pegasse um resfriado ou... ou morresse de hipotermia, era problema dele.

Desliguei o chuveiro, trêmula.

Passei as horas seguintes comendo macarrão instantâneo e tentando editar as fotos, mas acabei desistindo. Não conseguia me concentrar, e meus olhos doíam de tanto chorar. Só queria fingir que aquela tarde nunca tinha acontecido.

Fui para a cama cedo, resistindo ao impulso de olhar pela janela. Já haviam se passado horas. Alex não podia estar lá fora até agora.

CAPÍTULO 42

Ava

Alex cumpriu a promessa-ameaça de aparecer todo dia. Estava lá de manhã quando eu saía para o estágio, normalmente com um latte de baunilha e scone de mirtilo – meus favoritos – em mãos. Estava lá para me acompanhar até em casa depois das oficinas. Outras vezes, em especial quando eu saía com outras pessoas ou para conhecer a cidade nos fins de semana, ele era menos visível, mas estava lá. Eu sentia sua presença, embora não pudesse vê-lo.

Nunca pensei que Alex Volkov se tornaria meu stalker, mas era isso.

Como se não bastasse, todo dia chegavam presentes. Aos montes.

No fim da primeira semana, meu apartamento dava a impressão de que eu estava para inaugurar uma floricultura. Doei tudo para o hospital da região – rosas de todas as cores, orquídeas roxas e lírios brancos, girassóis alegres e peônias delicadas.

No fim da segunda semana, tinha joias suficientes para deixar a Duquesa de Cambridge roxa de inveja – e penhorei todas. O valor que recebi pela pilha de brincos de diamantes, pulseiras de safira e colares de rubi fez meus olhos lacrimejarem. Apesar disso, doei a maior parte a instituições de caridade e guardei outra para cobrir despesas. Não era barato morar em Londres, e a ajuda de custo da bolsa não era exatamente uma mesada de princesa.

No fim da terceira semana, não tinha onde guardar chocolates gourmet, cestas e sobremesas feitas sob encomenda.

Não ligava para joias caras nem flores, então os presentes anteriores não haviam me abalado. Eram as coisas pequenas que abriam buracos no meu coração – os cupcakes red velvet com "Desculpa" escrito na cobertura; uma câmera japonesa rara e antiga que tinha passado anos procurando, mas nunca encontrara à venda; a foto que Alex e eu tiramos no festival de outono e que ele havia mandado emoldurar. Não sabia que ele tinha uma cópia.

Por que preciso de fotos?
Pelas lembranças. Pra se lembrar de pessoas e acontecimentos?
Não preciso de fotos pra isso.

No fim da quarta semana, eu estava dividida entre arrancar os cabelos de raiva e desmoronar como um castelo de areia levado pela maré.

— Precisamos conversar — avisei na sexta-feira à tarde, depois que saí da oficina de técnicas de iluminação.

Alex estava encostado em um poste de luz do lado de fora do prédio, lindo a ponto de causar raiva com seu jeans e camiseta branca. Óculos aviador escondiam os olhos, mas a intensidade do olhar atravessava as lentes e queimava minha pele.

Um grupo de colegiais passou por nós e olhou para ele, rindo e cochichando.

— Ele é muito gato — comentou uma das meninas em uma voz fina quando pensou que não dava mais para ouvi-la.

Spoiler: dava, sim.

Queria correr atrás dela e dar uns conselhos não solicitados de irmã mais velha. *Não se apaixone por homens que parecem ter a possibilidade de partir seu coração, porque é bem possível que partam mesmo.*

— Claro — respondeu Alex, sem se abalar com a atenção das meninas. Devia estar acostumado. Quando me seguia por Londres, as mulheres o seguiam até parecer que todo mundo estava brincando de Siga o Líder. — Podemos conversar durante o jantar.

Ele sorriu quando o encarei de cara feia.

— Não vai rolar. — Olhei em volta e vi uma alcova tranquila próxima de nós. Não era exatamente uma viela, mas oferecia um pouco de privacidade. Não queria que meus colegas o vissem e fizessem mais perguntas. A maioria já havia notado Alex me esperando todo dia e presumido erroneamente que se tratava do meu namorado. — Vamos ali.

Marchei até a alcova e esperei até estarmos protegidos no pequeno espaço.

— Você tem que parar.

Alex levantou uma sobrancelha.

— Parar...?

— Os presentes. Ficar me esperando. Os joguinhos. Não vai funcionar.

Mentira. Estava quase funcionando, por isso eu ameaçava surtar. Se ele continuasse, eu não sabia por quanto tempo conseguiria resistir.

Seu sorriso desapareceu.

— Já disse que não é um jogo. Se quer que eu pare com os presentes, eu paro. Mas vou continuar esperando.

— Por quê? — Abri os braços, frustrada. — Pode ter a mulher que quiser. Por que ainda tá aqui?

— Porque nenhuma delas é você. Eu... — A garganta de Alex se moveu ao engolir em seco. A expressão nervosa voltou. — Não queria admitir nem pra mim, mas...

— Não. — Meu coração disparou. Eu sabia o que ele estava prestes a dizer e não estava preparada para ouvir. — Não faz isso.

— Ava, eu te amo. — Seus olhos brilharam por causa da emoção, e senti um aperto tão grande no peito que tive medo de explodir. — Quando você disse que me amava, não falei que eu também porque não sentia que merecesse seu amor. Você ainda não sabia a verdade sobre meu plano, e eu não acreditava... porra. — Ele massageou a nuca e parecia perturbado demais, o que não combinava com sua personalidade. — Não era assim que eu pretendia dizer isso. Mas é verdade. E talvez eu ainda não mereça você, mas estou disposto a melhorar até merecer.

— Você não me ama. — Balancei a cabeça, sentindo os olhos e o nariz arderem pelo esforço de segurar as lágrimas. Tinha chorado tanto naqueles dias que já estava irritada, mas não conseguia parar. — Você nem sabe o que é amor. Mentiu e me usou por oito anos, e fez o mesmo com Josh. *Oito anos.* Isso não é amor. É manipulação. Insanidade.

— Começou assim, mas Josh se tornou meu melhor amigo de verdade, e eu realmente me apaixonei por você. — Alex soltou uma risada curta. — Acha que eu *queria* que tudo isso acontecesse? Não queria. Bagunçou meus planos. Adiei a destruição de Michael por vários anos por você e Josh.

— Quanta generosidade — falei, sarcástica.

— Eu nunca disse que era o Príncipe Encantado, e meu amor não é do tipo dos contos de fadas. Sou uma pessoa ruim com uma moral ruim. Não vou escrever poemas de amor, nem fazer serenata embaixo da sua janela ao luar. Mas você é a *única* mulher pra quem eu olho. Seus inimigos são meus inimigos, seus amigos são meus amigos e, se quiser, ponho fogo no mundo por você.

Meu coração se rasgou ao meio. Eu queria muito acreditar nele, mas...

— Mesmo que seja verdade, não tem a ver com amor. Tem a ver com confiança, e não confio mais em você. Já provou que é mestre no jogo a longo prazo. E se isso for só mais um dos seus jogos? E se um dia, daqui a dez anos, eu acordar e você partir meu coração de novo? Não vou sobreviver a uma segunda vez.

Se o responsável pelo coração partido fosse outro homem, talvez. Mas não Alex. Ele estava gravado não apenas no meu coração, mas na minha alma, e se eu voltasse a perdê-lo por qualquer motivo seria fim de linha para mim.

— Ava. — A voz de Alex falhou. Seus olhos estavam vermelhos, e eu jurava que ele estava a ponto de chorar. Mas era Alex. Ele não chorava. Não tinha essa capacidade. — Meu bem, por favor. Me diz o que preciso fazer. Qualquer coisa.

— Não sei se tem alguma coisa que você possa fazer — sussurrei. — Sinto muito.

— Então vou ter que tentar de tudo até encontrar algo — disse ele em uma entonação resoluta e com uma expressão severa, o tom decidido.

Alex não desistiria até conseguir o que queria. Não era de sua natureza desistir. Mas, se eu cedesse, como meu coração queria mas minha mente gritava para eu não fazer, como conviveria comigo mesma? Um relacionamento sem confiança era um castelo de cartas e, depois de uma vida à deriva, eu precisava de terreno firme.

— Volta pra DC, Alex — falei, exausta. Mental, física e emocionalmente. — Você tem negócios pra administrar.

Antes de eu terminar de falar, meu estômago se rebelou contra a ideia de um oceano entre nós.

Eu estava péssima. Não sabia o que queria, meus pensamentos eram rápidos demais para eu acompanhar e...

— Eu renunciei ao cargo de CEO há um mês.

A informação interrompeu minha reflexão.

— O quê?

Ele era a pessoa mais ambiciosa que eu conhecia, e conquistara a posição havia menos de um ano.

Por que não fiquei sabendo disso? Pensando bem, eu não acompanhava o mundo das finanças e evitava receber quaisquer notícias de Alex.

Ele deu de ombros.

— Não podia continuar no cargo e vir pra Londres ficar com você, então renunciei — explicou ele, sem rodeios, como se não tivesse desistido do trabalho de toda uma vida por impulso.

Mas Alex não fazia nada por impulso. Pensava em cada movimento, e o último não fazia sentido. A menos que...

Esmaguei a pequena chama de esperança que ameaçava se tornar algo maior.

— Mas e o dinheiro, as despesas?

Percebi que a pergunta era idiota antes de terminar de falar.

Alex sorriu.

— Tenho o suficiente em ações, investimentos e economias pra uma vida inteira. Trabalhava porque queria. Mas agora quero fazer outra coisa.

Engoli em seco, ouvindo minha pulsação retumbar.

— Que coisa?

— Reconquistar você. Não importa quanto tempo leve.

CAPÍTULO 43

Ava

UM ANO DEPOIS

O estágio terminou com uma grande exposição prestigiada por todas as figuras importantes do mundo da arte de Londres. A exposição aconteceu em Shoreditch, e cada aluno tinha a própria seção na galeria temporária.

Foi empolgante, apavorante e completamente surreal.

Encarei meu pedacinho de paraíso e as pessoas que passavam, todas muito bem-vestidas examinando cada peça com olhares que eu esperava serem de admiração.

Ao longo do último ano, havia dado duro para crescer como fotógrafa e, embora ainda tivesse muito o que aprender, estava bastante orgulhosa do meu trabalho. Havia me especializado em retratos de viagem, como Diane Lange, mas dera um toque pessoal a eles. Por mais que a admirasse, não queria ser *ela*; queria ser eu mesma, com minha própria visão e minhas próprias ideias.

Fizera a maioria das fotos em Londres, mas o bom da Europa era a facilidade para viajar para outros países. Nos fins de semana, pegava o Eurostar para Paris ou passava o dia em Costwolds. Até fiz voos curtos para países vizinhos, como Irlanda e Holanda, sem surtar no avião.

Minha obra preferida era o retrato de dois homens idosos jogando xadrez em um parque de Paris. Um deles ria com a cabeça jogada para trás e um cigarro na mão, enquanto o outro examinava o tabuleiro com uma expressão compenetrada. As emoções saltavam, mas eu nunca tinha me sentido tão orgulhosa.

— Como se sente?

Diane parou atrás de mim. Seu cabelo loiro tocava os ombros, e os óculos de armação preta combinavam com o terninho de paletó e calça da mesma cor. Ela fora a melhor mentora que eu podia ter tido durante o estágio. Eu a considerava uma amiga e um exemplo.

Eu, amiga de Diane Lange.

Surreal.

— Estou sentindo... tudo. Mas acho bom avisar que talvez eu acabe vomitando.

Ela soltou uma gargalhada, como se imitasse o homem da foto. Era uma das características de Diane que eu mais apreciava. Alegria, tristeza ou raiva, ela expressava suas emoções plenamente e sem reservas. Derramava-se no mundo com a confiança de alguém que se recusava a se tolher para deixar os outros confortáveis, o que a tornava ainda mais radiante.

— É normal — respondeu Diane, com os olhos brilhando. — Eu vomitei na minha primeira exposição. Em cima de um garçom e de um convidado que, por acaso, era um dos principais colecionadores de arte de Paris. Morri de vergonha, mas ele reagiu com bom humor. Acabou comprando duas peças minhas naquela noite.

Mordi o lábio inferior. Essa era outra coisa. Todas as fotos dos bolsistas estavam à venda naquele dia. Meus colegas criaram uma competição para ver quem venderia mais e poderia se declarar "o melhor", mas eu ficaria feliz se vendesse apenas *uma*.

Saber que alguém, qualquer pessoa, gostava do meu trabalho a ponto de pagar por ele me dava arrepios de euforia.

— Espero ter uma noite tão boa assim — respondi, porque ainda não tinha vendido nada.

O brilho nos olhos de Diane se intensificou.

— Já teve. Melhor, na verdade.

Inclinei a cabeça, confusa.

— Alguém comprou todas as suas peças. Cada uma delas.

Quase me engasguei com o champanhe.

— O... o quê?

A exposição estava aberta havia apenas uma hora. Como era *possível*?

— Parece que você tem um admirador. — Ela deu uma piscadinha. — E não devia estar tão surpresa. Seu trabalho é bom. Muito bom.

Eu não me importava com quanto meu trabalho era bom; meu nome era desconhecido. Eu era uma novata. E novatos não vendiam uma coleção inteira tão depressa, a menos que...

Meu coração disparou... em alerta ou por causa do entusiasmo, eu não sabia dizer.

Olhei em volta, procurando os cabelos castanhos e os olhos verdes.

Nada.

Mas ele estava presente. Era o comprador anônimo. Eu sentia no fundo do coração.

Alex e eu tínhamos desenvolvido uma nova... bem, não sei dava para chamar de amizade, mas era um passo além do que a gente tinha quando ele chegou em Londres um ano antes. Ele ainda me esperava na frente do prédio toda manhã e me acompanhava de volta para casa depois das oficinas toda tarde. Às vezes conversávamos, às vezes não. Ele me ajudava a treinar os movimentos de defesa pessoal, montou minha mesa de jantar nova quando a velha quebrou e foi meu assistente em algumas sessões de fotos. Demorou *muito* para chegarmos àquele ponto, mas chegamos.

Ele estava tentando. Mais que tentando. E, embora eu tivesse recuperado uma pequena dose de confiança, algo me impedia de perdoá-lo por completo. Percebia o quanto o machucava cada vez que o afastava, mas as feridas deixadas pelas traições dele e de Michael, apesar de estarem cicatrizando, eram profundas, e ainda estava aprendendo a confiar em mim antes de confiar em outras pessoas.

Josh, que havia se formado na faculdade de medicina no mês anterior, foi me visitar algumas vezes, e fiz Alex ficar longe e desaparecer enquanto meu irmão estava na cidade. Ele ainda estava furioso com Alex, e eu não precisava dos dois se pegando a socos no meio de Londres. Jules, Bridget e Stella também vieram me visitar. Não contei sobre Alex, mas tinha a impressão de que Bridget sabia que algo estava acontecendo porque sempre me encarava com um olhar compreensivo.

A estática do microfone interrompeu as conversas, e todos ficaram em silêncio. A diretora do programa subiu ao palco e agradeceu a todos pela presença, torceu para que todos estivessem se divertindo e blá-blá-blá. Desliguei o discurso na minha cabeça, interessada demais no que estava procurando para prestar atenção nas palavras.

Cadê ele?

Alex não costumava se esconder nas sombras, a menos que não quisesse ser visto, e eu não conseguia pensar em nenhum motivo para ele desejar ser discreto naquela noite.

— ... desempenho especial. Por favor, uma salva de palmas para Alex Volkov!

Isso era de enlouquecer. Alguma coisa tinha... *espera, o quê?*

Virei a cabeça, e foi como se meu estômago despencasse em queda livre.

Lá estava ele. Smoking preto, expressão indecifrável, cabelo brilhante e quase dourado sob as luzes intensas. Havia quase duzentas pessoas no lugar, mas seu olhar encontrou o meu de imediato.

Meu coração disparou.

O que ele estava fazendo no palco?

A resposta veio um minuto depois.

— Entendo que seja uma grande surpresa, já que uma apresentação ao vivo não fazia parte do programa desta noite — ele disse. — E quem me conhece sabe que não sou famoso por patrocinar as artes, nem por meu talento de cantor. — Risadas discretas ondularam pela sala, junto a alguns olhares de reconhecimento. Alex esperou que todos se calassem e continuou, agora olhando para mim. — Seja música, fotografia, cinema ou pintura, a arte reflete o mundo à nossa volta, e por muito tempo eu só vi o lado escuro. O rastejante e barato, as verdades feias. Fotografias me faziam lembrar de momentos que nunca duraram. Canções me faziam lembrar de que as palavras têm o poder de despedaçar um coração. Então por que eu me importaria com a arte se era tão terrível e destrutiva? — Uma afirmação ousada para se fazer diante dos artistas mais influentes de Londres, mas ninguém protestou. Ninguém nem respirava. Alex encantava a todos com suas palavras. — Então alguém entrou na minha vida e virou tudo de cabeça pra baixo. Destruiu tudo que eu pensava que sabia. Ela era tudo que eu não era. Um coração puro, confiante, otimista. Ela me mostrou a beleza que existia no mundo, e por meio dela aprendi o poder da fé. Da alegria. Do amor. Mas receio tê-la contaminado com minhas inverdades e espero, de todo coração, que um dia ela encontre o caminho pra sair da escuridão e voltar à luz.

O silêncio pairou entre os convidados sem ar depois do discurso de Alex. Meu coração batia tão forte que eu o sentia na garganta. No estômago. Nos dedos dos pés. Eu o sentia em cada centímetro de mim.

Então ele abriu a boca de novo, e meu coração parou. Porque sua voz tomou todo o lugar. Era a coisa mais linda que já tinha ouvido.

E não era só eu. Todo mundo olhava para Alex com uma devoção fascinada, e eu tinha certeza de que algumas mulheres estavam a ponto de desmaiar.

Cobri a boca com o punho enquanto a letra me invadia. Era uma canção sobre amor e sofrimento. Traição e redenção. Arrependimento e perdão. Cada palavra me rasgava por dentro, assim como o fato de Alex cantar tão bem. Por mais que eu tivesse insistido ou implorado no passado, era a única coisa que ele se recusava a fazer.

Até aquele momento.

Eu entendia o motivo da recusa. Alex não cantava por cantar, ele *cantava*. Com emoção, beleza, uma vulnerabilidade tão absoluta que me tirava o fôlego. Expunha a alma a cada nota, e, para um homem que acreditava ter a alma irremediavelmente condenada, pensar em fazer isso diante de uma plateia devia ser insuportável.

Alex terminou sob aplausos ensurdecedores. Seus olhos permaneceram em mim por um longo momento, então ele desapareceu nos bastidores e todos voltaram a conversar e se dividir em grupos.

Meus pés se moveram antes que eu pensasse em alguma coisa, mas dei apenas dois passos porque Diane me interceptou.

— Ava, antes de ir embora, tem alguém que quero que conheça. O editor da *World Geographic* está aqui, e eles estão sempre procurando fotógrafos talentosos.

— Ah... é claro.

Olhei em volta, mas não vi Alex em lugar nenhum.

— Está tudo bem? Parece distraída. — Diane me olhava, preocupada. — Passou o ano todo falando sobre a *World Geographic*. Pensei que ficaria mais empolgada.

— Sim, tudo bem. Desculpa, estou um pouco emocionada.

Normalmente, eu teria um ataque cardíaco diante da perspectiva de conhecer o editor da *World Geographic*, uma revista de viagens e cultura famosa pelas suas fotos impressionantes e pelas matérias excelentes, mas só conseguia pensar em Alex.

— Foi uma bela apresentação, hein? — Diane comentou, sorrindo, enquanto me levava em direção a um homem de meia-idade com cabelos grisalhos e barba cerrada. Laurent Boucher. Eu o reconheci de imediato. — Se eu fosse vinte anos mais nova...

Forcei uma risadinha fraca.

— Não que fosse me servir de alguma coisa. Ele parecia só ter olhos pra você.

Ela deu uma piscadinha.

Senti o rosto esquentar e resmunguei uma resposta incoerente antes de alcançarmos Laurent.

— Diane, que bom revê-la. — A voz profunda reverberava com um encantador sotaque francês, e ele a cumprimentou com beijos no ar. — Linda como sempre.

— E você sempre encantador. — Diane inclinou a cabeça para mim. — Laurent, quero que conheça Ava. Ela é a bolsista sobre a qual comentei.

— Ah, é claro. — Laurent cravou os olhos escuros e penetrantes em mim. — Fiquei conversando com Diane sobre sua exibição hoje mais cedo. Você é muito talentosa. Jovem ainda, e seu trabalho pode ter mais refinamento, mas seu potencial é extraordinário.

— Obrigada, senhor.

Entre a apresentação de Alex e o elogio de Laurent Boucher, a noite havia se transformado em algo surreal.

— Por favor, me chame de Laurent.

Conversamos por mais quinze minutos depois que Diane pediu licença para ir falar com a diretora do programa. Quando terminamos, Laurent me deu um cartão e me disse para entrar em contato se estivesse interessada em fotografar para matérias menores da *World Geographic* como freelance. Hum, é *óbvio*. Fiquei eufórica com a oportunidade, mas não consegui evitar um suspiro de alívio quando ele se distraiu com outro conhecido.

Agradeci e voltei a procurar Alex, mas fui interceptada de novo por um grupo de colegas que sabiam que eu havia vendido toda a minha coleção e queriam saber quem era o comprador. Disse que não sabia, o que era verdade, tecnicamente.

Isso continuou acontecendo a noite toda. Escapava de uma conversa e era envolvida em outra. Estava grata por todas as pessoas que queriam falar comigo e me dar os parabéns, mas, puxa, Alex era a única pessoa com quem eu queria falar.

Já era fim de noite e não o tinha visto nem uma vez sequer depois da apresentação. Meus pés doíam, as bochechas estavam doloridas de tanto sorrir, e o estômago roncava de fome. Em eventos, sempre ficava nervosa demais para comer.

Os convidados foram saindo até restar apenas um punhado de pessoas na galeria, incluindo a equipe de limpeza.

Não conseguia acreditar que Alex tinha ido embora sem me dizer uma palavra sequer depois do que fez, mas era inegável, ele não estava ali.

— Oi, Ava.

Fiquei animada por um instante, mas o desapontamento me atingiu em cheio um segundo depois quando reconheci quem falava comigo.

— Oi, Jack. — Outro sorriso. — Pensei que tivesse ido embora.

— Não. Sou um inimigo do fim, igual a você. — Seus olhos azuis brilharam. — Quer comer alguma coisa? Não comi nada a noite inteira. Nervosismo.

— Sei como é.

— Nervosismo? Fala sério, você vendeu sua coleção inteira. Isso é incrível! Inédito na história da WYP. — Jack me abraçou. — A gente devia comemorar. O que acha de um jantar de verdade e uns drinques? Não precisa ser hoje se estiver cansada.

Eu devia ter interpretado mal seu tom de voz.

— Você tá... me convidando pra sair?

Ao longo do último ano, Jack tinha se tornado um bom amigo, e eu gostava de sua companhia. Ele era até bonito e charmoso, com o cabelo meio comprido, o sotaque australiano e o jeitão de surfista. Mas, quando olhava para ele, não sentia o estômago reagir nem o coração palpitar.

Apenas uma pessoa no mundo despertava essas coisas em mim, e ele não estava presente.

Jack corou.

— É. — Ele sorriu, acanhado. — Faz tempo que quero te convidar pra sair, mas não queria deixar as coisas desconfortáveis durante o programa. Como acabou, pensei por que não? Você é bonita, divertida, talentosa e nos damos bem. — Uma pausa. — Acho.

— É verdade. — Toquei seu braço. — Você é um dos meus amigos mais próximos aqui, e foi muito bom ter te conhecido. Você é um cara muito legal e...

— Opa — interrompeu Jack. — Isso nunca é muito bom nesse contexto.

Dei risada.

— Não, é bom, pode acreditar. Você também é fofo, divertido e talentoso, e qualquer garota que saísse com você seria uma mulher de sorte.

— Estou sentindo um "mas" a caminho — disse ele, desconfiado.

— Mas...

— Mas ela está ocupada — interrompeu uma voz suave. — Hoje e no futuro próximo.

Virei, e meu coração bateu mais depressa quando vi Alex a menos de um metro e meio. Seu olhar disparou para minha mão no braço de Jack. Removi-a, mas era tarde demais. Dava quase para sentir o gosto de perigo no ar.

O homem que exibira a alma no palco havia desaparecido e no lugar estava o CEO implacável que não hesitava em destruir seus inimigos.

— Você é o cara que se apresentou hoje e tá sempre esperando a Ava na frente da WYP. — Jack estreitou os olhos. — Quem é você mesmo?

— Alguém que vai arrancar suas tripas e te estrangular com elas se não tirar as mãos dela — respondeu Alex com uma calma enganosa.

Só então percebi que Jack ainda mantinha as mãos nas minhas costas desde que me abraçara pouco antes.

— Você é maluco. — Jack me segurou com mais força, e de repente temi pela sua vida. — Vou chamar os seguranças...

— Não precisa, eu o conheço — interrompi, antes que Jack se metesse em uma confusão ainda maior. — Ele é, hm, dado a hipérboles. — Recuei um passo, forçando Jack a se afastar. — Preciso conversar com ele, mas te vejo mais tarde, ok?

Ele olhou para mim, incrédulo.

— Ava, ele...

— Tá tudo bem — falei em um tom firme. — Garanto. Ele é um velho... conhecido de DC.

A insatisfação irradiava de Alex em ondas. Ele me encarava com uma intensidade penetrante, mas dei meu melhor parar ignorar.

— Tudo bem. Manda uma mensagem quando estiver em casa e segura.

Jack beijou meu rosto, e um grunhido baixo ecoou pelo lugar.

Jack olhou desconfiado para Alex mais uma vez, então foi embora.

Esperei Jack se afastar o suficiente para não me ouvir, depois encarei Alex.

— Nem pense nisso.

— Pensar no quê?

— Em fazer qualquer coisa contra Jack. Ou contratar alguém pra fazer alguma coisa com ele.

Era sempre bom cobrir todas as possibilidades com Alex. Ele era o rei das brechas.

— Não sabia que gostava tanto dele — comentou ele em um tom frio.

Rangi os dentes.

— Como você pode ser o mesmo cara que cantou daquele jeito mais cedo? Um é um babaca, o outro é...

— É o quê? — Alex se aproximou de mim, e minha boca secou. — É o quê, Ava?

— Você sabe.

— Não sei.

Soltei o ar devagar.

— Você cantou. Em público.

— É.

— Por quê?

— Por que eu faço qualquer outra coisa hoje em dia? — Ele acariciou meu rosto com os dedos, e arrepios de prazer percorreram minhas costas. — Eu... — Uma pausa, uma contração de mandíbula antes de continuar, cuidadoso: — Não sou o melhor pra expressar emoções. Por isso nunca gostei de cantar. É pura emoção, e parece que estou vulnerável demais. Não suporto isso. Mas eu disse que estou disposto a tudo pra reconquistar você, e estava falando sério, como falei sério ao cantar cada palavra daquela canção. Foi pra você. Mas estou ficando sem ideias, meu bem. — Alex deslizou o polegar pela curva do meu queixo e sorriu, triste. — Sabia que essa é a primeira vez que você me deixa te tocar em mais de um ano?

Abri a boca para protestar, porque não podia ser verdade... mas era. Uma sucessão de imagens desfilou pela minha mente – eu recuando ou me esquivando toda vez que Alex tentara me tocar nos últimos doze meses. Não por não querer seu toque, mas por não confiar em mim, por saber que eu cederia se ele voltasse a se aproximar demais. Ele nunca reclamou, mas eu percebia a dor e o sofrimento nos seus olhos.

— Eu procurei você depois da música — confessei com o queixo tremendo. — E não encontrei. Você desapareceu.

— É sua grande noite. Não queria roubar isso de você.

— Pensei que tivesse ido embora.

Não sabia o motivo, mas comecei a chorar. As lágrimas corriam pelo meu rosto, e o som do choro ecoava na galeria vazia. Estava envergonhada, mas pelo menos éramos os únicos que restavam. Devia haver pessoas trabalhando em algum lugar, ou já teriam nos expulsado, mas eu não via ninguém.

— Eu nunca iria embora sem você. — Alex me puxou contra o peito, e mergulhei no seu abraço pela primeira vez no que parecia uma eternidade. Era como voltar para casa depois de uma longa e solitária viagem. Tinha me esquecido de como me sentia segura ali, como se nada nem ninguém pudesse me ferir. E ainda me sentir assim depois de tudo era muito revelador. — Quer que eu vá embora? — perguntou ele com a voz rouca.

Enterrei o rosto no seu peito e balancei a cabeça. Alex cheirava a calor e especiarias, um perfume tão familiar que senti o coração doer.

Senti falta disso. Senti falta *dele*. Apesar de ter visto Alex todos os dias durante o último ano, não foi como tocá-lo e estar com ele de verdade.

— Está com saudade de mim, meu bem? — A voz dele ganhou uma nota mais suave.

Assenti, ainda com o rosto escondido em seu peito.

Todo aquele tempo tive medo de deixá-lo se aproximar de novo, em parte por não confiar nele, mas principalmente por não confiar em mim. Depois de ter sido enganada por tanto tempo por duas pessoas que eu amava, havia começado a pensar que meu coração era meu inimigo, e não meu amigo. Como poderia confiar nos meus instintos se haviam errado de forma tão brutal no passado?

Mas, quanto mais pensava, mais percebia que não tinha errado. Pensava que Michael era meu pai e havia salvado minha vida, mas sempre me senti incomodada na sua presença. A gente nunca tinha estabelecido uma relação de pai e filha de verdade. Pensei que fosse por ele se sentir desconfortável comigo, e, embora essa fosse parte da explicação, a verdade é que um sexto sentido me avisava para não chegar muito perto.

Quanto a Alex, ele me enganou e enganou Josh. Mas, no fundo, acreditei quando ele disse que nossa relação e seus sentimentos eram verdadeiros.

Havia alguma chance de eu estar errada e tudo aquilo ser apenas mais um dos seus jogos insanos? Sim, embora eu não soubesse o que mais ele podia querer de mim. Alex destruíra Michael com base em informações falsas, e, mesmo que fosse diferente, Michael já era uma carta fora do baralho – havia sido condenado por múltiplas tentativas de assassinato e fraude corporativa, e passaria o resto da vida na prisão.

Mas eu preferia acreditar a passar o resto da vida com medo de algo que *talvez* acontecesse. Estava farta, cansada de deixar meus medos me dominarem, fosse o da água, o de sofrer, ou de qualquer outra coisa.

O único jeito de viver a vida era *vivendo*. Sem medos, sem arrependimentos.

Alex recuou, mas manteve um braço em torno da minha cintura. Levantou meu queixo e olhou dentro dos meus olhos.

— Quer que eu fique?

Ele não estava falando sobre a galeria, e nós dois sabíamos.

Engoli em seco e assenti mais uma vez.

— Quero — sussurrei.

A palavra mal saiu da minha boca, e Alex me puxou para si e me beijou. Não foi um beijo doce, lento. Foi intenso e desesperado, tudo de que eu precisava. Um tremor de alívio o dominou e o senti nas mãos, e só então percebi o quanto ele estava tenso antes.

— Sabe que agora não vai mais se livrar de mim — avisou ele, segurando minhas mãos com um toque quente, possessivo.

— Eu não tentaria mesmo.

Ele soltou uma risadinha suave.

— Agora você tá entendendo.

A boca se apoderou da minha mais uma vez e me perdi naquele beijo, no cheiro, no toque, tanto que só percebi que tínhamos mudado de lugar quando minhas costas encontraram a parede.

— Alex?

— Hm?

Ele mordeu meu lábio inferior devagar, então passou a língua nele. Arrepios intensos desceram da minha nuca até os dedos dos pés.

— Não me faz sofrer de novo.

Sua expressão suavizou.

— Não vou fazer. Confia em mim, meu bem.

— Confio.

Era verdade. Havia visto o verdadeiro Alex naquela noite despido de todas as máscaras, e confiava nele com todo meu coração.

Ele sorriu para mim com sinceridade, um sorriso autêntico que poderia começar uma reação nuclear e destruir toda a população feminina de uma vez só.

— E eu... — Fiquei vermelha. — Estou com saudade de você me chamando de Raio de Sol.

Os olhos de Alex se acenderam.

— Ah, é? — Ele levantou minha saia centímetro por centímetro até o ar frio tocar minhas coxas e minha bunda. — De que mais sente saudade? — Enfiou a mão na minha calcinha já molhada e tocou de leve a saliência sensível. — Sente saudade disso?

— Sinto — respondi em um gemido.

— E disso?

Ele colou o corpo ao meu até eu sentir a ereção na coxa. Meu sangue ferveu. Não transava havia um ano e meio, e a frustração sexual era um vulcão pronto para explodir.

— Sinto. Por favor.

— Mandei o resto da equipe embora antes de vir te procurar. Somos só nós dois, Raio de Sol. — Seu hálito acariciou minha pele enquanto ele deslizava a boca pelo meu pescoço até alcançar a pulsação de uma veia. — Vou te foder encostada nessa parede até você não conseguir mais lembrar seu nome, mas antes... — Ele segurou meu pescoço, e sua voz ganhou uma nota feroz. Senti um espasmo na região entre as pernas. — Quero saber sobre o palhaço loiro que te convidou pra sair. Deixou ele te tocar, Raio de Sol? Deixou o cara tocar no que era meu?

Balancei a cabeça, quase arfando de excitação.

Alex me apertou com mais força.

— Você tá mentindo pra salvar aquele idiota?

— Não. Juro. Nunca pensei nele desse jeito.

Ofeguei quando ele me girou e empurrou meu rosto contra a parede. O concreto gelado tocou minha pele quente, e meus mamilos endureceram a ponto de doerem.

Alex levantou minha saia e afastou a calcinha com a mão livre.

— Não pense nele *nunca* — grunhiu. Ouvi o barulho da fivela do cinto e do zíper da calça. — Eu sou o único homem na sua cabeça. Na sua boca. Na sua bucetinha apertada. Entendeu?

— Entendi!

Estava tão cheia de desejo que teria dito sim para qualquer coisa.

— A quem você pertence? Fala.

Ele deslizou o pau duro entre minhas pernas e quase tive um miniorgasmo.

— Pertenço a você.

Alex sibilou, e esse foi o único aviso que recebi antes de sentir a penetração. Ele cobriu minha boca com a mão, sufocando os gritos, mas nem notei. Só conseguia me concentrar na sensação do seu pau me preenchendo, no prazer que explodia em ondas pelo meu corpo.

As fotos emolduradas da exposição batiam na parede a cada investida, e ouvi algo quebrando. Estava quase gozando quando Alex me girou e ficamos frente a frente. Ele estava corado, com os olhos escuros de luxúria.

Era a coisa mais linda que eu já tinha visto.

A boca esmagou a minha, exigente e possessiva. Cedi sem resistir, deixando que ele entrasse em cada parte de mim – no coração, na alma, na minha vida.

E sabe de uma coisa?

Alex e eu encaixávamos perfeitamente.

EPÍLOGO

Ava

— **Acabei com você.**

— Acabou coisa nenhuma. Teve sorte no último soco — resmungou Ralph.

— Tá tudo bem. — Alex ajeitou as mangas da camisa, os olhos brilhando com uma mistura de triunfo e bom humor. — Em algum momento, todo aluno acaba superando o professor.

— Moleque, vou te virar de cabeça pra baixo se não parar de falar bobagem.

Apesar das palavras ameaçadoras, Ralph sorria.

— O que foi que eu disse sobre discussão à mesa? — Missy, a esposa de Ralph, levantou as sobrancelhas. — Parem de brigar, vamos aproveitar o jantar.

Disfarcei um sorriso quando Alex e Ralph resmungaram alguma coisa, mas obedeceram.

— O que foi?

Ela levantou as sobrancelhas ainda mais.

— Nada — disseram os dois ao mesmo tempo.

— Depois me ensina — cochichei para Missy, enquanto eles se ocupavam do frango assado e do purê de batatas com alho. — Como você faz isso?

Ela riu.

— Depois de mais de trinta anos de casamento, a gente aprende umas coisinhas. Além disso... — Seus olhos brilharam sugestivos. — Pelo jeito como Alex olha pra você, não vai ter dificuldade para mantê-lo na linha.

Alex levantou a cabeça assim que olhei para ele. Deu uma piscadinha, abriu um sorriso malicioso que me fez arrepiar até os dedos dos pés dentro das botas.

Sabia o que aquele sorriso prenunciava.

Senti o rosto esquentar e fingi estar muito ocupada com meu prato, enquanto a risada rouca de Alex pairava no ar.

Missy não perdeu um segundo da interação.

— Ah, como é bom ser jovem e estar apaixonado. — Ela suspirou. — Ralph e eu nos casamos com vinte e poucos anos. Eu aproveito cada minuto, exceto quando ele deixa as roupas espalhadas e se recusa a ir ao médico, mas não tem nada como a paixão da juventude. É tudo fresco, novo. E a energia. Uau! — Ela se abanou. — Parecíamos coelhos, sério.

Àquela altura, meu rosto estava da cor do molho de cranberry sobre a mesa.

Adorei Missy. Havia a conhecido uma semana antes, quando Alex e eu chegamos à fazenda da família para uma estadia prolongada e para a comemoração de Ação de Graças. Simpatizei com ela de cara. Era afetuosa, simpática e prática, fazia uma torta de abóbora incomparável e tinha uma propensão para piadas picantes – e histórias pessoais igualmente apimentadas.

Naquela manhã, do nada, me perguntou se já tinha feito sexo a três – não fiz – e quase derrubei suco de laranja na mesa de cerejeira.

— Não queria te deixar constrangida. — Missy bateu de leve no meu braço, mas seus olhos continuaram demonstrando malícia e humor. — É que estou muito eufórica por Alex estar namorando. Conheço esse garoto há anos e nunca o vi olhar pra ninguém como olha pra você. Sempre disse que ele só precisava encontrar a mulher certa pra se abrir. Ele era mais fechado que um espartilho vitoriano.

Eu me inclinei para ela e cochichei em um tom conspiratório:

— Pra falar a verdade, não mudou muito.

— Sabe que eu consigo ouvir tudo que vocês estão dizendo, né? — disse Alex em um tom seco.

— Que bom. Tive medo de não estar falando alto o bastante.

Ele estreitou os olhos, e Missy gargalhou. Até Ralph riu, e eu sorri com falsa inocência.

— Raio de Sol, fazer barulho nunca foi um problema pra você — comentou Alex com voz acetinada.

O purê de batatas desceu pela via errada e comecei a tossir. A risada de Missy ganhou força. O coitado do Ralph ficou vermelho, pediu licença para ir ao banheiro e sumiu.

Assim que parei de tossir, encarei Alex, que permanecia inabalável.

— Estou falando sobre o volume da sua voz quando tá conversando, é claro. — Ele levou a taça de vinho aos lábios. — O que pensou que fosse?

— Tenho a sensação de que não vai ouvir minha *voz* em conversas por um bom tempo — comentei, bufando.

— Veremos.

Seu tom arrogante quase me irritava.

— Vou deixar os pombinhos a sós e ver como o Ralph está. — Missy riu. — O coitado é um leão no quarto, mas um gatinho pra falar de sexo em público, direta ou indiretamente.

Eu podia ter passado a vida sem essa informação.

Depois que ela saiu, olhei para Alex com um ar ameaçador.

— Viu o que você fez? Afugentou os anfitriões do jantar na casa deles.

— Sério? — Ele deu de ombros com elegância. — Nesse caso, vamos aproveitar. Vem cá, Raio de Sol.

— Acho que não.

— Não foi um pedido.

— Não sou cachorro.

Bebi minha água de um jeito desafiador.

— Se não estiver no meu colo nos próximos cinco segundos — avisou ele no mesmo tom calmo —, vou te dobrar em cima da mesa, arrancar sua saia e te foder tão forte que Ralph vai ter um infarto com seus gritos.

Eu não duvidava que o filho da mãe cumprisse a ameaça. E eu devia ser tão maluca quanto porque senti a calcinha molhada e tudo em que conseguia pensar era fazer exatamente o que ele dissera.

Alex acompanhou com um olhar ardente enquanto eu empurrava a cadeira para trás, me aproximava e me sentava no seu colo.

— Boa menina — murmurou ele, enlaçando minha cintura com um braço e me puxando até minhas costas estarem apoiadas no seu peito. A ereção se aninhou na minha bunda, e minha boca ficou seca. — Não foi tão difícil, foi?

— Odeio você.

Teria soado mais convincente se as palavras não tivessem saído ofegantes.

— Ódio é só mais um nome pro amor.

Ele escorregou a mão para baixo do meu suéter e segurou meu seio enquanto fazia uma trilha de beijos ardentes pelo meu pescoço.

— Acho que não é verdade — argumentei, dividida entre risadas e gemidos.

As mãos e a boca de Alex eram mágicas.

Lancei um olhar furtivo para a porta da sala de jantar. Missy e Ralph tinham sumido... por enquanto. Mas a possibilidade de sermos pegos tornava tudo mais excitante. Estava tão molhada que senti medo de deixar uma mancha visível na calça de Alex ao me levantar.

— Não? Ah, bom. — Alex mordeu minha orelha. — São próximos. — Ele segurou meu rosto com a outra mão e o virou para me encarar. — Gostou da semana?

— Gostei. Foi a melhor comemoração de Ação de Graças que tive em muito tempo — respondi em um tom suave.

Eu me sentia culpada, porque, embora as celebrações de Ação de Graças com Michael tivessem sido contaminadas, no ano anterior eu havia passado o feriado com Josh. Ele tinha me visitado em Londres, e tínhamos comido uma deliciosa refeição comprada em restaurante – afinal nenhum dos dois sabia preparar um peru –, enquanto assistíamos a programas da TV britânica. Mas eu tinha certeza dos meus sentimentos por Alex, e Josh estava furioso com o ex-melhor amigo.

Ainda.

Quando descobriu que Alex e eu havíamos reatado, perdeu a cabeça. Não falou comigo por várias semanas, e nossas conversas ainda eram tensas. Josh ficou em DC para a residência médica, então ainda morávamos na mesma cidade, mas ele se recusava a me ver se Alex estivesse por perto. Ignorava todas as tentativas de aproximação de Alex e resistia aos meus planos para reaproximá-los. Eu o convidei para passar o Dia de Ação de Graças com a gente, mas, como esperava, ele recusou.

— Queria que Josh tivesse vindo — confessei.

Sentia falta do meu irmão.

— Eu também. Mas ele vai superar.

Apesar das palavras confiantes, uma pequena ruga marcava a testa de Alex. Ele não falava, mas eu sabia que também sentia falta de Josh. Eram como irmãos.

Infelizmente, Josh era teimoso como uma mula. Quanto mais se insistia, mais ele teimava. A única coisa que surtiria algum efeito era dar tempo a ele, esperar.

— Ele vai, sim. — Suspirei e passei os braços em torno do pescoço de Alex. — Mas a semana foi perfeita, com exceção desse detalhe.

Estávamos havia seis dias em Vermont, e a experiência toda fora um sonho de outono digno de Pinterest. Feiras de artesanato, uma corrida de perus, a melhor sidra quente que já havia provado... até Alex gostara de Vermont, embora se recusasse a admitir. Eu ouvira a conversa dele com Ralph quando seu antigo instrutor de krav magá telefonou para fazer o convite para a celebração de Ação de Graças e levei uma eternidade para convencê-lo a aceitar.

— Tá. — Alex segurou minha cintura com as duas mãos e beijou meus lábios. — Fique feliz por eu ter alugado um chalé pra gente em vez de ficar aqui com Ralph e Missy — cochichou ele. — Porque você vai pagar caro pelo atrevimento de antes.

Meu coração deu um salto empolgado. Antes que eu pudesse responder, ouvimos as vozes de Missy e Ralph além da porta e saí do colo de Alex tão depressa que bati o joelho na mesa.

Corri para minha cadeira com o rosto vermelho e me sentei assim que os anfitriões entraram na sala.

— Demoramos muito, desculpem — cantarolou Missy. — Espero não estarmos interrompendo nada.

— Nada — respondi, esganiçada. — Eu só estava saboreando seu frango delicioso. — Mastiguei a carne, agora fria. — Hm.

Alex riu, e lancei outro olhar ameaçador para ele.

— A comida esfriou, querida. — Missy riu, desapontada. — Querem que eu esquente alguma coisa ou vamos comer a sobremesa? Fiz torta de pecã, torta de abóbora, torta de maçã...

— Sobremesa! — respondemos Ralph e eu ao mesmo tempo.

— Alex? — perguntou Missy com ar intrigado.

— Uma fatia de torta de pecã é o suficiente, obrigado.

— Bobagem. Vai comer uma fatia de cada uma. Foi pra isso que fiz as tortas, não?

O que Missy queria, Missy conseguia.

Quando saímos da casa deles, eu estava quase explodindo de tanto que havia comido.

Apoiei-me em Alex durante a caminhada de quinze minutos até o chalé alugado.

— A gente devia vir todo ano pra passar o feriado de Ação de Graças — comentei. — Se formos convidados, é claro.

Ele me olhou, incrédulo.

— Não!

— Você se divertiu.

— Eu não. Odeio cidades pequenas.

Alex apoiou a mão na parte inferior de minhas costas e me guiou, desviando de uma poça que eu não havia notado.

— Então por que veio?

— Porque você não conhecia Vermont e não parava de falar nisso. Agora já conhece, não precisamos voltar.

— Não banca o durão. Vi você comprar o cachorrinho de porcelana na feira de artesanato quando achou que eu não estava olhando. E me levou naquela loja de sidra quente na estrada todo dia à tarde.

Alex ficou vermelho.

— É a velha história de fazer limonada com os limões que se tem. E hoje você tá pedindo.

— Talvez esteja — gritei e saí correndo quando ele tentou me agarrar.

Ele me alcançou em cinco segundos, mas não me esforcei muito para fugir. No fim das contas, não era exatamente um Usain Bolt depois de todo o carboidrato que havia ingerido.

— Você ainda vai acabar comigo.

Ele me segurou e me virou até estarmos frente a frente. A lua iluminava seus traços, ressaltando as linhas das maçãs do rosto como lâminas na escuridão. Lindo. Perfeito. Frio... exceto pelo calor do abraço e o brilho provocante dos olhos.

Passei os braços em torno do seu pescoço e as pernas em volta da sua cintura.

— Vamos voltar no ano que vem pra comemorar Ação de Graças, não vamos?

Alex suspirou.

— Talvez.

Em outras palavras: sim.

Fiquei radiante.

— Talvez a gente possa vir antes pra colher maçãs e...

— Não abusa da sorte.

Era justo. Colheríamos maçãs daqui a dois anos, não no próximo. Setecentos e poucos dias deveriam ser suficientes para convencê-lo.

— Alex?

— Que foi, Raio de Sol?

— Te amo.

O rosto dele suavizou.

— Também te amo. — Os lábios roçaram os meus. — Mas não pense que isso vai te livrar da surra que vai levar quando a gente chegar no chalé.

Senti um arrepio.

Mal podia esperar.

Alex

AO CONTRÁRIO DO QUE AVA DISSE, EU TINHA ODIADO VERMONT. Houve algumas partes menos terríveis, como a comida e o ar puro, mas *gostar* do campo? Não sabia do que ela estava falando.

De jeito nenhum.

Mas, depois de voltar ao trabalho, senti saudade do tempo que passara com ela na semana de Ação de Graças.

Era quase embaraçoso o modo como o Archer Group havia me aceitado de volta no cargo de CEO quando voltei de Londres. Não me surpreendi: eu era o melhor. O sujeito que me substituiu foi uma boa solução temporária, mas até ele sabia que seu período no Archer tinha chegado ao fim quando coloquei os pés no meu escritório quatro meses atrás.

Aquele escritório era meu, independentemente de quem ocupasse a cadeira.

A diretoria ficou feliz com minha volta, e as ações do Archer subiram vinte e quatro por cento quando o anúncio do meu retorno ao cargo de CEO ocupou as manchetes dos jornais.

Desde que Ava se mudara para minha cobertura no Logan Circle, eu conseguia equilibrar muito melhor a vida pessoal e o trabalho, principalmente porque preferia comer Ava na nossa cama a comer comida ruim na mesa do escritório. Ultimamente, eu saía da empresa às seis da tarde, para alívio dos funcionários.

— Raio de Sol? — chamei, fechando a porta com o pé ao entrar.

Pendurei o casaco no cabide e esperei a resposta.

Nada.

Ava, que estava trabalhando como fotógrafa freelance júnior para a *World Geographic* e mais algumas revistas, costumava estar em casa naquele horário. Fiquei preocupado, mas então ouvi o guincho da torneira girando e o inconfundível som do chuveiro.

Meus ombros relaxaram. Ainda estava paranoico com sua segurança e tinha contratado um guarda-costas permanente para cuidar dela, apesar dos protestos. Tivemos uma briga terrível por causa disso, seguida de um sexo de reconciliação igualmente intenso, mas acabamos chegando a um acordo: manteríamos o guarda-costas, mas seria uma mulher, e ela ficaria longe, invisível, e só interferiria se Ava corresse algum perigo físico.

Também tomei outras precauções para garantir que meus inimigos pensassem duas vezes antes de ir atrás dela... inclusive plantar "boatos" detalhados sobre o que havia acontecido com o último que se atrevera a tocar em Ava.

Descanse no inferno, Camu.

Os boatos funcionaram. Alguns ficaram com tanto medo que nem olhavam mais nos meus olhos.

Graças à decisão pouco sábia de Madeline de se associar ao meu tio, as Indústrias Hauss também haviam virado cinzas. Eu possuía um farto material de chantagem contra o pai dela. Fraude, lavagem de dinheiro, transações com figuras pouco recomendáveis... ele era um homem ocupado. Só precisei mandar algumas dicas anônimas e umas informações fragmentadas para o concorrente da Hauss e eles tinham feito o trabalho sujo por mim.

A última notícia que recebi foi que o pai de Madeline passaria anos na cadeia e que ela estava trabalhando em uma lanchonete de quinta categoria em Maryland desde que o governo congelara todos os bens da família.

A única pessoa que me preocupava era Michael, que continuava mandando cartas para Josh e pedindo para vê-lo, de acordo com Ava. O filho se recusava a ir visitá-lo.

Em um esforço para não sujar as mãos com ainda mais sangue, eu havia abandonado o plano de mandar Michael para o túmulo mais cedo, mas mantinha gente na prisão monitorando-o – e tornando sua vida bem pouco confortável. Se ele pronunciasse o nome de Ava, eu saberia e tomaria providências para que nunca mais o repetisse.

Por hábito, liguei a TV de tela plana do quarto e ouvi o jornal da noite enquanto tirava as roupas de trabalho. Devia ir fazer companhia para Ava no banho. De que adiantava ter um chuveiro imenso com um banco muito conveniente na área de banho se não trepássemos ali pelo menos uma vez por semana?

Minha cobertura era enorme, mas pouco mobiliada até Ava se mudar para lá e enfeitá-la. E enfeitou mesmo, espalhando arte, flores e fotos emolduradas de nós dois e das amigas por todo lado. Depois da formatura, Jules e Stella permaneceram em DC, e Bridget se dividia entre Eldorra, DC e Nova York. Estavam aceitando melhor que Josh nossa decisão de reatar o relacionamento, o que não significava que eu ia querer a cara delas olhando para mim o tempo todo na minha própria casa. Só concordei com as fotos porque Ava não parou de pedir com aquela carinha de filhote de cachorro abandonado até eu ceder.

— Devia ter dito não — resmunguei para uma foto minha e de Ava em um jogo de beisebol dos Nats no verão anterior.

A foto ficava perto de uma galeria mais formal do trabalho dela em Londres – tudo que eu havia comprado na exposição da WYP.

Por causa de Ava, eu andava fazendo todo tipo de loucura, tipo parar de tomar café e ter horário para dormir. Ela disse que ajudaria a tratar minha insônia, e sim, eu dormia mais do que antes, mas isso tinha mais a ver com sua presença ao meu lado do que com qualquer outra coisa. Mesmo assim, ainda tomava um cafezinho no escritório de vez em quando.

Estava me dirigindo ao banheiro quando algo que o âncora do jornal disse chamou minha atenção. Parei, certo de que havia entendido mal, mas a legenda na parte inferior da tela confirmava a primeira impressão.

O som do chuveiro cessou e ouvi a porta do box deslizando.

— Ava?

Uma pausa breve, depois movimentos distantes.

— Chegou cedo!

Ava saiu do banheiro envolta em uma nuvem de vapor, com o cabelo e a pele úmidos, coberta apenas por uma toalha. Ela sorriu ao me ver, e minha expressão ficou mais suave.

— Dia tranquilo no escritório. — Beijei sua boca. Meu pinto se moveu interessado, e me senti tentado a puxar a toalha e transar com ela ali mesmo, contra a parede, mas havia algo que ela precisava saber antes de começarmos nossa rotina noturna. — Teve alguma notícia de Bridget hoje?

— Não. — Ava franziu a testa. — Por quê?

— Dá uma olhada no jornal.

Inclinei a cabeça em direção à televisão. O âncora falava depressa.

Ava parou, ouviu e ficou boquiaberta.

Eu não a criticava pela reação. Porque o que havia acabado de acontecer não acontecia havia mais de duzentos anos na história de Eldorra.

A voz estridente do âncora dominou o quarto, tão empolgada que chegava a tremer.

— ... príncipe coroado Nikolai abdicou o trono de Eldorra para se casar com Sabrina Philips, a comissária de voo americana que o jovem conhecera no ano passado em uma viagem diplomática a Nova York. A lei de Eldorra estipula que os monarcas do país devem se casar com alguém da nobreza. Sua irmã, a princesa Bridget, é agora a primeira na linha de sucessão. Quando se tornar rainha, será a primeira monarca em mais de um século...

Imagens de uma Bridget impassível saindo do Plaza Hotel em Nova York seguida pelo guarda-costas de ar sério e cercada por repórteres em comoção dominaram a tela.

— Puta merda — disse Ava.

"Puta merda" resumia. Pelo que me lembrava – que era tudo –, Bridget odiava as restrições que lhe impunham por ser uma princesa. Devia estar maluca com a notícia de que era a primeira na linha de sucessão à coroa.

Na TV, Rhys a conduzia para um carro que os esperava e olhava para os repórteres com uma cara tão ameaçadora que todos recuaram. Muita gente não teria notado, mas eu vi o brilho nos olhos de Bridget quando ela encarou Rhys, e como a mão dele tocou a dela por um segundo antes de fechar a porta.

Arquivei a informação para uso futuro. Bridget era amiga de Ava, portanto estava segura, mas é sempre bom ter algo com que chantagear uma futura rainha.

Com base no que tinha acabado de ver, os sentimentos de Bridget pela sua posição iminente eram o menor dos seus problemas.

CENA EXTRA

Ava

Tinha conseguido o impossível. Convenci Alex a participar da colheita de maçãs.

Talvez tenha jogado sujo e o induzido a isso no meio de uma transa – ele era sempre mais complacente depois de um orgasmo –, mas, para ser honesta, tinha certeza de que ele não odiava a vida no campo e as atividades de outono tanto quanto anunciava.

A prova: a gente estava colhendo maçãs por horas e ele não havia reclamado nem uma vez sequer. Também não estava festejando; mas era Alex. Não festejava nada. O fato de não ter matado ninguém era prova suficiente de que estava se divertindo.

— Um pouco pra esquerda... um pouco mais... perfeito! — Arranquei a maçã em que estava de olho e a joguei no meu cesto. Como a árvore era muito alta para mim, Alex tinha me posto sobre os ombros e servido de escada pessoal. — Acho que foi a última.

— Ótimo. — Ele me pôs no chão e continuou em um tom seco: — Mais uma e teria limpado todas as árvores.

Dei uma risadinha.

— Exagerado.

Olhamos para minha cesta, que transbordava de maçãs. Era a quinta que eu enchia naquele dia.

Tudo bem, talvez eu tivesse exagerado um *pouquinho*, mas Alex, sendo Alex, reservou o pomar inteiro só para a gente, e eu não queria desperdiçar uma oportunidade tão boa.

— Pense em todas as coisas deliciosas que podemos fazer com elas — falei, meio na defensiva. — Torta de maçã, sidra de maçã, muffins de maçã e... outras coisas. Sabe o que diz o ditado. Uma maçã por dia dá saúde e alegria.

Alex levantou uma sobrancelha.

— Sei. Pelo jeito, vamos ficar saudáveis e alegres por muito tempo.

— Para. — Não segurei o riso. — Você tá se divertindo, sabe disso.

— Ainda não sei — respondeu ele no mesmo tom seco, mas sorrindo. — Deixa esse cesto no chão, Raio de Sol.

Olhei para ele, desconfiada.

— Por quê?

— Deixa no chão.

Segurei as maçãs contra o peito como se precisasse protegê-las.

— O que vai fazer com elas?

— Ava, põe a cesta no chão e vem aqui. Não vai acontecer nada com as suas maçãs.

Ele me chamou pelo nome. *Ah, não.* Talvez não tivesse gostado do papel de escada.

Fiz o que ele pedia com alguma relutância e me aproximei, desconfiada.

Dessa vez, foi Alex quem riu.

— Parece que eu vou te morder.

— Talvez.

Um brilho malicioso surgiu nos seus olhos, e meu rosto esquentou com a insinuação por trás daquele olhar.

— Ainda não. — Assim que me aproximei, ele me abraçou e me beijou. — Tá se divertindo?

— Estou. — Relaxei no abraço. Adorava muitos lugares no mundo... DC, Londres, nossa cama, mas meu favorito era o abraço de Alex. — Hoje foi perfeito.

No dia anterior, havíamos chegado ao luxuoso hotel-fazenda Vermont onde nos hospedaríamos por uma semana e, embora não tivéssemos tido tempo para qualquer coisa além de comer e dormir, hoje tinha sido um dia cheio das minhas atividades favoritas. Café da manhã na cama com as melhores panquecas que já comi, ficar "perdida" no milharal da propriedade, um passeio de carroça durante o qual Alex e eu nos agarramos o tempo todo e, óbvio, horas gloriosas de colheita de maçãs só para nós dois.

Era o dia de outono perfeito, e eu não podia ter pedido nada melhor.

— Ótimo. — Alex me beijou de novo, e seus braços me apertaram um pouco mais. — Porque chegou a hora do pagamento.

Abri os olhos e senti o coração disparar.

— O... quê?

Alex sorriu, e meu coração deu mais um pulinho nervoso, seguido por uma palpitação empolgada. Aquele sorriso nunca era um bom presságio para minha capacidade de andar no dia seguinte.

— Não pense que não percebi quando me pediu pra colher maçãs. — Ele deslizou um dedo pelas minhas costas, um toque enganosamente leve. — Muito manipuladora, Raio de Sol.

Engoli em seco. Esperava que ele não tivesse percebido o truque, mas devia saber que não havia a menor possibilidade. Alex era esperto demais para não saber quando era manipulado. Eu também devia ter duvidado da complacência que ele demonstrou quando não tocou no assunto nas semanas que antecederam a viagem. Afinal, ele era o mestre do jogo a longo prazo.

— Mas você se divertiu — repeti com o coração disparado. — Portanto, não pode ficar bravo.

O sorriso de Alex se tornou mais sombrio.

— Não tanto quanto vou me divertir agora. — Ele abaixou a cabeça e sussurrou: — Vou te dar dez segundos de vantagem. *Corre!*

Não precisei perguntar o que ele faria quando me pegasse.

Não *se*, porque ele sempre me pegava.

Escapei do abraço sem dizer nada e corri pela alameda do pomar, sem conseguir parar de sorrir inclusive enquanto dava meu melhor para escapar. Estava quase saindo do pomar e chegando ao campo quando ouvi Alex atrás de mim.

Gritei, mas era tarde demais.

Quando dei por mim, estava de quatro, com sua ereção pressionada contra minha bunda. Minha vagina se contraiu antecipando o que viria. O sexo (infindável) da noite anterior não fazia diferença. Eu nunca me cansava de Alex.

— Peguei — ele murmurou. — Você não correu muito, Raio de Sol.

Às vezes, ele gostava de prolongar as preliminares, me provocando e torturando até eu implorar para ele me foder.

Essa não era uma dessas vezes.

Ele levantou meu vestido e arrancou a calcinha, me expondo ao ar gelado do fim de tarde. Senti um arrepio, e meu coração disparou com uma mistura de nervosismo e excitação. O pomar esteve vazio o dia todo, sem nenhum funcionário do hotel à vista, mas ainda havia a possibilidade de sermos vistos por alguém.

O que me excitava ainda mais.

— Sabe, não gosto de ser manipulado pra concordar com coisas que não quero fazer. — A mão de Alex envolveu meu pescoço e, como sempre, a pressão provocou uma contração entre minhas pernas. — Portanto, vai ter que me compensar, Raio de Sol.

— O qu... o que tenho que fazer?

Eu tinha uma boa ideia, mas com Alex nunca se sabe.

— Não é o que tem que fazer — disse ele com uma voz sedosa —, é o que *não* pode fazer. Não pode gozar até eu autorizar. Se desobedecer — continuou, me apertando com mais força —, vou te foder por trás com tanta força que você vai ficar dias sem conseguir andar. Entendeu?

Engoli em seco. Havíamos tentado anal uma vez, mas doera demais, embora Alex tivesse feito o melhor possível para me preparar. Eu estava disposta a tentar de novo em algum momento, mas não agora.

— Alex...

— Entendeu? — repetiu ele, então me segurou com mais força, até meus olhos se encherem de lágrimas.

— Entendi — respondi com dificuldade.

Estava tão molhada que sentia a umidade escorrer pelas coxas.

Alex me soltou. O som da embalagem da camisinha foi o único aviso que tive antes da investida. Ele segurou meu pescoço outra vez, e deixei escapar um grito involuntário por causa da força da penetração. Outros homens teriam ido mais devagar, mas Alex manteve um ritmo inclemente, brutal, que bania todos os outros pensamentos da minha cabeça.

Eu arfava, meu corpo todo era como um fio desencapado esperando para explodir. Ondas de prazer pulsavam em mim, e o ar gelado, associado ao espaço aberto ao redor, alimentavam a excitação.

Gemia tanto que Alex cobriu minha boca com a mão, abafando os gritos enquanto me penetrava com tanta força que teria sido doloroso se não fosse tão bom. Minhas mãos e meus joelhos estavam sujos de terra, e eu sabia que estaria muito dolorida no dia seguinte, mas isso não impediu que as ondas de formigamento se formassem na base das minhas costas.

Ah, não. Fechei os olhos com força na luta contra o inevitável. *Não, não, não, não, não. Ainda não.*

Meu corpo se contraiu, e o pânico alimentou a excitação. Tentei pedir para gozar, mas a mão apertava minha boca com tanta força que só gemidos incompreensíveis escapavam.

— Você tá muito molhada — grunhiu Alex. — Isso te excita, é? Ser comida de quatro no meio de um campo como uma puta lasciva?

Minha pele esquentou, e o clitóris pulsou em um ritmo próprio.

Ele removeu a mão para eu responder, e meus apelos foram instintivos.

— Sim. Por favor. Preciso gozar. Por favor, me deixa gozar.

Ou eu ia ficar maluca. Meu coração batia errático e, apesar da temperatura baixa, eu suava por causa do esforço para me conter.

— É seu castigo, Raio de Sol. Não tem a ver com necessidade. Tem a ver com o que eu quero. — Alex tocou o V abaixo do meu pescoço e beliscou meu mamilo. Minha vagina respondeu com um espasmo. — E eu quero que você continue se segurando até eu avisar que acabamos.

Lágrimas de frustração lavavam meu rosto. Àquela altura, eu não me preocupava com nada além da pressão que crescia como uma esfera dentro de mim.

— *Por favor.* Desculpa. Alex, preciso... eu vou...

Não conseguiria me segurar por muito mais tempo. O orgasmo estava a poucas penetrações de distância, e não havia nada que eu pudesse fazer para impedi-lo.

Alex me levantou e colou minhas costas ao seu peito.

— Fala. Aprendeu a lição?

— S... sim.

— Vai me manipular de novo?

Balancei a cabeça de um jeito frenético.

— Para o seu bem, espero que não esteja mentindo. — Ele manteve a mão no meu pescoço, enquanto a outra desceu até o clitóris. Se ele me tocasse desse jeito, seria meu fim. Seus lábios roçaram minha orelha quando ele sussurrou: — Goza pra mim, minha putinha.

Alex encostou o polegar no meu feixe de nervos mais sensível, e eu explodi. Um orgasmo que me varou como um incêndio, ateando fogo a cada nervo. Quando passou, eu estava tão esgotada que teria caído de cara no chão se ele não tivesse me virado para me encarar. Mal respirava, mas seus olhos brilhavam de desejo, e um leve tom rosado tingia suas bochechas.

E ele ainda estava ereto.

— Você tinha razão, sabe — falou Alex de um jeito casual, como se não tivesse acabado de me fazer ver estrelas. — Gostei de hoje, por isso não estou zangado. Não de verdade.

Eu estava tão relaxada que não consegui nem ficar indignada.

— Isso foi cruel.

Vi o humor estampado no seu rosto.

— Foi? — Alex saiu de mim até deixar entrar apenas a ponta do membro, depois me penetrou completamente bem devagar. — Considerando como gozou no meu pau, acho que gostou.

Meus dedos afundaram na terra quando o formigamento da excitação começou a se espalhar. De novo. Não fazia nem cinco minutos.

Aquele homem acabaria me matando qualquer dia desses, e eu não ia nem reclamar.

— Alex — falei por entre os dentes. — Amanhã não vou conseguir andar.

Ele não parecia preocupado.

— Nesse caso, acho que vai ter que passar o dia na cama.

— Você é impossível.

— Sou, mas você me ama mesmo assim — disse ele, exalando uma arrogante satisfação masculina.

Revirei os olhos, mas sorri.

— Talvez.

— Talvez? — Alex abaixou a cabeça e mordeu minha boca em sinal de alerta. — *Talvez* você ainda não tenha aprendido a lição.

Minha risada foi interrompida por um gemido quando ele retomou a penetração e os movimentos firmes, e logo tive que me agarrar ao seu corpo enquanto era sacudida por outro orgasmo. Gritei, enterrei as unhas nas suas costas, e era evidente que a gente ganharia alguns esfolados e hematomas quando acabasse. Sem falar no meu vestido arruinado. Eu teria que tomar um longo banho quente para tirar toda a terra do cabelo e com certeza seria bastante difícil andar no dia seguinte. Mas não me importava.

Eram as melhores férias da minha vida.

Obrigada por ler *Amor corrompido*! Se você gostou, eu agradeceria se deixasse uma avaliação nas plataformas que preferir.

Avaliações são como gorjetas para o autor, e todas são úteis!

Com amor,

Ana

AGRADECIMENTOS

Alex e Ava são dois dos meus personagens favoritos entre os que eu criei (shhh, não conta para os outros), e quero agradecer a todo mundo que me ajudou a trazê-los à vida.

Às minhas leitoras-beta Aishah, Alison, Gunvor, Kate e Kelly, pelo incentivo e feedback. É sempre uma aflição mandar um filhote de livro para o mundo pela primeira vez, mas minha história esteve em boas mãos com essas mulheres maravilhosas!

À minha editora Amy Briggs e à minha revisora Krista Burdine por darem forma ao manuscrito e aturar meu amor questionável por pontuação especial.

À Quirah, da Temptation Creations, pela capa incrível.

À minha editora Christa Désir e ao time incrível da Bloom Books, por ajudarem este livro a desenvolver todo seu potencial. Nada me faz mais feliz do que ver Alex e Ava em mãos tão competentes.

À minha agente Kimberly Brower, por todo apoio e orientação – eu não teria conseguido sem você!

E, finalmente, aos blogueiros e resenhistas que demonstraram tanto amor por esta história. Adoro vocês e sou eternamente grata.

XO,

Ana

PARA MAIS DE ANA HUANG

Grupo de leitores: facebook.com/groups/anastwistedsquad
Website: anahuang.com
BookBub: bookbub.com/profile/ana-huang
Instagram: instagram.com/authoranahuang
TikTok: tiktok.com/@authoranahuang
Goodreads: goodreads.com/anahuang

Quer discutir meus livros e outras coisinhas divertidas com leitores com os mesmos gostos que você? Junte-se ao clube de leituras só para associados: facebook.com/groups/anastwistedsquad.

SOBRE A AUTORA

Ana Huang é autora de romance contemporâneo sensual *new adult*. Seus livros contêm diversos personagens e angústias, às vezes estradas tortuosas para o Felizes para Sempre (com muita provocação e tempero na receita). Além de ler e escrever, Ana adora viajar, é obcecada por chocolate quente e tem diversos relacionamentos com namorados ficcionais.

**Acreditamos
nos livros**

Este livro foi composto em FreightText Pro
e impresso pela Lis Gráfica para a Editora
Planeta do Brasil em abril de 2025.